学戦都市アスタリスク

17. 六《りっ》花《か》団《だん》円《えん》

三屋咲ゆう

illustration: okiura

「世迷言を…………！」

「あなたが縛っていると思っているものは、
俺にとっては繋がりなんだ……！
──だからこそ、俺は成すべきこと成し遂げる！」

今ならば、できる。
代償を支払うことになるだろうが、それは構わない。
この勝負に勝てるのならば、持っていくがいい。
「華めけ――」

「――久しぶり、ユリス」
その懐かしい、けれども耳に馴染んでいる声。
はっと目を開けば、そこには――

「綾斗……相変わらず無断侵入が得意のようだな？」

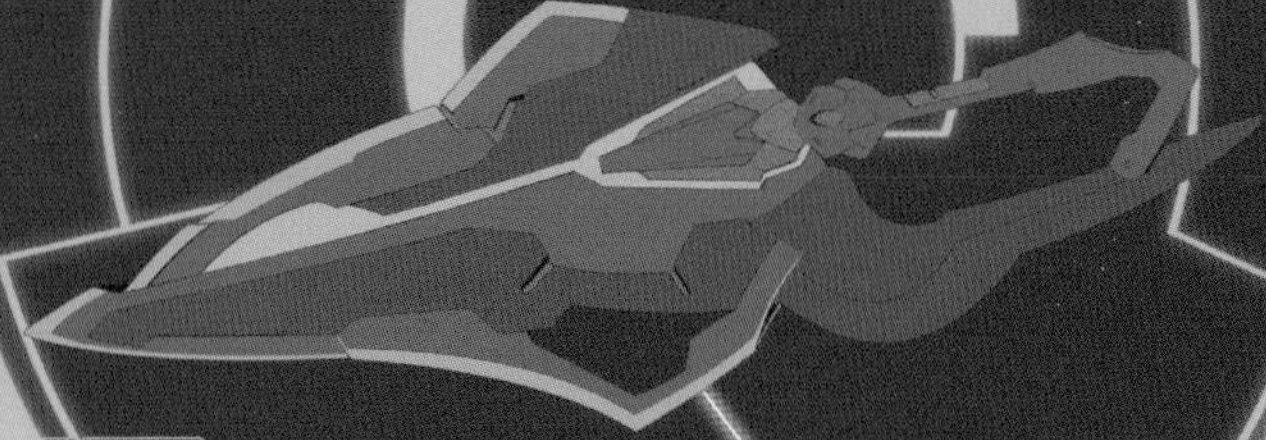

contents

口絵イラスト●okiura

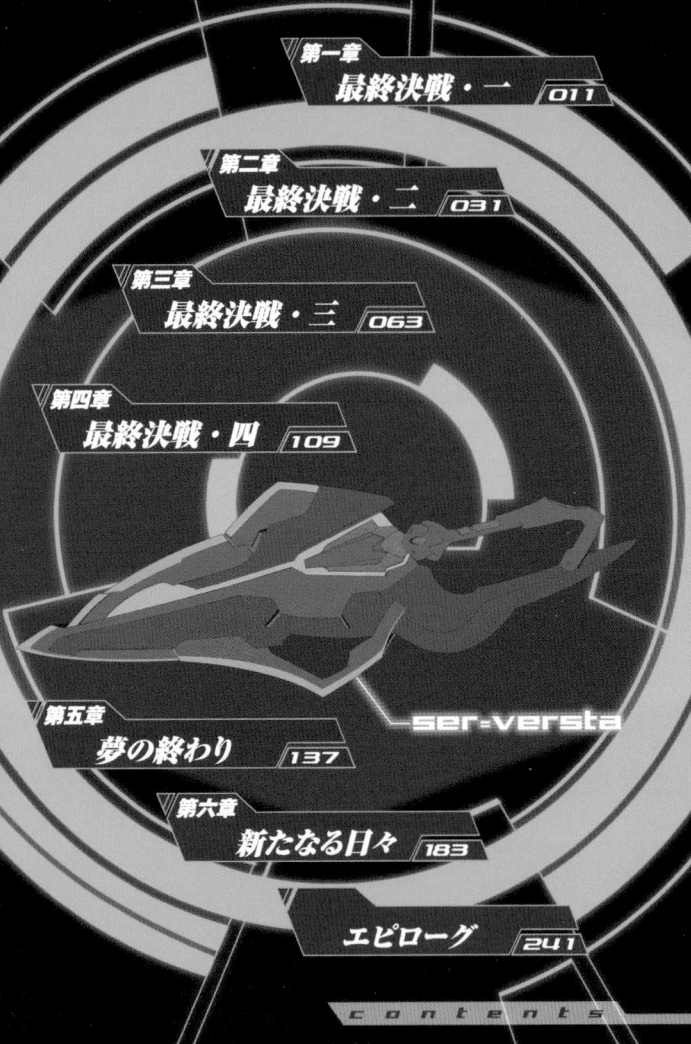

学戦都市アスタリスク
17.六花団円

三屋咲ゆう

MF文庫J

口絵・本文イラスト●okiura

第一章　最終決戦・一

　振り下ろされる巨大なハンマーをギリギリまで引き付けてから紙一重で避《よ》けると、遥《はるか》はブレード型の煌式武装《ルークス》を一閃《いっせん》した。

　胴を両断されたヴァリアントが崩れ落ちるが、その残骸を踏み越えるようにして次から次へと新たなヴァリアントが湧き出てくる。

「はぁ……一体どれだけいるんだか」

　アスタリスク中央区商業エリア、そのメインストリートからも程近い小型飛行船の発着場。観光用の遊覧飛行に、空港や湖岸都市との行き来に、あるいは物流に、様々な用途で活用されているそれらは、すでに大半が爆発炎上し、破壊されていた。

　突如として市街地に出現し、暴れ出した自律式擬形体《パペット》──ヴァリアントの大群。

　別件の処理でたまたま近くにいた遥たちがこの場へ急行し、こうして対処しているのだが、とてもではないが手が足りない。遥とチームを組んでいる他の警備隊員はそのほとんどが怪我人《けがにん》の救助と避難誘導へ回っているため、少なくとも応援が到着するまでは遥が一人でこのヴァリアントたちを食い止めねばならなかった。それは単純に、新人であろうとも遥の戦闘能力がチームで一番高いからだ。

(幸い破壊活動の規模に比べて怪我人《けがにん》の数は少ないみたいだけど……)

ヴァリアントは施設や交通機関の破壊を目的としているようで、直接人間を襲うような行動は見られない。その反面、少しでもその行動を妨害しようとすると排除対象として共有されるのか、周囲のヴァリアントすべてが襲い掛かってくるようになる。

——まさしく、今のように。

「まったくもう……〝封し緘《かん》せよ〟」

うんざりしながら遥《はるか》がそうつぶやくと、虚空から出現した鎖が遥の背後に迫っていたヴァリアントをがんじがらめにして動きを止める。更に遥の目線が追った先……視認できる範囲にいるヴァリアント十体も、同様に鎖が搦《から》め捕った。

そうして動きを封じたヴァリアントたちの間を遥が駆け抜けると、次の瞬間にはそのすべてが悉《ことごと》く爆発四散して果てる。

天霧辰明流《あまぎりしんめいりゅう》剣術奥伝——〝修羅禽《しゅらどり》〟。

ヴァリアントには防御フィールドを展開する能力があるようだが、生憎《あいにく》と禁獄の縛鎖に捕らえられた対象は力を封じられてしまう。そうなれば、遥にとってはそれほどの脅威でもない。

と、そこで突然空間ウィンドウが開いた。

警備隊員に支給された携帯端末へ、応答の確認を要しない本部からの強制通信だ。

『天霧、現状報告を』

　そこに映し出された星猟警備隊《シャーナガルム》隊長ヘルガ・リンドヴァルの緊迫した表情からも、この事態が切羽詰まったものであると察せられた。

「人的被害は最小限に抑えられていますが、飛行船はほぼ全滅ですね。一、二隻程度ならまだ動くものもありそうですけど……ヴァリアントへの対処も含めて、とにかく手が足りません。そちらは？」

『ヴァリアントの活動は同時多発的だ。各港の連絡船も大半がやられた。連中め、なんとしてでもこのアスタリスクからの脱出手段を奪いたいらしい』

「……アスタリスクの封鎖が目的なら、その先に別の狙いがあると見るべきかと」

『だろうな。各湖岸都市にも連絡を入れたが、あちらでも同様のテロが起こっているようだ。こちらほどの規模ではないようだが、しばらく救援は期待できないだろう。となれば、我々は万が一に備えて少しでも脱出手段と経路を確保しなければならない。一、二隻であれ飛行船は貴重だ。どうにか死守してくれ、天霧』

「それはまあ、やるだけやってはみますけど……」

　言いながら光刃を振るい、手近なヴァリアントを斬り伏せる。

　しかし、爆炎の向こうにはまだまだ無数のヴァリアントの影が蠢《うごめ》いていた。

「この数は、さすがにちょっと……。ここ以外にもあちこちで暴れてるというなら、とても千体じゃきかないっぽいですけど？」

遥《はるか》が倒しただけでもすでに数十体。

この規模の集団が他にも出没しているとなれば、以前聞いた千体という話も怪しくなってくる。

『ああ、それに関しては――』

『ええ、ええ、それに関してはあたしが説明いたしましょう！』

ヘルガを押《お》し退《の》けるようにして空間ウィンドウの画面に入ってきた女性は、場違いなほどの明るさを振《ふ》り撒《ま》きながらそう言った。

「……エルネスタさん」

先日、彼女が情報提供をしたいと言って警備隊本部に現れた時に一度面識はあるものの、直接会話をするのはこれが初めてだ。保護と監視を兼ねて今は本部に留め置かれていると聞いていたが……。

『ご存知《ぞんじ》のように暇を持て余しておりまして、せっかくですのでちょこちょこと協力させていただいてるんですが――皆様から届くデータを拝見した限り、どうやらあたしが開発したものではないヴァリアントも混ざっているようなんですよ』

「どういうこと？」

『ま、有体に言ってしまえばコピー品ってところですかね。ヴァリアントの開発生産に関しては依頼人から提供していただいた施設を使いましたけど、もちろん設計データなどは渡していません。完品があるからといってそう簡単にコピーできるものではないはずなので、《彫刻派《うち》》のメンバーでも何人か唆したのかなーって。にゃははは』

当のエルネスタはあっけらかんと笑っているが、《ヴァルダ＝ヴァオス》の力があればそれもあり得る話だ。

『とはいえ、さすがにあたしが直接手にかけた正規品と比べれば数段スペックは落ちます。何よりも、耐久度が低い。見た感じこれはおそらく今回限りの使い捨てでいいと、割り切ったものでしょう。放っておいても、そうですね……ざっと数十時間で稼働限界が来て自壊すると思いますよ』

「生憎《あいにく》、それを待つわけにはいかないの！」

襲い掛かってくるヴァリアントたちの攻撃を能力で生み出した鎖で防ぎながら、思わずそう声を張り上げる。

『それはもちろんごもっとも。なのでまあ、あたしからの贈り物をどうぞお受け取りくださいにゃー』

「贈り物……？」

その時だ。

「ふはははははははははははははははははははははははははははは！」

どこからともなく騒々しい高笑いが響き渡ったかと思うと。

「ウォルニィイイイイルハンマアアアアアアアアアアアアアアアアアアアアア！」

突如として光の塊が駆け抜け、遥《はるか》に襲い掛かってきていたヴァリアントたちを粉々に打ち砕いていった。

「ルインシャレフ・モード〝ウォルケンブルフ〟——最大出力《マキシマム》」

更に雨のように降り注ぐ無数の光弾が、遥を取り囲みつつあったヴァリアントの群れの足を止める。

「これは……」

唖然《あぜん》とする遥の前に、轟音《ごうおん》を響かせながら二体の擬形体《パペット》が降り立った。

片やほとんど人間と見紛《みまが》うばかりの美麗な女性型擬形体、片や形だけ見ればヴァリアントとほとんど変わらない大型の擬形体——ただし、その装甲は赤と黒に覆われたヴァリアントのそれとは真逆に、白と青に染め上げられている。

「ふはははは！　哀《あわ》れにも自我を持たぬ身とはいえ、歴《れっき》とした我が弟たち！　こうして破壊するのは心が痛むが、これもマスターの命とあらば仕方なし！」

「そうですか。私としてはあなたと同じ顔形をした愚図《ぐず》で蒙昧《もうまい》な唐変木たちをどれほどスクラップにしたところで一切微塵《みじん》も心は動きませんし、それどころか大変結構なストレス解消になるのですが？」

「……いや、そこはさすがに良心の呵責《かしやく》を覚えてほしいのであるが」

「それは生理的に不可能です」

あまりにも擬形体らしくない会話をするその二体を、遥はもちろん知っている。

「えっと……アルディくんにリムシィさん、だよね？」

遥の弟である綾斗《あやと》と、《鳳凰星武祭《フェニクス》》決勝戦で優勝を争ったアルルカントの自律式擬形体。

「いかにも！」

「その通りです。マスターの命により、助力いたします」

アルディとリムシィはそう答えながらも、周囲の状況確認を怠っていない。

そこへ空間ウィンドウから、再びエルネスタの声が届いた。

『いやー、実はさっき生徒会長殿から連絡があったので簡単に事情を説明したのですが、それはもうすごい剣幕《けんまく》でして。とにかく少しでも警備隊に協力して、今回の一件とは関係がないという事実をできるだけ積み重ねろと仰せでしてね』

それはそうだろう。

どう考えてもこの状況は、アルルカントにとって最悪だ。エルネスタの責任は元より、アルルカントも相当に厳しい追及を受けることは今から目に見えている。生徒会長の立場であれば、言い逃れに使えるカードはどれだけあっても足りないだろう。

『そんなわけで、どうぞその二人を存分にお使いくださいにゃー。ああ、アルディの外部

装甲はヴァリアントと間違われないように色違いに換装してありますが、それでもシルエットでは判別し辛《づら》いと思いますのでくれぐれもお気を付けて』

「……なるほどね。そういうことなら、遠慮なくこき使わせてもらおうかな。アルディくんはあたしと正門を封鎖してこれ以上のヴァリアントの侵入を阻止！　リムシィさんはエリア内の残存ヴァリアントの掃討！」

「ふはははははは！　うむ、心得た！」

「了解です」

警備隊本部からの応援が難しい以上、今は手持ちの戦力でやれることをやるしかない。

遥《はるか》がアルディを連れて正門へ向かおうとしたところで、縮小した空間ウィンドウ越しにヘルガが囁《ささや》いた。

『――そうだ、天霧《あまぎり》。最後に一つ』

「はい？」

『あいつらと連絡がつかない』

「……っ」

言うまでもなく、あいつらとは綾斗《あやと》たちのことだろう。

片手でアルディを先に向かわせ、足を止める。

『先ほどイザベラとは連絡が取れた。統合企業財体のお偉方はシリウスドームの特別観覧席に付属したセーフルームに移動。あちらでは特にヴァリアントが暴れているなどはないようだが、警護の手厚さを考えればおそらく今のアスタリスクで一番安全なのは連中だろう。……そして、イザベラもあいつらとは連絡がついていないようだ』

「……そう、ですか」

遥《はるか》は思わず下唇を噛《か》み締《し》めた。

何よりも大切な弟と、その仲間たち——紗夜《さや》以外はまだそこまで深い付き合いはないが、それでも皆いい子たちだ。本音を言うならば、今すぐにでも無事を確認しに行きたい。

もっとも遥には警備隊員としての責任があるし、そもそも綾斗《あやと》たちが今どこで何をしているかも——

そこで、遥はふと携帯端末にメッセージの着信があったことに気が付いた。私用の携帯端末は任務中は応答しないようにしてあるため、確認できなかったのだ。

差出人は、綾斗。時刻はこの騒動が起きる少し前だ。

急いで開いてみれば、短く二言だけのメッセージが表示された。

——抜本塞源、心配無用。

「……ふふっ！」

『どうした、天霧《あまぎり》？』

渋い顔から一転して笑みを浮かべた遥に、ヘルガが訝《いぶか》しそうに眉を寄せる。

「ああ、いえ、なんでも」

遥は慌てて取り繕うと、空間ウィンドウを閉じた。

まったく、綾斗ときたら随分と頼もしいことを言ってくれる。

そう。幼い頃、自分の後ろをよちよちとついて歩いてきた弟は、今や立派に独り立ちしているのだ。

だからこそ、遥も極伝を授けたのではなかったか。

その綾斗が災いの原因を取り除く、心配はいらないと言っているのだから、ここは信じて応援するのが姉の務めというものだろう。

「がんばれ、綾斗」

遥は小さくそうつぶやくと、自分にできることをやるためアルディを追って駆け出した。

＊

『あんたも、オレも、ヴァルダも、天霧綾斗も、統合企業財体も、このクソみてえな世界の連中はみんな負けろ。誰一人勝つことなく、ぐちゃぐちゃでどろどろした惨めな足の引っ張り合いに終始すりゃあいい。——そうすりゃあ、少しは気分も晴れるってもんだ』

ディルク・エーベルヴァインが呪詛《じゅそ》のようにそう吐き捨てると、空間ウィンドウがぷつりと閉じる。

「やれやれ、彼にも困ったものだ」

土壇場で裏切られた形になるマディアス・メサは、芝居がかった仕草で溜《た》め息《いき》を吐《つ》いた。

荒れ果てた《蝕武祭《エクリプス》》会場の跡地で、その声だけが空虚に響く。

「もう少し利口な男だと思っていたのだが、己の性《さが》には逆らえないか。まあ、私とて他人のことは言えないのだから責めるつもりもないがね」

「……どうするつもりだ？」

「うん？　それは彼のことかい？」

綾斗《あやと》が問いかけると、マディアスは苦笑を浮かべて首を横に振った。

「どうにもできないさ。この仕掛けに関しては彼の完勝だ。すでに君たちは私やヴァルダの下へ辿《たど》り着《つ》いているし、彼を処断しようにも私には打つ手がない。私には、ね」

言って、マディアスは《赤霞の魔剣《ラクシャ＝ナーダ》》を起動させる。

その場の空気が、一段階張り詰めたのがわかった。

「もっとも、こうなった責任は君たちにもあるのだよ？」

「……なぜそこで私たちが出てくる？」

それを聞いた紗夜《さや》が不満そうにマディアスを睨《にら》む。

「警備隊に私の過去の不正を暴かせたのは君たちだろう？　おかげで私は予定よりも早く

表舞台から退場しなければならなくなった。そこで計画の総指揮は彼に任せたのだが、その結果がこれだ」

　確かにマディアスの過去を追求する切っ掛けとなったのは、綾斗と遥《はるか》が美奈兎《みなと》から受け取った彼女の父親の日記だと聞いている。だとすれば――ディルクに利用されたのは不本意だとしても――綾斗たちの行動も無駄ではなかったということだ。

「とはいえ、今更言っても詮無きことだ。それに我々の計画はまだ潰《つい》えたわけではない。ここで君たちを始末し、ヴァルダがエンフィールドのお嬢さんたちを退ければすべては元通り。……正直、ヴァルダのほうは少々不安だがね。アレは未《いま》だにどうしても詰めの甘いところがある。根本的に、こちら側を見下しているせいかな」

　仮面の下で、マディアスが眉をひそめるのがわかる。

「まあ、それならそれでヴァルダも運がなかったというだけのことだ。残念だが仕方ない。私の目的にはさほど支障はないとも」

「その物言いといい、さっきの《悪辣の王《タイラント》》の言葉といい……あなたたちの目的は別なのか？　《孤毒の魔女《エレンシュキーガル》》の力でこの都市を滅ぼして、その先に何を望む？」

　金枝篇《きんしへん》同盟が一枚岩とは思っていなかったが、かといって寄り合い所帯とも思えない。何しろ長い年月をかけてこれだけの大それた計画を誰にも悟られることなく進めていたのだ。《ヴァルダ＝ヴァオス》の力があるとはいえ、相応の結束がなければ難しいだろう。

「ふむ、そこまでは辿《たど》り着《つ》いていなかったか。とはいえ、事ここに至っては隠したところで仕方ない。その通り、我々三人の最終目標はそれぞれ異なる。と言っても、どれもそれほど大したことではないさ」

マディアスの身体《からだ》に星辰力《プラーナ》が漲《みなぎ》っていく。

無数に展開していた空間ウィンドウが、一つずつゆっくりと消えていく。

「オーフェリア嬢がここにいる全ての人間を殺し、それに呼応してヴァルダの力によって扇動された《星脈世代《ジェネステラ》》優性主義者たちが世界中でテロを起こす。つまりは《星脈世代》と常人の決定的な分断——ここまでが、我々共通の目的だ」

「っ！」

オーフェリアの件は承知していたが、テロの件は聞いていなかったので一瞬身体が固まった。隣で、紗夜《さや》もぐっと息を飲んだのがわかる。

「その上で、純星煌式武装《オーガルクス》《ヴァルダ＝ヴァオス》は《星脈世代》が支配する世界を望んでいる。《星脈世代》と常人が争い、最終的には前者が勝つようにしたいのさ。ディルク・エーベルヴァイン……かの《悪辣の王《タイラント》》が望んだのは、君たちも今聞いた通り、世界をひっくり返して今現在の勝者を敗者へと貶《おとし》めることだ。具体的なターゲットは統合企業財体だろうね。どちらもこの先のプランを持っているのだろうが、まあそれは私の関与するところではない」

「……だったら、あなたの望みはなんだ？」

一つずつ消えていっていた空間ウィンドウは、残り一つ。

そこにはオーフェリアと闘うユリスの姿が映し出されている。

「その質問には以前にも答えなかったかな？　――加速だよ！」

次の瞬間、マディアスの姿がゆらりと揺れる。

「っ！」

神速の斬撃。

殺気に反応した身体が反射的に動き、ギリギリのところで《赤霞の魔剣《ラクシャ＝ナーダ》》を《黒炉の魔《セル＝ベレス》剣《タ》》で受け止めた。

(このスピードは……！　それに重い！)

身体の芯にまでずしりと響いたその衝撃に両足を踏ん張りつつ、歯を食いしばる。

「ほう。それなりに本気で打ち込んだのだが、若者の成長には目を見張るものがあるな」

ここに来るまでの道中で遭遇したパーシヴァルも異様なまでの強さだったが、恐るべきことにマディアスは速度も膂力《りょりょく》もそれ以上だ。

とはいえ、想定はしていた。

以前は綾斗《あやと》と遥《はるか》の二人がかりでも及ばなかった相手だ。あれから綾斗もそれなりに力をつけたという自負はあるものの、まだまだマディアスの戦闘能力はあらゆる面で綾斗を大きく凌駕《りょうが》しているだろう。

（それでも……あの時のユリスほどじゃない！）

月華美人《げっかびじん》を使用した状態のユリスは、『今から十二秒間は世界最強だ』と豪語するだけあって異次元の強さを誇っていた。速度においても、綾斗《あやと》の目で捉えることがほぼ敵《かな》わなかったほどだ。

今のマディアスの速さはそれに近い領域かもしれないが、決して届いてはいない。

あの速度を体験していなければ、おそらく今の初太刀《しょだち》で早々に勝負がついていただろう。

「生憎《あいにく》と、あなたより速い相手と闘ったことがあるからね……！」

鍔迫《つばぜ》り合《あ》いをしながら綾斗は全力で《赤霞の魔剣《ラクシャ=ナーダ》》を押し返そうとするものの、びくともしない。

「なるほど、あの準決勝戦……！　だが！」

ふっとマディアスが剣を引き、綾斗の体勢が崩れる。

（しまっ——！）

以前闘った時にわかっていたことだが、マディアスはとにかくこちらのタイミングを外すのが上手《うま》い。

というより、一切の型がないためあらゆる動作が読み辛《づら》いのだ。

加えて、本来ならどんな人間でも行動に独自のテンポやリズムが生じるはずなのに、それすらもない。

マディアスの顔に悠然とした笑みが浮かび、《赤霞の魔剣》が不気味に輝く。

まずい。この体勢ではどうあがいてもかわし切れない。

——が。

「どどーん!」

「っ!」

《赤霞の魔剣》の刃《やいば》は踊るように軌道を変えて翻り、斜め後ろから襲い掛かってきた巨大な光弾を綾斗の首の代わりに両断した。

「……私を忘れてもらっては困る」

「紗夜《さや》!」

ヘルネクラウムを構えた紗夜が、挑むような声でマディアスに言う。

その隙に、綾斗も一度距離を取った。本来ならば遠距離攻撃が可能な《赤霞の魔剣》相手に距離を取るのは愚策だが、まだマディアスの動きに慣れていない現状では近接戦闘のほうがリスクが高い。

もう少し、もう少しだけこの動きを見て、体感すれば、なんとか最低限度の対応はできるようになると思うのだが——

「別に忘れていたわけではないさ。ただ眼中になかっただけでね」

マディアスはちらりと横目で紗夜《さや》を一瞥《いちべつ》すると、無造作に《赤霞の魔剣《ラクシャ＝ナーダ》》を振るった。

「っ！」

深紅の煌《きら》めきが空を駆け、紗夜に迫る。

それは高速で撃ち出された《赤霞の魔剣》の欠片《かけら》だ。《赤霞の魔剣》は防御不可能の能力を持つ四色の魔剣の一振りであり、使用者はその刀身を自在に分割し、操ることができる。遥《はるか》の腹部に仕込んだような最小単位の欠片にまで分割して一斉に攻撃すればそれは最《も》早刃《はやいば》の雨に等しい。

とっさに身をかわした紗夜だったが、まるで赤い小魚の群れのようなそれはすぐに方向を転じてその後を追う。

瓦礫《がれき》だらけのフィールドを駆け、崩れ落ち斜めに倒れた巨大な柱を駆け登って逃げるが、《赤霞の魔剣》の欠片は執拗《しつよう》に紗夜を追い続ける。

「させない！」

先ほどは危ういところを紗夜に助けてもらった。ならば今度は綾斗《あやと》が紗夜を助ける番だ。

綾斗は瞬時に《黒炉の魔剣《セル＝ベレスタ》》に星辰力《プラーナ》を注ぎ込んで流星闘技《メテオアーツ》を発動させると、十数メートルにも伸びた刀身でフィールドを薙《な》ぎ払《はら》う。

少しでもこちらに注意を向けさせれば、紗夜を追う欠片の動きも鈍るだろう。

「ははははは！　そう焦らずとも君の相手はちゃんとしてあげるとも！」

跳躍して綾斗の一撃をかわしたマディアスは、空中でその手に持った《赤霞の魔剣》を綾斗に向けて振り下ろす。分割したために通常の半分程度の細さになっていた残りの刀身が、同じように欠片へと分割されて綾斗へと放たれた。

「なっ⁉」

分割した欠片の群体を二つに分け、その上で別々に操作するとは。

綾斗は《黒炉の魔剣》を元のサイズに戻しながら、上空から襲い掛かってきた欠片を後方転回で回避する。欠片は豪雨のように地面を穿《うが》ち、寸前まで綾斗が立っていた場所は穴だらけだ。

しかも着地した足元からすぐに欠片が噴き上がり、綾斗を襲った。これも反射的に後方へと跳んでなんとか回避する。フィールドの床部分を貫通した欠片が、そのままモグラのように地下を掘り進んで来たのだろう。

回避に徹すれば対処できない速度ではないが、それはあくまで綾斗ならの話だ。

このままでは——

「紗夜っ！」

嫌な予感が過《よぎ》り、綾斗が紗夜のほうへ目を向けた刹那。

「く……っ！」

柱の上から空中へ跳んで逃れた紗夜に、深紅の刃の群れが食らいついた。

紗夜《さや》は咄嗟《とっさ》に手にしたヘルネクラウムを盾にしており、辛うじて直撃を避けている。

しかし――紗夜の使う煌式武装《ルークス》はいずれもその高出力を転用した防御フィールドを備えているものの、さすがに純星煌式武装《オーガルクス》相手では分が悪い。

直後、ヘルネクラウムのコアが爆発炎上し、紗夜の小さな身体《からだ》は爆風によって大きく吹き飛ばされた。

「紗夜ー！」

第二章　最終決戦・二

『《王竜星武祭《リンドブルス》》決勝戦――試合開始《バトルスタート》！』

機械音声が開始を告げるや否や、ユリスは一瞬で星辰力《プラーナ》を集中し、万応素《マナ》を練り上げる。

「咲き誇れ――鳳凰の散炎弾《インパ・バルサミナ》！」

掛け声に応じてユリスの頭上に炎の花弁が開いたかと思うと、それは見る間に形を変えて繭のようにすぼまり――次いで、弾《はじ》けた。

石ころのような小さな炎弾が、三百六十度ステージ上のあらゆる場所へ豪雨のごとく降り注ぐ。

『まず先手を取ったのは、リースフェルト選手！　無数の炎がまさしく雨霰《あめあられ》のようにばら撒《ま》かれます！』

『これは……おそらく鳳仙花《ほうせんか》をモチーフにした技ね。だとしたら、リースフェルトは更にその能力を進化させていると見ていいわ』

『ほう！　と、おっしゃいますと？』

『リースフェルトの能力は炎を花に見立てて具現化させるもの。原則として、そのモチーフは花弁に限られていたわけ。まあ、多少は例外もあるようだけれど、それでも花に見えるようなものという縛りがあったのは間違いないわ。でもこれは鳳仙花《ほうせんか》の蒴果《さくか》――つまりは果実が弾《はじ》けて種を飛ばすというイメージから来ている技でしょう。花から実、種とモチーフを変遷させている。今まで以上に、技の多様性が増していると見るべきよ』

解説であるザハルーラの見立ては正しい。あの準々決勝戦――武暁彗《ウーシャオフェイ》との闘いを経てから、ユリスは自分の能力が飛躍的に進歩していることを実感していた。

たっぷり十秒を超える、炎の散弾の全方位掃射。

紗夜《さや》のノインフェアデルフとかいうふざけた超巨大煌式武装《ルークス》ほどではないが、この技の攻撃範囲は相当に広い。かわし切るのはまず不可能だ。

(ま、とはいえ……)

もうもうと舞い上がる噴煙が晴れると、そこには先ほどと一切変わらぬ姿で立つオーフェリアの姿。

『しかししかーし！　ランドルーフェン選手、これを意にも介さず！』

『当然でしょうね。オーフェリア・ランドルーフェンの星辰力《プラーナ》は天霧綾斗《あまぎりあやと》をも凌《しの》ぐ圧倒的なもの。あれくらいじゃ小雨《こさめ》程度でしょう』

無論、そんなことはユリスとて重々承知だ。

いいや、むしろ今この世界でユリスほどオーフェリアの力を理解している者はいないだろう。だからこそ、開幕で今の技を使う必要があったのだから。

「……」

オーフェリアが無言のまま《覇潰の罪鎌《グラヴィシーズ》》を構えると、そのウルム＝マナダイトが怪しく光る。

その途端、とてつもない重力にユリスは為《な》す術《すべ》なく圧《お》し潰《つぶ》された。

「ぐ、うぅ……！」

回避不可能な、ステージ上のほぼすべてを効果範囲におさめる重力攻撃。

なるほど、広範囲の技には広範囲の技でお返しというわけだ。

『出ました！《覇潰の罪鎌》の無慈悲なまでに圧倒的な範囲攻撃！　沙々宮《さ さ みや》選手も逃れ得なかったこの技で、早くも幕引きとなってしまうのかー!?』

オーフェリアの周囲に重力球が顕現し、ピタリとユリスに狙いを定めたのがわかる。

地面に這《は》いつくばったままのユリスには、当然防御も回避もできるはずもない。

だが、ユリスは苦痛に顔をしかめつつも不敵に微笑《ほほえ》む。

「っ！」

直後、オーフェリアの足元で新たな炎の花弁が閃光《せんこう》と共に爆《は》ぜた。

無論、これもオーフェリアの身体《からだ》に傷一つ付けることさえ叶《かな》わないであろう。

それでいい。ユリスの狙いは、そこではないのだから。

「……っ!?」

爆風に吹き飛ばされたオーフェリアが、ふいに地面に叩《たた》き付《つ》けられるようにして膝をつく。

そう。《覇潰の罪鎌《グラヴィシーズ》》の弱点は二つ。一つはその代償の大きさであり、もう一つは使い手自身もその影響を免れないということだ。高重力の効果範囲に踏み込んでも問題ないのはあくまで《覇潰の罪鎌》本体だけであって、使用者はそれをレジストできない。

つまりステージ全体を重力攻撃の範囲に指定する場合でも、自分の周囲だけは安全地帯として残しておかなければならないわけだ。ならば、そこから追い出してしまえばいい。

あの爆発はオーフェリアを安全地帯から吹き飛ばすためのものなのだ。

さすがのオーフェリアも、純星煌式武装《オーガルクス》の出力で圧《お》し潰《つぶ》されるとなれば相当にきついだろう。案の定、すぐに能力を解除する。

「咲き誇れ——極楽雛鳥の輝翼《ストレリーティア・ペティ》!」

そのタイミングを狙って、ユリスは即座に能力を発動させた。

炎の翼で一気に加速し、まだ態勢を崩したままのオーフェリアの胸に輝く校章目掛けて、左手に持った光剣をすれ違い様に振り抜く。

——しかし、その攻撃はすんでのところで弾《はじ》かれてしまった。

『おおーっと、惜しい! あわやというところでしたが、リースフェルト選手の斬撃をランドルーフェン選手が素手で防ぐ！』

それでもゆらりと立ち上がったオーフェリアには、まったく焦った様子もない。

今のユリスの一撃は、完全に勝ちに行った渾身《こんしん》の一閃《いっせん》だった。

無論、この試合でのユリスの最優先事項は時間稼ぎだ。それは忘れていない。

だが、オーフェリア相手に時間を稼ぐということがどれほど困難かも、ユリスが一番理解している。中途半端に逃げに回った闘い方では、すぐに追いつめられてしまうだろう。

全力で勝ちに行って初めて、遅滞戦術を為《な》し得《え》るのだ。

『ですが、今の爆発は設置型の能力ですよね？　一体いつの間に仕込んだのでしょうか？』

『おそらくは初手にばら撒《ま》いた炎弾でしょうね。あれを媒介にしたのだと思うわ。種が発芽するイメージからの転化ってところかしら』

『だとしたら、リースフェルト選手はこの展開をあらかじめ読んでいたと？』

『ま、そこまでではなくとも対策の一環として準備していたであろうことは間違いないわね』

少なくとも、これでオーフェリアは《覇潰の罪鎌》の能力を今のような形では使い難《にく》くなるだろう。ユリスがばら撒いた鳳凰《インバ・バルサミナ》の散炎弾の『種』はステージのあらゆる場所へ埋め込まれている。広範囲に高重力地帯を作れば、今のように自爆しかねない。

オーフェリアはどのような相手であれ、決して手を抜いたり油断したりすることはない。

同時に、決して無理をすることもない。

何しろ地の力が圧倒的なのだ。多少なりとはいえリスクのある戦法をわざわざ選択しなくても、別の手段で十分押し勝てる——そう考えるはず。

(ならば私は、そのすべてを凌《しの》ぎ切ってみせよう……！)

ユリスはそう決意を改めると、再度星辰力《プラーナ》を練り上げる。

「咲き誇れ——紅霞の星見華《スターガザール・ボレン》！」

ユリスの頭上に巨大な炎の百合《ゆり》が花開き、今度もまた弾《はじ》けた。

ただし今回は炎の弾を撒《ま》き散《ち》らすようなことはなく、細かく輝く深紅の粒子がステージ上を霞《かすみ》のように覆っていく。視界を閉ざすほどの濃度ではないが、まるで宇宙に煌《きら》めく星々のようにも見えるだろう。

「……」

オーフェリアはほんの少しだけ眉を動かしたが、粒子を吸い込まないように制服の袖で口元を押さえつつ——そんなことをしなくとも別に人体には無害ではあるが、わざわざ教えてやる義理もないだろう——小さな声でつぶやいた。

「——塵《ちり》と化せ」

その足元から瘴気《しようき》が湧き上がり、巨大な亡者の腕を構築する。

すると、まるで吸い寄せられるかのごとく周囲を漂っていた赤い粒子がその腕に付着していった。

『おお？　赤いキラキラとしたものがランドルーフェン選手の瘴気にくっついていきますが……ザハルーラさん、これは一体……？』

『うーん……モチーフは花粉、かしら？』

もっともオーフェリアはそれを意にも介さず、触れる物すべてを侵し蝕《むしば》む猛毒の腕をユリス目掛けて振り下ろす。

「咲き誇れ――六弁の爆焔花《アマリリス》！」

ユリスもそれに対応して技を放つが、本来六弁の爆焔花の火力ではオーフェリアの能力に対抗できるものではない。出力差から、押し切られてしまうのが普通だろう。

しかし――

六弁の爆焔花が直撃した刹那、大爆発が巻き起こったかと思うと嵐のような爆風が吹き荒れ、耳をつんざく轟音《ごうおん》が鳴り響いた。

巨木のような瘴気の腕が、ユリスの眼前で崩れ落ちるように燃え尽きていく。

『こ、これはすさまじい火力だー！　い、いや、ですが、リースフェルト選手にこれほど威力のある技があったでしょうか？　もしや、準決勝で見せた例の技を……？』

『……いいえ、違うわ。これは多分……助燃材ね』

その通り。

紅霞の星見華《スターガザール・ポレン》が散布した赤い粒子は、ユリス以外が行う万応素《マナ》の変換に反応して付着し、ユリスの万応素変換パターンに呼応してその火力を底上げする助燃材だ。月華美人《げっかびじん》使用時には及ばないものの、それでも火力を数倍に引き上げる効果を持つ。

「百合《ゆり》の花粉は嫌になるほど取れにくい。私も昔、あの温室で赤い花粉が服に付いてしまって難儀したことがあった。覚えているか、オーフェリア？」

「……さあ。もう忘れてしまったわ」

オーフェリアの答えはそっ気のないものだったが、ユリスはそこに違和感を覚えた。

今の言葉は嘘《うそ》だ。それは目を見ればわかる。

以前のオーフェリアであれば、覚えていることを隠すことなく、それでもなお諦め切った言葉で切り捨てただろう。

だというのに、偽った。

それがどのような変化によるものなのかはわからない。

わからないが、少なくとも悪いものではないようにユリスには感じられた。

『いやー！　試合開始早々、最高レベルの《魔女》《ストレガ》同士によるすさまじい攻防です！　まさしく決勝戦に相応《ふさわ》しいバトルだと言えるでしょう！』

『正直、リースフェルトを舐《な》めてたわ。オーフェリア・ランドルーフェンは規格外だとしても、今のリースフェルトは《魔女》としてシルヴィア・リューネハイムと並ぶレベルになっている。しかも、元来彼女の能力はオーフェリア・ランドルーフェンの能力と相性がいい』

『相性、ですか？』

『毒物……特に化学兵器のようなものを処理する方法は主に二つ。一つは中和、そしてもう一つは燃焼——つまり、焼き尽くしてしまうわけ。炎を操るリースフェルトの能力は、瘴気《しょうき》を操るオーフェリア・ランドルーフェンに対して最初から本質的なアドバンテージがあるのよ。今までもオーフェリア・ランドルーフェンと相対した火炎系統の能力者はそれなりにいたけれど、基本的な出力が違いすぎてその優位が意味を成さなかった。けれど、リースフェルトはその大きな差を戦術と能力の組み合わせで埋めてきた……これはもしかしたら、もしかするかもしれないわ』

ザハルーラの声はやや興奮しているかのように聞こえた。

御大層《ごたいそう》な評価を頂戴してありがたくはあるが、ユリスからしてみれば余裕はまるでない。

戦術はどれだけ周到に用意しようと戦局次第で無意味になるし、能力の組み合わせと言えば聞こえはいいが、その分手数も時間も必要だ。オーフェリアの一手に対して、二手三手と重ねて初めて互角になるのだから、どうしても後手に回らざるを得ない。

かといって先述のように逃げや守りに徹してしまえば磨《す》り潰《つぶ》されるだけだ。必要な時には多少の無理をしてでも攻め、オーフェリアに相応の警戒をしてもらわなければ一方的になってしまう。当然、あらゆる場面で一つのミスも許されない。

（まったく、綱渡りもいいところだ……！）

ただしユリスは自分がそう簡単に負けるとも思っていなかった。

いざとなれば切り札——月華美人《げっかびじん》もある。

時間制限が強制される技なので最後の最後まで切ることのできない手札とはいえ、月華美人使用時のユリスはあの綾斗《あやと》を圧倒し、范星露《ファンシンルー》の領域にさえ届いたのだ。オーフェリア相手にも十分通用するだろう。わずか十二秒間だけではあるが。

（綾斗は時間を稼いでほしいと言ったが、具体的にどの程度の時間が必要かは言わなかった。それは綾斗たちにもどれだけ時間があれば事を成し得るか、わかっていないからだろう。また、時間を切ればそれが私にとって負担となってしまうことを危惧してくれたのかもしれない）

つまり、ユリスにできることは可能な限り時間を稼ぐ、それだけだ。

《星武祭《フェスタ》》の試合時間はまちまちで、一瞬で勝負が付くこともあれば延々と長引くこともある。総じて長くなりがちなのは団体戦である《獅鷲星武祭《グリプス》》だが、面白いことにタッグ戦の《鳳凰星武祭《フェニクス》》よりも個人戦の《王竜星武祭《リンドブルス》》のほうが平均試合時間は長い。これはタッグの片方が脱落するとバランスが崩れ一気に決着が付くことが多い《鳳凰星武祭》に対して、力量が互角であった場合などだと個人戦である《王竜星武祭》のほうが決め手に欠けるからだと思われる。双方が逃げや防御に長じた選手の場合、試合時間が一時間を超えることもあるくらいだ。

とはいえ、さすがにオーフェリア相手に一時間を稼ぐというのは現実的ではないだろう。

その半分――三十分でさえ至難の業だが、目標ラインは高く設定しなければ意味がない。

（いいだろう。三十分、稼いでみせようではないか……！）

「咲き誇れ――焦炎の熱害華・多輪咲《マルチフロース》！」

ユリスは八重咲の炎の花を同時に五つ顕現させるとオーフェリアを包囲するように回り込ませる。ただし、すぐに攻撃するような真似《まね》はしない。

「……」

一方、オーフェリアもちらりと周囲に視線を遣《や》ったが、すぐには動こうとしなかった。

『これは珍しい！　ランドルーフェン選手が様子見に回っています！』

やはり、な。

『納得ね。《孤毒の魔女《エレンシユキーガル》》オーフェリア・ランドルーフェンといえども、自分が生み出したものではない毒には警戒せざるを得ないか』

『ああ、確かにこのリースフェルト選手の技は、あの武暁彗《ウーシヤオフエイ》選手を追いつめることになった毒の花ですね！』

単純な火力では、オーフェリアの防御力を突破するのは難しい。半端な技ではなんの脅威にもならないだろう。

しかし、それに付随する効果があるならば話は別だ。

焦炎の熱害華は強い毒を持つ夾竹桃《きょうちくとう》の花をモチーフとしており、爆発と同時に毒の炎を撒《ま》き散《ち》らす。

オーフェリアは瘴気《しょうき》の毒を操り、それに対する耐性もあるが、ユリスが創り出した毒は未知のものである以上、迂闊《うかつ》な真似《まね》はできないだろう。

「別段、毒はおまえの専売特許というわけではあるまい、オーフェリア」

「そうね。私は一度たりともそれを誇ったことはないけれど……こういう牽制《けんせい》のされ方は、少しばかり忌々しいわね」

オーフェリアはつぶやくと、焦炎の熱害華とほぼ同程度の重力球を五つ創り出し、包囲している炎の花へとぶつけてきた。

「そうくるだろうと思ったぞ！」

ユリスがそれに先んじて指を鳴らすと、五つの焦炎の熱害華すべてが爆散する。どうせ重力球とぶつかり合えば、出力の差からいっても飲み込まれて終わるだけだ。

毒を帯びた火の粉が、オーフェリアに向けて舞い散る雪のように降り注ぐ。

（どうだ、これならかわしようがあるまい……！）

分散してしまっただけ毒の効力も落ちてしまうが、少しでもオーフェリアの体力を削《そ》げれば御の字というものだ。

が、オーフェリアは視線を少し上向けただけで、顔色一つ変えずにつぶやいた。

「——狂颯に散れ《ク・ガル・アンズー》」

オーフェリアの周囲で瘴気が急速に渦を巻き、それは突風となって火の粉をすべて吹き飛ばした。

「ちっ！　そう簡単にはいかないか……！」

ユリスが残念がりながらも、次の手を用意しようと星辰力《プラーナ》を集中させたその時だ。

ふいにオーフェリアの視線がユリスを射貫《いぬ》いた。

「……なるほど。小賢《こざか》しくはあるけれど、これも一つの力ではある。あなたの運命は、確かに力を増しているようね」

「先ほども言っただろう。運命ではない。実力だ」

敢《あ》えて訂正してみせる。

「先ほども言ったでしょう？　どちらも私にとっては変わらないの。ならばその力、最後にもう一度だけ試させてもらうわ」

ぞわりと、ユリスの背筋に冷たいものが走った。

オーフェリアが持つ《覇潰の罪鎌《グラヴィシーズ》》のウルム＝マナダイトが禍々《まがまが》しい紫色の輝きを強め、苦しそうに喘《あえ》ぎ声を漏らす。

これは五回戦でオーフェリアが使ってみせた、あの――

「――腐界に満ちよ《ゲシュティ・アンナ》」

*

「紗夜《さや》！　大丈夫、紗夜!?」

朦朧《もうろう》とした意識の向こうから、綾斗《あやと》の声が響く。

小さく頭を振って意識を覚醒させると、そこは古びた長椅子らしきものが並んださほど広くもない空間だった。立ち上がってみれば、《蝕武祭《エクリプス》》のステージを見下ろせるようになっており、綾斗が心配そうな顔でこちらを見上げている。

どうやらここは《蝕武祭》の観客席といったところらしい。ヘルネクラウムが爆発した際、ここまで爆風で吹き飛ばされてしまったようだ。

「だ、大丈夫……問題ない」

ぐっとサムズアップしてみるが、やや身体《からだ》がふらついてしまった。とはいえ、この程度のダメージですんだのは奇跡的と言っていいだろう。《赤霞の魔剣《ラクシャ＝ナーダ》》の直撃を受けたならグズグズに切り刻まれてしまっても不思議はなかったはずだ。

傍らに転がっていたヘルネクラウムの残骸に、紗夜は奥歯をぐっと噛《か》み締《し》めた。紗夜が無事でいられたのは、この子が身代わりになってくれたからなのは間違いない。

「っ！　綾斗！　危ない！」

その時、ふいを突くようにして《赤霞の魔剣》の欠片《かけら》が流星群のごとく綾斗に襲い掛かった。

綾斗はとっさに跳んでそれをかわすが、紗夜に向けられていた欠片も合流したため、圧倒的な量の欠片が逃げる綾斗を追尾する。綾斗はステージを縦横に駆け抜け、なんとか上《う》手《ま》く切り抜けているものの、追いつかれてしまえばひとたまりもないだろう。

紗夜もどうにか手助けしたいところだったが、すでに手持ちの武装はほぼ尽きてしまっている。ハンドガン程度なら残っていても、さすがにこれであのマディアス・メサに向かっていくのは無謀というものだ。悔しいが、実力的に紗夜はマディアスに遠く及ばない。万全の武装が整っている状態ならばまだしも、今身一つで出て行っても綾斗の足手まといになるのがオチだろう。

何か手はないか――そう思案しながら周囲に目をやった紗夜は、観客席の通路にそれを見つけた。

「まさか……⁉」

慌てて駆け寄ってみれば、間違いない。

それは——

「綾斗《あやと》！　爆弾！　それも軍用のマナダイト混合爆薬式！」

「なっ⁉」

綾斗が驚愕《きょうがく》の声を上げると、それまで悠然と立ったまま《赤霞の魔剣《ラクシャ＝ナーダ》》のコントロールに徹していたマディアスが、紗夜《さや》へと視線を向けた。

「おや、気が付かれてしまったか。こんなことなら少しはカモフラージュしておけば良かったかな」

確かに爆弾はほとんど機構がむき出しのまま、無造作に置かれていた。

ステージをぐるりと取り巻く観客席をざっと見回してみれば、同じ物が全部で六つ。大きさは紗夜の身長の半分程度で、これ一個でも相当な威力だが、それが六個となると相乗作用でとてつもない破壊力になるはずだ。

「どういうつもりだ、マディアス・メサ！」

《赤霞の魔剣》の欠片《かけら》を回避しながら、綾斗が問う。その動きにはどこか余裕のようなものが見て取れた。どうやら面の斬撃を見切りつつあるらしい。《赤霞の魔剣》は欠片を細かく分割すればするほど細やかなコントロールはできなくなるとのことなので、どうしても攻撃も大味になってしまう。とはいえ、紗夜ではこの短時間で見切るなど到底不可能な芸当であるから、そこはやはり綾斗の才を褒めるべきだろう。

「ふむ……まあ、君たちは知る由もないだろうがね。この《蝕武祭《エクリプス》》の会場には、隠された役目があるのだよ」

マディアスもそれを察したのか、欠片を手元に呼び戻すと元の大剣状へと合体させた。

「役目……？」

「君たちも知っての通り、このアスタリスクという都市は箱庭だ。《星脈世代《ジェネステラ》》を管理するための、ね。管理するということは、いざという時に処理する方法も準備しておかなければならない。当然のことだろう？」

処理。

その言い方にぞっとする。

「なに、それほど大した話でもないさ。この《蝕武祭》のステージは、構造を考えればわかるように、アスタリスクの設計当初から用意されていたものだ。後付けでこんな空間を作れるわけがないからね。大改修の際も、ここだけは手を付けられることがなかった。では、ここは最初から《蝕武祭》を――非合法のバトルを見世物とする闘技場として作られたのだと、そう思うかい？　まさか！　《蝕武祭》なんてものは本来の用途からすればただの余興だよ。ここはいざという時の安全装置……そのスイッチなのさ」

マディアスはこともなげにそう言った。

「水上都市としてのアスタリスクの基盤構造は非常に頑強だとも。ちょっとやそっとのことじゃ揺らぐことさえないが、あらかじめそのように作られていたケースでは話が別だ。この空間が破壊されて浸水すると、アスタリスクを支える基底ストラクチャー群に負荷が掛かり、崩壊する仕組みになっている。つまり、この都市が丸ごと水底に沈むというわけだ」

「そんな……！」

にわかには信じられないが、もし本当にアスタリスクそのものが崩壊してしまうとなれば、オーフェリアを止められたとしても意味がない。

それこそどれだけの命が失われるか、想像もつかなかった。

「とはいえ、もちろんそれは簡単じゃない。ここの壁面構造は何重にもなっていて、アスタリスクの中でも最も頑丈に作られている。ピンポイントで一定の箇所を同時に破壊しなければならないのさ。そうでなければ、そんなところでおいそれと《蝕武祭》《エクリプス》なんて物騒な催しを開くわけないだろう？」

マディアスの口調には、どこか嘲笑するような響きが混ざっている。

ただ、それが一体誰に向けられたものなのかまではわからない。

「なぜわざわざそんなことをする……！　おまえたちの計画通りに《孤毒の魔女》《エレンシュキーガル》が人々を殺戮《さつりく》したとして、都市そのものを破壊する必要などないだろう！」

「オーフェリア嬢が首尾よく事を成してくれたとしても、万が一その後に統合企業財体の調査などで真相がわかってしまったら台無しだろう？　探知系の能力者は過去まで掘り返すような輩《やから》もいるからね。念のための証拠隠滅というところさ」

念のため。

ただそれだけのために、ここまでするのか。

紗夜《さや》は改めて金枝篇《きんしへん》同盟という存在が、どれほどタガが外れた者たちの集まりなのかを理解させられた。

「――紗夜、解除はできる？」

「えっ……？」

唐突にそんなことを言われて紗夜は面食らったが、すぐに気を取り直して爆弾を調べてみた。マナダイトを使用した混合爆薬は、旧来の爆薬のみを使用した爆弾よりも格段に威力が高い反面、煌式武装《ルークス》と同じく制御装置を必要とする。だとすれば記憶形状のプログラミングを書き換えることで、停止させることができるかもしれない。

「わからないけど……とにかくやってみる！」

紗夜は携帯端末を取り出して強制的に制御装置へリンクさせると、すぐに分析に取り掛かった。

「おいおい、それを私が黙って見逃すと思うのかい？」

マディアスが《赤霞の魔剣《ラクシャ＝ナーダ》》を構えるが、そうはさせじと綾斗《あやと》が上段から斬りかかる。

「ぬっ……！」

その踏み込みは今までよりも格段に鋭く、マディアスをして一歩後退せしめた。

綾斗《あやと》はさらに下段から横薙《よこな》ぎに繋《つな》げ、剣閃《けんせん》を煌《きら》めかせる。

「ほう……！　少しは私の動きに対応してきたか……！　まあ、こうして君と剣を交えるのもこれで三回目だ！　それくらいはしてくれないとな！」

マディアスはそう言って一度距離を取ると、肩に手を当てて首をぐるりと回した。

「いいだろう。片手間に相手をして足元をすくわれてもつまらない。沙々宮《ささみや》君の始末は、君を殺してからにするとしようか」

その瞬間、マディアスの身体《からだ》から信じられないほどの殺気が放たれた。

距離の離れた紗夜《さや》でさえ、臓腑《ぞうふ》をぐちゃぐちゃに握り潰されるかのような圧迫感。一気に周囲の温度が氷点下になったような怖気《おぞけ》と、空気が鉛になったかのような重圧に、自分でも知らず手が震えてしまう。

（これがマディアス・メサの本気……！）

だとしたら、この殺気を真正面から受け止めている綾斗のプレッシャーは一体どれほどのものだろうか。

しかし紗夜は小さく首を振って、目の前の仕事に意識を集中させた。

紗夜には紗夜がやるべき仕事がある。

おそらく紗夜がここまでついてきた意味はこのためにあるのだ。

だったら、それを完璧にこなしてやろうじゃないか。

紗夜は以前こっそり英士郎《えいしろう》から調達したクラッキングツールを起動させると——ちなみにそれはかつてフローラを探している時に歓楽街《ロートリヒト》で英士郎が使っていたものだ——制御装置の書き換えに着手し始めた。

＊

「天霧辰明流《あまぎりしんめいりゅう》剣術奥伝——〝罷牙蜂《ひがばち》〟！」

身を捻《ひね》った状態からの、右手一本での渾身《こんしん》の突き。敢《あ》えて急所ではなく《赤霞の魔剣《ラクシャ＝ナーダ》》の持ち手を狙った正確無比なその一撃を、だがマディアスは悠然と斬り払った。

「ちぃっ……！」

綾斗もそれでは終わらず、払われた剣をその勢いのまま左逆手に持ち替え、身体を一回転させながら薙ぎへと繋げる。

天霧辰明流剣術中伝〝十毘薊《とびあざみ》〟だ。

マディアスはほんの少し驚いたように片眉を上げたが、大きく身を反らしただけでそれを回避して見せた。その眼前を《黒炉の魔剣《セル＝ベレスタ》》の切っ先が過《よぎ》っていったというのに、まるで動じた様子はない。完全に見切っているのだ。

その上、そんな不安定な態勢から《赤霞の魔剣《ラクシャ＝ナーダ》》を斬り上げてくる。

「っ！」

踏み込んでいた右足に力を籠《こ》め、無理矢理《むりやり》に身体《からだ》を傾けると、巨大な大剣は綾斗《あやと》の制服をばっさりと切り裂いていった。

更にマディアスは一見すると剣に振り回されるような不安定な動きで、大きく身をよじりながら袈裟《けさ》掛けの一撃へと繋《つな》げてくる。

綾斗は綾斗でその一撃を斬り上げるように迎え撃って弾《はじ》き上げると、間髪を入れずに斬り落とす。

「天霧辰明流《あまぎりしんめいりゅう》剣術中伝——〝剋裡殻《くりから》〟！」

「おおっと……！」

が、マディアスは半身になって刃《やいば》を避《よ》けると左足で綾斗の腹部を蹴り飛ばしてきた。

「ぐ……っ！」

ただの蹴りだというのに、その重さが尋常ではない。

踏ん張ることもできずに吹き飛ばされ、綾斗の身体は半ば崩れ落ちている巨大な柱に打ち付けられた。

「かはっ！」

空気が肺から押し出され、一瞬目の前が暗くなる。

直後に《赤霞の魔剣》の欠片《かけら》が飛来し、転がるように逃げた綾斗の眼前で柱は完全に切り刻まれ、倒壊した。

「はぁ……はぁ……はぁ……！」

息を整えつつすぐに立ち上がり、《黒炉の魔剣《セル＝べレスタ》》を構える。

そんな綾斗を、マディアスが明朗な声で嗤《わら》った。

「ははは！　遥《はるか》もそうだったが、やはり君も同じだな。天霧辰明流とか言ったかね？　まったく、実にくだらない」

「何を……！」

綾斗が声に怒気を込めると、マディアスはいかにもわざとらしく肩を竦《すく》める。

「ああいや、誤解しないでくれたまえ。私は君や遥の強さは認めているし、別に君たちの流派だけを馬鹿にしているわけじゃない。私がくだらないと思っているのは、剣術とか剣技とか、そういったものすべてだ。それが天霧辰明流であろうと刀藤《とうどう》流であろうと、他の流派であろうとね。もっと言えば、闘いに技だの型だのを持ち込もうなどという愚かしい考え方、それ自体だよ」

マディアスはまるで溜《た》め息《いき》を吐《つ》くようにそう言った。

「闘いとは相手を打ち倒し、屠《ほふ》る。ただそれだけのことだ。相手に隙があればそこに打ち込み、隙が無ければ隙が生じるように動く。実に自由で単純じゃないか。私からしてみれば、技などというものは自ら行動の幅を狭めているようにしか思えんね」

呆《あき》れた放言ではあるが、マディアスがそれに見合うだけの力を持っていることもまた事実だ。

型に囚《とら》われず、それでいて隙も無駄もない攻撃——無形と、一切の予測を為《な》し得《え》ない静謐《せいひつ》な動作——無拍子。ある種武術の極意とも言えるであろうこの二つの境地を、おそらくマディアスは完全に体得している。

クローディアからもらったデータによると、マディアスは《無限闘技場《ヴィーグリーズ》》と呼ばれるアンダーグラウンドのバトルエンターテインメント出身らしい。そこで幼少時から八年間、ただひたすらに闘い続けていたのだという。何百何千という命がけの試合によって天賦《てんぷ》の才が磨かれた結果が、この無形無拍子なのだろう。

剣才ならば綾斗《あやと》はその最上の物を綺凛《きりん》の中に見たが、根源的な闘いの才というものにおいてマディアスは綾斗が出会ったあらゆる人間を凌駕《りょうが》していた。

「無論、術理は大切だろう。理を学ぶことは正しい。しかし、それを型に押し込める意義が私にはわからないのだよ。まるでごっこ遊びのようでね。まあ、それはそれでこの醜悪な見世物の都には相応《ふさわ》しくはあるが……」

そこまで言ったところで、マディアスがふいに間合いを詰めてきた。

〝識《しき》〟の境地を使っていてなお間合いの読みを狂わせる、独特の歩法。

危うく首を刎《は》ねられる寸前で、綾斗はその赤い刃《やいば》を《黒炉の魔剣《セル＝ベレスタ》》で防いだ。

《黒炉の魔剣》ごと圧《お》し潰《つぶ》すような、強引で重厚な剣撃。

「ぐぅ……！」

「だからこそ私も、天霧辰明流《あまぎりしんめいりゆう》の極伝とやらは評価している。あれは型ではなく、術理のみの技だろう？」

鍔迫《つばぜ》り合《あ》いのまま、マディアスがにやりと笑った。

タイミングを図って力を逃がし、身体《からだ》を入れ替えるが、マディアスは態勢を崩すこともなく、再度《赤霞の魔剣《ラクシャ＝ナーダ》》を振るう。

二度、三度と斬り結んでからお互いに距離を取ると、マディアスは傲然と両手を広げて見せた。

まるでかかってこいとでも言うように。

（極伝を誘《あ》っているのか……なら！）

綾斗は敢えてその誘いに乗ることにした。

最低限その動きに対応できるようになってきたとはいえ、依然マディアスが圧倒的に有利な状況は変わっていない。スペックにおいてはあらゆる面で綾斗を上回っているのだから、それも当然だろう。切り札である極伝を出し惜しみしている余裕はない。

懸念があるとすれば、すでに極伝の内二つを《王竜星武祭《リンドブルス》》の試合で晒《さら》してしまっていることだ。無論、極伝は天霧辰明流《あまぎりしんめいりゅう》の最終奥義であり、一度や二度見たからと言って容《た》易《やす》く攻略できるようなものではない。〝晦《つごもり》〟はロドルフォ・ゾッポに防がれはしたものの、あれは極伝を攻略されたというより《黒炉の魔剣《セル＝ベレスタ》》を攻略されたと言ったほうが正しいし、真似《まね》ようとしたところで不可能なはず。

とはいえ相手はマディアス・メサだ。こうして誘ってきた以上、何かしらの考えがあってのことだろう。

（だとしても、躊躇《ためら》っている時間はない……！）

ユリスとオーフェリアの決勝戦が終わるまでに、決着を付けねばならないのだ。

綾斗《あやと》は目を閉じると、〝識《しき》〟の境地をより深化させ、知覚を更に研ぎ澄ませる。

この状態は長くは持たないが、仮に今攻撃されたとしても十分に対応できるだろう。

『静』の世界が構築され、あらゆる『動』が浮かび上がる。

その中に、綾斗は確かにマディアスの挙動――その発端を感じ取った。

「天霧辰明流剣術極伝が一――〝晦〟」

ゆらり、と。

綾斗は流れる水のように静かに滑らかに、完璧なカウンターをマディアスに叩《たた》き込《こ》んだ

――はずだった。

「なっ……⁉」

しかし、その一撃は何もない虚空で弾《はじ》かれ、軌道を変えられてしまう。

驚愕《きょうがく》と共に目を見開いた綾斗に向けて待ち構えていたマディアスが一閃《いっせん》し、《赤霞の魔剣《ラクシャ＝ナーダ》》がざっくりと右脇腹を切り裂いた。

「ぐうぅ……っ！」

痛みというよりは灼熱《しゃくねつ》が走り抜け、生暖かい血が溢《あふ》れ出《で》るのがわかる。

なんとかバックステップで距離を取ったが、そのままがくりと片膝をついてしまう。反射的に身を傾け致命傷こそ避けたものの、かなりの深手だ。

いや、それよりも。

「今のは……！」

何もない虚空に弾かれたのではない。

目を凝らせば、マディアスの周囲にはキラキラと紅《あか》く輝く《赤霞の魔剣》の欠片《かけら》が漂っている。綾斗が攻撃を仕掛けた瞬間、それらの欠片が結集するのを確かに感じ取った。

つまり――

「おや、一発で気が付いたか。さすがだね」

皮肉ではなく、素直に感心したようにマディアスが顎を撫《な》でる。

「……自動防御か」

「ご明察ご明察、その通りだとも。私の周囲には、《赤霞の魔剣《ラクシャ＝ナーダ》》の欠片《かけら》が浮遊している。これらは私の思考に反応して結集し、即座に刃《やいば》を形成することによって自動的に攻撃を防いでくれるというわけだ」

〝晦《つごもり》〟は完全なる後の先を成す技だが、それはあくまで対象の挙動に対して先んじるものだ。思考にまでは反応できないし、空間上へ自動的に形成される刃となるとそれを掻《か》い潜《くぐ》って攻撃を届けるのは難しい。

「《赤霞の魔剣》は面の斬撃という残忍さだけがクローズアップされがちだが、しかるべき者が振るえば本来非常に使い勝手が良いものなのだよ。今のように防御にも使えるし、攻撃面でも多彩なバリエーションを構築できる。たとえば、このように……」

「……っ！」

マディアスが《赤霞の魔剣》を一振りすると、その巨大な刀身が細かな欠片に分かれて綾斗《あやと》の周囲を何重にもドーム状に取り囲んだ。その数は優に百個を超えているだろう。

その展開速度は整然としつつも迅速で、綾斗もまるで逃れようがなかった。いや、わかっていても対処する方法はほとんどなかっただろう。仮に綾斗が包囲されないように逃げたとしても、大回りしてでも欠片を背後まで送り込み、そこから包囲網を狭めればいいだけだ。

「知っての通り、《赤霞の魔剣》の欠片は細かくするほどにコントロールが難しくなる。

よって、面の斬撃の場合はそれらをある程度の塊としてまとめて叩《たた》きつけるしかなくなるわけだが、それよりももう少し欠片のサイズを大きくすれば、精密なコントロールは無理でも移動方向を別々に操るくらいは可能だ」

マディアスの言葉に、綾斗の背筋を冷たい汗が流れる。

包囲攻撃自体は、珍しいものではない。

熟練の《魔術師《ダンテ》》や《魔女《ストレガ》》であれば、能力を駆使してこうした攻撃を行うこともままあるだろう。

しかしそれが純星煌式武装《オーガルクス》となると、脅威度は桁違いだ。

通常の攻撃であれば綾斗の豊富な星辰力《プラーナ》量である程度ダメージを軽減することができるが、純星煌式武装ではそうもいかない。それが斬撃・刺突となれば猶更《なおさら》だ。

「さて、どう凌《しの》ぐかね？」

直後、取り囲む欠片が一斉に綾斗を襲った。

上空を含めた全方位から隙間のない高速同時包囲攻撃。しかも、その一発一発が純星煌式武装の破壊力を秘めている。

綾斗は即座に〝識《しき》〟の境地のレンジと濃淡を調整し、意識を集中させた。

「天霧辰明流《あまぎりしんめいりゅう》剣術極伝が二──〝佾《わざおぎ》〟」

綾斗は《黒炉の魔剣《セル＝ベレスタ》》を縦横無尽に振るい、《赤霞の魔剣》の欠片を弾《はじ》き返《かえ》す。

もちろん、どれだけ疾《はや》く剣を振るおうが全方向からの同時攻撃には追いつくはずもない。

だが――

「ほう……！」

マディアスが再び――今度はより大きく感嘆の声を漏らした。

「これは素晴らしい！　まさか弾《はじ》いた欠片《かけら》で別の欠片を防ぎ、それを更にまた別の欠片に当てて防ぐとは……！　まさしく神業じゃないか！」

〝識《しき》〟の境地の極限と、〝伶《わざおぎ》〟による半自動的回避行動の精密性があって初めて成し得る護身。

とはいえ、当然ながらそのすべてを防ぎ切ることは不可能だ。

紅《あか》い嵐が吹き抜けた後、綾斗《あやと》は荒い息を吐きつつもなんとか立っていることはできたが、その身体《からだ》には無数の裂傷と切創と刺創が焼き付けられていた。

かろうじて急所だけは守ったものの、それ以外のあらゆる場所から血が吹き出す。

「く……っ！」

「なるほどなるほど、大したものだ。感服するよ」

マディアスは笑顔でそう言いながらも、《赤霞の魔剣《ラクシャ＝ナーダ》》を一振りした。

すると、先ほどと同じように綾斗の周囲を《赤霞の魔剣》の欠片が包囲する。

「完全ではないものの、ある程度効果的な攻撃だったようだ。ならば、わざわざ手を変え

ることもあるまい。つまらないくらい同じことを繰り返せばいい。違うかね？」

それが当然とばかりにマディアスが笑う。

「さて——何回耐えられるかな？」

第三章　最終決戦・三

「――腐界に満ちよ《ゲシュティ・アンナ》」

オーフェリアがそうつぶやいた次の瞬間、ステージ場のあらゆる場所から瘴気《しょうき》の巨木が猛然と乱立した。

『おおーっと！　これはランドルーフェン選手が五回戦でヒルダ・ジェーン・ローランズ選手を打倒した、あの……！』

（オーフェリアの能力に、《覇潰の罪鎌《グラヴィシーズ》》の能力を上乗せした大技……！）

ユリスは極楽鳥の燈翼《ストレリーティア》で空中に逃げるが、無論それだけで回避できるほど甘いものではない。直立し、或《あるい》いは斜めに、ユリスを圧《お》し潰《つぶ》さんと次々と巨木が生えてくる。

『まるで太古の巨大密林が突如としてステージ上に再現されたかのようです！　一本一本の大きさは、優に二十メートルを超えるでしょう！　それが次々と、後から後から生えてくる！』

あのオーフェリアと互角の力を示した《大博士《マグナム・オーパス》》ヒルダですら凌《しの》げなかった技だが、それでもユリスにとっては一度見たことがある技だ。対策は用意してある。

「綻べ！」

ユリスの号令一下、ステージの地面が次々と爆発を起こす。

最初に仕込んでおいた鳳凰の散炎弾《インパ・バルサミナ》の種を、一斉に起爆させたのだ。

もちろん多少の爆発ではびくともしないだろうが、今は紅霞の星見華《スターガザール・ポレン》の花粉助燃材が散布してある。その威力は格段に上がっているはずだ。

何も、先ほどのようにこの瘴気《しょうき》の巨木を丸々焼き尽くそうというわけではない。これらはあくまで地面から生えてきている。ならば、その根本さえ焼いてしまえば……。

「よし……！」

ユリスに迫っていた巨木が根元を折られ、重なるようにして倒れていく。

ただ、それでもすべてがそうなったわけではない。助燃材で火力が増しているとはいえ、元々オーフェリアの出力は異次元だ。一度や二度の爆発では根元を破壊できなかった巨木が、ビリヤードのキューで玉を撞《つ》くようにユリスを狙って何本も襲い掛かってくる。

「むぅ……！」

その数はユリスが予想していたよりもずっと多い。

炎の翼を羽ばたかせ、ステージ上空を飛び回りながらなんとか回避を続けるが、そのすぐ脇を巨木が掠《かす》めていったことも片手では数え切れないくらいあった。掠るだけで即敗北を意味するオーフェリアの攻撃を避《よ》け続けるのは、肉体的にも精神的にもプレッシャーがきつい。

ユリスがなんとか逃げ切れたのは、準備と対策が功を奏したこと——それらが半分。それと倒れた巨木が折り重なって、新しい巨木の勢いと突出を妨げたこと——つまり運がもう半分といったところだろう。

「ふぅ……ふぅ……！」

それでも、ギリギリ凌《しの》ぎ切った。

乱立が止まると、ステージを埋め尽くしていた巨木がゆっくりとガス状の瘴気に分解されていく。

「綻べ——大輪の爆耀華《ラフレシア》！」

ユリスは空中から煌式遠隔誘導武装《レクトルクス》を地面に突き刺し、設置型の能力を即時発動——漂う瘴気をすべて焼き払い、そこへと着地した。

『し、凌いだー！　リースフェルト選手、ランドルーフェン選手の大技から生き延びてみせました！』

『かろうじて、だけどね。多分もう一度同じことができるかって言ったら、無理だと思うわ』

実際、それが無理かどうかはさておき、かなり厳しいであろうことはザハルーラの言う通りだろう。そしてオーフェリアならば、その選択をする可能性は高い。

ユリスは使い切ってしまった助燃材を再度、紅霞の星見華《スターガザール・ポレン》を発動させて散布する。

なんにせよ、とにかく準備だけはしておかねばならない。

「……」

しかしオーフェリアは予想に反して、無言のままユリスを見つめ、小さく溜《た》め息《いき》を吐《つ》いた。

「はぁ……そう。そうなのね。いいわ、認めましょう」

「ほう？　ようやく私の実力を少しは認めてくれたということか？」

「そうよ」

ユリスとしてはただの軽口だったのだが、まさか肯定が返ってくるとは思っていなかったので、少々驚く。

「……それは光栄だな」

「だからここからは、私も全力で行くわ」

「っ！」

その宣言に、ユリスは目を見張った。

「ふっ……まさかおまえがそのようなコケ脅しをほざくとは。では、よもや今までは手を抜いていたとでも？」

そんなことはありえない。

オーフェリアはどんな相手であろうと、決して油断せず最初から本気で叩《たた》き潰《つぶ》してきたはずだ。

「いいえ。私が手を抜くことなどありえない。ただ——出したくとも出せなかったのよ、本当の全力は」

そう言いながら、オーフェリアは右手に持った《覇潰の罪鎌《グラヴィシーズ》》のウルム＝マナダイトを撫《な》でた。その手つきは静かで穏やかで、一見すると慈しむかのようであったが、違う。そこにはやはり悲嘆と諦観しかない。それがわかっているのか、よく見れば《覇潰の罪鎌》はカタカタと小さく震えているようだった。

そして。

『ギイイイイイイイイイイイイイイイイイイイイイイイイイイイ！』

突如として、苦痛に満ちた絶叫がステージに響いた。

オーフェリアの手から、膨大な瘴気《しょうき》が《覇潰の罪鎌》のコアに注がれているのがわかる。おそらく人間であれば一瞬で即死するであろう量の、毒の注入。

ウルム＝マナダイトが半狂乱のように紫の色を明滅させ、ステージを照らす。断末魔の絶叫はしばらく続いたが、やがてそれはコアの輝きと共にゆっくりと弱まり……ついには消え去り、《覇潰の罪鎌》は完全に機能を停止させた。

オーフェリアがそんな《覇潰の罪鎌》を無造作に放り投げると、乾いた音を立ててステージに転がる。

『え……？　は？　はぁーっ⁉　な、なんということでしょう！　ランドルーフェン選手、自らが使う《覇潰の罪鎌《グラヴィシーズ》》を自分の手で破壊した……⁉』

「……どういうつもりだ、オーフェリア」

ユリスが睨《にら》みつけながらそう問うと、オーフェリアはじっとその視線を見つめ返してきながら答えた。

「あなたも知っているでしょう？　私の瘴気《しょうき》は強すぎて、自らの身体《からだ》をも蝕《むしば》んでしまう。だからそれを少しでも抑えるために、ディルク・エーベルヴァインが投薬によって制御してきたことを」

「ああ、知っているとも」

「ただし、計画を完全に実行するためには私の本当の全力が必要になるわ。投薬で抑え込んだ状態でも実行することは可能だけれど、その場合アスタリスクの隅々にまで私の瘴気を行き渡らせるのは難しい。それなりの数の人間が生き残ってしまうでしょう。そのため、投薬は随分前から止まっているの」

まるで他人事《ひとごと》のように、淡々とオーフェリアが語る。

「でも、計画の実行までに私が自壊してしまったら元も子もない。なら、どうするか――」

「っ！」

そこまで聞かされて、ユリスはようやく理解した。

「なるほど……《覇潰の罪鎌》はリミッターということか」

なぜあれほど圧倒的な力を持つオーフェリアがわざわざ《覇潰の罪鎌》という新しい力を手に取ったのか。違う。武器としての純星煌式武装《オーガルクス》など単におまけだったのだ。最初から必要だったのは、敢《あ》えて毒の血を《覇潰の罪鎌》に吸わせることで自らの力を弱めて調整すること。

「……」

オーフェリアはこくりとうなずくだけで、それに応えた。

「ヒルダ・ジェーン・ローランズは私と《覇潰の罪鎌》の組み合わせを最悪と評していたけれど……逆なのよ。私の全力を任意のタイミングで発揮するための調整弁としては、あの子以上のものはなかった」

そう言いながらもオーフェリアの身体から放たれる膨大な星辰力《プラーナ》が万応素《マナ》を変換し、その周囲に瘴気を生み出していく。

「こ、これは……！」

ユリスの頭の中ではすでに危険を告げる警報が最大限の音量で鳴り響いていた。

本能的に大きく後ろに跳んで距離を取る。

『は……？　何、これ……？　オーフェリア・ランドルーフェンの力が加速度的に増している……？　いや、でもこの力は、さすがにもう……人が扱えるものじゃ……』

困惑した様子の、ザハルーラの声。

更に。

『えっ⁉　あ、あの、はい、はい……！　えー、と、すみませんすみません！　決勝戦の途中ですが、緊急ニュース、です！　現在アスタリスク全域にて大規模なテロ活動が行われている模様！　六花《りっか》施政庁及び星猟《シャーナガルム》警備隊本部より、住人及び来訪者は建造物内への強制避難命令が発令されています！』

「テロだと……⁉」

そのとんでもない知らせに、ユリスは思わず周囲を見渡した。

今まで熱狂に沸いていた観客たちの間にも、ぽかんとした短い空白の後、不安と混乱に彩られたざわめきが広がっていく。

観客席のあちこちから携帯端末の空間ウィンドウが開かれ、連鎖するようにその明かりが増えていった。おそらく、そこには会場の外の惨状が映し出されているのだろう。

どの程度の被害が出ているのかは知る由もないが、強制避難命令は六花施政庁と星猟警備隊が発令する最上位のものだ。相当な惨事となっていることは想像に難《かた》くない。

『え、えーとですね！　今のところ建物の中にいるのが一番安全とのことなので、このシリウスドームにご来場のお客様におかれましては、落ち着いて――』

まずい。

これはパニックになる。

いかにシリウスドーム内が安全だと言われても、これだけの数の人間が集まっていればそう思わない者、穿《うが》った見方をする者が一定数いるものだ。一度そうした者たちが混乱を生み出せば、それは瞬く間に伝播《でんぱ》し、増幅されるだろう。

十万人以上が詰めかけているこの会場で、もし大規模なパニックが起きればどれだけの犠牲者が出るか……。


「──塵《ちり》と化せ」


しかしその刹那、会場は一瞬でしんと静まり返った。

オーフェリアが編み上げた瘴気《しょうき》の腕──それが今までとは比較にならない大きさと禍々《まがまが》しさでそびえ立っている。その光景に、会場の全員が見入ってしまったのだ。その圧倒的な、力の塊に。

問答無用に人の視線と心を掴《つか》む、絶対的に凶悪な暴力。

しかも、それは一本だけではない。

数秒ごとにその数を増し、今では五本、六本──

『は……ははは……はははははは！　すごい！　すごいすごいすごい！　オーフェリア・ランドルーフェン！　《孤毒の魔女《エレンシュキーガル》》！　まさか、まさかここまでなんて！』

そこへ、ザハルーラの喜悦に満ちた笑い声が響き渡る。

『ザ、ザハルーラさん……？』

『梁瀬《やなせ》ミーコ、さっきの通達は決勝戦に関して何も触れてないのね？』

『え？　ええ、はい、それは特に……』

『なら当然、試合は続行ってことでしょ。じゃあ別にどうでもいいわ。テロだかなんだか知らないけれど、あたしには関係ないことよ。それよりも今は、目の前の試合を一秒たりとも見逃したくないの！』

きっぱりとそう断言したザハルーラに、ミーコは絶句したのか言葉が出てこないようだ。

『観客共も聞きなさい。逃げ出したいやつは好きにすればいいわ。でも、あんたたちは何をしにここへ来たの？　最強を決める《王竜星武祭《リンドブルス》》の、《星武祭《フェスタ》》史上最高の大会の、決勝戦を見に来たのでしょう？　だったら、その節穴を見開いてよーく見ておくことね。目の前の奇跡は、これからあんたたちがそのつまらない一生をかけても二度と見ることのできない代物よ。少なくともあたしは、雨が降ろうが槍《やり》が降ろうが、仮にこのシリウスドームが吹き飛んだとしても、ここを一歩も動くつもりはないわ！』

率直に言って、それはイカれた啖呵《たんか》だった。

だが、その熱は確かに本物だった。

だからこそ熱は、さざ波のように観客たちに伝わり、不安と困惑を塗り潰し、先ほどよりも一層大きな熱狂となって渦を巻いた。

小さなざわめきがまばらな歓声となり。

あちこちから上がり始めた歓声が響き合って大歓声となり。

大歓声は怒号、絶叫、雄叫《おたけ》びを伴い、シリウスドームを飲み込んだ。

「まったく、イカれているのは観客共も一緒か……」

こうなるとユリスには苦笑しかできない。

「……行きなさい」

歓声に後押しされたわけではないだろうが、オーフェリアがその右腕をそっと払った。

地獄の悪魔のそれとてここまで禍々《まがまが》しくはないだろうと思えるような瘴気《しょうき》の腕が、ユリス目掛けて振り下ろされる。

「咲き誇れ——呑竜の咬焔花《アンテリナム・マジエス》！」

ユリスは焔《ほのお》の花竜を放ち、更に煌式遠隔誘導武装《レクトルクス》を使ってブーストして迎撃。

花粉助燃材の効果も加えれば、その威力は通常の十倍近いはずだ。

しかし、その一撃は瘴気の腕を一本押し留《とど》めただけで、二本目、三本目の腕がユリスを叩《たた》き潰《つぶ》さんと迫ってくる。

「なにっ⁉」

その速度も、以前より格段に疾《はや》い。

（こ、これは……いくらなんでも……！　逃げ切れ――！）

極楽雛鳥の輝翼《ストレリーティア・ベティ》を使って滑るようにステージを翔《か》けるが、加速補助能力を使ってなお容易《たやす》く追いつかれてしまう。急加速と急減速、急旋回を繰り返してなんとか逃れようと試みるが、それで稼げたのはほんの短い時間だけだった。

あっという間にステージの端まで追いつめられ、最早《もはや》どこにも逃げ場はない。

そして、もったい付けることも躊躇《ちゆうちよ》することもなく、津波のように瘴気《しようき》の腕が何本もまとめてユリスに襲い掛かる。

『あ、ああーっと！　リースフェルト選手、万事休す！　これは決まってしまったかー⁉』

『――いいえ、まだよ！』

期待を隠そうともしないザハルーラの声。

……仕方がない、か。

ユリスは諦めて、目をつむった。

どうやらユリスにできるのはここまでのようだ。もう少し……できればもう五分くらいは時間を稼いでやりたかったが、このままでは無駄にやられてしまうだけとなる。それでは意味がない。

だから──申し訳ないが、ここから先はユリス自身の闘いだ。

「華めけ──月華美人《げつかびじん》」

次の瞬間、ユリスが目を開くと同時に連続して放った極大の六弁の爆焔花《アマリリス》が、瘴気の腕をすべて押し返し、焼き払った。

薔薇色《ばらいろ》の髪が青白く変化し、ユリスの肉体そのものが燃え上がったかのように焔《ほのお》をまとう。

『で、出たー！　天霧綾斗《あまぎりあやと》選手を圧倒した、あの技です！』

観客席から、怒涛《どとう》のような歓声が沸き上がった。

──まったく度し難《がた》い馬鹿共だ。

外では大規模なテロが起こり、自分たちの身も危ないかもしれないというのに、そこまでしてなお学生同士が闘い争う様を見たいというのか。下劣で、醜悪で、浅ましい観客共め。

だが心の中でそう罵りつつも、ユリスは小さく笑っていた。

ああ、そうだ。存分にその目に焼き付けるがいい。

これがユリス＝アレクシア・フォン・リースフェルトと、オーフェリア・ランドルーフエンの闘いだ。

私たちの、最後の闘いなのだ。

＊

「行ったよ、レオ！」

「任せておけ！」

《黒盾《ガレス》》ケヴィン・ホルストがシールドバッシュで押《お》し退《の》けた擬形体《パペット》を、《王　槍《ロンゴミアンド》》ライオネル・カーシュのパルチザンが両断する。

その鮮やかな連係は、一線を退いた今も些《いささ》かも衰えていない。

「さすがだね、二人とも」

アーネスト・フェアクロフは元チームメイトを横目に見つつ、自分も目の前の擬形体を二体連続で斬り倒した。

商業エリアの一角、巨大な空間スクリーンが浮かぶ大型総合商業施設の入り口前広場。

つい先ほどまでここでは大勢の人々が決勝戦の様子を眺めていたのだが、今は皆建物内へと避難している。残っているのはたまたま居合わせた元銀翼騎士団《ライフローデス》の三人と、どこからともなく湧くように現れた無数の擬形体たちだけだ。

「しかしまあ、今更だけどさあ……！　これ、下手に手出ししないほうが良かったんじゃないのー？」

「だったら、こいつらを放置しておけというのか？　中には多くの人々が避難しているのだぞ！」

大盾で擬形体の攻撃を受けながらぼやくケヴィンを、ライオネルが叱責する。

「でもこいつら、こっちが手を出さなきゃ襲ってこないみたいだし……これじゃキリがないでしょ！」

確かにケヴィンの言うように、この擬形体は率先して人を襲うような行動はしていない。というよりも、眼中にないらしい。ただ、大挙して施設へ入っていこうとする擬形体をアーネストたちが止めようとしたところ、一斉に襲い掛かってきたのだ。

今し方出された強制避難命令から察するに、アスタリスク全土で似たような状況にあると考えるべきだろう。

(だとすれば、この擬形体たちの目的は人々の殺傷ではなく破壊活動——港湾ブロックのほうから多く煙が上がっているようだから、おそらくは交通機関がターゲットか)

この大型総合商業施設の屋上は、飛行船の発着場にもなっている。狙いがその破壊であるとすれば、このまま擬形体たちを見逃すという手もないではない。

だが、この施設には近隣からも多くの人々が避難して来ており、擬形体《パペット》たちを中へ入れるということはそれだけで大きな危険を伴うのは間違いなかった。

「ケヴィンの言い分もわからないではないけれど、ここは僕たちが踏ん張るべきだろう。ガラードワースの騎士としては、ね！」

アーネストが放った突きは途中で軌道を変え、擬形体の頭部を刺し貫く。

「とはいえ、悔しいが我々だけではどうしても限界があろうな！」

ライオネルの豪槍《ごうそう》がまとめて擬形体を吹き飛ばすが、展開された防御障壁に阻まれ破壊するまでには至らない。

実際、この擬形体たちは雑魚ではなかった。姿形は《鳳凰星武祭《フェニクス》》で大暴れしたアルルカントの自律式擬形体アルディによく似ており、さすがにあそこまでの強さではないものの、各学園の《冒頭の十二人《ページ・ワン》》クラスでなければ相当苦戦するだろう。少なくとも序列入りするくらいの力がなければ、対応するのも難しいはずだ。

この施設の入り口も当然ここだけではない。次々と集まってくる擬形体たちの数を考えれば、ここでアーネストたちが奮戦したところで焼け石に水だろう。

警備隊の救援でもあれば別だが、これほど大規模の事件となるとどうしても人手が足りないはずだ。

（さて、どうしたものか……エリオットに連絡をして戦力を回してもらう手もあるが、あちらもあちらで対応の真っ最中だろうし、そもそも今からでは……）

その時だ。

「破っ！」

耳をつんざくような気合の声が音の衝撃となって走り抜け、次いでアーネストの前の擬形体が粉々に砕け散って吹き飛ぶ。

「――よう、アーネスト。こうして顔を合わせるのはまた随分と久しぶりだねえ」

そこに立っていたのは界龍《ジエロン》の制服を身にまとい、狼《おおかみ》面を付けた一人の女性だ。

「これはこれは、《醒天大聖《せいてんたいせい》》。本当に久しぶりだよ、キミの声を聞くのは」

「ふっふーん、星露《シンルー》ちゃんのお許しが出たんでね」

狼面を外した女性の顔には、無数の傷。

アレマ・セイヤーン。《万有天羅《ばんゆうてんら》》范《ファン》星露にその座を譲るまで界龍の序列一位にあった猛者《もさ》であり、現在は界龍の諜報《ちようほう》工作機関睚眦《がいし》の一員だ。

アレマが片手を上げると、同じような狼面を付けた者たちが十数人、跪《ひざまず》くようにして現れた。

「三人一組で各所の出入り口を守りな。壁やガラスをぶち破って入ってくる奴《やつ》らもいるだろうから、適度におびき寄せることを忘れんじゃないよ」

その命令に狼面たちは無言のまま、現れた時と同じように姿を消す。ただ素早いだけではなく、隠形も駆使しての隠密起動《おんみつ》——それは彼らが諜報《ちょうほう》工作機関のエージェントであることを意味していた。

「まさか睚眦《がいし》に助けられるとはな」

一息吐《つ》きながらも、複雑そうな顔でそうつぶやくのはライオネルだ。

六学園の特務機関の中でも最も好戦的で凶悪狂暴とされているのが睚眦だというのは、生徒会に属したことがある人間の共通認識だった。統合企業財体の意向を色濃く受ける特務機関が大半の中、唯一生徒会長直轄として自由に動けるという立場がそうさせているのは間違いない。

「ということは、これは公主の差配かい？」

「いんや。星露《シンルー》ちゃんからは好きにしろとしか言われてないからねえ。あたいたちの独断さ」

アレマはそう言って、にやりと笑う。

「あたいたちの庭で好き勝手する馬鹿共には、お灸《きゅう》を据えなきゃならないだろ？　あんたたちを見つけたのはたまたまだよ。ま、手助け無用ってのなら他へ行くけど？」

「いや、助かったよ」

アーネストは素直に頭を下げた。

ここまでフットワークが軽いのは睚眦だからこそだ。他の学園も何かしら手は打つだろうが、まずは自学園の学生保護と状況の把握を優先させるだろう。

「かかっ！　全力を出せるのは久しぶりなんだ！　楽しませてもらわないとねえ！」

アレマは狂暴な笑みを浮かべると、右手を前に構えながら腰を落とし、調息する。

ゆっくりとしたはずのその動きは流れるようで、まるで隙がない。

「噫《イー》！」

先ほどよりも一層大きく轟《とどろ》く声と共に踏み込んだ震脚は大地を穿《うが》ち、打ち出された背掌《はいしょう》は防御障壁を貫通して擬形体《パペット》の頭部を消し飛ばした。

そのまま流水のごとく舞った右手は托掌となって別の擬形体の首を撥《は》ね飛《と》ばす。

更に襲い掛かって来た擬形体のハンマーを左手でいなしながら、その頭部を引き寄せるような抱掌でもぎ取ってしまう。

（あの一瞬で三体……！　しかも掌打だけで！）

「ひゅー！　やるねー、お姉さん！」

ケヴィンも思わず感嘆の声を漏らすほど、アレマの動きは見事だった。

「まだまだこんなもんじゃないさねえ！」

アレマはそう言うが早いか、単身で擬形体の群れへと突っ込んでいく。

（以前よりもずっと腕を上げているな……）

アーネストが生徒会長だった頃に至聖公会議《シノドミアス》から得た情報によると、かつてアレマは星《シン》露《ルー》に敗れて序列一位の座を失った際、『いつでも星露《シンルー》に挑むことができる』権利と引き換えに睚眦《がいし》の一員になることを受け入れたのだという。その時、星露から任務遂行時における発声を禁じられた。これは単純に隠密《おんみつ》行動が主となる諜報《ちょうほう》工作機関エージェントの活動において大声が不要であることもあるが、おそらくはアレマの鍛錬も兼ねていたのだろう。元来、武術において発声は力を発揮するための大きな要素の一つだ。特に一部の中国武術では雷声と呼ばれる特殊な発声法が伝わっており、アレマはそれを体得している。星露は敢《あ》えてその声を封じることで、アレマの基礎能力の向上を狙ったのだろう。

そして事実、アレマはアーネストが知っている頃よりも格段に力を増していた。

現在界龍《ジェロン》で木派を統括している趙虎峰《ジャオフーフォン》を、速度以外のあらゆる面で大きく上回っているのは間違いない。それこそ、武技だけであればあの武暁彗《ウーシャオフェイ》に勝るとも劣らない冴《さ》えだ。

（まずいな……こんなものを見せられたら、また我慢が利かなくなりそうじゃないか）

アーネストは己の内で獰猛《どうもう》な獣が目を覚ましつつあるのを感じた。

「かかっ！　なんだいなんだい、背後から強い鬼気を感じると思ったら……いいねえ、アーネスト。せっかくだし、いっちょやりあってみるかい？」

一撃で擬形体《パペット》を屠《ほふ》りながら、首だけこちらへ向けてアレマが笑う。

その視線とアーネストの視線がぶつかり合い、危うい緊張感が生じたその刹那。

「っ！」

アーネストとアレマは、ぞわりと全身が総毛立つのを感じた。

二人同時にそちらを見やれば、いつの間にか大型空間スクリーンの真下に一人の少女が立っている。どうやら決勝戦の様子を見ているらしい。

「……おいおい、マジかよ。なんであんたがここにいるんだい、《原理の魔女《アペイロン》》？」

冷や汗を浮かべたアレマが呼んだ名前に、アーネストも唾を飲む。

《原理の魔女》――フェヴローニャ・イグナトヴィチ。ほとんど表舞台に出てきたことがない、半ば伝説的なアルカントの序列一位。アーネストも、こうして目の当たりにするのは初めてだ。

「……さっきから、ちょっとうるさい？」

アレマの言葉に反応したのか、フェヴローニャが本を片手にその眠そうな目をそちらへ向ける。

次の瞬間、視界に入っていた範囲の擬形体はすべて胴体部分がねじ切れ、爆発四散していた。

「――っ」

その圧倒的な力に、その場の全員が言葉を失う。

一方でフェヴローニャは何事もなかったかのように、視線を大型空間スクリーンへと戻していた。

「ああ、やっと追いついた……！　まったくもう、一人で勝手に進まないでくださいとあれほど……おや？」

そこへ、見覚えのある顔が息を切らしながらやってきた。

アルルカントの生徒会長である左近州馬《さこんしゆうま》だ。

「これはまた、変わった顔ぶれの皆さんがお揃《そろ》いで……」

「左近会長、あなたこそどうしてこんなところに？」

州馬にはほとんど戦闘能力はないはずで、こんな状況でこんなところを単身ぶらついていていいような立場ではない。すでに生徒会長を引退しているアーネストとは話が違う。

「いや、それを説明すると長くなるのですが……まあ、簡単に言えば僕たち——僕とそこのフェヴローニャは出先でこのテロに巻き込まれましてね。学園に戻ろうとしたものの、湖岸沿いは擬形体《パペット》がうじゃうじゃいて危険ですから、商業エリアを経由しようと思ったのですよ。そうしたら、フェヴローニャが急にこちらへ向かってしまって……」

困り果てたという顔で、州馬がフェヴローニャを見ながら肩を落とした。

「情けない話ですが、彼女と一緒じゃないと僕一人じゃとても学園まで辿《たど》り着《つ》ける気がしませんから」

そのフェヴローニャは、ただまじまじと空間スクリーンを見つめている。

「どうやら決勝戦に興味津々って感じだねえ」

「はぁ……珍しいですね。彼女、《星武祭《フェスタ》》にはあまり関心がないはずなんですが」

フェヴローニャにつられるように、アーネストたちも空間スクリーンへ視線を向けた。

元々アーネストもこの試合を観戦するためにケヴィンやライオネルとここへやってきたのだ。エリオットに頼めば特別観戦室のシートや入場チケットくらいは用意してくれただろうが、すでに生徒会を離れた身としてはそうした特別扱いは心苦しい。それに何より、今は市井の中で肩肘張らずに試合を見るほうが楽しかった。まあ、結局それどころではなくなってしまったが。

「しっかしこう言っちゃなんだけど、《華焔の魔女《グリューエンローゼ》》もやるもんだねー。正直、もっと早く決着がつくもんだと思ってたけど」

「いや、《華焔の魔女》は我々と闘った時とは最早《もはや》別次元の強さだ。案外この勝負、わからんぞ」

ケヴィンとライオネルもようやく一息吐《つ》けたようで、小休止といったところか。

とはいえ、いつ新しい擬形体たちがやってくるとも限らない。まだまだ気は抜けないだろう。

「《魔女《ストレガ》》の頂上決戦か……それじゃあんたはどうだい、《原理の魔女《アペイロン》》」

と、ふいにアレマが軽い口調でフェヴローニャに訊《たず》ねる。

「あんたなら、あの二人に勝てるかい？」

「……《華焔の魔女《グリューエンローゼ》》相手はわからない？　でも、《孤毒の魔女《エレンシュキーガル》》相手はちょっと無理かも？」

「へえ」

フェヴローニャが素直に答えたことにか、それともその答えの中身にか、アレマは意外そうに目を丸くした。

「あたしは別に闘うための鍛錬とかしてないから、《孤毒の魔女》と闘えば能力勝負になるはず？　だとすれば、出力の差で勝ちようがない？」

「ちょ、ちょっと待ちなさいフェヴローニャ！　わざわざ自分の弱点を他学園の、しかも特務機関のエージェントに教えてどうするんですか！」

「もがー」

慌てた様子で州馬《しゅうま》がフェヴローニャの口を塞ぐ。

確かにフェヴローニャは武術・武道の心得があるようには見えない。至聖公会議《シノドミアス》の情報によれば、その能力は物理法則を書き換えるというとんでもないものらしいが、触媒として必ず本を開いておかなければならないとも聞く。だとすれば、そのあたりにもつけ込む隙はあるだろう。

「し、しかし驚きましたね……！　フェヴローニャが勝てないと認めた相手は、今まで二人しかいなかったんですよ。さすがは《孤毒の魔女》と言うべきですか」

あからさまに話を変えようと、州馬が言った。

「ほう、それは誰かな？」

アーネストが敢《あ》えてそれに乗ってやると、州馬はほっとしたように表情を緩める。

「一人はまあ、言うまでもなく界龍《ジェロン》のあの人です。ですが、もう一人は意外な方でしてね」

州馬が挙げたのは、実際アーネストにも想定外の名前だった。

「《星武祭《フェスタ》》の運営委員長——ああ、今はもう前委員長でしたか。あのマディアス・メサ氏ですよ」

*

「……いやはや、随分と粘るものだ。まさか五回も耐え抜くとはね」

「はぁ……はぁ……はぁ……！」

呆《あき》れた様子でそう言うマディアスに、綾斗《あやと》は荒い息を返すしかできなかった。

《赤霞の魔剣《ラクシャ＝ナーダ》》の欠片《かけら》による包囲攻撃。

〝伶〟《わざおぎ》を使って頭部や急所、身体《からだ》を動かすために最低限必要な手足の腱《けん》などはかろうじて守り抜いているが、逆に言えばそれ以外の場所はズタボロだ。

痛みはすでに麻痺《まひ》しているが、この出血はまずい。そう遠からず、綾斗は動けなくなるだろう。

その前に、なんとか——

「さて、六回目」

再び深紅に煌《きら》めく欠片《かけら》が整然と綾斗《あやと》を包囲していく。

最初は大きく距離を保って取り囲み、そこから包囲網を狭めてくるため、綾斗がどう動こうが包囲網ごと移動するだけで抜け出すことができないのだ。

「いい加減、そろそろくたばってくれると助かるのだが」

穏やかな、それでいて感情のないマディアスの声が発せられると同時に、欠片が一斉に襲い掛かってくる。

ほとんど作業のように繰り出されたそれを、綾斗は懸命に《黒炉の魔剣《セル＝ベレスタ》》で迎え撃つ。時に刃《やいば》で弾《はじ》き、時に身体《からだ》をひねって避《よ》け、血を振《ふ》り撒《ま》き踊るように嵐を耐える。

そんな中にあってなお、綾斗はじっとマディアスを観察していた。

それは反射的に身体を制御して防御行動を行う〝伶《わざおぎ》〟だからこそ可能な芸当だった。

「やれやれ、本当に無駄なことを。ただ苦しみを長引かせるだけだろうに」

溜《た》め息《いき》を吐《つ》くマディアスが、その綾斗の目に気が付いていたかどうか。

無論、マディアスに慢心はない。圧倒的に優位な状況ではあるが、だからといって油断してくれるような相手であればここまで苦労はしていないだろう。

こうして綾斗を一方的に嬲《なぶ》りながらも、しっかりと気を張って警戒し、不測の事態に備えているのがわかる。何よりも、マディアスは《赤霞の魔剣《ラクシャ＝ナーダ》》の欠片すべてを包囲攻撃に回しているわけではなかった。その周囲にはまだ紅《あか》い煌めきが漂っており、どのような攻撃からも自動防御を行いマディアスを守るだろう。

だからこそ、綾斗はしっかりとタイミングを計らなければならなかった。

今まで五回の包囲攻撃中には、訪れなかったその好機を。

これがマディアスが相手ではなかったのなら――無形無拍子を相手にしているのではなかったのなら、綾斗はもっと早くその機会を掴《つか》んでいたに違いない。

無形無拍子にある程度対応できるようになったからと言って、それを攻略したわけではないのだ。というよりも、攻略できる類のものではないと言ったほうが正しい。

そのため綾斗はただ時間をかけて探らなければならなかった。

マディアスの呼吸を、視線を、一挙手一投足を。

――そして、ようやくその時は来た。

「ほう？　リースフェルトくんがあの技を使ったか。となれば、いずれにせよあちらはもうすぐ決着が――」

その刹那、綾斗は一息で彼我の距離を駆け抜けていた。

紫電となって、一直線に。

「天霧辰明流《あまぎりしんめいりゅう》剣術極伝が三――〝蟒《うわばみ》〟」

刹那、マディアスの胸から血が噴き上がり、左腕が肘から地に落ちた。

「なんだと……？」

初めて、マディアスの表情に驚愕《きょうがく》の色が差す。

同時に、綾斗《あやと》も身体《からだ》ごと崩れ落ちていた。

なんとか手を突き踏《ふ》み止《とど》まるが、少しでも気を抜けばこのまま倒れ意識を失ってしまうだろう。歯を食いしばってマディアスから距離を取り、柱の残骸に背を預けるようにして《黒炉の魔剣《セル＝ベレスタ》》を構える。

何しろ強引に欠片《かけら》の包囲攻撃を突破したのだ。当然欠片が身体のあちこちを貫通しており、いくつか急所も掠《かす》めている。

「……やってくれるじゃないか」

欠片を大剣の状態に戻しながら、マディアスが綾斗を睨《にら》む。その欠片はいくつかが連結して紐状《ひもじょう》になり、左腕に巻き付いて止血をしていた。まったく、便利なことだ。

「まだ極伝とやらを残していたとは思わなかったよ。それで、一体これはどんなトリックだい？　まさか私が攻撃にまったく反応できなかったなんてね」

「……さあて、ね」

綾斗はごまかすように笑ってみせる。

天霧辰明流剣術の極伝は三つ。その内〝晦《つごもり》〟が完全なる後の先を成す技であり、〝伶《わざおぎ》〟が完全なる護身を成す技だとするならば、〝蛑〟は、完全なる〝先〟を取る技だ。

武術・武道における先の先や後の先の定義は流派によって多少異なるのだが、天霧辰明流における〝先〟とは単純に対象よりも先に攻撃するというものではなく、対象の意識よりも先に攻撃することを意味する。

つまりは絶対不可避の一撃だ。

とはいえ、不意打ちならばともかく一度闘いが始まってしまえば、それはとてつもなく困難であることは言うまでもない。闘いの最中《さなか》に、意識を余所事《よそごと》に向けるなどありえないからだ。

ただし、人は機械ではない。いかなる才能を持つ者であっても、身体と意識の細部までを完全にコントロールすることは不可能だ。心臓が寝ている間も休みなく動いているように、人体は意識だけで制御されているわけではないし、人間は感知した情報すべてを意識的に処理しているわけでもない。

どれだけ警戒し、備えようと、そこには揺らぎが存在する。たとえばそれは瞬《まばた》きの瞬間であったり、あるいは背後で崩れかけた柱から瓦礫《がれき》が落ちた気配に気を取られたり、そうした小さいけれども、人の制御できる範疇《はんちゅう》を超えたもの。

無論、それ一つで〝先〟を取れるわけではない。だが、そうした小さな事物が重なり合えば、本人すらも意識しない――意識できない隙が生じる。

もっとも本来それは千分の一秒にも満たない刹那であって、本人すら感知し得ないようなその揺らぎを他者が読み取ることも難しければ、仮にその隙を感知できたとしても攻撃を仕掛けようとした時にはすでにその隙は消えている。狙ってその隙を突くのは不可能だろう。

――〝識《しき》〟の境地以外では。

天霧辰明流《あまぎりしんめいりゅう》の知覚拡充技術の神髄である〝識〟の境地を最大限に拡充・深化させ、ほんの一瞬だけ浮かび上がる対象の揺らぎを読み取り、更にはそれらが重なる瞬間を周囲の状況すべてを把握した上であらかじめ予測する。

そこから繰り出される一撃こそが〝蟒《うわばみ》〟であった。

意識すらできない攻撃のため、回避はもちろん《赤霞の魔剣《ラクシャ＝ナーダ》》の欠片《かけら》の自動防御も間に合わない。

そのはずだった。

(今の一撃……手応えがやや浅かった。多分、切っ先が触れた瞬間、反射的に身をよじって避けたんだ……！)

最早《もはや》、人間の反射速度ではない。

これも星辰力《プラーナ》が変質しているせいだろうか。

「まあ、この計画を達成させるのに腕一本くらいは安いものだろう。どうせ治癒能力者に繋《つな》げてもらえばいいだけの話だ。君を殺した後で、ね」

マディアスはやや顔を顰《しか》めてはいたが、先ほどの驚愕《きょうがく》はすでに表情から消えていた。

「この土壇場までそれを使わなかったということは、今の極伝はそう簡単に連発できるものではないだろう？」

「……」

それは図星だ。

〝蟒〟はその条件を整えるまでに、相当な時間が必要であり、またただ単に時間をかけたからといってできるものでもない。綾斗《あやと》の体力を考慮すれば、もう一度繰り出すのは難しいだろう。

「ははは、どうやら正解のようだね。それに、今の一撃で私は君の新たな弱みも見つけてしまったよ」

「弱み……？」

呼吸を整えつつ、マディアスの言葉に眉根を寄せる。

「――君、この期に及んでもまだ私を殺そうとしていないだろう？」

「っ！」

「殺気を気取らせないのは剣術家の修練でどうにかできたとしても、もし殺すつもりであれば今の一撃はもう少し深手になっていただろう。致命傷とまでは至らずともね」

「それは……」

確かに、それもまた図星だった。

姉である遥《はるか》の一件を含め、綾斗《あやと》がマディアスを憎んでいないと言えば嘘《うそ》になるが、今でもなおその命を奪おうとまでは思っていない。

「愚かしいな。実に愚かしい。そんな義理はないが、このつまらない都市で闘い抜いた先達として一つ忠告しておいてあげよう。君はよく鬼気を制御しているが、それだけでは私には及ばない。鬼気を育みたまえ。必要とあらば内にある怒りを、憎悪を、そして殺意を解き放つことだ。殺すつもりでかかってこなければ、私に勝つことはできないよ」

鬼気とは負の感情だ。相手に怖気《おじけ》を震わせる、晦冥《かいめい》たる気迫だ。

誰の心にもあり、闘争においてはそれが力となることも確かではある。

しかし——

「……断る」

綾斗は静かにそう言い放った。

「ほう？　なぜかね？」

「悪いけど、あなたと同じにはなりたくない」

「ふっ、言ってくれる……！」

マディアスが《赤霞の魔剣《ラクシャ＝ナーダ》》を振るうと、細かな欠片《かけら》が細長く連結していく。《蛇剣オロロムント》と似た形――鞭《むち》のような蛇腹剣だ。それが全部で五本、まるで孔雀《くじゃく》の羽のように広がると、それぞれが別の意思を持っているかのように襲い掛かってきた。

頭上から、あるいは地面をえぐりながら迫りくる刃《やいば》を、綾斗はステージを駆け抜け、飛び跳ね、或《ある》いは《黒炉の魔剣《セル＝ベレスタ》》で斬り弾《はじ》きながら凌《しの》ぐ。足を踏ん張る度に体中の傷から血が吹き出し、身体《からだ》から力が少しずつ失われていくのがわかる。だからといって、足を止めればその場でおしまいだ。

深紅の蛇腹剣は地面だろうが柱だろうがうねりながらあらゆるものを貫通し、追いかけてくる。息つく間さえも与えてくれないが、綾斗はかわし続けながらもその動きの要を見極めていた。

よくよく見れば、連結した刃の先頭だけは欠片が二回り以上大きい。小さな欠片はコントロールが難しいため、連結した先頭の欠片を制御できるサイズにして牽引《けんいん》させることで細やかな動きを可能にしているのだろう。

――ならば。

綾斗は二本の蛇腹剣を掻《か》い潜《くぐ》ると、一転してマディアスへ向かって駆け出した。

「むっ？」

当然、マディアスは《赤霞の魔剣》を構えて迎え撃たんとし、残った三本の蛇腹剣も背後から綾斗《あやと》を追いかけてくる。挟み撃ちの格好だ。

しかし綾斗はマディアスと斬り結ぶ直前で、急ブレーキをかけると、身体《からだ》を回転させながら蛇腹剣の先頭の欠片《かけら》だけをまとめて斬り飛ばした。

細やかな制御を失った蛇腹剣は、そのままマディアス目掛けて突進——ただ、そうは言ってもそのままマディアスを貫いてくれるほど簡単ではない。その寸前で、ピタリと動きを止めた。

だが、《赤霞の魔剣《ラクシャ＝ナーダ》》のコントロールに注力すればいかにマディアスと言えども隙が生じる。

「はぁっ！」

「ちぃっ……！」

されど千載一遇の好機に振るった一撃は、空《むな》しく虚空を斬っただけだった。

その上でなお、マディアスは綾斗の剣を回避してのけたのだ。

「危うい危うい……どうにも君の対応力は侮れないな」

そう言うマディアスの声が、やや低くなる。

「これ以上小細工を弄して足元をすくわれてもつまらん。そろそろ頃合いでもあるし、真っ向から仕留めさせてもらおうか」

マディアスの内から鬼気が膨れ上がり、その体中に満ちた星辰力《プラーナ》が迸《ほとばし》るような輝きを放つ。目の前のものをすべて蹂躙《じゅうりん》し、圧《お》し潰《つぶ》し、噛《か》み砕《くだ》かんとする凶悪な意思。

綾斗はそれに飲まれまいと《黒炉の魔剣《セル＝ベレスタ》》を正眼に構えた。

真っ向勝負は綾斗も望むところだ。どちらにせよ、綾斗にはもう時間は残されていない。

「……来い！」

その言葉が合図となったかのように、綾斗とマディアスが同時に動く。

間合いを狂わす歩法からの斬り下ろしを、《黒炉の魔剣》で受け止める。

その速度は変わらず神速を維持していたが、左腕を失った影響か膂力《りょりょく》の面では今までよりも幾分劣っていた。

綾斗は体《たい》を入れ替えつつその足元を斬り払うが、瞬時に形成された刃《やいば》がそれを弾《はじ》き返《かえ》す。

自動防御はなお健在のようだ。

と、《黒炉の魔剣》が弾かれたタイミングで、ふいに背後から斬撃が襲ってきた。

「っ⁉」

〝識《しき》〟の境地があればこそ避《よ》けることができたものの、数瞬でも遅れれば胴を両断されていただろう。

見れば、そこには紅《あか》い戦斧《せんぷ》が舞うように浮かんでいた。

いや、それだけではない。

戦斧の斬撃に続いて深紅の十文字槍《やり》が綾斗の喉元を突き、その攻撃に合わせるようにしてマディアス本人の右手に握られた《赤霞の魔剣《ラクシャ＝ナーダ》》が太ももをざっくりと斬り裂く。

「く……っ！」

（煌式遠隔誘導武装《レクトルクルクス》……⁉　違う、これは……！）

いつの間にか、マディアスが振るう《赤霞の魔剣》は綾斗《あやと》の《黒炉の魔剣《セル＝ベレスタ》》と同程度のサイズに変化していた。巨大な大剣から、しなやかな太刀へと。

つまり、残りの欠片《かけら》を使って戦斧《せんぷ》と十文字槍《やり》を形成したのだろう。

「腕が一本なくなってしまったのでね。手数が必要だろう？　まあ、文字通り私なりの奥の手というやつさ」

事もなげにマディアスが笑うが、それがいかに脅威かは今の短い攻防で嫌というほど理解させられていた。

これだけの大きさの欠片であれば、己が手で振るうのと同じ感覚で制御できるはずだ。それは間合いも攻撃方法も異なる三種類の武器を、綾斗を取り囲みながら自在に操るということに等しい。しかも、闘いの天才だけあってマディアスは斧《おの》の扱いも槍の扱いも超一流だった。

綾斗も天霧辰明流《あまぎりしんめいりゅう》を修める上で武芸百般を学んではいるが、無形無拍子を体現しているマディアスには遠く及ばないだろう。

その上、マディアスには自動防御もあるのだ。

まさしく攻防両面において、マディアスは綾斗を凌駕《りょうが》していた。

「さて、少しは考え直す気になったかな？　私を殺さずにこの状況を切り抜けられると、まだそう思っているのかね？　遠慮せず、その鬼気を解き放ちたまえよ……！」

完全に防戦一方に追い込まれた綾斗に猛攻を加えながら、再度マディアスが問う。

「……断る！」

戦斧の一撃の重さに、綾斗は舌を巻いた。

煌式遠隔誘導武装とは出力が違う。ロドルフォ・ゾッポが使っていた大型の煌式遠隔誘導武装もかなりのパワーがあったが、速さも正確性も比較になるレベルではない。

「甘い！　甘いなあ！　まったく君は可哀《かわい》そうになるくらい不自由だ！　肉体は天霧辰明流という型に縛られ、精神は下らぬ人倫に隷属し、雁字搦《がんじがら》めじゃないないか！」

別段、綾斗は倫理観からそれを否定しているわけではない。

ただ、マディアス・メサという存在に打ち勝つためには、同じ土俵に乗ってはダメなのだ。直感ではあるが、それはわかる。

無論、綾斗は人を殺したことはない。唯一、どうしても必要であればユリスに代わってオーフェリアを討つという覚悟だけはしたことがあるが、それがいかに甘く浅はかで愚かな考えだったか今では思い知らされている。

マディアスはこの都市を――アスタリスクを否定する存在だ。だとしたら、それに対峙《たいじ》する自分は少なくともその枠内からはみ出てはならないと、綾斗《あやと》はそう思う。《星武祭《フェスタ》》の定める星武憲章《ステラ・カルタ》において、意図的な殺害は許されない。

綾斗とて、このアスタリスクの在り方を全面的に肯定しているわけではない。むしろ、立場で言えば批判的とすら言っていい。けれど、この都市でしか成し得ないことは確かにあるし、この都市があったからこそ今の綾斗があるのもまた確かだった。

アスタリスクの枠組みの外へ出た者が、強引にそれを潰そうとするのは間違っている。

だからこそ、綾斗はマディアスと殺意を持って立ち向かうことを良しとしないのだ。

「だったら……！　あなた自身は！　自由だとでも言うのか！」

タイミングをずらした、それでいて間断のない剣と斧《おの》と槍《やり》の三連撃を、ギリギリで凌《しの》ぐ。

「少なくとも、君よりはね！」

実際、マディアスの闘い方は何にも囚《とら》われていないように見える。無形無拍子とは、そういうことだ。武を学ぶ者ならば、誰もが目指し憧れる天衣無縫の剣。

けれど――

その時、ふと綾斗の心に疑問が浮かんだ。

「……あなたの目的は、加速だと言ったな？」

そう問いかけると、マディアスの眉がぴくりと動く。

「そうだとも！　私は時の流れを加速させる！　この時代を押し流すためにね！」

一際強く胴を薙《な》いだ《赤霞の魔剣《ラクシャ＝ナーダ》》の斬撃に、綾斗は身体《からだ》ごと吹き飛ばされた。

血を流しすぎたせいか、身体がふらつき倒れそうになるが、歯を食いしばってなんとか持《も》ち堪《こた》える。

お互いに間合いを意識しつつ、調息。

すると、まるで世間話でもするかのようにマディアスが口を開いた。

「ほら、不遇を託《かこ》った人間や悲劇に終わった人間に対してよくこう言うだろう？　『時代が悪かった』『時代が早すぎた』とかなんとかね。そういった言説を聞く度に、私は思うのだよ」

マディアスはそこで俯《うつむ》き、一度大きく長く息を吐く。

「――ふざけるなよ」

そう吐き捨てられた短い言葉に、綾斗は思わず身を竦《すく》ませた。

途方もない憎悪と、計り知れない憤怒がそこには込められていたからだ。

「時代だと？　そんな漠然とした、陳腐で無味乾燥な言葉でごまかそうとするんじゃない！」

マディアスの怒号に、凍《い》てつくような地下の空気がビリビリと震える。

「確かに朱莉《あかり》がもう少し早く生まれていたならば、彼女はあそこまで思い悩むことはなかっただろう。そんな余地さえなかったのだから。《星脈世代《ジェネステラ》》が生まれるようになってしばらくは、差別だなんだという意識さえ芽生えていなかった。《星脈世代《ジェネステラ》》は少数で、完全に管理される存在だった。或《ある》いは彼女がもう少し遅く生まれていれば、彼女はもっと自由に生きられただろう。そう遠くない未来に、常人は《星脈世代》との向き合い方を根本的に見直す必要に迫られるだろうからね」

それは綾斗《あやと》に向けた言葉というよりは、独白に近かった。

「朱莉《あかり》はただその狭間《はざま》の、昼でも夜でもないぼんやりとした黄昏《たそがれ》に生まれたがためにあそこまで苦しむことになった。今でも彼女の苦笑が目に浮かぶよ。笑うでもなく、泣くわけでもない。あれこそが、八薙草《やちぐさ》朱莉が生きた境遇の象徴だ。そしてこのアスタリスクそのものだ。まったく——反吐《へど》が出る」

「……だから、加速か」

ようやく理解した。

マディアスが憎んでいるのは、今という時代そのものだったのだ。

「ああ、ああ、そうだ。その通りだ。私はこの曖昧《あいまい》な時代を強引に先へと進ませる。常人と《星脈世代》が決別し、相争えば否応《いやおう》なく時代は変わるだろう。その先に対等の和解があるにせよ、どちらか一方がもう片方を完全に隷属させるにせよ、私にとってはどうでもいいことだ。いずれにせよ、それは決定的なものになるだろうからね」

どこか投げやりなその言葉は、おそらく真実なのだろう。マディアスにとって、結果はどうでもいいことなのだ。

それは願望ですらない、単なる横暴だ。

「あなた一人にそんなことをする権利があると思うのか!」

一息でマディアスの懐へ踏み込み、《黒炉の魔剣》《セル＝ベレスタ》を叩《たた》きつける。

「時代が悪いと嘆くのは、それを変え得る力なき故だ。私にはそれを成すだけの力と立場があった。だというのに、それを成さぬ道理はないな!」

自動防御ではなく、《赤霞の魔剣》《ラクシャ＝ナーダ》本体でマディアスはその一撃を受け止めた。

そのまま押し返され、よろめいた所を戦斧《せんぷ》と十文字槍《やり》が急襲する。

「終わりだ!」

勝利を確信したマディアスの声。

しかし——綾斗は頭部目掛けて振り下ろされた戦斧を右手一本で握った《黒炉の魔剣》で受け流し、背後から刺し貫こうとしてきた十文字槍の穂先を振り向くことなく空いた左腕で払う。

「なにっ⁉」

「わかったんだ。あなたは自由なんかじゃない。あなた自身が、何よりも過去に縛られている」

綾斗がそう言うと、マディアスの表情が憤怒に染まる。

いや、それはマディアスの内に燃え盛る怒りが、ただ表層に現れただけなのだろう。

おそらくマディアスは、ずっと……綾斗《あやと》や、遥《はるか》たちと出会うそれ以前からずっとずっと、怒りを燃やし続けてきた人間なのだから。

「知った風な口を！」

雷電のごとき三段突き——綾斗はそれを最低限の動きだけでかわしてみせた。

「馬鹿な！　私の動きを見切ったとでもいうのか！」

違う。

見切ったのはマディアス・メサという人間の、その拠《よ》り所《どころ》となる力の根源だ。

それは憤怒だった。

何よりも強く、激しく、力強い情動。鬼気の根幹。

けれど天霧辰明流《あまぎりしんめいりゅう》では——いや、多くの武術・武道において、初歩の初歩たる道理がある。

——怒りにまかせて振るうべからず。

「はぁっ！」

綾斗は《黒炉の魔剣《セル＝ベレスタ》》を右袈裟《けさ》に斬りつけた。

今までと同じく《赤霞の魔剣《ラクシャ＝ナーダ》》の欠片《かけら》が瞬時に刃《やいば》を形成し、自動的にそれを受け止める。

だが、今回はそれまでとは違った。

《黒炉の魔剣》のウルム＝マナダイトが輝きを増し、その刃を焼き斬ったのだ。

「むっ⁉」

マディアスは大きく背後に跳んで斬撃をかわしたが、その表情には怒りだけではなく小さからぬ動揺が見て取れた。

考えてみれば、当然のことなのだ。

《黒炉の魔剣》と《赤霞の魔剣》が同格なのであれば、その欠片だけで《黒炉の魔剣》の攻撃を受け止めることなど本来できるはずがない。何も存在し得ぬ空間に突然刃が形成されるからこそ、虚を突かれて弾《はじ》かれてしまうのだ。最初から防がれるとわかっていれば、《黒炉の魔剣》が押し負けることはあり得ない。

ようやくわかったかとでも言うように、《黒炉の魔剣》が手の中で一度小さく震える。

もしかしたら、《黒炉の魔剣》は《黒炉の魔剣》で《赤霞の魔剣》に後れを取ってたまるかという自負があるのかもしれない。

「……ははっ！　なるほどなるほど、やるものだ。いいだろう、認めようじゃないか。確かに私自身、過去に……朱莉《あかり》に縛られている。その通りだとも。だが、だからといって、私が君に劣るというわけではない！」

神速の踏み込みから、三方位同時攻撃。

さすがに綾斗もすべてを捌《さば》くことはできず、《赤霞の魔剣》が脇腹を刺し貫いた。

「ぐ、う……！」

事実、マディアスの本質を見切り、自動防御を突破したからといって、綾斗《あやと》が優位になったわけではない。無形無拍子は疑う余地もなく本物であり、身体的なスペックはマディアスが圧倒的に上なのだ。

何より、消耗が激しすぎる。マディアスも相応のダメージを負っているが、綾斗はすでに立っているのもやっとだった。このままではおそらく数分持たずして意識を失うだろう。

ただ——

「いいや、一つだけ俺のほうがあなたに勝っているところがある」

綾斗は血反吐《ちへど》を零《こぼ》しながらも、そう小さく笑ってみせた。

「っ⁉」

「あなたが縛っているると思っているものは、俺にとっては繋がりなんだ……！」

そうだ。

人との繋《つな》がりを、縛られるという負の側面でしか解せない男に負けるわけはいかない。

綾斗はこのアスタリスクで多くの人と繋がりを持った。

紗夜《さや》と、クローディアと、綺凛《きりん》と、シルヴィアと、英士郎《えいしろう》やレスターと、イレーネやプリシラ、フローラ、エルネスタ、カミラ、アルディ、リムシィ、アーネスト、エリオット、星露《シンルー》、虎峰《フーフオン》、美奈兎《みなと》、柚陽《ゆずひ》、ヘルガ、匡子《きょうこ》……数え上げたらきりがない。

それだけで、綾斗にとってこの都市はかけがえのない場所なのだ。

そして、何より――

綾斗は一瞬だけ、展開されたままになっている空間ウィンドウへと視線を遣《や》った。

そこに映し出されている、綾斗にとって最も大切なパートナーの姿を見て、あの日の言葉を思い出す。

「――だからこそ、俺は成すべきことを成し遂げる！」

「世迷言《よまいごと》を……！」

綾斗が更に踏み込むと、マディアスは綾斗の脇腹を切り裂いて《赤霞の魔剣《ラクシヤ＝ナーダ》》を引き戻した。

綾斗が剣を振るうよりも、マディアスが構え直すほうが一歩早い。

しかし――

「天霧辰明流《あまぎりしんめいりゅう》剣術初伝――〝貳蛟龍《ふたつみずち》〟」

綾斗が繰り出した刃《やいば》は、待ち構えるマディアスの剣をすり抜けるようにして、その身体《からだ》に十字を刻む。

「な、んだ……と？」

信じられないといった表情のマディアスの手から、《赤霞の魔剣》が零れ落ちた。

極伝でも、奥伝ですらない、天霧辰明流剣術の初伝。

何千何万と繰り返し修練を積んできた、それもまた——綾斗《あやと》と剣の繋《つな》がりだった。

第四章　最終決戦・四

《悪辣の王《タイラント》》ディルク・エーベルヴァインは、その時飛行船の一室で複数の空間ウィンドウを見つめていた。

もちろん、計画の情勢を見守るためだ。マディアスと同じく、ディルクもヴァリアントのカメラを通してアスタリスクのあらゆる場所をリアルタイムでチェックすることができる。

今のところ、すべては順調に進んでおり、同時に破綻していた。それはディルクが金枝《きんし》篇《へん》同盟を裏切ったからに他ならない。このままいけば、計画は半ば達成され、半ば失敗するという中途半端な形で終わりを迎えるだろう。

そして、それこそがディルクの望みだった。

誰一人勝者のいない世界。

そんなものが実現するとは思っていないが、それに極力近づけることはできる。

わざわざ英士郎《えいしろう》に情報を流し、綾斗たちをヴァルダやマディアスの下へけしかけたのも、すべてはそのためだ。

「……ま、だからと言ってマディアスやヴァルダが後れを取るとも思えねえがな」

綾斗《あやと》たちが少数で行動しなければならない以上、勝ち目は薄い。

ヴァルダはまだしも、マディアスが負けるということはまずあり得ないだろう。《赤霞《ラクシ》の魔剣《ヤ＝ナーダ》》とあれほど親和性が高い使い手は、ディルクも他に見たことがない。

綾斗たちの役目はすでに終わっている。

さっさと死んでくれたほうが都合がいいのだ。

「問題があるとすりゃあ、オーフェリアのほうか……存外手こずってやがるな」

ディルクはそう言って、《王竜星武祭《リンドブルス》》の決勝戦を映し出している空間ウィンドウを拡大した。

まさかあのお姫様がオーフェリア相手にここまで粘るとは、さすがのディルクも想定外と言わざるを得ない。

とはいえ、地力の差は明らかだ。オーフェリアの勝利は揺るがないし、遠からず決着の時が訪れるだろう。

その時こそ、このアスタリスクの最後だ。

ディルクは窓の外に聳《そび》えるアスタリスクの高層ビル群を眺め、鼻を鳴らした。

もうすぐこの都市に生きる者すべてが死に絶え、都市そのものも水底へと沈む。

——ああ、いい気味だ。

その一部始終をこの目で見届ければ、ディルクの身を焼くこの嫌悪も少しは和らぐだろうか。

そんな益体のないことを考え、舌打ちをしたその時、急に飛行船が大きく揺れた。

「……気流じゃねえな。嫌な揺れ方だ」

ディルクは指を鳴らし、護衛を呼んだ。

しかし、いくら待てども姿を現わさない。

この飛行船には、ディルクの他に二人の護衛が乗り込んでいる。どちらもディルクの子飼いで、それなりに優秀な上に黒猫機関とは無関係の者だ。その内一人にはこの飛行船の操縦を、もう一人には警備を任せていた。

仕方なく、ディルクは再度舌打ちをしてから部屋を出る。

綾斗たちがディルクを追っているのはわかっているが、ここへたどり着くのはまず不可能だろう。だとすれば――

あらゆる可能性に思いを巡らせつつ操縦席に向かうと、そこにはディルクの護衛が血を流して倒れていた。こうなると、もう一人の護衛もすでにやられていると見るべきか。

ディルクは常人である自分が一人残されたと知っても、狼狽《うろた》えることはなかった。

どうあがいても死ぬ時は死ぬのだから、醜態を晒《さら》して敵を喜ばしてやる必要もない。

「ちっ！　まったく役立《つ》たず共が……！」

ディルクは悪態を吐きながら、護衛の身体《からだ》を押《お》し退《の》けて自ら操縦席に座った。飛行船の操縦くらい、ディルクにしてみれば簡単なものだ。

何はともあれ、まずはこの飛行船を無事に着陸させなければならない。

だが――

「あ……?」

その時、椅子の影が浮き出るようにして刃《やいば》となり、ディルクの肥満した腹部を刺し貫いた。

「この能力……金目の七番か」

痛みに顔を顰《しか》めながら周囲に目を配ると、扉の影からぬるりと染み出すように一人の男が現れた。以前は黒猫機関のエージェントとして、ディルクの配下にあった金目の七番ことヴェルナーだ。

かつて《鳳凰星武祭《フェニクス》》の最中《さなか》に綾斗《あやと》を陥れるための作戦で、ディルクが実行役に命じたのがヴェルナーだった。結果として作戦は失敗し、ヴェルナーは何者かに命を奪われたかと思われたのだが……。

「生きてやがったのなら、どうしてさっさと俺のところへ顔を見せなかった?」

そう問うても、ヴェルナーは何も返さない。

特務機関のエージェントなのだからそれはそれで当然なのだが、ディルクはすぐに別の理由があることに気が付いた。

ヴェルナーの目はまるでガラス玉のように虚《うつ》ろで、そこには感情も自らの意思も感じ取れなかったからだ。

(この感じ、ヴァルダから完全洗脳を受けてやがるな……ってことは、俺に差し向けたのはマディアスの野郎か)

差し向けたというよりは、いざディルクが裏切ったり不穏な行動を取った時のための始末役といったところなのだろう。そうした発想はヴァルダに思いつくはずもなく、必然的にマディアスの図面ということになる。

「ふんっ！　だったらこいつを回収したのもマディアスか……道理で戻ってこねえわけだ」

ヴェルナーが腕に仕込んだ刃を出し、ディルクの喉元を狙う。

ディルクは椅子にふんぞり返ったままそれを避《よ》ける気もなかったが——もっとも避けようと思ってもディルクには不可能であるのだが——その刃はディルクの喉を掻《か》っ切《き》る寸前でぴたりと止まり、ヴェルナーは突如として頭を抱えて苦しみ始めた。

「これは……よもや、ヴァルダが負けやがったのか」

ヴァルダが破壊されれば、その洗脳は効果を失う。

なんとも皮肉なタイミングではあるが、だからといってディルクが助かったとも言えなかった。

腹部からの出血で、すでに目が霞《かす》んでいる。

こんな状態では飛行船の操縦などできるはずもないし、それ以前にもうすぐ意識を失うことになるだろう。

「クソが……！　このくだらねえ都市《まち》が崩壊するのを見届ける前にお陀仏《だぶつ》とはな……！」

操縦者を失った飛行船は、湖面に向かってゆっくりと高度を下げつつあった。

＊

月華美人《げつかびじん》とは、端的に言ってしまえば『万応素《マナ》を星辰力《プラーナ》へと変換する技』だ。

元来、星辰力と万応素は親和性が高い。《魔術師《ダンテ》》や《魔女《ストレガ》》は星辰力を媒介にして万応素へと干渉しているのだから、そこになんらかの共通性があるのは言うまでもないだろう。これはユリス独自の見解ではなく、万応素が人体内部でより効果的に働くように適応したものが星辰力だというのが今の学説の主流らしい。

だとしたら、その共通性を利用することで万応素を星辰力として利用することが可能なのではないか——ユリスはそう考えたのだ。だが、その場合万応素を星辰力に変換するための装置が必要になる。細やかな星辰力の制御を行うことが可能で、しかも即時性に優れた変換装置——そんな都合の良いものは一つしかない。

つまり、人体だ。

そう。月華美人《げつかびじん》はユリス自身の肉体を変換装置としており、それが故に星露《シンルー》をして数百年に一人の馬鹿とまで言わしめたのだった。それがどれほど危険なことかは、当然ユリスもわかっている。人体を変換装置にするということは、部分的に自分自身の身体《からだ》を書き換えるということだ。再構成に失敗すれば最悪の場合、肉体は分解されて霧散するだろう。仮に成功しても、ユリスの能力イメージが炎である以上、再構成時に火傷《やけど》を負ってしまう可能性が極めて高い。実際、ユリスはこの技を自分の物にするまで、何度も命を落としかけていた。魎山泊《りようざんぱく》という場所で、范星露《ファン》という付き添いがいなければ、おそらくユリスは月華美人を完成させる前に黄泉路《よみじ》へと旅立っていたはずだ。

それだけのリスクを背負ってなお、月華美人は十二秒しか持たない。ユリスもどうにかこのリミットを延ばせないものかと試行錯誤してみたが、どうしても無理だった。一夜限りの花は、朝を待たずに散るものなのだ。

しかし——その分、効果は絶大である。

たとえば、このように。

「咲き誇れ——鋭槍の白炎花《ロンギフローラム》・多輪咲《マルチフロース》！」

月華美人を発動させたユリスは、即時展開した極楽鳥の燈翼《ストレリーティア》で宙に舞い上がると、青白い炎の槍《やり》を無数に顕現させる。その一つ一つはユリスの身体よりも大きく、またその数も五十本を超えているだろう。

すべてを焼き貫くテッポウユリの槍が、まるでミサイルのように放たれる。

オーフェリアは控えさせていた禍々《まがまが》しい瘴気《しょうき》の腕で防ごうとしたものの、鋭槍の白炎花はそれらを貫通して吹き飛ばした。

「っ！」

オーフェリアは常のようにそれを素手で防ごうとはせず、バックステップで回避する。一目でその威力を見抜いたのだろう。実際、今のユリスの火力はオーフェリアの防御力を突破するまでになっているはずだ。

逃げるオーフェリアを追うように鋭槍の白炎花が次々と降り注ぎ、ステージに炎の柱が連なっていくが、オーフェリアの身体能力もさすがのもので、捉え切ることができない。

ならば。

「咲き誇れ——灼炎の太陽華・多輪咲《アネモネ・コロナリア》！」

太陽と見紛《みまが》うばかりの巨大な大輪の炎華が、宙に十数個顕現した。

今のユリスであれば、このような大技を連続して、しかも複数展開させてもなんの支障もない。なぜならば、周囲に存在する万応素《マナ》すべてがユリスの星辰力《プラーナ》となるからだ。実質的に、月華美人使用時のユリスはオーフェリア同様無尽蔵の星辰力を持つと言えるだろう。

また、一つ一つの技に込められる星辰力の量も——それが形を維持できる範囲内ではあるが——好きなだけ注ぎ込めるのだ。破壊力は今までの比ではない。

直径十メートルを優に超える灼炎の太陽華《アネモネ・コロナリア》が、取り囲むようにして同時にオーフェリアへと襲い掛かる。おそらくその熱だけでも、並の《星脈世代《ジェネステラ》》であれば意識を失っていることだろう。

十二秒というリミットで、ユリスが繰り出せるのはどれだけ畳みかけてもおそらく三手が限度。すでにユリスに背後で輝く月下美人の花は半分程度枯れかけている。

できればこれで仕留めたいところだが――

「――澪へと沈め《ニム・ア・ジムナ》」

「っ!?」

その瞬間、まるで間欠泉のようにオーフェリアの周囲から大量の黒い液体が吹き出した。すべてを焼き尽くす業火球を、膨大な量の液体が蒸発しつつも押《お》し留《とど》める。

（液化ガスか……！）

瘴気《しょうき》を圧縮なりなんなりして液化させたのだろうが、気体と液体とでは密度が違う。今のユリスの火力をもってしても、どうやら押し切れそうもなかった。

もしこれが先ほどまでのオーフェリアであったならば、すでに勝負はついていただろう。真に全力を発揮したオーフェリアは、ユリスが想像していた以上に化け物らしい。

とはいえ、今はユリスもその同類だ。

（残りは三秒――後一手！）

ユリスの火球とオーフェリアの液化ガスが互いに消滅し、周囲にもうもうと水蒸気が立ち込める中、ユリスは一瞬でオーフェリアの懐へと飛び込んでいた。

今のユリスは、肉体的にも破格の強度を誇っている。無尽蔵の星辰力《プラーナ》で身体《からだ》を強化できるのだからそれも当然だろう。折れた右腕さえも、支障なく動かせるほどだ。

その疾《はや》さはさすがに予想外だったのか、オーフェリアが瞠目《どうもく》した。

「咲き誇れ──絶壊の白焔華《マグノリア・グランディ》！」

オーフェリアの胸元へ向けて両手を重ねるように突き出し、そう叫ぶと同時に真っ白な閃光《せんこう》が世界を塗り潰し、圧縮された蒼白《そうはく》の爆発が巻き起こる。

超至近距離からの、超火力攻撃。

本来ならばこのステージを飲み込むほどの爆発を複数の花弁で抑え込んで圧縮した、月《げっ》華美人《かびじん》展開時のみ使用できる絶対的な破壊力を秘めた技だ。

それを放った直後に、ユリスの背後で咲いていた月下美人の花が枯れ果て、ユリスの身体から急速に力が抜けていった。青白く変化していた髪は薔薇《ばら》色《いろ》に戻り、ところどころに負った火傷《やけど》がヒリヒリと痛む。

月華美人使用後は、ほぼ星辰力が空になってしまう。これは使う度に少しずつ改善されていっているのだが、その理由はユリスにもわからない。今回も、以前よりはまだ少し星辰力が残っているようだ。といっても、普段の十分の一以下ではあるが。

に言葉を忘れて見入ってしまいました！　実況失格のお叱りは後ほどあまんじて受けるとして、これは……どうなんでしょう、決まりましたかね、ザハルーラさん？』

『今の攻撃をまともに受けたのだとしたら、いかにオーフェリア・ランドルーフェンでも相当なダメージのはずよ。決着が告げられていないということは、少なくとも校章が割れたり意識を失ったりはしていないのだろうけど……もう立てなくとも無理はないわね』

実況と解説の声を聞きながら、ユリスは倒れ込みたくなる気持ちを抑えてもうもうと舞い上がる土煙の向こうに目を凝らした。

果たして、そこに膝を折ったオーフェリアの姿が薄《う》っすらと浮かび上がってくる。

『おおーと！　オーフェリア選手、無事ではあるもののやはりかなりのダメージだったのか！　がっくりと膝をついているぞー！』

レヴォルフの制服はボロボロに破け、露《あら》わになった肌もあちこちが赤く腫れている。

それでもなおオーフェリアの表情には怒りや苦しみ、悔しさといった類の感情はない。静謐《せいひつ》な諦観と悲嘆が支配するその顔に、ただ——強いて言えば、それらに反するような、か細い一縷《いちる》の希求のようなものがほんの一瞬だけ煌《きら》めいたようにも見えた。

「……大したものね、ユリス」

淡々と、ほんの少しだけ掠《かす》れた声で、オーフェリアが口を開く。

「感服したわ。あなたの運命の強さ……この時、この場所で、それが私の運命の前に立ち塞がるということには、きっと意味があるのでしょう。だから……これで終わりになどしないで頂戴？」

「……っ!?」

その言葉に、ユリスは否応《いやおう》なく絶句させられた。

「あなたが、あなたの運命が、そうさせたのよ。だったら、最後まで責任を取ってもらうわ。さあ、続きをしましょう？」

ふらふらと立ち上がったオーフェリアが、その深紅の双眸《そうぼう》でまっすぐにユリスを見つめる。

「ふ、ふふ……！　その様でよくも言えたものだな。私もおまえのことを言えた状態ではないが、すでに限界だろう。無理をするものではないぞ……？」

「限界……？　おかしなことを言うのね、ユリス。私に……オーフェリア・ランドルーフェンの運命に、限界などないわ」

そう言い終えるや否や、アオーフェリアの足元から細い瘴気《しょうき》の腕が立ち昇り、オーフェリアの首筋にそっと触れた。

「——屍より夢寐を排す《ガ・ラ・トゥール》」

オーフェリアの身体《からだ》がビクンと震え、強張《こわば》るのがわかる。

目を見開いて天井を見上げ、口からは嗚咽《おえつ》のようなものが血の泡と共に零《こぼ》れ出す。

「あ……あ……あぁあ……！」

「なんだ……？　何をしている、オーフェリア！」

その問い掛けに応えることなく、オーフェリアはしばらく脱力した後、どこか血走った目をユリスへと向けた。その全身に薄《う》っすらと血管が浮かび上がり、激しく脈打っているのがわかる。

「オーフェリア！　今のはなんだ！」

再度そう叫ぶと、オーフェリアは小さく首を振ってから口を開いた。

「……昔から、毒にも薬にもなるなんて言い回しをするでしょう？　毒草が滋養強壮に使われてきたように、ね。だから、私の瘴気《しょうき》も使い方次第……これは、仮に私が斃《たお》れても、無理矢理《むりやり》にでも身体《からだ》を動かすための技よ」

そう言ったオーフェリアは、すでにふらつくこともなく、先ほどのダメージなどなかったように——いや、それどころかより一層力を増しているように見えた。

「ふっ……ふざけるな！　ふざけるなよ、オーフェリア！　なぜおまえがそこまで……！」

ユリスは湧き上がってきた怒りに我を忘れて怒鳴りかけたが、オーフェリアの顔を見て口を噤《つぐ》んだ。その代わりに唇を血が滲《にじ》むほど噛《か》み締《し》め、言葉を飲み込む。

オーフェリアの表情は、おそらく誰が見てもいつもと同じように見えただろう。諦め、悲しみ、嘆き、それらに塗り潰された顔だ。

ただ一人、ユリスだけはそこに違うものを見た。

「私の運命を止めたいのであれば――」

「……ああ、わかっている。わかっているとも」

その言葉を聞かされるのは何度目だろう。

今ならわかる。

オーフェリアは、ずっと自分を止めてくれと言っていたのだ。

ユリスは下を向き、己の不甲斐《ふがい》なさに溢《あふ》れてきた涙を手の甲で拭うと、意を決して顔を上げた。

「止めてやろう、オーフェリア。おまえのそのくだらない運命を、私が打ち砕いてやる」

「できるものならやってみなさい、ユリス」

オーフェリアは静かにそう返す。

すでにユリスは満身創痍《まんしんそうい》だ。

身体を動かせなくなるほどのダメージはないが、肝心の星辰力《プラーナ》が底を尽きかけている。

ならば、どうするか。

考えずとも、手段は一つしかない。

（もう一度、月華美人《げっかびじん》を使う……！）

ただし、それは星露《シンルー》からきつく止められていることでもあった。

『良いか、一度月華美人《ひとたびげつかびじん》を使わば、少なくとも一日程度は間を空けよ。そうでなければ、ぬしの身体《からだ》は耐えられぬ。仮にこれを守らねば、一夜の花は蕾《つぼみ》を開くことなく散るであろう』

ようは、月華美人を連続使用すれば確実に失敗するというわけだ。

そして月華美人の失敗は、そのままユリスの死を意味する。

(だからといって、ここで退くわけにはいかない……！)

ユリスは深く息を吸って意を決すると、星辰力《プラーナ》を練り上げた。

たとえこの場で朽ち果てようとも、友一人助けることができないのであれば、この先何も成すことはできないだろう。

ユリスにとって最も大切なパートナーは——あの日、こんな自分を守ることが、自分の力になることが成すべきことなのだと言ってくれたのだ。

ユリスも、オーフェリアに対してそうありたかった。

「華めけ——」

だが、星辰力を身体に巡らせ、変換しようとした刹那、ユリスの身体は真っ赤な業火に包まれた。

「ぐあああああ！」

月華美人が発動したわけではなく、その変換過程において綻びが出たせいだ。

『こ、これは一体どうしたことか！　リースフェルト選手の身体が燃え上がっています！』

『……星辰力の巡りが滅茶苦茶《めちゃくちゃ》に乱れているわ。これはまずいわね……』

灼熱《しゃくねつ》の炎に身を焼かれながらも、ユリスは必死に星辰力を制御しようするが、まるで上手《うま》くいかない。レジストもほとんど働いていないようで、炎を吸い込まぬよう呼吸を止める。

（こ、このままでは……！）

「悪いけど、容赦はしないわ……ユリス」

そんなユリスを見つめながら、オーフェリアは粛々と瘴気《しょうき》の腕を編み上げ、振りかざした。叩《たた》き潰《つぶ》されれば、それで一巻の終わりだ。

「ぐぅ……ううう……！」

それでもなお、ユリスはただ無我夢中で星辰力へと意識を集中させる。最後の最後まで足掻《あが》いてやるとでもいうように。

――その時だった。

（な、に……？）

ふいにユリスの意識は、虚空へと飛ばされていた。

眼下には、巨大な青い惑星。

周囲には、無数の星々。

ユリスは、自分が宇宙の只中《ただなか》に浮かんでいるらしいことを自覚した。

（まさか――これは――この場所は――）

瞬間的に、悟る。

あちら側と呼ばれる世界。

万応素《マナ》満ちる太陽系。

神の実存する宇宙。

（――っ！）

巨《おお》きな、あまりにも巨きな存在が、ユリスという矮小《わいしょう》な存在を認識したのがわかる。

だが――その存在がユリスの意識へ触れる前に、ユリスは現実に引き戻されていた。

今まさに、ユリスに向かって振り下ろされんとしている瘴気《しょうき》の腕を、ユリスはまるで時が止まったかのように眺める。

思考はまだ混乱したままだ。

ただ漠然と、自分の裡《うち》に須臾《しゅゆ》の間だけ『穴』が開き、あちら側へと繋《つな》がったのだということだけは理解していた。『穴』はすぐに塞がってしまったが、そのおかげでユリスの意識は無事だったということも。

そして――ユリスはその刹那の邂逅《かいこう》で、万応素のなんたるかを、星辰力《プラーナ》の本質を感覚的に理解した。神の息吹《いぶき》を、万象の源を、識《し》ったのだ。

今ならば、できる。

代償を支払うことになるだろうが、それは構わない。

この勝負に勝てるのならば、持っていくがいい。


「華めけ——月華美人・多輪咲」


ユリスがそうつぶやくと同時に、時が動き出す。

ユリスの背後に、月下美人の花が全部で十二輪、曼荼羅《まんだら》のごとく咲き乱れる。

十二秒×十二輪——つまり今からの百四十四秒が、正真正銘ユリスに与えられた最後の時間だ。その後どうなるかユリスにはわからないし、知ったことではない。

蒼白《そうはく》の炎に同化したユリスを叩《たた》き潰《つぶ》さんと迫る瘴気の腕を、ユリスは瞬時に展開した巨大な炎の剣で両断した。

「咲き誇れ——白炎の断刃花《グラジオラス》」

血を払うように一振りしてから、その技の名をつぶやく。

「……そう。あちら側を見てきたのね、ユリス……！」

オーフェリアは驚きつつも、すべてを察しているようだった。

その顔に、ほんの僅かな笑みが浮かぶ。

ユリスは応えることなく空へと舞い上がり、叫んだ。

「咲き誇れ——呑竜の咬焔花《アンテリナム・マジエス》・多輪咲《マルチフロース》！」

月華美人《げっかびじん》によって膨大な星辰力《プラーナ》が注ぎ込まれた焔《ほのお》の竜が、七つの首をもたげながらオーフェリアへと襲い掛かる。

「——嚙み砕き呷れ《ク・ガル・イルル・ヤンカーシュ》」

オーフェリアが瘴気《しょうき》によって生み出した漆黒の竜が、真っ向からそれを迎え撃った。

精白の焔と純黒の瘴気がぶつかりあい、拮抗《きっこう》する。

『な、なんという！　なんという闘いでしょうか！　すさまじい！　すさまじいとしか形容できません！』

『あはははは！　そうよ！　あたしはずっと、ずっとこんな試合が見たかったの！』

すでにミーコの声も、ザハルーラの声も、ユリスの耳には届いていない。

今この時、オーフェリア以外の存在はユリスにとってすべて意識の外だった。

竜と竜との力比べは相打ちとなり、花火が散るように弾《はじ》けると、焔と瘴気の残滓《ざんし》を残して消え去る。

「咲き誇れ——純白の焔尾華・群生《ソーララース・グレガリアス》！」

ユリスが腕を振ると、ステージ全面を覆いつくすように真っ白な半夏生が無数に花開き、次いで一斉に爆発した。

ステージすべてを消し飛ばす、極大の範囲攻撃。

逃れるように宙へ跳んだオーフェリア目掛け、更に畳みかける。

「咲き誇れ──乱咲《エリスリナ》の赤炎刀！」

空中のオーフェリアを取り囲むようにして数百の炎刀が顕現する。

ユリスの推測だが、オーフェリアは飛行能力を持たない。それが可能であれば、出し惜しみせずとっくに披露しているはずだ。

とすると、空中でこの攻撃を回避するのは不可能なはず。

「──真理の枝《ニンギージュ・ジータ》よ引き千切れ」

だがオーフェリアに狙いを付けていた炎の刃《やいば》は、虚空から出現した無数の触手によって残らず搦《から》め捕られてしまった。ぬめぬめとしたその触手は、おそらく先ほども使った液化ガスだろう。

更にユリスの周囲の空間がぐにゃりと歪《ゆが》んだかと思うと、そこから現れた触手が襲い掛かってくる。

「ちぃっ！」

今のユリスにとってみれば攻撃速度としては十分対応できる範囲なのだが、気配もなく、突如として現れるので始末が悪い。炎の翼を駆使して空を翔《か》け、なんとか引き離したはいいのだが——

「しまっ……!?」

気が付いた時には、地面から生えてきた触手を足場として立つオーフェリアが、その右手を高々と天に向けていた。

（大技が来る……！）

「——大牛がごとく踏《グガル・アンナ》み潰せ！」

ステージの頂点付近に大量の瘴気《しょうき》が暗雲となって群がり、そのままユリス目掛けて落ちてくる。巨大な滝を何本も束ねたかのような、恐ろしいまでの圧力。

「咲き誇れ——隔絶の赤傘花・大輪育種《レッドクラウン・ブリーディング》！」

間一髪で即時強化した五角形の花弁が傘のようにユリスを守り、瘴気を押《お》し留《とど》める。

世界が色を失い、轟音《ごうおん》に染まる。

その最中《さなか》にも、ユリスは星辰力《プラーナ》を広く深く大きく練り上げていた。

もっともそれは相手も同じだったらしい。

瘴気の落下が収まると同時に、ユリスとオーフェリア、二人の声が重なるようにしてステージに響き渡る。

「咲き誇れ——英傑の炎薔薇・花園《ローズオデュッセイア・ガーデン》！」

「——冥府の神よ来たれ《エル・ラーガ・ルー》！」

ユリスの技は、かつて武暁彗《ウーシャオフェイ》との決着を付けた、小さな炎の薔薇《ばら》を顕現させるものだ。大きさこそ拳大だが、月華美人《げつかびじん》使用時の今その威力は十分にオーフェリアの防御を突破できるものになっている。

かつて、ユリスがオーフェリアと共にあの孤児院の温室で育てた、思い出の花。すべての始まりとなったあのハンカチに刺繍《ししゅう》された、大切な華だ。

その薔薇が今——数千の煌《きら》めきとなって、ステージを埋め尽くしていた。

一方、爆発的に噴出した大量の瘴気はオーフェリアを飲み込むようにして、禍々《まがまが》しい巨神の姿を創り上げる。その大きさは、優に三十メートルを超えるだろう。その頭部は骸骨のようであり、見るだに悍《おぞ》ましい亡者のようでもあった。

「焼き払え！」

ユリスの号令が下ると、数千の薔薇が冥府の巨神へと殺到し、数え切れない爆発があちこちで巻き起こる。巨神はそれらを意にも介さず、ユリスを握り潰さんと手を伸ばしてきた。

ユリスは急加速してそれを掻《か》い潜《くぐ》るが、その巨体からは思いもよらない速度で追いかけてくる。その間も四方八方から炸裂《さくれつ》する炎の薔薇が爆発によって瘴気の身体《からだ》を削ってはいるのだが、その様は山に向かって砲弾を撃ち込むような虚《むな》しさを感じさせた。

「ならば……！」

ユリスはほとんど無作為に放たれていた射線をまとめ、極力その腹部に集中させる。

すると、瘴気《しょうき》で構成された肉体が次第に削れていくのがわかった。

巨神は苦しむかのように身をよじると、そのぽっかりと開いた眼《め》——というよりも暗い虚をユリスに向ける。

ユリスが悪寒を感じて休息離脱すると、巨神の眼から超圧縮された瘴気が一条、レーザーのように放たれステージを両断した。

ギリギリのところで回避に成功したものの、炎の翼を切断され、ユリスはバランスを制御できずにボコボコに削れて荒野のようになったステージへと墜落する。

片や冥府の巨神も腹部から溶けるように崩壊する中、オーフェリアが這《は》いずるようにして出てくる。

月華美人《げっかびじん》のリミットまで、残りはすでに三十秒を切っていた。

そろそろ決め時だろう。

ユリスもオーフェリアも、よろよろと立ち上がり、荒い息を吐きながら視線を交わす。

すでに双方が悟っていた。

能力のぶつけ合いでは、決着はつかないと。

無言のまま歩み寄り、間合いを詰める。

瞬刻——二人は地面を蹴って、渾身の力を込めた拳を叩き付けた。

ユリスの拳はオーフェリアの鳩尾《みぞおち》に。

オーフェリアの拳はユリスの顔に。

無尽蔵の星辰力《プラーナ》を持つ両者が、その全力を込めた拳で殴り合ったのだ。

お互いに呻《うめ》き声《ごえ》すら上げる間もなく吹き飛び、地面を削るように転がり跳ねる。

だが二人はすぐに立ち上がり、ユリスは溢《あふ》れ出《で》る鼻血を拭い、オーフェリアは血反吐《ちへど》を吐き捨て、再度睨《にら》み合《あ》った。

無論、効いていないわけがない。

お互いに星辰力による防御を最大限に高めているだろうが、拳に集中させた星辰力による攻撃力の増加のほうが遥《はる》かに大きいからだ。

よって、おそらく次は耐えられないだろう。

それもわかっている。

これは喧嘩《けんか》だ。

それも、子供同士の。

「ユリスゥゥゥゥゥゥゥ！」

「オーフェリアァァァァァー！」

相手の名を叫びながら、もう一度拳をぶつけ合う。

今度は両者の拳が、お互いの脇腹をえぐっていた。

声の代わりに空気を吐き出し、ユリスとオーフェリアは相手の身体《からだ》に寄り掛かるようにしてずるずると膝を折る。

「……なあ、オーフェリア」

「……何？　ユリス」

今にも消え入りそうな声でささやくユリスに、聞き取れないほど掠《かす》れた声でオーフェリアが返す。

「なんとも……馬鹿馬鹿しい闘いだと思わないか？」

「……同感ね」

「だが――だからこそ、決着を付けねばなるまい」

ユリスはそう言うと、最後の力をふり絞って立ち上がった。

「……」

膝立ちのままユリスを見上げるオーフェリアに向け、右手を振り上げる。

「借りを返すぞ――オーフェリア」

そして、オーフェリアの頬《ほお》を平手で叩《たた》いた。

ぱん、と。

軽やかな音が静まり返ったステージに響く。

オーフェリアは驚きに丸くし、次いで泣き出しそうな顔になると、そのまま仰向《あおむ》けに倒

れ、涙を零《こぼ》して笑いながら言った。

「私の負けよ、ユリス」

「オーフェリア・ランドルーフェン、降参」

「――試合終了《エンド・オブ・バトル》！　勝者、ユリス＝アレクシア・フォン・リースフェルト！」

第五章　夢の終わり

「はは……参ったな、これは……」

マディアスは落とした《赤霞の魔剣《ラクシャ＝ナーダ》》を拾おうと屈《かが》み込《こ》み、そのまま崩れ落ちるように膝をついた。十字に刻まれた傷からはボタボタと止めどなく鮮血が溢《あふ》れ出《だ》し、見る間に血《ち》溜《だ》まりを広げていく。

すでに立ち上がる力は残っていないようだ。

「はぁ、はぁ……！」

対する綾斗《あやと》も脇腹を切り裂かれており、いつ意識を失っても不思議ではない状況だった。失血によるものだろうか、手足の感覚が鈍くなり、目も霞《かす》んできている。

それでも、その決着は空間ウインドウでしっかりと見届けていた。

ユリスが《王竜星武祭《リンドブルス》》を制した、その瞬間を。

「よもや、オーフェリア嬢が負けるとは、ね……」

悔し気でありながら、どこか重い荷物を下ろしたような、力の抜けた声でマディアスがつぶやく。

そんなマディアスに、綾斗はなけなしの力をふり絞って《黒炉の魔剣《セル＝ベレスタ》》の切っ先を向けた。

「まだ続けるというのなら――」

綾斗《あやと》がその言葉を言い終える前に、マディアスは瞳を閉じてゆっくりと首を横に振る。

「私としてはそうしたいところだが……生憎《あいにく》と今のオーフェリア嬢が我々の指示を聞くことはあるまい」

綾斗も同感だった。

空間ウィンドウに映し出されたオーフェリアの表情からは、あの張り付いたような諦観が消えている。すでに、オーフェリアは試合前とは別人だろう。

ユリスが、成し遂げたのだ。

綾斗はそれがこの上なく誇らしかった。

「綾斗、こっちも終わった」

すると観客席から顔を出した紗夜《さや》が、そう言って綾斗へVサインを向ける。

どうやら爆弾の解除も間に合ったらしい。

「っ！　綾斗っ!?」

安心したからか、そろそろ本当に限界だったのか――綾斗は天地が回転したかのような感覚と共に地面に倒れ込んだ。

慌てた様子で観客席から飛び降りた紗夜が駆け寄ってくる。

「この傷は……！」

紗夜は綾斗を抱き起こし、傷の状態を確認して息を飲んだ。

「俺は大丈夫……それより、早くこのことを他のみんなに……」

「馬鹿！　こんなの大丈夫なわけがない！」

両目に涙を溜《た》めた紗夜が、ぱしぱしと綾斗の額を叩《たた》く。

「まったくだ。それなりに臓腑《ぞうふ》も損傷しているはずなのだから、早く治療院へ運んで治癒能力者の治療を受けさせたまえ。手遅れになるぞ」

「一体、誰のせいだと……！」

とぼけたマディアスの言い様に、紗夜が怒気を迸《ほとばし》らせてハンドガンを向けた。

だが綾斗は紗夜に抱きかかえられたまま、銃を構えたその右手をそっと下ろさせる。

「……それはあなたも同じだ、マディアス・メサ。俺よりはいくらかマシとはいえ、その傷、治療を受けなければまずいだろう。一緒に治療院へ行ってもらう」

「おやおや、私を助けるというのかね？　本当に、どこまでも甘いことだ」

マディアスはそう言って、呆《あき》れたような苦笑を浮かべた。

「もちろん、その後は星猟警備隊《シャーナガルム》に引き渡す」

「ははは、それは困ったな。あの恐ろしい警備隊長殿にお説教を受けるとなると、逃げ出したくなる。申し訳ないが、そればかりは御免被るとしよう」

マディアスは右手一本で携帯端末を操作すると、小さな空間ウィンドウを展開させる。

「――っ！」

それを見た紗夜《さや》が、表情を固くする。

「紗夜？」

「……綾斗《あやと》。あれはおそらく――起爆スイッチ」

「な……っ!? でも、爆弾は全部解除したんじゃ……ぐぅっ！」

綾斗はとっさに身体《からだ》を起こそうとしたが、それもままならない。

「君たちは知る由もないだろうが、このステージの地下には専任闘技者の控室があってね。私も当時はよく利用させられたものだ。ま、そんなわけで勝手知ったるなんとやらではないが、実はそこにもう一つだけ爆弾を設置してあるのだよ」

ブラフ――ではない。

マディアス・メサは、ここでそんなハッタリをかますような男ではないだろう。

「ああ、安心したまえ。たとえそれが爆発したとて、このステージが崩壊するだけだ。この壁を破壊するほどではないさ。観客席の爆弾が誘爆するなら話は別だが、マナダイトを使用した混合爆薬ではその可能性もないだろう」

綾斗が確認するように紗夜を見ると、小さくうなずく。

「だったら、なぜ……」

「自分の始末くらいは自分でつける。それだけのことだよ」

「……私たちを道連れにしようとは考えないのか？」

当然と言えば当然である紗夜の疑問に、マディアスはさも心外そうな顔で応えた。

「君は私をなんだと思っているのかね？」

「悪党」

即答する紗夜。

「それは否定しないが……これでも無益なことは嫌いでね。今更君たちを巻き込んだところでなんにもなるまい」

「……」

そんな風に嘯《うそぶ》くマディアスと、綾斗の視線が交差する。

短いような、それでいて長いような不可思議な時間。綾斗はその間ずっとマディアスの真意を探ろうとしたが、結局できなかった。

先に視線を外したのは、マディアスのほうだ。

斜め下に目線を落とし、大きく息を吐く。

「さあ、早く行きたまえよ。上の騒ぎを考えれば、治療院も相当混乱していることだろう。急がないと本当に命を落とすことになるぞ。それとも、私と心中したいのかね？」

「……綾斗、行こう」

紗夜《さや》が綾斗《あやと》の肩を持ち上げ、柱内部のエレベーターまで引きずっていく。

それに乗り込む直前、一度だけ綾斗が振り返ると、マディアスはすでにこちらを見ていなかった。

おそらくその瞳は、過去を見ていたのだろう。

最後の最後まで、マディアス・メサは過去と共に生きた男だった。


——未来などいらない。

朱莉《あかり》を失ったあの日から、マディアスはそう決めていた。

朱莉のいない未来になど、なんの価値も見出《みいだ》せなかったからだ。

その想《おも》いは、今でもまったく変わっていない。

「まあ、未練にすがる情けない男の末路としては、これが妥当なところか……」

《蝕武祭《エクリプス》》のステージに一人残されたマディアスは、誰にでもなくそう独りごちた。

時代への復讐《ふくしゅう》といえばそれなりに恰好《かっこう》がつくかもしれないが、実際は単なるエゴイズムだ。そして仮にこの計画が成功しても、マディアスの想いが晴れることはなかっただろう。

そんなことはずっと前からわかっている。

ただ、それでもやるしかなかったのだ。

誰も理解できないだろうし、誰かに理解してほしいとも思わない。

いや、遥《はるか》にだけはその一端でもわかってもらいたかったが、それも結局マディアスのわがままでしかない。彼女は朱莉《あかり》ではないのだから。

「……さて」

マディアスは仮面を取って投げ捨てると、空間ウィンドウへ無造作に指を伸ばす。

その時、唐突に脳裏をあの日の光景が過《よぎ》った。

『私の願いは——』

ああ、先輩……俺はその先の言葉が、どうしても聞きたかったよ。

＊

「けほっ！　が、はっ！　う……っ！」

ディルクが息苦しさに咳込《せきこ》み、目を開くと、そこにはよく見慣れた間抜けな顔があった。

「よ、良かったぁ……！　会長、ご無事ですか？　い、いえ、ご無事じゃないのはわかってるんですけど、とにかくその……！」

あたふたと両手を動かしながら、両目からぽろぽろと大粒の涙を零《こぼ》すその姿に、いつも通りの舌打ちを投げつけようとして、止める。腹部を襲う激痛に、歯を食いしばらなければならなかったからだ。豊満に蓄えられた脂肪がヴェルナーの一撃を逸《そ》らしてくれたのか、出血はすでに止まっており、少なくとも今すぐ命がどうこうという怪我《けが》ではない。もっとも、もしもう一撃喰《く》らっていれば、ディルクの命はなかっただろう。

痛みを堪《こら》えつつ周囲を見渡せば、どうやら湖の畔《ほとり》らしい。湖のほうへ目を向ければ、遠くにはアスタリスクの姿、近くには半壊した飛行船の残骸が傾きながらその半身を水に沈めていた。

ディルクがヴェルナーに襲われた後、制御を失って墜落したのだろう。だとすれば、よくも生きていたものだ。悪運だけはまだ残っていると思うべきか。

「……で、ころな。なんでてめえがここに居やがる？」

ディルクの秘書であるこの樫丸《かしまる》ころなには、一昨日《おととい》の時点でソルネージュ本部への出張を命じたはずだった。通常の学生ならアスタリスクを出るには面倒な手続きが必要だが、ころなはほとんど名目上とはいえ生徒会に籍を置いているため、仕事であればそれも必要ない。少なくとも、昨日にはこのアスタリスクを発《た》っていなければおかしかった。

「あー、それはその……実は、ちょっと、その……急なご命令だったので、支度《したく》に手間取ってしまったと言いますか……い、いえ！　ですが、ちゃんと！　ちゃんと準備は間に合ったんです！　準備は間に合ったんですが……そのせいで夜更かしをしたせいか、寝坊をしてしまってですね……起きた時にはもう、飛行機が……」

どんどんと声が小さくなっていくころなの言い訳に、ディルクは怒鳴りつける気力も失《う》せる。アスタリスクの水上空港は世界各地の主要都市と空路を結んでいる国際空港だが、その規模は決して大きいものではない。直行便ともなれば、一日に一、二便程度がいいところだ。一本逃せば、翌日——つまり今日まで出発が延びてしまうということもあり得るだろう。

だが、今日になったということは……。

「そ、それでですね、今日こそはちゃんと出発しようと思ってたんですけど、急に……えーと、テ、テロ事件？　とかで、アスタリスクを出られなくなっちゃって……」

「わかったわかった。それはもういい。それより——誰がここまでおまえを連れてきた？」

ディルクが鋭い声でそう問うと、少し奥の木陰から滲《にじ》み出《で》るように二人の人影が現れた。

「おーおー、さすが《悪辣の王《タイラント》》。抜け目がないねえ」

「ま、そうでなくちゃ面白くないからね」

一人は小柄で目深にフードを被《かぶ》った少年だ。表情は見えないが、その口調からはどこか他人を馬鹿にしているような、見下しているような臭いがする。

もう一人は大柄で浅黒い肌をした、黒髪の青年だった。無精髭《ぶしょうひげ》と柔和な顔つきは一見すると親しみやすいような雰囲気を覚えるが、その奥に潜む暗い感情を読み取れないほどデイルクも馬鹿ではない。

「てめえは確か……ゴース・ケプートとか言ったか」

「おや、俺なんかをご存知《ぞんじ》とは嬉《うれ》しいねえ」

大柄な青年――ゴースは、今回の《王竜星武祭《リンドブルス》》開幕戦で天霧綾斗《あまぎりあやと》と闘った、滅星煌式武装《ロストルクス》の使い手だ。

そして滅亡した二つの統合企業財体サマンダルとセヴェルクラーラの残党が寄せ集まった組織――アシュダハのエージェント。

そもそも、ころながアスタリスクに取り残されたのであれば、一人であそこから脱出できるわけがない。また、墜落した飛行船からディルクを助け出すのも、ころな一人では無理だろう。誰かしら協力者がいるはずだった。

そして、アシュダハのエージェントがただの善意からそんなことをするわけがない。何かしら思惑があるはずだ。

「あ、そうそう！　そうなんです！　このお二人が、会長を助けるのを手伝ってくださったんですよ！　テロでもうアスタリスク中しっちゃかめっちゃかになってて、私もどうしたらいいのかわからず右往左往していたところで偶然出会ったんですけど、いや、もう本当にいろいろと助けてもらっちゃって……」

そんなことをまったく知らないであろうころなは、無邪気にぺこぺこと二人に頭を下げている。もちろんそれが偶然なはずはない。この二人はころながディルクの秘書だと知っていて接触してきたのだ。

「……ふん、しかしまあよくも俺の居場所を突き止めたもんだ。ただの負け犬集団かと思ってたが、案外アシュダハもやるじゃねえか」

ディルクを必死で追っていた英士郎《えいしろう》や《無貌《バルトアンデルス》》メルヒオールでさえ、結局見つけ出せなかったというのに。

すると、二人は顔を見合わせ、同時に肩を竦《すく》める。

「いやいや、残念ながらそいつは過大評価ってもんだ」

「そうそう、ボクたちだって君の居場所は見当もついてなかったよ。だから彼女に接触したんじゃないか」

「あん……？　どういうことだ？」

ディルクは思わず眉根を寄せた。

「こいつが俺の居場所を知ってたわけねえだろ」

ころなには秘書として仕事を任せているが、どれもほとんど雑用に毛が生えたような代物だ。政策立案や実務に関しては副会長たちがサポートしているし、第一ディルクは彼らにも本当に重要な案件を任せたことはない。自分以外信じていないのだから当然だろう。

唯一、《魔女《ストレガ》》としてのころなの能力があればディルクの居場所を当てることも不可能ではないだろうが、非常に成立条件が厳しいため、狙った情報をピンポイントで探り出すのは難しいはずだ。

しかし。

「え？　あの、なんの話なのかはよくわかりませんが……会長がどこにいらっしゃるのか探し出したのは、一応、その、私です……けど？」

「……なんだと？」

ディルクが睨《にら》みつけると、ころなは小さく悲鳴を上げて縮こまる。

今回ディルクが使った小型飛行船は、普段金枝篇《きんしへん》同盟の会合に使っているものとはまた別のものだ。名義もディルクとは無関係の人間のものだし、ソルネージュとも繋《つな》がっていない。ディルクの周囲から探ろうとしても、決して辿《たど》り着《つ》けないはずなのだ。

「だ、だってだって、いくら連絡しても会長出てくれないし……でも、こんな状況ってことは万が一のことがあったら大変だと思って……だから、占ってみたんです」

「占った？」

「は、はい！　会長の状況とか、居場所とか、諸々《もろもろ》を……そうしたら最悪の状況で空《そら》の上にいるって出て……その時、空を見上げてみたら、ちょうど飛行船が一隻、こう真っすぐ湖に墜落していくところだったんです！　それでもう、会長は絶対あそこにいるんだって……あれ？　会長？」

黙り込んだディルクを見て、不思議そうな顔で首を傾《かし》げるころな。

確かにころなの能力は、本人すらも自覚がないが、占いによるものだ。絶対に外れる予知——ただし、一日に一回、それも夕方という条件でなければ発動しない。今のころなの言葉を信じるならば今回のそれは能力ではなく、ころなが下手の横好きとしてかじっている、単なる趣味の占いの結果に過ぎないということになる。

つまり、ディルクの居場所を当てたのは、単なる偶然だ。

その時、ローブを目深に被《かぶ》った少年がそっとディルクに近付き、耳元でこう言った。

「いやー、ボクたちも君がすごい能力を持ってる子を秘書にしてるってところまでは嗅ぎつけてたんだけどさ、その能力の内容までは掴《つか》んでなかったんだよね。すごいじゃん、この子」

ディルクは一瞬馬鹿にされているのかと思ったが、違う。

こいつは本当に、そのなんでもないただの占いがころなの能力だと、それによって自分の居場所を見つけ出したのだと勘違いしているのだ。

「くっ……ははっ！　くくっ！　くっくっく……！　はーはっはっはっはっはっは！」

最早《もはや》、ディルクには堪《こら》え切れなかった。

「え？　か、会長？」

「な、なになに？」

ころなも少年もゴースも、皆が呆気《あっけ》にとられたような顔でディルクを見ている。

まさか。

あろうことか。

単なる偶然と浅はかな勘違いが折り重なり、ディルクが今まで緻密に積み重ねてきた作戦や策謀も、英士郎《えいしろう》やメルヒオールたちの必死の努力や苦労も、ヴァルダやマディアスの思惑も、すべてを一息で飛び越えて真実に辿《たど》り着《つ》く——これを不条理と言わずになんと言うのか。

このような理不尽を前にして、ディルクは笑うしかなかった。

本当に、腹の底から馬鹿馬鹿しく、くだらない。

ディルクはひとしきり笑った後、ころなに向けて携帯端末を向けた。

「おい、ころな。俺はしばらく戻れねえ。よって、てめえが当分の間レヴォルフの生徒会長代行だ。委任状と、必要なデータはてめえの携帯端末に送った。確認しとけ」

「は……？」

ころなは何を言われたのかわからず、目をぱちくりとさせていたが。

「えっ、えええええええええええええええ!?」

しばらくするとようやくその言葉を理解したのか、この上なく素っ頓狂な声を上げた。

「むっ、無理無理無理無理！　無理ですよお、そんなの！　私なんかに、生徒会長が務まるわけ……」

「――ガキ、うるせえからこいつを眠らせろ」

ディルクがそう命じると、少年は「何を勝手に命令してるのさ」とぼやきながらもころなの首をそっと触った。

「っ!? ふにゃ……」

眠るようにしてころながぐったりと倒れ込む。

「ふーん……別にこっちは構わねえけどよ、あんたはそれでいいのかい?」

ゴースが意外そうな顔で見てきたので、ディルクはその視線に舌打ちで応えた。

「てめえらの知ったことか。それよりさっさと本題に入れ。この俺をスカウトに来たんだろう、アシュダハの犬ども」

その途端、周囲の温度がぐっと下がったように感じた。

ゴースも少年も、その本来の姿を露《あら》わにする。

「へぇ……話が早くて助かるねえ」

暗く、惨めで、冷たい世界――それがディルクが身を置く世界だ。

どこまで行っても逃げられないし、今更逃げ出すつもりもない。

「いいぜ。心底気に入らねえが負け犬同士だ、手を組んでやろうじゃねえか」

——ディルク・エーベルヴァインが笑ったのは、さほど長くもないその人生において、

後にも先にもこの日この時が唯一であった。

＊

《王竜星武祭《リンドブルス》》決勝戦後の——すなわちアスタリスク全土を吹き荒れたテロ事件後の一週間は、まさしく激動だった。

まず結果だけ見るならば、金枝篇《きんしへん》同盟の計画は無事阻止されたと言えるだろう。後に《翡翠《ひすい》の黄昏《たそがれ》》事件になぞらえて《金枝の午刻《ウィスクム》》事件と呼ばれるようになるその一連の騒動は、破壊規模に比べれば奇跡的なことに一人の死者も出すことなく終結した。これは星猟警備隊《シャーナガルム》の迅速な対応と、各学園の学生たちが積極的に事態の収拾に努めたことがその大きな要因に挙げられている。決勝戦当日の夕刻には、アスタリスク全域で暴れていた擬形体《パペット》たちは残らず活動を停止した。とはいえ負傷者は一万人を超え、数名の行方不明者も出しているのだから、悲惨な事件であったことは疑いようもない。なお、その行方不明者の中にはマディアス・メサとディルク・エーベルヴァインの名前も含まれている。

また、《金枝の午刻》事件とほぼ時を同じくして、世界中で同時多発的にテロ事件が発生したことも大きな衝撃を以《もっ》て人々の記憶に刻み込まれた。大規模なもので数件、中小規

模まで合わせれば数十件のテロ事件が起こっており、こちらは残念ながら少なからず死者を出している。

当然表沙汰になってはいないが、これらのテロ事件は《ヴァルダ＝ヴァオス》によって扇動されていた可能性が極めて高い。《ヴァルダ＝ヴァオス》が破壊された後にもテロ事件が発生していることから、《ヴァルダ＝ヴァオス》本人が言っていたように一度動き出した列車は止まれないということなのか、それとも《ヴァルダ＝ヴァオス》の能力の影響が解けてもなお、そうさせるだけの何かが彼らにあったのか……。それでも仮に《ヴァルダ＝ヴァオス》が健在であったとすれば、この数倍——最悪を考えれば数十倍——以上の規模になっていたかもしれず、それを食い止めた功績はクローディアたちに与えられるべきものだろう。たとえ秘密裏に処理された一件だったとしても、だ。

一連の事件に関して現場レベルでは星猟警備隊《シャーナガルム》が対処したが、その情報公開に関しては一貫して各統合企業財体が合同で行っている。そのため表向きの発表では、概要程度しか掴《つか》めないと言ってもいい。

その首謀者は金枝篇《きんしへん》同盟と名乗るテロ組織であり、事件の前後に犯行声明が確認されていないため目的は不明（真偽不明や、明らかな便乗目的での声明はいくつもあったようだが、ここでは触れない）。ただし、世界規模で発生した他のテロ事件と無関係であるとは考え難《がた》く、それらと同様に《星脈世代《ジェネステラ》》の解放とその権利の拡充を求めたものだと思われる。金枝篇同盟のメンバーについては現在調査中であるが、有力な容疑者はすでに絞り込んでおり、その内数名は無力化に成功している。よって再度この組織によるテロ事件が起きる可能性は低い――簡単にまとめると以上が統合企業財体が発表した情報のすべてだ。

端的に言って、実に曖昧模糊《あいまいもこ》とした内容の薄い発表と言えるだろう。

実際のところ、実行役であるオーフェリア、当事者たちから直接聞き及んでいた綾斗《あやと》たち、その双方の証言によって統合企業財体は金枝篇同盟が行おうとしていた計画の全体像をかなり正確なところまで把握している。

唯一の例外は《ヴァルダ＝ヴァオス》に関してだ。自らの自由意思を持ち、人間の身体《からだ》を乗っ取って他者へ精神干渉を行うという信じ難い純星煌式武装《オーガルクス》の存在は、数々の証言がありながらも立証されなかった。何しろ物証がないのだ。精神干渉を行われた被害者がいることは確認されたため、そうした力を持つなんらかの能力者の存在までは認められたが、あくまでそこまでだった。その存在が明るみに出ることを恐れ、秘密裏に抹消することを最優先事項としてきた銀河《ぎんが》としても、ほっと胸を撫《な》で下《お》ろしたことだろう。もっとも、クローディアによれば他の統合企業財体も薄々気が付いているようで、だからこそクローディアは《ヴァルダ＝ヴァオス》の残骸を自ら処分したのだという。

「こうしておけば、いざという時に私たちの身を守る切り札となるでしょう？」

確かに綾斗たちはあまりに多くの秘密を知りすぎている。イザベラとは身の安全を保障する取引を行ったが、あくまで彼女は最高経営幹部の一人にすぎず、いつ銀河《ぎんが》が《ヴァルダ=ヴァオス》の秘密を知っている綾斗《あやと》たちを抹殺しようと心変わりするかはわかったものではなかった——まさしく、かつてクローディアがそうされたように。その点、《ヴァルダ=ヴァオス》の残骸という物証をクローディアが押さえていることは、大きな抑止力になるはずだった。

閑話休題。

統合企業財体が全体像を把握しておきながら、そのような不鮮明な情報の公開に終始した理由は、クローディアによると所謂《いわゆる》『高度に政治的な取引の結果』ということらしい。首謀者であるマディアス・メサは星導館《せいどうかん》、同じく首謀者であるディルク・エーベルヴァインと実行犯（未遂）オーフェリア・ランドルーフェンはレヴォルフ、精神干渉によって自由意思を失っていたとはいえ肉体的には首謀者であったウルスラ・スヴェントはクインヴェール、同様に精神干渉を受けていたという事情はあれど実行犯として実際に活動していたパーシヴァル・ガードナーはガラードワース、テロの実行役である大量の擬形体《パペット》を提供したエルネスタ・キューネはアルルカントと、金枝篇《きんしへん》同盟に関与した者はその深度や本人の意思は異なれど、五つの学園——ひいては五つの統合企業財体に関係している。他の統合企業財体を非難すれば、それがそのまま自分たちにも返ってきてしまうのだ。無論、首謀者を出した銀河やソルネージュなどは他に比べても責任は大きいはずなのだが、それはあくまで程度問題でしかない。この事件に関わっていたということ自体が、発表できるはずがない事実なのだから。そこで、この一件に関しては互いの利益のため、容疑者・関係者の詳細は伏せる方向で一致したのだった。唯一、完全に金枝篇同盟と無関係だった界龍《ジェロン》だけは大きなアドバンテージを持っていたとも言えるが、もしここでそれに反対すれば五対一の状況となり、逆に潰されかねない。それよりは他の統合企業財体に対して貸しを作っておいたほうが得だと考えたのだろう。

そのような状況だから、金枝篇同盟の計画を実質的に阻止した綾斗たちも、何かしらその功績が讃《たた》えられたりするようなことはなかった。まあ、誰一人としてそんなことを望む者はいなかったので別に問題はなかったし、むしろイザベラやヘルガ、遥《はるか》からは独断専行を大いに叱られたりはしたが。

一方で、秘密裏に処理されたことの恩恵もある。金枝篇同盟の関係者が表立って裁かれないということは、そこに取引の余地があるということだ。特に精神干渉の影響が顕著であった二名——ウルスラとパーシヴァルに関しては、被害者という側面も強く、クローディアの折衝のおかげで処分も軽くなった。この時の交渉の条件として、綾斗たちは各統合企業財体と何重もの秘密保持契約を交わすこととなったが、そのくらいは安い代償だろう。

次はもう少し、個人的な話に移る。

綾斗《あやと》自身に関しては、《蝕武祭《エクリプス》》のステージから脱出した時点で意識を失っており、紗《さ》夜《や》が担いで運んでくれたそうだ。綾斗はそれほど大柄なほうではないが、それでも紗夜が《星脈世代《ジェネステラ》》でなければまず難しかっただろう。

もっとも、それからすぐに紗夜は同じく意識を失っている綺凛《きりん》を発見。その小さな身体《からだ》で自分よりも大きな二人を担いで、時に引きずり、時に引っ張っていったとのことなので、その苦労は並々ならぬものであったろうと察せられる。いかに《星脈世代》といえども、大型煌式武装《ルークス》を軽々と振り回す紗夜でなければこれもまた難しかっただろう。

難しかったといえば、紗夜にとってはその後が一番の難題であったようだ。

「……道がわからん」

そう。沙々宮《ささみや》紗夜は極度の方向音痴であり、ただでさえ複雑怪奇な構造をしている地下ブロックを一人で脱出するなど、ほぼ不可能と言ってよかった。地下ブロックでは通常の通信は遮断されているため、場合によっては彷徨《さまよ》う紗夜の背中で綾斗はそっと息を引き取ることになっていたかもしれない。

それを救ったのは思わぬ助っ人——夜吹英士郎《やぶきえいしろう》だった。

英士郎は当時、ディルク・エーベルヴァインの居場所を探り追っている最中《さなか》であったはずなのだが、あと一歩というところまで迫ったものの（英士郎談）、惜しくも飛行船で逃げられてしまったらしい。その後、クローディアからの指示を受けて綾斗たちの救援に来たのだとか。ディルクを取り逃がしてしまったことは、本来であれば綾斗たちの作戦にとって致命的とも言えるものだったが、ユリスがオーフェリアの心を動かしてくれたおかげで事なきを得た形だ。

ただし、この時すでに紗夜は《蝕武祭》の会場を離れて地下ブロックを彷徨っていた。本来であれば、英士郎のほうもそう簡単に見つけられるはずがない。それを問い詰めると、英士郎は目線を逸《そ》らし――

「そりゃまあ、ほら……おまえさんにやったクラッキングツールがあるだろ？　あれにちょいと細工が――」

要するに、位置情報を探る特殊なコードが潜ませてあったらしい。通信遮断された地下ブロックからでも発信できるということは、それなりに専門的で高度な技術が使われているのだと思われる。これは紗夜だけに限らず、綾斗やユリス、綺凛やクローディアにも別の形で仕込んであったようだ。道理で英士郎にはいつも居場所がバレていたわけだと、それを聞いた時には納得しかなかった。

当然紗夜は激怒したが、そのおかげで助かったことも事実であったため、その場ではぐっと堪《こら》えて文句を言うだけに留《とど》めたとか。

「私も大人になった。偉い」

とは、したり顔でうなずきながらの紗夜の談だ。

ちなみに英士郎《えいしろう》はその翌日、紗夜《さや》のフルバーストで吹っ飛ばされている。

治療院はテロの負傷者で溢《あふ》れかえっていたようだが、瀕死《ひんし》の重傷であった綾斗《あやと》は最優先で治癒能力者の治療を受けることができ、なんとか九死に一生を得た。綺凛《きりん》も綾斗ほどではなかったが相当な重傷だったため、応急処置を受けた後に治癒能力者に治療を受けている。

この時、シルヴィアと美奈兎《みなと》も治療院へと運ばれてきていたが、二人は重傷ではあるものの命にかかわるほどではないとの判断から通常の治療に留《とど》まっており、美奈兎などは後日顔を合わせた時にもまだあちこちに包帯を巻いていて、綾斗は申し訳なく思ったものだ。

シルヴィアは《ヴァルダ＝ヴァオス》に乗っ取られてしまったことによる一時的な昏睡《こんすい》状態ということで、丸一日眠った後に目を覚ました。彼女が救い出したウルスラのほうは乗っ取られていた期間が長かったためか、目覚めるまでに五日間程かかり、シルヴィアはその間ずっと傍らに控えていたようだ。ようやく目覚めた時にはベッドに飛び込むように抱き付き、涙を流して喜んだが、ウルスラは《ヴァルダ＝ヴァオス》に乗っ取られていた間の記憶はほとんどないようで、困惑しているようだったという。

ただ。

「──ああ、でも、夢の中で君の歌を聞いたような気がするよ」

一言そう言って、シルヴィアをより一層泣かせたらしい。

そして、あの事件から——即《すなわ》ち《王竜星武祭《リンドブルス》》の決勝戦から一週間後の今日、延期されていた表彰式が行われたのだ。

＊

「かんぱーい！」

ホテル・エルナトの大ホール。

表彰式後に開かれたレセプションは、いつになく盛大なものとなった。

これは今回の《王竜星武祭》が大盛況だったこともあるだろうが、それ以上に《金枝の午刻《ウィスクム》》事件の爪痕から意識を逸《そ》らさせ、同時に復興をアピールしたいという運営サイドの目論見《もくろみ》もあるのだろう。

普段のレセプションは生徒会長などの例外を除き、《星武祭《フェスタ》》参加者しか出席できないのだが、今回は参加者一人につき一名の同伴が許されている。おかげで、綺凛などもこうしてこの場に集まることができた。

「しかしまあ、あんな事件があったばかりなのにこんな大規模な催しを開くとは、運営委員会も豪胆なんだか危機意識が緩いんだか」

五百人を超える人数がざわめくホールをぐるりと眺め、紗夜《さや》が呆《あき》れたように言う。

「結局マディアス・メサもディルク・エーベルヴァインも行方不明のままですから心配になるのはわかりますが、運営委員会としてはできるだけ早く今回の事件の記憶を風化させ、新しい話題で上書きしたいのでしょう。何よりあれだけ盛り上がった《王竜星武祭《リンドブルス》》を中途半端な形では終わらせられないですからね。副委員長殿……いえ、新しい運営委員長殿も必死なのですよ」

クローディアはどこか含みのある笑みを浮かべて、グラスを口元に運んだ。ちなみに中身はノンアルコールのシャンパンだ。

綾斗《あやと》たちの報告を受けて星猟警備隊《シャーナガルム》はすぐに《蝕武祭《エクリプス》》会場跡地へと隊員を派遣したが、その時すでにステージは完全に崩壊していたらしい。その後の調査で崩壊は大きな爆発によるものだと断定されたが、マディアスの遺体は発見されなかった。もっとも爆発の規模から推定すると、遺体も残らず吹き飛んでしまった可能性が高いという。今は行方不明という扱いだが、いずれは死亡認定されるのかもしれない。

「生き延びていたら生き延びていたで、統合企業財体から逃げ切るのは難しいでしょ。もう《ヴァルダ＝ヴァオス》はいないんだし」

シルヴィアがテーブルに置かれた焼き菓子を指で摘《つ》まんで、口に放り込む。

「で、ですけど、何はともあれ、またこうしてみんなで集まれて良かったです……！」

相変わらずこういう場には慣れないのか、どこか緊張した様子の綺凛《きりん》がそう言った。

実際、この一週間というもの綾斗たちは代わる替わるヘルガの取り調べを受け、ゆっくり話す機会もなかったのだ。ただし、金枝篇《きんしへん》同盟の計画を阻止した立役者とはいえ綾斗たちの立場は必ずしも良いものではなかった。それをなんとか収めてくれたのは、統合企業財体に対するクローディアの隙のない交渉と、ヘルガの正確で真摯な上申であったことは間違いない。

「そうだね、誰一人欠けることなくまた集まることができて良かったよ」

綾斗も素直に綺凛の言葉に同意した。

「そういうわけで――改めて《王竜星武祭》優勝おめでとう、ユリス」

「――あ、ああ。ありがとう、綾斗」

そう言って手にしたグラスを掲げると、隣に立つユリスは少し照れたように視線を逸《そ》らす。

「……ま、ここは素直におめでとうと言っておく」

「ええ、ええ、おめでとうございます、ユリス。そしてありがとうございます。私が生徒会長を務める間に、まさかグランドスラム達成者が出てくるとは思いませんでした。しかも今期は久しぶりの総合優勝。まさしく言うことなしです」

「あーあ、オーフェリアに土を付けるのは絶対に私だと思ってたのになぁ……でも、おめでと！」

「本当に本当におめでとうございます！　この目で見届けられなかったのが残念なくらい、素晴らしい試合でした！」

他の皆も口々に祝福すると、順番にユリスへグラスを掲げた。

「いや、その……なんだ。私の我がままでいろいろと迷惑をかけたのに、そう率直に祝辞を受けるのは歯痒《はがゆ》いと言うか面映《おもは》ゆいと言うか……」

「――誰も迷惑だなんて思ってないよ」

そう言うと、ユリスは少し驚いたように、まじまじと綾斗《あやと》の顔を見つめた。

そしてゆっくりと他の面々へと視線を移す。

その場の全員が、柔らかな笑みを浮かべていた。

「そうか……そうだな。だとしたら、私はこう言うべきなのだろう。ありがとう、みんな。おかげで私はオーフェリアを助け出すことができた」

ユリスらしい直截《ちょくせつ》な言葉。

だからこそ、ユリスの気持ちがストレートに伝わってくる。

「本当なら、この場にオーフェリアも来られたら良かったのだが……まあ、さすがにな」

オーフェリアは決勝戦後すぐに高熱を発して倒れてしまい、今は治療院の隔離病棟へ入院している。投薬を中止し、ユリスとの闘いで無茶《むちゃ》な技を使用したこともあり、一時は命も危ぶまれたそうだが、コルベル院長の治療のおかげもあってかなんとか持《も》ち堪《こた》えたようだ。そもそもオーフェリアの身体《からだ》からは常に瘴気《しょうき》が発せられるようになっているため、当初は特殊な専用室が必要かと思われていたものの、毒素の量と濃度が急速に減衰しているらしい。警備隊の聴取も並行して行われており、そちらにも素直に応じている。

もっとも未遂とはいえオーフェリアは大量殺人計画の実行役であり、金枝篇《きんしへん》同盟の中核メンバーだ。表立っては処分されずとも統合企業財体の厳重な監視下に置かれており、仮に入院していなかったとしてもこの場への参加は不可能だっただろう。

「それを言うなら私もウルスラを連れてきたかったなー」

言って、シルヴィアも口を尖《とが》らせる。

ウルスラも一応は統合企業財体の監視下にあるものの、彼女は自由意思を封じられるほどの精神干渉を受けていたという事実が医学的にも確認されているため、オーフェリアに比べればそれほど厳重ではない。今回来られなかったのは、単純にコルベル院長の許可が下りなかったためだ。

「──ご歓談中、失礼します」

そこへ、ガラードワースの制服を着た一団がやってきた。

「この度は我が学園の大切な一員への配慮を感謝すると共に、彼女がおかけした迷惑を本人に代わってお詫《わ》びいたします」

その先頭に立つエリオット・フォースターが、重々しく頭を下げる。

言うまでもなく、パーシヴァルのことだろう。彼女はウルスラよりも精神干渉によって負った心の傷が深く、治療院で未《いま》だ昏睡《こんすい》状態にあると聞く。

各学園の首脳部にも金枝篇《きんしへん》同盟の計画やその詳細は秘密にされているようだが、さすがに概要程度は伝え聞いているらしい。

「いや、彼女も被害者なんだから、そこまでしなくとも……」

「いいえ！　断じてお礼を申し上げますわ！　何がなんでも受け取ってもらいます！」

綾斗《あやと》の言葉を遮るように、レティシア・ブランシャールが前に出る。

ただ、どう考えてもお礼を申し上げるという物言いではない。

「あらあら……相変わらず強引ですね、レティシアは」

「そう言うクローディアこそ、相当な無茶《むちゃ》をやらかしたのではなくって？　詳細は聞かせてもらえずとも、想像はつきますわよ」

「ふふっ、どうでしょう」

クローディアとレティシアは、仲良くお互いに笑顔をぶつけ合っている。

レティシアの他にもノエル・メスメルや、アーネスト・フェアクロフたち先代の銀翼騎士団《ライフローデス》も顔を揃《そろ》えているようだ。

「さて……聞けば、彼女を止めてくださったのは刀藤《とうどう》さんとか。いくら感謝しても足りません」

「そ、そんな！　わたしは自分にできることをしただけで……！」

再度頭を下げるエリオットに、綺凛《きりん》が恐縮した様子でぶるぶると首を振る。

「ですが……よくもあの《聖槍》《せいそう》を発動させたガードナー先輩に勝てたものですね」

「それはたまたま運が良かったと言いますか……正直、わたしが負けていても不思議ではなかったと思います」

それは謙遜ではなく、事実だろう。綺凛の性格上、闘いにおいて無意味な遜恭はしないはずだ。

それが伝わったのか、エリオットは一度綺凛の目をしっかりと見つめてから踵《きびす》を返した。

「いつか、貴女《あなた》とも剣を交えてみたいものです」

そう言い残して去っていく。

「ははっ、若いというのはいいね。君たちのおかげで可愛《かわい》い後輩がずんずん成長していくよ」

本人もまだまだ若いであろうアーネストが、恭しく一礼をしてからその後を追う。

「──まったく、こんなことならもう少し現役を続けるのだったかな」

その去り際、アーネストの瞳に鋭い剣気が煌《きら》めいたのを、綾斗は見逃さなかった。

「なーに言ってるんだか。今も全然現役じゃないの」

呆《あき》れたようにシルヴィアがつぶやき、綾斗《あやと》と綺凛《きりん》も完全に同意する。

「にゃっははー！　お元気かな、皆の衆ー！」

「ああもう、エルネスタ！　あまり騒ぐな、みっともない」

ガラードワースと入れ替わるようにやってきたのは、いつものように賑《にぎ》やかなアルルカントのご一行だ。

エルネスタ・キューネ、カミラ・パレート、それにアルディとリムシイ、そしてレナティの自律式擬形体《パペット》たちも一緒だった。

「紗夜《さや》ー！　あそぼあそぼー！」

紗夜の顔を見るなり、レナティが犬のように飛びついてくる。

「ここでは無理。てゆーか、そもそも今の私は手持ちの煌式武装《ルークス》が全滅してる。一週間かそこらで全部直せると思うな」

紗夜はそう文句を言いつつ引きはがそうとしているが、びくともしない。

紗夜もまた随分と懐かれたものだ。

「はっはっは！　我が妹は今日もラブリーであるな！」

「ええ、まったく。私の隣に立つ愚図《ぐず》無能なうすらとんかちにこの可愛《かわい》げの百万分の一でもあったならば、私ももう少し心安らかに日々を過ごせるのですが」

アルディとリムシィのやり取りも、通常営業といったところか。

「そういえば、二人はあの事件の時に姉さんを助けてくれたそうだね。ありがとう」

遥《はるか》が飛行船の発着場を死守する際、アルディとリムシィの協力があったことは本人から聞いている。

「なんのなんの！　吾輩《わがはい》たちはマスターの命令に従っただけのこと！」

「そうですね。別にお礼を言われるようなことはありません。どうしても言われるなら、マスターに」

そう言われては仕方ない。

カミラに首根っこを掴《つか》まれて猫のようになっているエルネスタに向き合うと、彼女ははたはたと手を振った。

「あー、別にいーのいーの。あれはあたしが自分の保身のためにやったことだからねー」

こういうことを隠すことなく言ってしまうのがエルネスタだ。思えば、初めて会った時もそうだった。

「そうだな。こいつがこうして大手を振って外を歩けるのも、最大限に自己保身を図った結果だ」

「ですが、さすがに風当たりは相当に強いでしょう?」

クローディアの言う通り、今もアルディには不穏な視線があちこちから向けられている。

《金枝の午刻《ウィスクム》》事件であれほど暴れ回った擬形体《パペット》たちと外見的にそっくりなのだから、それも仕方がないことだろう。統合企業財体がいかに詳細を秘匿しようとも、これぱかりは隠しようがない。その関連が公表されたわけではないのだが、エルネスタやアルルカントには当然のごとく批判が殺到しており、今回一番矢面に立っている学園だと言える。

「それもいーの。こうなることは予想の範囲内だからねー」

「……どういうことだ？」

ラナティにしがみつかれたままの紗夜《さや》が、訝《いぶか》しそうにエルネスタを見る。

「にゃははー、それはひ・み・つ！　敢《あ》えて言うなら、長期的視野に基づいた展望の布石ってところにゃー」

明るく朗らか、それでいて陰謀を巡らせることに一切の逡巡《しゅんじゅん》がない。これもまた、エルネスタの一側面と言えるだろう。

「ああ、そうだ紗夜。近いうちにアルルカントにある私のラボへ来てくれないか？　Sモジュール、だったか……あれに触発されてな。私も一つ、面白いものを作ってみた。まだ試作品もいいところだが……」

「おお、それは興味深い」

カミラと紗夜がそんな約束を交わした後、アルルカント一行は去って行った。

「ほっほっほ、賑《にぎ》やかじゃのう。千客万来と言ったところかえ？」

「っ！」

　次に現れたのは、《万有天羅《ばんゆうてんら》》范星露《ファンシンルー》率いる界龍《ジエロン》の猛者《もさ》たちだった。

《獅鷲星武祭《グリプス》》で鎬《しのぎ》を削ったチーム・黄龍《ファンロン》の武暁彗《ウーシャオフェイ》、趙虎峰《ジャオフーフォン》、セシリー・ウォン、そして《鳳凰星武祭《フェニクス》》で苦しめられた黎沈雲《リーシェンユン》と沈華《シェンファ》の双子もいるようだ。

「あらまあ、公主がこういう場に出てくるなんて珍しいじゃない」

「そうですね、少し驚きました」

　生徒会長という立場で面識があるシルヴィアとクローディアの二人が、意外そうな顔で小さな童女を見る。

「なに、さすがに今回の《王竜星武祭《リンドブルス》》は特別よ。我が黐山泊《りょうざんぱく》で鍛えてやった小童《こわっぱ》連中も、労《ねぎら》ってやらねばならんしのう」

　言って、からからと笑う。

　黐山泊。それはこの《王竜星武祭》に向けて、星露が特別に目をかけていた他学園の生徒を実践において鍛えていた場所だ。中でも、その代表者が――

「特にユリス、決勝戦は期待以上のものを見せてもらったぞ。ようもあそこまで己を高めたものよ」

「……いや、おまえのおかげだ。私一人では、どれほど修行を積もうとあそこまでは辿《たど》り着《つ》けなかっただろう。感謝する」

ユリスが差し出した手を、星露はにやりと笑って握り返し——ふいに表情を曇らせた。

「ふむ……もしやとは思っていたが、やはりそうか」

「さすがにおまえ相手にはごまかせないな」

ユリスはどこか寂しそうな苦笑を浮かべ、目を伏せる。

「まあ、そういうことだ。すまないが、おまえとの約束は果たせそうにない。無論、今の私でも構わないというのであれば付き合うが……」

「いや、よい。許す」

星露は溜《た》め息《いき》を吐《つ》くと、小さく首を横に振った。

「それだけのものは決勝戦で見せてもらったしのう。十分じゃ」

（……一体なんのことだろう？）

綾斗《あやと》が不思議に思い、口を開きかけたところで——

「あ、あの、シルヴィアさん！《王竜星武祭》で披露された新曲、どれも素敵でした！特に準々決勝、あの友情を歌った曲がもう最高で……！あれ、ライブで聞けたりするんでしょうか!?」

虎峰がもう堪《こら》え切れないといった勢いでシルヴィアに話しかける。彼はシルヴィアの大ファンなのだ。

「まったく、虎峰《フーフォン》はさぁ……」

セシリーがそんな虎峰に、まるで手がかかる弟へ向けるような温かい目と、それとはまた少し違った感情の籠《こも》った拗《す》ねるような目を同時に向けていた。

「刀藤綺凛《とうどうきりん》。以前にも言ったが、おまえには借りがある。できれば、いずれ手合わせを願いたいのだが……」

そうかと思えば、あちらでは暁彗《シャオフェイ》が綺凛に再戦の約束を取り付けようとしている。

「そ、それはもう、わたしとしてもぜひお受けしたいと思いますが……今の私では、ご満足いただけるかどうか……」

綺凛は純星煌式武装《オーガルクス》《芙堕落《ふだらく》》に貯《た》め込《こ》んでいた剣気をすべて使い切ってしまっている。単純に技量を競うというだけの勝負ならばそれなしでも問題ないだろうが、暁彗が望んでいるのは全力の闘いだろう。

「なに、別に今すぐというわけではない。お互いに万全の状態で、ぜひ頼む」

暁彗もそれを悟ったのか、そう付け加えた。

「さっきの《輝剣《クラウ・ソラス》》といい、綺凛はモテモテだな」

「べ、別にそんなことは……！」

からかうような紗夜《さや》の言葉に、綺凛は赤面しながらちらりと綾斗《あやと》へ上目遣いの視線を向けた。

そう。すべての片がついた今、綾斗も返事をしなければならない。綺凛だけではなく、みんなに。

「まったく、うちの連中ときたら――」

「――何を馴《な》れ合《あ》ってるんだか」

一方、少し離れたところでは双子が不満そうな顔で、小皿に料理をもしゃもしゃと貪っていた。こちらはこちらで、まったく変わっていないことにどこか安心するものがある。素直になったこの双子など、想像もつかないからだ。

「いたいた、ようやく見つけたぜ。まったく人が多すぎだっての」

「おいこら夜吹《やぶき》、一人で勝手にずんずん進むんじゃねえ！　てゆーかこの人込みで誰にもぶつからねえってどんな歩き方してるんだ、それ！」

続いて現れたのは、英士郎《えいしろう》とレスター。

そして――

「こんなところにいたのかよ！　ったく、散々探したってーの」

「お、お姉ちゃん！　ちょっと待ってよー！」

イレーネ・ウルサイスとプリシラ・ウルサイス姉妹。

その二組がほぼ同時に、綾斗たちの前へやってきた。

「……よお、イレーネ・ウルサイス」

「てめえ……レスター・マクフェイル」

レスターとイレーネが、バチバチと視線をぶつけ合う。

古くは《鳳凰星武祭《フェニクス》》で、新しくは今回の《王竜星武祭《リンドブルス》》で、この二人には因縁があるのだ。前者ではイレーネが勝ち、後者ではレスターが勝っている。一勝一敗、五分と五分。

となれば、どちらも譲れないだろう。

「お姉ちゃん、言うまでもないけどここで喧嘩《けんか》はダメだよ？」

一瞬即発といった空気に物怖《ものお》じせず、プリシラがずいっと一歩前に出る。

「うっ……！　わ、わかってるって、プリシラ。別に喧嘩を売りに来たわけじゃねーからな」

この姉妹のパワーバランスは見た目とは裏腹に妹のほうがずっと強い。イレーネはしゅんとして引き下がり、その代わりに綾斗《あやと》たちに向き直ったプリシラがぺこりと一礼した。

「突然お騒がせしてすみません。マクフェイルさんも、姉が失礼しました」

「お、おう……」

こうなるとレスターもさすがに何も言えず、引き下がるしかない。

「えっと、改めまして皆さんおめでとうございます。グランドスラムの達成も、シーズン総合優勝も、本当にすごいです」

それはやましさや打算の一切ない、シンプルな賛辞。

「ああ、ありがとう」

だからだろう、ユリスも素直にそれを受け取った。

「でもプリシラさんも、すごかったよ。シルヴィとの試合」

「うんうん、手強《てごわ》かった」

綾斗がそう言うと、シルヴィアが大きくうなずいて賛同する。

「えっ！　見てくださったんですか……？」

「もちろん。強くなったね、プリシラさん」

「――っ」

その言葉にプリシラは両手を胸の前でぎゅっと握り、何かを噛《か》み締《し》めるように少しの間目を閉じた。

「ありがとう、ございます……！」

そんなプリシラの肩を、イレーネが無言でそっと抱き寄せる。

実際、プリシラは《星脈世代《ジェネステラ》》と言っても数年前までほとんど戦闘経験のない素人だったのだ。それがこの短期間で基礎から力を付け――魎山泊《りょうざんぱく》という規格外の鍛錬場の効果もあったにせよ――シルヴィア相手にあそこまで堂々と渡り合ったことは感服する以外にない。並々ならぬ努力が必要だったことだろう。

『いつまでもお姉ちゃんに守ってもらってばかりじゃダメだと思って』

いつかの学園祭で、彼女がそう言っていたことを思い出す。それはまさしく有言実行だった。

「で、ユリス。まさかあの約束、忘れちゃいねえよな？」

今度はウルサイス姉妹の話が終わるのを律儀に待っていたレスターが、ずいっと前に出る。

「それについては……いや、そうだな。いいだろう。いつでも好きな時にかかってこい。約束通り、相手をしてやる」

「よーし、そうでなくちゃなあ！」

レスターは拳を平手に打ち付け、嬉《うれ》しそうに破顔した。

「はぁ？　レスター・マクフェイル、てめえ《華焔の魔女《グリューエンローゼ》》に決闘を挑むつもりなのか？　あの決勝戦見てなかったのかよ。オーフェリア・ランドルーフェンに勝った女だぞ、こいつは。てめえごときが敵《かな》うわけねえだろ」

「うるせえな！　こっちにはこっちの事情ってもんがあるんだよ！　部外者は黙ってろ！」

「ああ？　なんだとこら！」

再度睨《にら》み合《あ》うレスターとイレーネ。

「いやはや、おまえさんたちといると退屈しねーわ、マジで。何かしら事件を持ってきてくれるもんなあ」

それを楽しそうに眺めながら、両手を頭の後ろで組んだ英士郎《えいしろう》が横目で綾斗《あやと》を見る。

「それは影星《かげぼし》のエージェントとしての印象かい？　それとも新聞部としての見解？」

「いんや、ただの悪友としての感想だよ」

そう言って、英士郎はにやりと笑った。

それからも綾斗たちの下へは、ひっきりなしに知人友人がやってきた。

警備として会場を巡回していたヘルガと遥《はるか》、美奈兎《みなと》と柚陽《ゆずひ》をはじめとする彼女のチームメイトたち……とヴァイオレット・ワインバーグ、教師である谷津崎匡子《やつざききょうこ》や紗夜《さや》の後輩だという九頭鞍鵺子《くずくらぬえこ》、星露《シンルー》たちとは離れて一人で挨拶にきた梅小路冬香《うめのこうじふゆか》、どうやって会場に入り込んだのかはわからないがルサールカの面々、果ては今回の《獅鷲星武祭《グリプス》》で解説を担当していたザハルーラまで。

そうした人々とひとしきり歓談し、なんとか一息ついたところで、綾斗たちはこっそりと逃げ出すように大ホールから繋《つな》がる庭園へと出た。そろそろ知人や友人以外の、見知らぬ人々までもが集まり始めていたからだ。さすがにそこまでは付き合っていられない。

「やれやれ、ようやく解放されたか」

「ふふっ、お疲れ様でした。とはいえ、これもグランドスラム達成という偉業を成した者の宿命だと思ってください」

大きく伸びをして身体《からだ》をほぐすユリスに、クローディアがからかうような笑みを浮かべてそう言った。

「勘弁してくれ……」

「いえいえ、星導館《せいどうかん》としては最大限その肩書を広報に利用させていただきますので」

真冬の空気は刺すように冷たく、吐き出す息は白い。

見上げれば、皓々《こうこう》たるホテルの明かりの向こうに大きな月が浮かんでいた。

「そういえば、会場にはあんなに料理があったのに全然食べる時間がなかった……なんたる理不尽」

「あ、じゃ、じゃあ、寮に戻ったら何かお夜食でも作りましょうか？」

「おー、それは助かる」

「と言っても、そんな大したものは用意できませんけど……」

よほど空腹なのか悲しそうな顔でお腹《なか》を押さえる紗夜《さや》と、苦笑しながらそれを宥《なだ》める綺《き》凛《りん》。

ささやかにライトアップされた庭園をゆっくりと歩きながら、思い思いに他愛《たあい》のない会話を交わしていると、最後尾で一人何やら考え込むようにしていたシルヴィアがふいにその足を止めた。

「……シルヴィ？」

綾斗《あやと》が呼びかけると、シルヴィアは一度目線を落とし、長い息を吐いてから顔を上げる。

「んー、どうしようか迷ってたんだけど、もうこんな機会はあんまりないだろうし……まあいっか」

そして綾斗をじっと見つめ、はにかむような笑顔で言った。

「──好きだよ、綾斗くん。良かったら、私の特別なパートナーになってくれないかな？」

「っ！」

思わぬ不意打ちに、綾斗は思わず固まってしまう。

庭園の小路で、浮かび上がるかのような仄《ほの》かな明かりに照らされたシルヴィアは、息を飲むほどに美しかった。

「……ほう、こ、このタイミングで告白とはな」

「私たちが見ている前でとは、敵ながら大した度胸ですね」

「……これはまた、やってくれる」

「はわわ……！」

他の皆も相当に驚いたのか、その場に立ち尽くしたままだ。

「だって、みんなはもう自分の想《おも》いを伝えてあるんでしょ？　それくらいはわかるよ。だったら、私だけそのスタートラインに立ってないのは嫌だなって」

シルヴィアの言葉はあまりにも直向《ひたむ》きで、一途《いちず》だった。

それだけに綾斗《あやと》も真摯に向き合わねばならなかったし、すべての問題が片付いた今、他の皆にもちゃんとした答えを返さなければならない時なのだろう。

いつの間にか、シルヴィア以外の皆も真剣な表情で綾斗を見つめている。

実のところ、答えは既に決まっていた。

それでもいざ伝えるとなると、息が詰まるような、なんとも言えない感覚が身体《からだ》を支配する。

綾斗はユリスの、クローディアの、紗夜《さや》の、綺凛《きりん》の、シルヴィアの顔を見つめ、ゆっくりと口を開いた。

「俺は――」

第六章　新たなる日々

――三年後、新開発エリア。

谷津崎匡子《やつざききょうこ》は感慨深げに真新しい街並みを見渡しながら、そのメインストリートを歩いていた。

「しっかし変われば変わるもんだなぁ、おい」

かつては再開発エリアと呼ばれ、長年放置された廃墟《はいきょ》がひしめき、良からぬ不良悪漢の巣窟となっていた場所は、すっかり様変わりしてしまっている。小奇麗《こぎれい》な建物が軒を連ね、観光客や学生たちが和やかに行き交う光景からは、かつての血と暴力にまみれた街の姿はとても想像がつかないだろう。

レヴォルフ出身でありながら星導館《せいどうかん》で教師を務めるという異色の経歴を持つ匡子も、御多分に洩《も》れず学生時代は荒れていた。匡子が頭を張っていたレディースチームも、当時はこの再開発エリアで名を馳《は》せたものだ。

「とはいえまー、感傷を抜きにすりゃいいことではあるか……」

若干の寂しさがないわけではないが、今や匡子は教育者の端くれだ。治安が改善されたことは、喜ぶべきことだろう。

元々再開発エリアは《翡翠《ひすい》の黄昏《たそがれ》》と呼ばれるテロ事件で荒廃し、その後処理で様々な利害関係の調整で滞る中、レヴォルフの学生たちや各学園からドロップアウトした不良学生たちがなし崩し的に根城にしてしまった場所だ。やがてその一角に歓楽街《ロートリヒト》と呼ばれる非合法の店が立ち並ぶ街が形成され、それらを資金源とするマフィアやギャングたちが闊歩《かっぽ》するようになり、彼らと都市上層部の間に利害関係が結ばれ、いつしか誰も手出しができなくなっていた。

それがこうして変貌する契機となったのは、なんといっても三年前の《金枝の午刻《ウイスクム》》事件だ。テロ事件の暗い影を払拭する必要に迫られていた都市議会は、大きな被害を受けた港湾施設や公共交通機関の復興に乗じて、再開発エリアの再開発を——字面だけ見れば冗談のようだが——新たな事業の目玉として掲げたのだった。

もちろん再開発エリアを縄張りとしていた非合法組織がそれを納得するはずもなく、徹底抗戦の構えを見せた。彼らは高をくくっていたのだろう。再開発エリアをどうにかしようという動きは過去に何度もありながら、今まで一度として成功したためしがなかったからだ。

しかし、今回は事情が違った。再開発エリアの恩恵を最も享受しているはずのレヴォルフが、再開発の賛成に回ったからだ。それはレヴォルフ生徒会長の、とある一言が切っ掛けだったという。当時行方不明となったディルク・エーベルヴァインの代行として生徒会長の座についていたのは樫丸《かしまる》ころなだったが、彼女はこの件に関しての公開インタビューでこう応えている。

「え？　それはまあ、危ない場所はなくしたほうがいいんじゃないですか？　いいと思いますよ、再開発」

こういってはなんだが、完全に頭お花畑な発言だ。ころなは己の立場を一切考慮することなく、ただ自分の感情に従ってコメントしただけなのだと思われる。

事実ころなは生徒会長としては完全なお飾りであって、ほとんど政務能力も有していなかったが、その分ソルネージュの意向とも完全に切り離されていた。誰も彼女に期待していなかったし、彼女に何かができるとも考えていなかった。レヴォルフの生徒会長の任命権は序列一位にあるが、そのオーフェリアは当時入院中であり、いわば権力の空白期だったのだ。どうせすぐに挿《す》げ替《か》えられるだけの無力な存在に、誰が注意を払うだろう。故に、彼女は自分の思いのまま、誰に憚《はばか》ることもなくあのような発言をできてしまったのである。

最大の障害から言質を取った形の都市議会は、星猟警備隊《シャーナガルム》の全力を以《もっ》て再開発エリアを制圧。こうして悪漢共の楽園は終焉《しゅうえん》を迎えることとなった。

なお、この際最も強固に抵抗したマフィアである《オモ・ネロ》の頭目ロドルフォ・ゾッポは、激戦の末あの天霧遥《あまぎりはるか》によって捕らえられており、その活躍はしばらくニュースを騒がせている。

「っと、ここか」

匡子《きょうこ》はメインストリート一角に構えた、小さなカフェの前で足を止めた。通りに面する壁は開放感のあるガラス張りになっていて、対照的に扉はシックで重々しい金属製だ。

「いらっしゃいま——げっ！　谷津崎《やつざき》先生……!?」

扉を開くとカウンターの向こうで髭《ひげ》を生やした大男が、露骨に顔を顰《しか》めて匡子を出迎えてくれた。

「ほー、ご挨拶だなレスター・マクフェイル。せっかくこうして開店記念に足を運んでやったってのによ」

「あー……いや、それは……どうも、ありがとうございます」

「ふん、似合わない髭なんぞ生やしやがって」

そう言いながら、レスターの前の椅子に腰を下ろす。

ぐるりと店内を見渡せば、席数が少ない分大きく間隔を取っており、小さい店ながらもゆったりした造りになってるようだ。テーブルや調度品も、詳しくない匡子にもわかるくらいに雰囲気とよく合っている。

「てめーにしちゃ、中々にいいセンスじゃねーか」

「……全部あいつが揃《そろ》えたんすよ」

「だろうと思ったぜ」

言って匡子はけらけらと笑い、カウンターに頬杖《ほおづえ》を突いた。

「そういや、例の……ああ、ウルサイス姉妹だったか。あいつらもこのあたりに店を出してるんだって？」

「みたいっすね。中々評判がいいらしいっすよ。知らねっすけど」

あまり面白くないといった顔で、レスターが鼻を鳴らす。因縁がある相手だからか、素直に褒めるのが悔しいのだろう。

自国の料理を振る舞うこじんまりとした店らしいが、さほど興味のない匡子の耳にまでその評判は届いていた。なんでも安くて美味《うま》い、家庭的な店なのだとか。

「ま、あのイレーネ・ウルサイスが接客やってる様はそれなりに笑えましたけどね」

姉妹で営むその店は妹が厨房《ちゅうぼう》を取り仕切っており、悪名を轟《とどろ》かせた姉のほうがエプロン姿で給仕をしているらしい。確かに少し見てみたい気はする。

「なんだ。知らねーとか言ってたくせに、行ったことあるんじゃねーか」

「そ、それはその……付き合いとかもあるので仕方なく……！」

「第一、接客に向かない容姿なのはてめーも大概だろ？」

「ぐっ……！」

本人も自覚があるのだろう、言葉に詰まったレスターはその巨体を心なしか小さく丸めてしょんぼりと肩を落とす。

匡子《きょうこ》はそんなレスターに苦笑すると、少しだけ真面目な表情で言った。

「しかし今更だが……後悔はねーのか？　てめーは《星武祭《フェスタ》》への参加資格もまだ残ってた。大学部へ進めば、まだまだやれただろーによ」

「いや……オレはあの程度が限界っすよ」

「序列五位をあの程度とは言うじゃねーか」

「あれはっ！　ユリスのやつが……！」

それまでは不満の色をありありと顔に表しながらもそれを抑えていたレスターが、怒りも露《あら》わに拳をカウンターに叩《たた》き付《つ》ける。カウンターの端に整然と並べられていたカップが、揃《そろ》って耳障りな音を立てた。

レスターは星導館《せいどうかん》在学中最後の公式序列戦で、ユリスに勝利している。グランドスラム達成者に勝ったのだ、当然それは大きな話題となったがレスターはあの勝負に未《いま》だ納得していないらしい。

「別にユリスが手を抜いたってわけじゃねーだろ。勝ちは勝ちだ、誇ればいい」

「……そりゃあ、わかってますけど」

憮然《ぶぜん》とした表情のまま、レスターが逃げるように視線を逸《そ》らす。

「なぁに……随分と賑《にぎ》やかかね」

——と、店の奥から長い黒髪の女が、気だるげな様子で現れた。目じりの下がった妖艶な美女だが、それでいてどこか儚《はかな》さも感じさせる。

「よお、メリッサ」

「なぁんだ……匡子か。来てたの」

メリッサ・ストラウク——いや、今や教え子の妻となったメリッサ・マクフェイルは、かつてレヴォルフ史上唯一《獅鷲星武祭《グリプス》》を制したチーム・イルリヒトの一員であり、匡子の親友だ。

「そりゃまー、顔くらい出すさ。ダチが母親になったってんだからな」

その腕の中では愛くるしい赤子がすやすやと静かな寝息を立てている。

「おー、さすがメリッサの息子だ。可愛《かわい》い顔してんじゃねーか」

「……オレの息子でもあるんすけどね」

憮然さを一層濃くしながらレスターがつぶやくが、メリッサから息子を預けられるとあたふたしながらすぐに表情が緩んだ。

「匡子、いつものでいいのよね？」

「ああ、頼む」

メリッサはエプロンを付けると、そう言ってコーヒー豆を挽《ひ》き始める。

かつてメリッサは歓楽街《ロートリヒト》で喫茶店をやっていた。当時は匡子もよく通っていたが、その頃の好みを覚えていてくれたのだろう。この新しい店にしても、店長はメリッサでレスターはあくまで従業員だ。

「で、話を戻すが……てめーのところにも届いたんだろ？　ユリスからの招待状」

「まあ、一応」

レスターは新米パパらしく、赤子を抱く仕草もまだおっかなびっくりといった感じだ。

「行くのか？」

「まさか。オープンしたばかりの店とこいつらほっぽってリーゼルタニアなんぞに行けるわけないでしょう」

「私は気にしないで行ってくればって言ってるんだけどねぇ。どうせここにいたって大した仕事があるわけでもないんだし」

「うぐっ……」

背中越しの辛辣な言葉に、再びレスターの大きな肩がガクリと落ちる。メリッサの舌鋒《ぜっぽう》は確かに鋭いものの、それはよほど親しい者にしか向けられないのだが、まあわざわざ教えてやる義理もない。

「はぁい、どうぞ」

メリッサが差し出したカップから芳醇《ほうじゅん》な香りが立ち昇り、匡子《きょうこ》の鼻をくすぐる。

それを堪能しながら口に含むと、苦味は控えめで酸味が強い。以前、匡子が好んで飲んでいた味そのものだった。

「うん、美味《うま》い。これならもっと客が入ってもよさそうなもんだが……」

言いながら、匡子以外に客のいない店内を見回す。

「今日は日が悪いわ。普段はここまで暇じゃないのよ?」

「そうっすよ。今日はどうせみんな会場なり街角の大型空間スクリーンなりに集まってるでしょうからね。てゆーか、先生こそ会場に行かなくていいんすか?」

「ま、別にあいつはあたしが担任してるわけでもねーしな。そりゃ《獅鷲星武祭《グリプス》》の時は多少チーム戦の指導をしてやったけどよ」

その時、扉が開いて転がり込むように小太りの学生が店に入ってきた。

「いやー、寒い寒い。レスター、いつもの頼むよ……って、げげっ！　谷津崎《やつざき》先生!?」

「なんだ、ランディ・フックか」

かつてのレスターの取り巻きの一人だが、まだつるんでいるらしい。

「しかしなんだってうちの教え子共は、あたしの顔を見るなり変な声を上げるんだよ」

「そりゃあ、匡子がそういう先生だったっていう証《あかし》なんじゃない?」

「ぐ……」

メリッサの舌鋒が、今度は匡子に突き刺さる。

レスターとランディが、よくぞ言ってくれたという顔で何度もうなずいていた。

＊

シリウスドーム、星導館《せいどうかん》学園特別観戦室。

「──というわけで、E＝P関連の報告は以上っすね」

英士郎《えいしろう》がそう告げると、彼の主《あるじ》──クローディア・エンフィールドはにっこりと微笑《ほほえ》んでその長い足を組み直した。

「ご苦労様でした、夜吹《やぶき》君。アーネストとダイアナの婚約、どうやら本決まりといった感じですね。となれば、あちらも《星脈世代《ジェネステラ》》許容派が優勢になるのは間違いのないところ……将来的なことを考慮すれば、早めにエリオット君と話を詰めておいたほうが良いでしょう。レティシアあたりに渡りをつけてもらいますか……」

クローディアは顎に手を当て、考え込むように目線を落とす。

星導館学園の大学部へと進学したクローディアは、ぐっと大人っぽくなっていた。それでいてなおあの柔らかな雰囲気は失っておらず、その本性を知らない新入生などからすれば、まさしく理想のお姉さんといった感じだろう。男女を問わぬ支持率の高さも納得というものだ。もっともその腹黒さには一層磨きがかかっているようで、英士郎からすれば鬼か悪魔の化身にしか見えないのだが。

とはいえ、あれから一貫して生徒会長として辣腕を振るい続けているその有能さは疑うべくもない。これほどの長期政権は星導館史上初であり、他学園を見ても例外中の例外である界龍《ジェロン》の歴代《万有天羅《ばんゆうてんら》》くらいしかいないだろう。

ましてや、今のクローディアは一人の学生として、生徒会長として、更には母親であるイザベラの秘書も務めている。二足の草鞋《わらじ》ならぬ三足の草鞋状態だ。しかも、今やクローディアはアスタリスク内部——六学園の情勢よりも、その上の統合企業財体の動きから情報を分析することが多い。より視野を広げているのだ。これはおそらく卒業し、銀河《ぎんが》へ進んだ後のことを睨《にら》んでいるのだろう。

その分、英士郎に任される仕事は今までよりも遙《はる》かに難易度が高くなっており、正直に言って勘弁してもらいたい。

「では、早速次の任務ですが……」

「あー、会長？　そろそろおれがいないと影星《かげぼし》のほうも大変なんじゃないっすか？　このところいい新人がいなくて人手不足とか聞いてますよ？」

今の英士郎は影星のエージェントというよりも、クローディア個人の密偵という立場のほうが強い。

統合企業財体の周辺を嗅ぎまわる仕事はあまりにもハードで、少し温《ぬる》い任務で気を休めたいところだった。

「そちらはご心配なく。今の状況にはサイラス・ノーマン君の能力がよくマッチしていましてね。彼ももうすぐ負債を返済し終えるということで、随分と張り切っていますよ」

「ぐぬぬ……！」

再開発エリアの消滅に伴い、アスタリスクの裏社会も大きく変化していた。具体的に言うならば、諜報《ちょうほう》活動の比重が増えてエージェント同士が直接事を構えるような事態が減ったのだ。これよって武闘派である黒猫機関や睚眦《がいし》の勢力は減退し、諜報工作に長《た》けた至聖公会議《ドミアス》やベネトナーシュらが幅を利かせるようになった。サイラスの能力は人形操作だが、その人形を介して情報を取得できるため、今の時代に適性が高いと言える。

「まあ、本当にあなたが嫌だというのであればそれも考えますが……私がお願いする任務はやりがいがあるでしょう？　今の影星《かげぼし》の任務では、多分あなたはすぐに飽きてしまうと思いますよ」

「それは……」

英士郎《えいしろう》は答えに窮した。

英士郎のモットーは軽く生きるだ。何かに束縛されるのは真っ平御免だが、同時にできるだけ面白いものを近くで見ていたい。この二つを両立させることがいかに難しいか、英士郎は知っている。その点、クローディアはそんな英士郎の性分と扱い方をよく心得ていた。おそらくは、英士郎本人よりも。

「ですが確かに、少しはお休みを差し上げませんとね。あなたも彼女さんとの時間が欲しいでしょうし」

「んなっ⁉」

固まる英士郎を見て、クローディアがにんまりと笑った。

「新聞部の元部長さん……ええと、今はＡＢＣの記者さんでしたっけ？　偶然の再会から始まる恋とは、ロマンチックじゃありませんか」

「な、な、なんでそれを……！」

確かに英士郎は少し前に、とある事件の現場で偶然にも部長——元部長と数年ぶりに再会している。だが、それは部長と英士郎の二人しか知らないはずだ。影星の三下連中に尻尾を捕まれるようなヘマもしていない。

「ふふっ、何も私の情報源は矢吹君だけではないということです」

クローディアの完璧な笑顔に、英士郎は確信した。

そう遠くない未来、クローディアは間違いなく銀河《ぎんが》の上層部まで昇り詰めるだろうと。

——その時、来客を告げる空間ウィンドウが二人の間に展開した。

「ああ、もうそんな時間ですか」

クローディアが扉を開くと、現れたのは緑色の髪を短く結んだ一人の少女だった。

「お招きありがとうございます、会長！」

開口一番、元気いっぱいの声が飛び出す。純朴さと快活さを絵に描いたような、しかし野卑なところのない、その少女は——

「ようこそいらっしゃいました、フローラさん」

「あい！」

フローラ・クレム。かつてユリスの兄からこのアスタリスクへと遣わされたリーゼルタニア王宮に務める侍女であり、《猫》による誘拐事件の被害者でもあった少女だ。当時はまだ童女と言ってよいような年齢だったが、その頃と比べれば身長も随分と伸び、しなやかで引き締まった体躯《たいく》はしっかりとした鍛錬を積んでいることを物語っている。

彼女は今年の春季に、新入生として星導館《せいどうかん》学園高等部へ入学してきたのだった。

「招いたって、会長が？　どうしてまたフローラちゃんを」

「それは当然、一番いい席でこの試合を観戦してもらうためですよ」

クローディアが椅子を勧めると、フローラは一礼してちょこんと行儀よくそこへ座る。

「彼女——《華剣《タレイア》》は、これからの星導館を背負って立つ期待のルーキーです。余すことなく目に焼き付けてもらわないと」

「が、がんばります！」

両手を小さく握って、まだ誰もいないステージをじっと見つめるフローラ。試合開始にはもう少し先なのだが、素直な性格なのだろう。

「へえ、そりゃまた随分と買ってますねえ」

「もちろんですとも。何しろ彼女は、綾斗以来の《黒炉の魔剣》の使い手なのですから」

入学早々序列入りを果たしたフローラは、そのガラードワース流の剣術を思わせる華やかな剣技で話題を集めたが、何よりも周囲を驚かせたのは《黒炉の魔剣《セル＝ベレスタ》》の使い手に選ばれたことだ。

綾斗《あやと》が卒業して以来、数多くの学生が《黒炉の魔剣》の新たな使い手になろうと試みたが、あの気難しい純星煌式武装《オーガルクス》は誰一人としてそれを許さなかった。彼女、フローラが手にするまでは。

「ですが、フロ――わ、私もまだまだ全然この子を使いこなせなくて……」

しょんぼりと肩を落とすフローラだが、それもそうだろう。

あの天霧《あまぎり》綾斗でさえ、《黒炉の魔剣》を自分のものにするまで三年近くかかったのだ。ましてや、《黒炉の魔剣》の代償は大量の星辰力《プラーナ》。綾斗のような規格外の星辰力を持つ者でなければ、長時間起動させておくことさえ難しい。

フローラも平均以上の星辰力を持っているようだが、綾斗とは比べるべくもない。そのためフローラはここぞという時にだけ《黒炉の魔剣》を起動させ、持ち替えるという使い方をしていた。

「天霧様は本当にすごい方だったのですね……今更ながらに、思い知らされます」

そうつぶやいたフローラの言葉に、クローディアが一瞬だけ自慢そうな表情を浮かべたところを英士郎《えいしろう》は見逃さなかった。

（こういう可愛《かわい》げがまだ残ってるのは救いだよな……）

「──夜吹《やぶき》君、何か？」

「いいえいいえ、何も」

心の声を読んできたようなクローディアの迫力ある笑顔から、逃げるように視線を逸《そ》らす。

「あ、そう言えば……お二人には姫様からの招待状、届いてますよね？　ご出席いただけるのでしょうか？」

フローラは思い出したとばかりに手を合わせ、クローディアと英士郎双方の顔を見た。

「ええ、無論です。ユリスと直接顔を合わせるのも久しぶりですしね」

「おれも仕事さえ入ってなきゃ行かせていただきますとも。ねえ、会長？」

英士郎がそう言って横目でちらりと見ると、クローディアは仕方がないとばかりにわざとらしい溜《た》め息《いき》を吐《つ》く。

「わかりました。その期間は夜吹君に仕事を振らないようにしておきます」

「よっしゃ！」

これで確実な休暇が頂戴できる。この業界、いつ仕事で潰れてしまうかわからないため決まった休みは本当に貴重なのだ。

「後は天霧《あまぎり》様のお返事をいただければいいのですが……何しろ招待状の送りようがなくて」

「そうでしょうね……ですが、綾斗《あやと》も話は聞いているのでしょう？」

「あい、それは大丈夫です。姫様が少し前、携帯端末へ連絡がついた際にお話ししたそうなので」

「なら問題ないでしょう。綾斗は不義理をするような人ではありませんから。私も次に連絡がついた時には、聞いておきますよ」

「ありがとうございます！」

フローラが顔を輝かせて、頭を下げた。

「っと、そろそろ始まりそうですよ」

実況の声に煽《あお》られた観客席のボルテージが、一段と高まっていくのがわかる。

フローラが真剣な表情で身を乗り出し、クローディアの目がすっと細められた。

一際大きな梁瀬《やなせ》ミーコの声が、響き渡る。

『——さあ、いよいよ今回の《王竜星武祭》も決勝戦！　新たな歴史を刻むのは果たしてどちらなのか！』

＊

ステージへと通じる薄暗い通路を、一人で進む。

初めてここを歩いたのは、二人で。

次にここを歩いたのは、みんなで。

それから数年経《た》ち、今——刀藤《とうどう》綺凛《きりん》はただ一人、靴音を響かせながら歩みを進める。

それが寂しくないと言えば嘘《うそ》になるだろう。心細さも、やはり否定できない。

いくら成長しようとも、いくら強くなろうとも、いつまで経っても綺凛は綺凛でしかないのだ。

でも、それでいいと綺凛は思う。ただ自分らしくあれば、その姿をどこかであの人に見てもらえれば、それで十分だ。

入場ゲートをくぐり、一度足を止めて深呼吸。

そしてそのままブリッジを一気に駆け抜け、ステージへと飛び降りると、観客が一斉に沸いた。今はもう縛ることなく背中に流している長い銀髪が、たなびき煌《きら》めく。

『東ゲートから颯爽《さっそう》と入場してきたのは星導館《せいどうかん》学園序列一位！　前シーズンでは《鳳凰星《フェニ》

武祭《クス》》でベスト四に入り、《獅鷲星武祭《グリプス》》においてはあの《華焔の魔女《グリューエンローゼ》》ユリス＝アレクシア・フォン・リースフェルト選手と共に優勝を果たした、六代目《剣聖》！　アスタリスク史上最高の剣士との呼び声も高い、《疾風刃雷《しっぷうじんらい》》刀藤綺凛《とうどうきりん》選手ー！』

気力は充実している。

ここまで多少の怪我《けが》はあれど、身体《からだ》を動かすのに支障になるほどの負傷はない。

それでもなお――綺凛は今から闘う相手に、勝てるという自信がまるで湧かなかった。

「――っ」

来た。

知らず身体に力が入り、喉が生唾を飲み込む。

まだ相手はゲートをくぐったばかりだというのに、その姿さえ見えていないというのに、ここに立つ綺凛の心胆を寒からしめるほどに圧倒的な力。

その名は――三代目《万有天羅《ばんゆうてんら》》、范星露《ファンシンルー》。

『そーしてー！　西ゲートから登場は、界龍第七学院《ジェロンだいななかくいん》序列一位！　伝説として語り継がれる《万有天羅》の名を受け継いだ少女！　絶対的――そう評されるほどの力を持つと言われながら、年齢制限によってこの《王竜星武祭《リンドブルス》》まで《星武祭《フェスタ》》に参加することなく、表舞台に出てくることさえ稀《まれ》だった界龍の頂点！　蓋を開けてみればここまでのすべての試合を圧倒し、数々の噂《うわさ》が真実だったと証明してみせた、范星露選手ー！』

ブリッジから音もなく降り立った星露は、綺凛を見ると満足そうに微笑《ほほえ》んだ。

「うむうむ……良いな、良い。よく仕上がっておる。そうでなくてはのう」

綺凛が星露と直接見《まみ》えたのは三年前、ちょうど前回の《王竜星武祭》終了後のレセプションだ。それからの三年で、星露は見目麗しい少女へと成長していた。無論、ここまでの試合はすべてチェックしているので初めてその姿を見たわけではないが、やはりこうして間近で顔を合わせると違いがよくわかる。

小柄で華奢《きゃしゃ》、背丈こそそれほど大きくないが手足はすらりとして、まだまだ発展途上といった体躯《たいく》はよく引き締まっていた。髪型は蝶《ちょう》の翅《はね》を思わせるようで、以前とあまり変わらないように見えるが、それ以外の部分は短く切り揃《そろ》えてある。

「あの《獅鷲星武祭》準決勝での暁彗《シャオフェイ》との一騎打ち、そして半年前の暁彗との決闘、どちらも素晴らしい試合じゃったぞ」

「……決闘では力及びませんでした」

かねてからの約束通り、綺凛は半年ほど前に《覇軍星君《はぐんせいくん》》武《ウー》暁彗からのリベンジマッチを受けており、あと一歩というところで敗れていた。

「ほっほっほ！　暁彗のやつも相当に腕を上げておるからのう。じゃが――ぬしがその腰の純星煌式武装《オーガルクス》を抜いておれば、勝敗は逆になっていたであろうよ」

「それは……」

確かに綺凛《きりん》は《芙堕落《ふだらく》》を抜かなかった。というよりも、抜けなかったのだ。

今日、この日を見越していたからこそ。

「よいよい、別段ぬしが手を抜いたわけではないことは暁彗《シャオフェイ》から聞き及んでおる。その理由もな。まあ、いかにも不服そうではあったがのう」

そこまで言うと、星露《シンルー》は思い出し笑いをするかのようにくつくつと肩を揺らす。

「暁彗のやつめ、再び界龍《ジェロン》を飛び出して修行の旅へと出おったわ。あれでは勝ったとは言えぬとな。おかげで虎峰《フーフォン》とセシリーが大わらわよ。双子も界龍本部へ引き抜かれた今、指導者が足りぬとな」

「えっ!? では暁彗さんはまた休学を……？」

それは初耳だった。ましてやそれが自分に起因するとなれば、どうにも心苦しい。

「気にするでない。むしろ、良い傾向じゃ。ほれ、可愛《かわい》い子には旅をさせよと言うしのう」

「はぁ……それで修行の旅とは、どちらへ？」

「知らぬ。案外、どこぞでばったり《叢雲《むらくも》》と会うておるかもしれんの」

なるほど、それはありえるかもしれない。

綺凛はその光景を想像して、そっと微笑《ほほえ》んだ。

「さて——儂《わし》がこの《王竜星武祭《リンドブルス》》へ出る旨を宣言しておった故、ぬしは暁彗との決闘でその純星煌式武装《オーガルクス》を抜かなかった。相違ないな？」

「ええ、その通りです」

綺凛は最後となった《星武祭《フェスタ》》の参加権を、この《王竜星武祭》に定めていた。そこへ《万有天羅《ばんゆうてんら》》が出るとなれば、まず間違いなくどこかでぶつかることだろう。そのため、クローディアから《芙堕落》の使用を禁止されていたのだ。

「くく、それはまた嬉《うれ》しいこと。しかし六代目の《剣聖》殿に、そこまで警戒してもらえるとはのう」

「……韜晦《とうかい》は無用です。《万有天羅》の力がどれほどのものか、星導館《せいどうかん》にも実際に手合わせをした方がいらしたのでしかと聞き及んでおります」

「おお、そうかそうか。ユリスのやつじゃな？　まったく、あいつも義理堅いものよ。先日も、わざわざ儂にまで招待状を──」

星露がそう言いかけたところで、機会音声が試合開始の時刻を告げた。

「いかんいかん、つい無駄話に興じてしもうたわ。この場において語らいに用いるは拳と刃《やいば》のみ──そうじゃな、《疾風刃雷《しっぷうじんらい》》？」

「──はい」

不敵な笑みを浮かべる星露にうなずき、開始位置へと向かう。

気が付けば、先ほどよりも身体《からだ》が軽くなっていた。もしかしたら、今の会話は星露なりの気遣いだったのかしれない。

もっとも、仮にそうだとしてもそれは綺凛《きりん》のためを思ってのものではないだろう。

(おそらくは、この試合を最大限に楽しむため——)

ならば、それに応えてみせようではないか。

「——《王竜星武祭《リンドブルス》》決勝戦、試合開始《バトルスタート》」

綺凛は試合開始と同時に、《芙堕落《ふだらく》》の鯉口《こいぐち》を切った。

バチバチと紫電が迸《ほとばし》り、周囲の空気を灼《や》く。

刀身を引き抜こうと力を込めるが、まるで手の内で巨大な龍が暴れているかのようで、歯を食いしばって抑え込まねば今すぐにでも暴走してしまいそうだ。

それもそのはず、《芙堕落》は刀身を鞘《さや》に収めたままにすることで剣気を貯蔵する日本刀型純星煌式武装《オーガルクス》だが、その量が増せば増すほど制御が難しくなるのだ。一ヵ月も貯《た》めれば四色の魔剣にも匹敵するとされ、かつて《金枝の午刻《ウイスクム》》においてパーシヴァル・ガードナーと闘った際には四ヵ月分の剣気を以《もっ》てあの《聖杯》に打ち勝った。

現在、この《芙堕落》に貯蔵された剣気はおよそ一年分。

それでも、今の綺凛ならばこれを制御できるはず。

「はぁぁぁぁぁぁぁ!」

気炎と共に抜刀すれば、その瞬間突風が巻き起こり、ステージを駆け抜けた。

「くふ……くふふふふ！　素晴らしい！　なんたる威容！　なんたる覇気！　ええい、最《も》早《はや》我慢ならぬ！　参るぞ！」

喜悦に頰《ほお》を染めた星露《シンルー》が、そう言って両手の指の骨を鳴らしたかと思うと――

（っ！　消えた⁉　違う、後ろだ！）

綺凜の千里眼で一切捉えることのできない速度での移動など、いくら《万有天羅《ばんゆうてんら》》であろうとあり得ない。ならば、おそらくは瞬間移動の類だろう。

綺凜はとっさに前へと跳び、空中で身体《からだ》を捻《ひね》りながら《芙堕落》を一閃《いっせん》した。

「ほう！　初見で縮地術に対応するか！」

一瞬で綺凜の背後に現れた星露の蹴りが空を舞い、それと交差するように《芙堕落》の斬撃が星露を襲う。しかし、星露はなんと攻撃と同時にそれを回避してのけた。信じ難《がた》いレベルの体術だ。

そのまま着地した綺凜の懐に飛び込んできた星露が右の掌打を放ち、綺凜は《芙堕落》でそれを受け止める。《黒炉の魔剣《セル＝ベレスタ》》ではないが、今の《芙堕落》は万物を切り裂くだけの切れ味を持っているはず。それを素手で打てば、当然攻撃したほうが傷付くはずだが、星露はわずかな手首の返しだけで刀身の腹を流し、代わりに左拳を叩《たた》き込《こ》んできた。

「ふっ！」

右に回り込むようにして半歩の間を作りながら《芙堕落《ふだらく》》を斬り下ろす——が、浅い。ひらひらとした界龍《ジエロン》の制服の袖こそ寸断したが、その代わりに星露《シンルー》の肘打ちが綺凛《きりん》の鳩尾《みぞおち》をえぐる。

「っ……！」

「ぬっ！」

吹き飛ばされながらも、斬り上げた《芙堕落》の切っ先が星露の二の腕を浅く切り裂いた。

更に。

綺凛は血痰《けつたん》を吐き捨てながら、もう一閃《いっせん》。

「むうっ！」

腰を入れて放ったその斬撃は真一文字にステージの中空を両断し、星露はしゃがみ込んでかわしたものの、蝶《ちょう》の翅《はね》のようにまとめられたその髪が一房、地に落ちた。

「……やりおるな。この凄《すさ》まじき剣閃《けんせん》、まさしく当代無双の剣客よ。で、あれば」

星露の周囲の空間がぐずりと歪《ゆが》み、虚空から三種の金剛杵《こんごうしよ》——独鈷杵《とっこしよ》、三鈷杵《さんこしよ》、五鈷杵《ごこしよ》が現れた。

「初代《万有天羅《ばんゆうてんら》》が残せし仙具、業煉杵《ぎようれんしよ》じゃ。ほれ、いくぞえ」

まるで衛星のように星露の周りを漂っていたそれが、突如として放たれる。

ミサイルのような速度で寸前まで綺凛が立っていた地面を吹き飛ばすと、二発目、三発目とそれが続く。

確かにおそるべき破壊力だが、先ほどのようにゼロ距離で星露とやり合うよりは幾分気が楽だ。

何より——

「破っ！」

綺凛はまさに眼前へと迫ってきた独鈷杵に向けて、《芙堕落》を振り下ろす。

「っ！　なんと！」

その一撃は独鈷杵を両断し、二つに分断された破片が綺凛の背後で大きな土埃《つちぼこり》を上げて動きを止めた。更に飛来した三鈷杵と五鈷杵も、同様に斬り払う。

「……まさか、そうも容易《たやす》く仙具を斬るか。これは想像以上じゃな」

「体術では及びませんが、武器術での勝負であればわたしも引けません」

言って、正眼に構える綺凛を、星露が心底愉快そうな顔で睨《にら》み付けた。

「くっく……！　抜かしおるわ。ならば、味わってみるかえ？」

星露の顔に浮かぶ笑みから鷹揚《おうよう》さがそぎ落とされ、剣呑《けんのん》さが増す。

「喜べ。これはヘルガ・リンドヴァルにさえも見せたことがない、儂《わし》のとっておきじゃ」

再び星露の周囲の空間が歪む——が、星露は今度はそこへ自らの右手を突っ込んだ。

そのまましばし、ごそごそと抽斗《ひきだし》を漁《あさ》るかのごとく動かしてから右手を引く抜くと、そこには黒い棒状のものが握られている。

「それは……？」

「ふむ、今の世ではあまり馴染《なじ》みがないか。これは硬鞭《こうべん》と呼ばれる鞭《むち》の一種でな」

星露《シンルー》はそれを無造作に綺凛《きりん》へ向けて振り下ろした。

「その名を──打神鞭という」

「っ⁉」

直後、何か巨大な──あまりにも大きな不可視の力が頭上から綺凛を圧《お》し潰《つぶ》さんと降りかかってくる。

「ぐ、うううううう！」

綺凛は《芙堕落《ふだらく》》を掲げてそれを受け止めようとするが、重い。押し返すことなど到底できず、ただ堪《こら》えるので精一杯だ。両足で踏ん張ればステージはひび割れ、陥没し、巨大なクレーターを穿《うが》つ。

やがて。

「はぁ……はぁ……はぁ……！」

なんとかその一撃を耐え抜くと、クレーターの端に立って綺凛を見下ろす星露がぱちぱちと手を叩《たた》いた。

「よくぞ凌《しの》いだ。褒めてやろうぞ」

「……まさか……まさか、本物だと、でも？」

打神鞭《だしんべん》。

その名前くらいは綺凛も知っている。封神演義《ほうしんえんぎ》において主人公・姜子牙《きょうしが》が使う、宝貝《パオペエ》と呼ばれるいわば魔法の武器だ。

アスタリスクにおいても、それこそ純星煌式武装《オーガルクス》などには古今東西の伝説の武具にちなんだ名を持つ物もあるが、当然それらはあくまでモチーフからの拝借にすぎない。

だが、もしや……或《ある》いは、范《ファン》星露ならば。

「無論、本物じゃ——と言いたいところではあるが、さすがにそうではない。遥《はる》かな昔、仙境へと去った者どもの遺物、その模造品よ。故に、一度限りの使い捨てじゃ」

そう言いながらも、星露は再度異空間へ腕を突っ込んでいる。

「さて、お次は……そうさの、化血神刀《かけつしんとう》あたりが丁度よいか」

そこから現れたのは、血のような液体を滴らせた真っ赤な刀身を持つ剣だ。

「さあ、まだまだ試合は始まったばかりじゃ。まさか、これでもう終わりなどと言ってくれるなよ？」

綺凛は立ち上がって息を整えると、額の汗を拭ってから星露を見上げた。

「……この試合前、わたしはあなた相手にまるで勝てる気がしませんでした。それは今も

同じです」

「ほう」

明らかな失望が、星露《シンルー》の瞳に滲《にじ》む。

「ですが——敢《あ》えて言いましょう。負ける気もしません、と」

「——っ」

負け惜しみではない。確かに范《ファン》星露の強さは恐るべきものであり、綺凛《きりん》はその領域に届いてはいないが、だからといってそれは敗北を意味しないからだ。

腰に佩《は》いた雛丸《ひいなまる》を抜き放ち、《芙堕落《ふだらく》》との二刀で構え直した綺凛に、星露が目を見開き——次いで毛を逆立てるように猛然と笑った。

「くっくっく……！　よくぞ申した！　ここ数百年で、最上の啖呵《たんか》よ！」

刹那、綺凛と星露が同時に動き、斬り結ぶ。

剣気が吹き荒れ、刃《やいば》がぶつかり合うステージを、観客たちの熱狂が包み込んでいた。

＊

「密航者、ですか？」

パーシヴァル・ガードナーが顔を上げると、そこには直属の上司にあたる天霧遥《あまぎりはるか》がどこか困ったような顔を浮かべていた。

《王竜星武祭《リンドブルス》》も終わり、星猟警備隊《シャーナガルム》もようやく一息つける時期ではあったが、それでもこのアスタリスクから騒動がなくなるわけではない。まだまだ新米とはいえ、パーシヴァルも連日のように現場へ駆り出され、今日も今し方戻ってきて食事を済ませたばかりなのだ。

もっとも、パーシヴァルとしては忙しいほうが無駄な考えに煩わされずにすむのだが。

「ええ、密航。かなり珍しいケースなんだけど、まだ未成年の子でね。一先《ひとま》ずは私たちで保護したわけ。でも、身分証も何も持っていないし、名前も事情も話してくれなくて」

今や警備隊でもヘルガ・リンドヴァル隊長に次ぐ実力者とされる遥《はるか》だったが、その身にまとう静謐《せいひつ》で温和な雰囲気は、一見するとても そのような猛者《もさ》には見えない。無論、相応の実力者であれば遥の力量を見抜くのは難しくないだろうが、とにかく遥はどんな時でも自然体なのだ。本物の強者とはこのようなものなのだろうと実感させられる。

穏やかで優しく、直向《ひたむ》きで強い——自分とはまるで正反対の存在だった。

「ただ——右肩にコード番号みたいな数字が刻まれていたの」

「っ!」

その言葉に、パーシヴァルは思わず椅子を倒して立ち上がる。

それはかつてパーシヴァルの右肩にもあった管理番号であり、《研究所》の所有物であることの証《あかし》であった。

「……わかりました。私が聴取を行います」

「よろしくね。隊長にはあたしから伝えておくから、彼女はあなたに一任します」

「了解です」

通常、管理番号は出荷時に消除される。そして出荷以外で管理物が《研究所》の外へ出るケースは一つしかない。

即《すなわ》ち、廃棄だ。

パーシヴァルは警備隊本部の廊下を速足で進みながら、自分でも知らず奥歯を強く噛《か》み締《し》める。

《金枝の午刻《ウィスクム》》事件後、パーシヴァルは長期の入院を余儀なくされた。《ヴァルダ＝ヴァオス》によって改竄《かいざん》された精神は回復までに時間が必要で、今も時折当時の光景がフラッシュバックすることがある。

そう、《ヴァルダ＝ヴァオス》によって完全に意識を乗っ取られていたウルスラ・スヴエントと違い、パーシヴァルには当時の記憶がそのまま残っていた。自分が何をやろうとしていたのか、それがどれほど罪深いことなのか、まるで逃れることを許さないとでもいうように。

統合企業財体が事件を秘密裏に収めたこと、医学的に精神干渉能力の強い影響が立証されたこと、星導館《せいどうかん》学園のクローディア・エンフィールドの助力などもあって、条件付きながらパーシヴァルは処罰を免れたが、だからといってパーシヴァルのやったことが許されるはずもない。何よりもパーシヴァル自身が自分を許せなかった。

ガラードワースに籍を置いておくこともできず、仲間は引き止めてくれたのだが退学という道を選んだ。そんなパーシヴァルに声をかけてくれたのが、他ならぬ星猟《シャーナガルム》警備隊の隊長であるヘルガだった。

贖罪《しょくざい》を望むのであれば、この都市と人々を守ることでそれを成せばいい——そんなヘルガの言葉に誘われるまま警備隊の門を叩《たた》き、結果として今のパーシヴァルはここにる。

今になって思えば、統合企業財体としてもヘルガの下に置いておいたほうが監視しやすいという思惑もあったのだろう。ヘルガは統合企業財体を嫌ってはいるが、統合企業財体側は彼女を煩わしく思いつつも相当に高く評価している節が感じられるからだ。

とはいえ、警備隊の一員としてどれだけ仕事に打ち込もうとも、まだまだパーシヴァルは己を許せるようにはなれていない。おそらく、そんな日はこないのだろうとも思う。

たとえそれが——

「——っ」

そんな想《おも》いを巡らせているうちに、いつの間にか両足は取調室の前までパーシヴァルを運んでいた。

気持ちを切り替え、ノックをしてから扉を開く。

「あ……っ」

部屋の中には、一人の少女が椅子にも座らず佇《たたず》んでいた。

パーシヴァルを見るなり身を竦《すく》め、怯《おび》えたように後退《あとずさ》る。くすんだ灰色の髪はぼさぼさで身なりも汚れており、少女が何者の庇《ひ》護《ご》下にもないことが一目でわかった。歳《とし》の頃は十二、三といったところだろうか。

「ん……？」

パーシヴァルは妙な違和感を覚え、その少女をじっと見つめた。

少女はますます身を固くして縮こまる。

（これは……）

まさかとは思ったが、間違いない。だが、それならそれでまた新たな疑問が湧いてくる。

「一一五七三三九四」

「……え？」

「私があそこにいた頃の管理番号です」

「っ！」

少女が目を見開き、まじまじとパーシヴァルを見返してくる。

「少し、お話をしませんか？」

そう言って椅子を勧めると、少女はやや躊躇《ためら》いながらもおずおずと腰を下ろしてくれた。少しは心を開いてくれたようだ。

「――どうして、この都市《まち》へ？」

単刀直入に、そう訊《たず》ねる。名前や年齢などは聞いたところで意味がない。必要なのは、彼女の意思がどこにあるかだ。

「わ、わたし……わたしは、もういらないって……役に立たないから、ひ、必要ないって言われて……だから、廃棄される前に……ひ、必死で逃げ出して……」

たどたどしく喋《しゃべ》るその声はか細く、震えている。

「それで……ど、どこかはわからないけど、街の中でたまたま……ふぇ、《星武祭《フェスタ》》？《王竜星武祭《リンドブルス》》？とにかく、それが映し出されてて……す、すごく、キラキラしてたから……わ、わたしも……あんなキラキラした場所に立ってみたいなって……！　そ、それで……！」

いつの間にか、少女は身を乗り出すように喋っていた。

「あっ……！」

それに気が付いたのか、少女は赤面すると恥ずかしそうに俯《うつむ》きながら身を引く。

「……そうですか。ではもう一つ、質問です」

パーシヴァルは目を細め、静かに言った。

「あなたは自分の実力を隠していますね？」

「――っ！」

少女がぐっと息を飲み込んだのがわかる。

だが、間違いない。パーシヴァルの眼《め》は、あらゆる虚偽を看破する。少女は自らの力をひた隠しにしていた。おそらく、現時点でさえパーシヴァルに匹敵するほどの力を秘めているはずだ。第一、あの《研究所》から逃げ出すことなど普通に考えればできるはずがないのだ。

そして、それほどの力があるならば《研究所》が廃棄などするわけがない。《研究所》のスタッフをごまかすほどの偽装となれば、よほどの覚悟と才覚が必要だろう。

つまり、少女は自ら廃棄になることを選んだのだ。

「な、なんで……？　い、今まで、誰にもバレたことなかったのに……」

少女は困惑した表情でパーシヴァルの顔を見つめている。

「なぜそのようなことを？」

パーシヴァルが訊ねると、少女は俯き、蚊の鳴くような小さな小さな声で答えた。

「だ、だって……こ、怖い、から……」

「怖いとは……自分の力を振るうことが、ですか？」

こくりと少女がうなずく。

それは明らかに矛盾していた。自らの力を行使することを恐れながら、一目見ただけの《星武祭《フェスタ》》の舞台に憧れ、そこへ自分も立ってみたいと願う。

しかし、パーシヴァルにはその気持ちが嫌というほど理解できた。

誰もが自らの感情と願望に折り合いが付けられるわけではない。どちらかを選ぶこともできず、どちらかを捨てることもできない者は確かにいるのだ。

「わかりました。では最後の質問です」

パーシヴァルはそう言うと、一度間をおいてから続けた。

「あなたはこれからどうしたいですか？」

少女はその問いに視線を逸《そ》らし、何かを言いかけて口を噤《つぐ》み、もう一度開きかけたが首を振って、それからしばらく黙り込んだ後、意を決したように顔を上げた。

「わ、わたしも……わたしも《星武祭》に出たい！」

きっぱりと、力強く少女は言った。

「いいでしょう。ならば、私が力になります」

「え……？」

パーシヴァルが右手を差し出すと、少女が驚いたように目を丸くする。

当然だろう。少女にとって、パーシヴァルは今出会ったばかりの名前も知らない警備隊員にすぎないのだから。

そもそも、パーシヴァルにそんな権限はない。遥《はるか》から一任されたとはいえ明らかに職域を超えた行為であるし、場合によっては叱責や訓告では済まないだろう。

これはただの代替行為なのかもしれない。かつて救えなかった仲間たちに、目の前の少女を助けることで償おうとしているだけなのかもしれない。

それでも、これはパーシヴァルが初めて自分で踏み出した一歩だった。《研究所》の一一五七三三九四でも、《聖杯》の使い手である《優騎士》《アグレスティア》でも、警備隊員としてでもなく、一個人としてのパーシヴァル・ガードナーが自らの意思で差し出した手なのだ。

「……」

少女はしばしその手を見つめた後、おそるおそるといった様子でそっとそれを取った。

小さく、けれど温かい手。

パーシヴァルはその手を握り締めると、左手で携帯端末を操作して空間ウィンドウを開いた。《研究所》を逃げ出してきたということは、少女には名前どころか国籍も何もないということだ。このままではどこかの施設に送られ、その後は十中八九よからぬ連中の食い物にされて終わりだろう。この世界にも善人は存在するが、なんの後ろ盾もない子供に群がるのは大体がろくでもない者たちばかりだ。

それを阻止するためには、大きな力が必要だった。

個人ではなく、組織の力が。

『――これは驚きました。まさかガードナー先輩から連絡をいただけるとは』

やがて空間ウィンドウに映し出されたのは、ガラードワースの序列一位にして生徒会長を務めるエリオット・フォースターだ。こうして顔を見るのは随分と久しぶりだが、エリオットはすっかり大人びた青年に成長していた。背は大きく伸び、今や堂々たる風格を備えたガラードワースの代表となっている。

『ご無沙汰しております、先輩』

その隣には、エリオットの恋人であるノエル・メスメルの姿もあった。

パーシヴァルも、少女と同様に覚悟を決めて二人に頭を下げる。

「突然申し訳ありません。実はどうしてもお願いしたいことがありまして……力をお貸し願えますか？」

この後、やがて《虚稿の魔女《ヘクサメトロス》》の二つ名で呼ばれることになる少女は、星導館《せいどうかん》の《華剣》フローラ・クレム、界龍《ジェロン》の《万有天羅《ばんゆうてんら》》范星露《ファンシンルー》と共に《星武祭《フェスタ》》を席捲《せっけん》し、『三乙女時代《トライ・デスピニス》』と称される黄金期を築き上げることになるのだが、それはまた別のお話。

＊

「──おっちゃん、とりあえず生三つ。あと漬物盛り合わせとだし巻き卵」

「あいよ!」

喧騒《けんそう》に満ちた金曜日の居酒屋は、ほぼほぼ満席だった。

座敷の最奥、年季の入ったテーブルに通された紗夜《さや》は、スーツ姿のままどすんと胡坐《あぐら》をかいて品書きも見ずにそう注文する。一見の店だと紗夜の外見上、未《いま》だに身分証の提示を求められるのだが、この店は馴染《なじ》みであるのでその心配もない。紗夜は三年前──というよりも六年前からほとんど外見が変わっていないため、どうしても未成年に見られてしまうのだ。

《落星雨《インベルテイア》》の被害が少なかった大都市には、こうした旧世紀から続くような店がまだ多く残っている。大規模な再開発が制限されているここ京都は、特にその傾向が強い。もっともさすがに何度か建て直しやリフォームはしているだろうが。

「ほれ、メニュー。好きなもの頼むがいい。大体は美味《うま》い」

「……」

一方、紗夜の前に居心地悪そうに座るカミラは、なんとも言えない表情をしていた。紗夜と同じくスーツ姿で、以前よりも髪を短くしている。

この週末、京都では落星工学の国際会議が開かれており、カミラも紗夜もそれに出席していた。といっても紗夜は星導館学園を卒業後、大学部へ進むことなくこの京都にある大学の工学部へ進学しているため、カミラたちが遥々《はるばる》こちらまでやってきた形だ。

「どうした？」

「いや、どうしたも何も……私は話があると言ったはずだが？」

「うん。存分にするがいい」

「……ここでか？」

周囲を見回すカミラは、どうにも歯切れが悪い。

「何か問題が？」

「さすがにこう、その……あまり内々の話をするのに相応《ふさわ》しい場所ではないというかだな」

「おまえのパートナーはすっかり気に入ったようだが？」

紗夜《さや》がカミラの隣へ視線を移せば、そこではいかにも興味津々といった顔のエルネスタが店内を見渡しながら目をキラキラさせている。

「やったー、あたし一度こーゆーとこに来てみたかったんだよねー。畳！　ね、これ畳でしょ？　ひゃー、いいにゃー！　あたしのラボにもこういう部屋作ろうっかにゃー」

エルネスタもスーツ姿だが、こちらはあくまでカミラの付き添いであって、国際会議へ出席するわけではないらしい。カミラもエルネスタもすでにアルルカント・アカデミーを卒業しており、フラウエンロープのバックアップを受けながら自らのラボで研究を続けている。

「ま、それに案外こういう場所のほうが内緒話には向いてる。喧《やかま》しくて声は通らないし、そもそも誰も他人の話なんて聞いてない」

「……そういうものか？」

カミラはまだ不審そうだったが、諦めたのか肩を落として姿勢を崩す。

「それよりエルネスタ・キューネ。まさかずっとラボに籠《こも》っていたおまえが、こっちに来るとは思わなかった」

エルネスタは三年前の《金枝の午刻《ウィスクム》》事件以来、ほとんど表舞台に出てきていない。紗夜自身、カミラとは定期的に連絡を取っていたものの、エルネスタと直接話すのは随分と久々だ。

「んー？　まあ、そろそろ目標達成も近いからお外に出るのもいいかなーってね」

「それはいつぞや言ってた長期的視野に基づいた展望の布石とやらか？」

「あら、よく覚えてるねー」

エルネスタは運ばれてきただし巻き卵を一切れ口に放り込むと、にやりと笑う。

「実は次の《大会談》で、自律式擬形体《パペット》の統一的な法整備が話し合われる予定なんだー。いやー、思ってたより早かったにゃー」

「法整備……？」

「そ。《金枝の午刻》事件以来どこの国も擬形体の規制を進めてきたけど、現状に即してなかったでしょ？　それを統合企業財体主導で統一基準を設けようってわけ」

　あんな事件があったのだ。当然擬形体《パペット》に関する規制は強化されたが、その一方で擬形体の需要は減るどころかむしろ増加していた。理由は単純、常人が《星脈世代《ジェネステラ》》に対抗するためには擬形体を使うしかないということが世界中に周知されたからだ。そうなれば需要と供給、規制と活用が入り混じり、そこへ様々な齟齬《そご》が生じてくる。しかし、だとしても世界基準の法整備などそう簡単には——

　そこまで考えて、パズルのピースがカチリとはまった。

「……そうか、そのためにおまえは金枝篇《きんしへん》同盟を利用したんだな。大規模な事件に擬形体を関与させ、強制的に議論を早めるために」

「さーて、どうだろねー？　……でもさ、常人と《星脈世代》が憎しみ合うよりは、ずっとマシな結果だったと思わない？」

「っ！」

　金枝篇同盟の目的であった常人と《星脈世代》の決定的な隔絶は、オーフェリアを止めることによって回避された。それでも、人々の間に《金枝の午刻《ウイスクム》》が《星脈世代》の解放という思想の下に行われたテロの一環であるという認識がなされた以上、不和が生じるのは避けられない。それが最小限で済んだのは、実行役である擬形体が非難の矢面に立ったからだ。

「そこまで計算しての行動だったと？」

「まっさかー。偶然、というよりも幸運の結果だよ。君たちが連中を止めてくれなきゃ全部意味がなかったんだし。それに自律式擬形体の運用が広まれば、いつかは似たような事件が起きてたろうしね。だったら早いほうが法整備に繋《つな》がるだけマシってもんでしょ？」

　エルネスタはビールを片手にけらけらと笑う。

「……おまえのことは嫌いだが、そういうところは素直に敬服する」

「にゃはは、それはどーも。でもでも、前から思ってたんだけど……なんであたし、キミに嫌われてるの？　なんかしたっけ？」

　その言葉に、紗夜《さや》は手にした中ジョッキをドンとテーブルに置いた。

「忘れたのか？」

「ふえ？」

「おまえが初めて私たちと会った時――綾斗《あやと》の頬《ほお》にキスをしたからだ」

「あー、そんなこともあったねー……って、そんな昔のことをまだ根に持ってるの？　マジかよー、執念深いにゃー。第一、聞くところによるとキミってば、あの剣士くんに振られたんでしょ？　だったら別にもういいじゃん」

　その言葉に、紗夜は残っていたビールを一気に飲み干すと、ぎろりとエルネスタを睨《にら》み付けながら声を張った。

「おっちゃん、おかわり！」

「あいよー！」

そして、テーブルにずいっと身を乗り出す。

「だからといって、まだ諦めたわけじゃない」

三年前のあの日、紗夜《さや》たちは振られた。そう、紗夜だけではなくユリスも、綺凛《きりん》も、クローディアも、シルヴィアも、全員が。

『ごめん。でも、俺は……星導館《せいどうかん》を卒業したら、自分の目で常人と《星脈世代《ジェネステラ》》の在り様を確かめてみたいんだ。悔しいけど、マディアス・メサは俺よりもずっと多くのものを見て、考えて、その結果として行動したんだと思う。だからあの人を否定した俺には、責任がある。それが正しかったと証明する責任が。少なくとも、俺自身がそうしないと納得できないんだ。……だから』

綾斗《あやと》はそう言って、頭を下げた。

それがどれだけかかるかわからないし、そんなことに付き合わせるわけにはいかないと。

正直、馬鹿みたいだと思うし、今もそう思ってる。そんなことする必要はない。する意味もない。でも——同時に、とても綾斗らしいとも思うのだ。だからこそ誰も綾斗の答えを非難しなかったし、誰もまだ諦めていないのだろう。

「あー、そろそろいいか？」

するとそれまで一人黙々とビールを傾けていたカミラが割って入ってきた。

「いい加減、本題に入りたいのだがな」

「そうだった。私に話とは？」

紗夜が思考を切り替えてそう促すと、カミラはこほんと軽く咳払《せきばら》いをしてから口を開く。

「私とエルネスタは共同で新しいプロジェクトを立ち上げようと思っている。ぜひそれに参加してほしい」

「……プロジェクトとは？」

「あちら側との交信を目的とした『穴』を人工的に作ること」

「は……？」

想定していた以上にとんでもない答えが返ってきたため、さすがの紗夜も唖然《あぜん》としてしまう。

「人工的に『穴』を作り出すこと自体はすでに《大博士《マグナム・オーパス》》が成功させている。だが、そのやり方はとても余人が真似《まね》できるものではない。別のアプローチが必要だ。理論上、安定した高エネルギーを一定時間収束させることによって『穴』が開くことはわかっている。だとすれば必要なのは……」

「つまり『穴』を穿《うが》つための煌式武装《ルークス》を作ろうと？」

先んじて紗夜がそう言うと、カミラは満足そうにうなずいた。

「その通りだ」

紗夜《さや》は腕組みをして、しばし考え込む。

面白い。というより面白そうではある……が。

「二つ質問がある」

「答えよう」

「一つ目。なぜ私なのか。私は別におまえたちのような天才じゃない」

紗夜は星導館《せいどうかん》在籍時に作り上げた煌式武装《ルークス》のおかげでそれなりに注目を集めたが、それらの大半は父である創一《そういち》の作品だし、紗夜が手がけたものにしても紗夜一人で作ったわけではない。所詮まだまだ勉強途中の一学生だ。カミラやエルネスタとは、違う。

「それについてはあたしがお答えしよう！　確かにキミは天才じゃないかもしれない。けれど、十分に奇才ではある。そして今回欲しいのは、そういう才能なんだにゃー」

ほろ酔いといった態のエルネスタがカミラに代わってそう言った。

どうやらあまり酒は強くないようだ。

「……わかった。なら、もう一つ——あちら側と交信と言っていたが、どうやってそれを行うつもりだ？」

「それは——」

「当然、擬形体《パペット》を使ってだよん」

やはりそうか。エルネスタが噛《か》んでいる以上、予想はついたことだが。

「どうやらあちら側との接触は、人間には相当なリスクらしい。そこでまずは、擬形体を介して交信を試みるつもりだ」

「ふむ……」

「できれば実際にあちら側と接触した人間にも話を聞きたいところだけど、中々これが難しくてねー」

紗夜が知る限り、あちら側と接触した人間は三人。オーフェリア・ランドルーフェンとヒルダ・ジェーン・ローランズ。それから――

「いいだろう。そのプロジェクト、私も参加する」

紗夜はそう言うと、二杯目の中ジョッキを一気に飲み干した。

＊

シークレット・キャラバン。

日時も場所も出演者も直前まで告知されずに開かれるその一風変わった音楽フェスは、しかし毎回豪華で充実したアーティストを集めてくるため、今ではチケットが即完売してしまうほどの人気を誇るイベントだ。

今回はオーストラリアの荒野で三日間に亘《わた》って開催されており、今日はその二日目だった。

「やっほー、調子はどう？」

「うわっ！　シルヴィア……さん⁉」

控室となっているテントに入ると、中でくつろいでいたルサールカの面々が泡を食ったように立ち上がる。

「な、なんでシルヴィア……さんがここに⁉」

「なんでって……私、最終日のシークレットゲストだもん」

「えええええー！　し、知らなかった……！　絶対ステージ見ていかないとじゃん……！」

愕然《がくぜん》とするミルシェの様子からしても、シークレット・キャラバンの秘密主義は出演アーティストにまで徹底しているようだ。

「ビッグニュースじゃねえかよ、おい！　これは早速ネットに流さないとだな……！」

「だ、だだだ駄目ですよ！　そんなことしたらここの主催どころか理事長にも怒られちゃいます！」

携帯端末を取り出したトゥーリアを、隣のマフレナが慌てて止める。

「そうよお。こういうのはちゃーんとバレないように偽装して……」

「それも駄目です！」

今度は流れるようにモニカの携帯端末を取り上げるマフレナ。相変わらずの孤軍奮闘ぶりだ。

「でも……出番が明日なら、なぜわざわざ今日この場所へ？　ふふ……さては私たちの偵察ね？」

パイヴィがすっとポーズを取り、低い落ち着いた声で意味深そうに的外れな指摘をする。

「違う違う。だって、今やあなたたちルサールカは名実共にクインヴェールの人気ナンバー一でしょ？　そりゃあ、私だって挨拶くらいしておきませんと」

シルヴィアが恭しく一礼しながらそう言うと、途端にルサールカの面々の顔がだらしなく緩む。

「い、いやまあ？　確かにそれほどでもあるけどさ？」

「ま、まあ、シルヴィア……さんからそう言われるのは悪い気分じゃねえよな」

ミルシェとトゥーリアは鼻の下を人差し指で擦《こす》りながら、照れたように視線を逸《そ》らした。

「……いや、シルヴィアさんが卒業したから繰り上がりでトップになっただけですけどね」

ただ一人、マフレナだけは冷静につっこんでいるが、それでも少し嬉《うれ》しそうなあたりが可愛《かわい》らしい。

実際、シルヴィアとネイトネフェルが大学部へ進学することなくクインヴェールを卒業した後、ルサールカの人気は不動のものとなっている。マフレナはああ言ったがバンドとしてての実力も着実に増しており、シルヴィアとしてもうかうかしていられないなと思うほどだ。

「あとはねえ……リーダーが序列一位を取ってくれればねえ」

「この前の序列戦でもコテンパンにやられてたものね……哀《あわ》れなこと……」

「うぐっ……！　そ、それは言わない約束だろぉ！」

意地悪そうに笑うモニカと憐《あわ》れむパイヴィに、ミルシェが一転してしゅんと肩を落とす。

現在クインヴェールの序列一位は《崩弾の魔女《オーヴァリーゼル》》ヴァイオレット・ワインバーグだ。あの魎山泊《りょうざんぱく》で鍛えられただけあって、『最弱の学園』ことクインヴェールにおいてはほぼ無双状態にある。

「騒がしいわね、ルサールカ。ここは防音じゃないんだから、もう少し静かに……って、シルヴィア？」

「あら、クロエも来てたんだ」

不機嫌そうな顔でテントに入ってきたのは、シルヴィアの跡を継いでクインヴェール女学園生徒会長となったクロエ・フロックハートだ。

「ええ、昔からここの主催には良くしてもらってるから、今回も声がかかったの」

「そっか。美奈兎《みなと》ちゃんたちは元気？」

「そうね。みんな元気よ。特に美奈兎は宇宙科学研究開発機構《SRDA》が凍結していた宇宙開発計画を再会したから、次の宇宙飛行士募集に向けて不得意な勉強をがんばっているわ。柚陽《ゆずひ》が面倒を見てくれているから、大丈夫だとは思うけど」

この国に限らず、世界各国で過去のものとなっていた宇宙開発計画が再始動しているのは偶然ではない。統合企業財体は《金枝の午刻《ウィスクム》》事件から万応素《マナ》の特性や月の裏側にあるという巨大なウルム＝マナダイトの情報を得て、将来的には宇宙に出る必要があると結論付けたのだろう。

「ニーナは副会長としてよくサポートしてくれてるし、こうして私が学園を離れていられるのも彼女のおかげね。ソフィア先輩だけは卒業してしまわれたから、頻繁に顔を合わせているわけじゃないけれど……」

「彼女は確か今ダイアナ・パウンドのブランドの専属モデルやってるんだっけ。新人モデルとしては破格の活躍だなあ」

芸能活動を行っているクインヴェールの学生は、卒業後もW＆W系列の事務所に所属して活動を継続するケースが大半だ。シルヴィアも卒業したとはいえ、プロデュースやブランディングなどは以前と同じくペトラに任せている。

「活躍ならあなたもそうでしょう、シルヴィア？」

「私？」

クロエは腕組みをすると、すっと目を細めた。

「こう言っては申し訳ないけど、私はクインヴェールを卒業したあなたが以前よりも一層ファンを増やすとは思ってなかったの。もちろんあなたの歌は素晴らしいわ。アイドルとして、歌姫として、最高峰の存在でしょう。でも、あなたの人気の土台を支えているのは《戦律の魔女》《シグルドリーヴァ》としての、アスタリスクの学生としての魅力だと思っていたから」

　その分析はおそらく正しい。というより、実際のところシルヴィア自身もそのように認識していた。

　シルヴィア・リューネハイムとは、歌って闘うアイドルだったのだ。

「だけど……あなたは卒業し、純粋な歌姫シルヴィア・リューネハイムとしてより大きく羽ばたいた。感服するわ」

「別に闘うことをやめたわけじゃないけどね。《第三輪武会》《ロンド》なんかのエキシビションに呼ばれた時はステージに立ったりもしてるし、鍛錬だって続けてるし。でもまあ……私が歌姫として一つ上の段階に進めたのは、やっぱり彼女のおかげかな」

　シルヴィアの言葉に、クロエも同意するようにうなずく。

「私もそう思うわ。彼女の――ウルスラ・スヴェントの曲は本当に素晴らしい。何よりも、あなたの歌声に……いいえ、あなたという一人の人間に、ぴったりと合っている」

《金枝の午刻》事件の後、ウルスラは統合企業財体の監視付きではあるが解放されることとなった。実質的には《ヴァルダ＝ヴァオス》の被害者とはいえ、難しい立場であることは否めない。ただ、長い間軟禁状態にあったラディスラフ・バルトシークのケースと比べれば、ある意味寛大な処置だと言えるだろう。

そして、ウルスラは治療院を退院するなりこう言ったのだ。

『――助けてもらったお礼ってわけじゃないけど、あたしの曲を君に捧《ささ》げるよ。受け取ってもらえるかな？』

以来、ウルスラは作曲家として活動を開始することとなった。

シルヴィアが《魔女《ストレガ》》としての能力を使用する際には自分自身が作った歌でなければならないが、アーティストとしてのシルヴィアは当然プロの作曲家・作詞家が手がけた曲も歌っている。

だが、シルヴィアがウルスラの作った曲を歌うや否や、それは空前の世界的大ヒットとなった。シルヴィア自身、ウルスラが手がけた曲を歌っていると、かつてない充実感が胸を満たすのを感じている。

それほどまでに、ウルスラの曲はシルヴィアの心を掴《つか》んでいた。

あの時――あの雨の日に聞いた、名も知らない歌のように。

（私としては、またウルスラ自身にも歌ってほしいんだけどね……）

何度かお願いしているのだが、ウルスラは首を縦に振ってくれない。

本人に責任ではないとはいえ、やはり《ヴァルダ＝ヴァオス》のしてきたことを気に病んでいるのだろう。多くの人たちの人生を狂わせてきたのが、彼女の身体《からだ》だったことは否定できない事実だ。

だから、今はシルヴィアも何も言わなかった。

ウルスラは強い。きっと自分で向き合い、乗り越えてくれるだろう。

何しろ彼女は世界の歌姫シルヴィア・リューネハイムの師なのだから。

「ああ……そういえば理事長から聞いたのだけど、シルヴィア、あなたリーゼルタニアからの依頼を受けたそうね？」

黙り込んだシルヴィアに気を遣ったのか、クロエが話題を変えてきた。

「珍しいじゃない。あなたがこの手の依頼を受けるなんて」

シルヴィアはあまり仕事をえり好みすることはないが、セレモニーや式典などで一曲披露してほしいといった類の依頼は断ることが多い。その手の仕事は割りがいいし箔《はく》もつくのでペトラなどはどんどんこなしてほしいようだが、もしシルヴィアの歌が本来の主役を食ってしまったら申し訳ないからだ。

それでも、今回だけは特別だった。

「仕方ないでしょ？　だって——恋のライバルが女王様になるっていうんだから、それは本気でお祝いしてあげないとね」

きっとその場には、彼もやってくるだろう。

だからシルヴィアは遠慮せず、彼女の晴れ舞台を食ってやるつもりで歌うつもりだった。

何しろ相手はグランドスラムの達成者、ユリス＝アレクシア・フォン・リースフェルトなのだ。

どこに不足のあろうものか。

エピローグ

――リーゼルタニア首都ストレル、王宮。

「うわー！　姫様……じゃなくて、陛下！　お綺麗《きれい》です！」

部屋に入ってくるなり、メイド服姿のフローラが胸の前で両手を握り合わせ、小さく飛び跳ねるようにしてそう言った。

「これ、御前ですよ。弁《わきま》えなさい」

着替えを手伝っていた年配の侍女がそう咎《とが》めるが、ユリスは片手でそれを制する。

鏡に映った己の姿を確認すると、確かに夜会用の純白のドレスは儀式用のそれよりもずっと優雅で、ユリスの長く華やかな薔薇色《ばらいろ》の髪を一層際立たせていた。昔に比べれば随分と艶《あで》やかになったといわれることもあるが、あの頃はとにかく必死だったので、自分ではただ険が取れただけではないかと思わないでもない。

「す、すみません……」

しゅんと縮こまったフローラに苦笑を向けつつ、ユリスは他の侍女たちを下がらせた。

「気にするな、フローラ。それよりも帰国早々、いろいろとすまないな」

「い、いえ！　姫――陛下のお力になるのがフローラの本分ですから！」

「正直、そう言ってもらえると助かる。とにかく今日は疲れることばかりだ」

ユリスは着替えたばかりのドレスにしわが寄らないよう注意しながら、ソファへと腰を下ろして息を吐く。何しろ今日は朝から馬車で大勢の民衆が詰めかけた湖畔を一周するように行進した後、大聖堂へと向かって大司教の前で宣誓を行い、指輪と王笏《おうしゃく》と王冠を授けられ、精油によって聖別されるという一連の戴冠式のプロセスをこなし、再び馬車に乗って王宮へ戻ると、そのバルコニーから集まった人々に挨拶を行い、こうして着替えを終えたところなのだ。先ほどまでユリスが身にまとっていた戴冠式用のシルクのドレスとベルベットの儀式服はとにかく動き難《にく》く、長い引き裾にいたっては女官が数人がかりで持ち上げるというもので、しかも髪もきっちりとまとめていたため、とにかく堅苦しくてたまらなかった。

更に、これでもまだ今日のスケジュールの半分程度でしかない。この後は二つの晩餐会《ばんさんかい》と、国民に向けた演説が残っている。今はようやく手に入れた小休止といったところだ。

「それで、皆は来ているのか？」

「あい！　皆様お揃《そろ》いです。ただ……」

フローラはそこで言い辛《づら》そうに目線を伏せる。

「天霧《あまぎり》様が、まだ」

「……そうか」

　ユリスは星導館《せいどうかん》を卒業後、イングランドの二年制大学へ通って比較政治学などを学び、リーゼルタニアへ戻ってきてからは兄であるヨルベルトを補佐してきた。その間、星導館で苦楽を共にした仲間たちとはそれなりの頻度で話をしているし、シルヴィアをはじめとした他学園の友人たちとも交流は続いていたが、綾斗《あやと》とは滅多《めった》に連絡を取ることがなかった。というよりも、取りたくてもほとんど連絡が取れないと言ったほうが正しいだろうか。これはユリスだけではなく他の皆も同様らしい。一ヵ月に一度、長く空けば数ヵ月に一度程度、短い時間携帯端末が繋《つな》がるといった具合だ。紗夜《さや》が聞いたところによると、携帯端末の電源を落としておかないとまずいような状況だったり、そもそもそれが通じないような場所にいたり、最悪は携帯端末自体が壊れていたりといったことが原因らしいのだが、それはそれで一体どこで何をしているのかと不安になる。

「できれば、話したいことがあったのだがな……」

　ユリスはそうつぶやくと、ソファから立ち上がってガラス戸の向こうに広がる庭園を眺めた。

「一つ目の晩餐会までまだ多少時間があるだろう。少し風に当たってくる」

「あい、かしこまりました」

　恭しく頭を下げるフローラを部屋に残して、王宮と離宮の間に広がる庭園に出る。ここは今もユリスが時間を作って自ら手入れをしているお気に入りの場所だ。

春本番にはまだ少し早いが、それでも花壇にはいくらか花が咲き始めており、その先ぶれの香りを微《かす》かに漂わせている。

日は傾き始めていたが、まだかろうじて陽光の温《ぬく》もりを感じられる、そんな時間。

ふいに、強い南風が庭園を吹き抜けていった。

ユリスは思わず髪を押さえて、目をつむる。

その時だ。

「——久しぶり、ユリス」

その懐かしい、けれども耳に馴染《なじ》んでいる声。

はっと目を開けば、そこには——

「綾斗《あやと》……」

いつの間にか、一人の青年がユリスの前に立っていた。

以前よりも大人びた顔立ちは、少し日に焼けたせいか精悍《せいかん》な印象が強くなっただろうか。

体つきもやや大きくなったように見えるが、背が伸びているためにがっしりとした感じはなく、昔のままの優しく落ち着いた雰囲気を残している。強いて言えば、伸びた髪をいかにも適当に結んでいるが、それがあまり似合っていない。

一瞬ユリスは呆然《ぼうぜん》と立ち尽くし、しかしすぐに我に返ると皮肉めいた目で睨《にら》みながら苦笑を浮かべる。

「相変わらず無断侵入が得意のようだな？」

「あはは……ごめん。この風体だから、警備の人たちに止められちゃってさ」

そう言う綾斗の恰好《かっこう》は、身体《からだ》を隠すような着古したケープコートに擦り切れたブーツ。

確かに正装とは程遠く、王宮に入れるような身なりではない。

「まったく……当たり前だ。それでも連絡の一つでもよこせばどうとでもなっただろうに。私ではなくとも、クローディアたちでもいい」

「それが……」

綾斗が差し出したのは、完全に破壊された携帯端末だった。それもただ故障しているのではない。ざっくりとしたその痕《あと》は、明らかに斬撃によるものだろう。

「おまえ……本当にどこで何をしているのだ？」

心配半分、呆《あき》れ半分、それに若干の怒りを添えてそう問うと、綾斗はごまかすような笑顔で気まずそうに視線を逸《そ》らした。どうやら言うつもりはないようだ。

「……ならばせめて、身なりを整えてくるくらいはできなかったのか？　それくらいの常識は持っていたはずだろう」

「いや、その……恥ずかしながら、あんまり手持ちがなくて」

絶句しそうになるが、考えてみれば三年もあちこちを放浪しているのだからそれも当然だろう。無論、稼ごうと思えばいくらでも稼げる能力と知名度を綾斗は持っているはずで、それをしてこなかったということはつまりそれを良しとしていないということなのだ。

「だから本当は、遠目で姿を見るくらいにしておくつもりだったんだ。でも……ユリスの顔を見たら、どうしても直接会って、おめでとうって伝えたくなっちゃってさ」

「っ！」

相変わらずズルい男だ。そんな風に言われたら、これ以上はもう何も言えなくなってしまう。

「……わかったわかった。もういい」

片手で顔を押さえながらもう片方の手をひらひらと振る。

「しかし……また随分と腕を上げたようだな」

ユリスは指の合間から、鋭い視線で綾斗《あやと》の全身をつぶさに観察した。

身のこなしからでも十分に察せられるが、とにかく星辰力《プラーナ》の静謐《せいひつ》さが並大抵ではない。あの強大な星辰力をそれこそ波一つない湖面のように円く収めるとは、肉体だけではなく精神も相応に円熟しなければ不可能だろう。

目の前の綾斗は以前よりも——少なくとも三年前とは比べ物にならないほど強くなっている。それこそ星露《シンルー》にも匹敵するかもしれない。これほどの力量であれば、警備の目を掻《か》い潜《くぐ》って侵入するなど造作もないはずだ。

「いろいろと縁があってね。修行ってほどじゃないけど、暁彗《シャオフェイ》に紹介してもらって隠者殿に少しばかり錬星術《アルナジユミア》を教えてもらったり……まあ、俺にはあまり合わなかったみたいで生憎《あいにく》使いこなせるようにはならなかったんだけど」

「なに……？　《覇軍星君《はぐんせいくん》》と会ったのか？」

「武者修行って言ってたかな。たまたま顔を合わせたから、しばらく同行させてもらったんだ。彼も相当強くなってたよ」

「ほう。決闘で綺凜《きりん》に勝ったとは聞いていたが……」

「それがあまり納得いってなかったみたいでさ。そうそう、界龍《ジエロン》といえば峨眉山《がびさん》に寄った時は冬香《ふゆか》さんにも会ったっけ。あの時はアシュダハのやつらと一悶着《ひともんちやく》あって──」

懐かしむようにそう語っていた綾斗が、そこまで言ってはっと口を手で押さえる。

「待て……今アシュダハと言ったか？」

ユリスが探るような眼差《まなざ》しを向けると、綾斗はしまったという顔で曖昧《あいまい》な苦笑を浮かべる。

「えーと……」

ユリスも政務に携わるようになってからその存在を知ったアシュダハは、いわば統合企業財体の亡霊だ。統合企業財体の悪い部分を煮詰めたような組織であり、過去にアシュダハが関与したと思われる事件はどれもろくでもないものばかりだった。

そんな連中と揉《も》め事《ごと》を起こしているとなると、いよいよただ事ではない。

「……一つだけ聞かせろ。よもや、統合企業財体と直接事を構えるような真似《まね》はしていないだろうな？」

「あー……今のところは、多分まだ……大丈夫、だと思う……かな？」

限りなく怪しい返答にユリスは思わず頭を抱えそうになる。もしそうであれば、これからユリスが進めようとしているプランも台無しだ。

「──いいか、綾斗《あやと》。聞いてもらいたい話がある」

ユリスが気を取り直してそう切り出すと、綾斗もそれを察したのかすっと姿勢を正した。

「ああ、だったらその前にまず俺から──改めて、おめでとうユリス。まさか、君がこんなに早く女王様になるなんて思っていなかったよ」

その返しにやや鼻白みつつも、ユリスは素直に顔をほころばせる。

「ふふっ……まあ、そうだろうな。私だってそうだ」

そう言うと、綾斗は少し意外そうに目を瞬かせた。

「ここまでの一連の流れはすべて兄上のシナリオだ。まったく、ああ見えて本当に有能なのが腹が立つ」

ユリスは本来ヨルベルトを助け補佐することでこの国を変えようと思っていた。いずれ兄の後を継ぐことになるかもしれないが、それはずっと先のことだと考えていたのだ。

ところが、ある日ヨルベルトはあっさりと退位を申し出た。驚くユリスに、ヨルベルトは義姉のマリアに膝枕をしてもらいながら力なく笑った。

『ユリス、君も気が付いているだろう。君のおかげで国王の権利は拡大し、多少は無理もきくようになった。だが、生憎《あいにく》と僕ではここらが限界だ。長年統合企業財体と懇親の仲だった僕じゃ、これ以上の改革は支持が得られないんだよ。だから──僕はここまでに貯《た》めこんできた汚職とやらスキャンダルやらをぜーんぶ暴露して、統合企業財体の犬どもと一緒に自爆するから、あとはまあよろしく頼むよ』

そう語ったヨルベルトの表情は、むしろ清々《すがすが》しくさえあった。

当然のごとくリーゼルタニアの政財界はとんでもない混乱に陥ることになり、ユリスはそのどさくさに紛れて即位すると同時に各所へ根回しを行って、統合企業財体が新しい犬を躾《しつ》けている間にいくつかの重要法案を通すことに成功したのだ。

「その一つが、君主制の廃止法案だ。私一代限りで、リーゼルタニアは共和制へ移行することになる」

元々リーゼルタニアは統合企業財体が傀儡《かいらい》とするべく無理矢理《むりやり》に復活させられた国家だ。本来は大人しく墓の下へ帰るのが道理というものであろうが、実際にそこで暮らしを営む人々がいる以上、彼らにも自らの行き先を決める権利があってしかるべきだろう。

だからこそ、ユリスはその下準備をするために女王となった。

そしてそれは、統合企業財体にただ恭順するだけでは成し得ないものだ。

とはいえ、多少権利が増したとはいえユリスがどう足掻《あが》こうと統合企業財体に太刀打ちできるものではない。統合企業財体に対抗できる存在があるとすれば、それは同じ統合企業財体だけだ。

「アスタリスクでの経験は、とても有意義だった。あそこでは六つの学園がそれぞれ覇を競っているが、それ故にバランスが取れている。ならば同じことをこの国でも再現してやればいい。そのための法案はもう通してあるのでな」

リーゼルタニアも六つの統合企業財体が利益という覇を求める箱庭であることには変わりがない。

そう。統合企業財体は、何よりも利益を追求する。そのためには互いに手を組み、協調することも多い。だが、その本質は違う。統合企業財体の本性は、より多くの利益を渇望する獣なのだ。究極的に彼らが目指すのは、他の統合企業財体を駆逐し、自らの経済圏をこの世界の隅々にまで拡大すること。それが統合企業財体の本能であって、協調や連携は理性による妥協にすぎない。

ユリスの役割は、その獣たちを時になだめすかし、時にけしかけるいわば猛獣使いだ。

「もちろんそれは危険な道だろう。一歩間違えば国を巻き込む事件が起きるかもしれないし、私自身どうなるかもわからん」

ユリスはそこで一息吐《つ》くと、ただ黙って話を聞いていた綾斗《あやと》に向き直った。

「ところで、だな……その、おまえは……まだぶらぶらと世界を見て回るつもりなのか？」

綾斗は急に話を振られて面食らった顔をしつつも、腕組みをして考え込む。

「うーん、そうだね……実はそろそろ一度腰を落ち着けようかなとも考えてたところなんだけど……」

「そ、そうか……！　ならば、先ほどの聞いてもらいたいという話に戻るのだが……あー……わ、私のところへ来る……というのは、どうだ？」

「え……？」

「い、いや、ちがう！　そうではなくて、あれだ……そう、護衛！　今、私的な護衛を探していてな！　先ほど言ったように、私の身の回りや私の大切な者たちに、この先何かしらが起こらないとも限らん。だが——知っての通り、私は最早《もはや》《魔女《ストレガ》》ではない。私自身ならばともかく、他の者たちを守り切ることは難しいのだ」

「それは……」

綾斗が沈痛な表情で何かを言いかけたが、それを遮るようにユリスは言葉を続けた。

「いや、いいのだ。強がりなどではなく、私は一切後悔していないからな」

あの日——オーフェリアと闘ったあの決勝戦以来、ユリスは《魔女》としての能力を失っていた。限界を超えて能力を使ったせいか、それともあの時一瞬でもあちら側を垣間《かいま》見《み》てしまったせいか、理由はわからない。《星脈世代《ジェネステラ》》としての力は残っているため無力ではないが、戦闘能力という意味では格段に落ちているだろう。

それでも、だ。

「確かに私はもう炎の花を咲かせることはできないが、もっと相応《ふさわ》しい花を私に代わって育ててくれている友がいる。それで私は十分なのだ」

ユリスはそう言って庭園の先にある湖の、その対岸へと視線を向けた。そこには小さな孤児院があり、その古びた温室では今日も白い髪と赤い瞳を持った女性が――ユリスと同じく《魔女《ストレガ》》としての能力を失った親友が、色とりどりの花を世話しているはずだ。それこそがユリスが得た《王竜星武祭《リンドブルス》》優勝者としての望みなのだから。

そんなユリスを温かい目で見つめる綾斗《あやと》の視線に気が付き、ユリスはコホンと小さく咳《せき》払《ばら》いをする。

「それで、話を戻すが……どうだ？　おまえの目的が《星脈世代《ジェネステラ》》と常人の有り様を精察することにあるのだとすれば、ある意味この国はそれに最も相応しい場所かもしれんぞ。何しろ《星脈世代》が国家元首を務める国なぞ、世界中探しても他にはないないからな」

若干の自虐を含みながら、ユリスはそう言って胸を張った。

「つまり今度は女王様として、ユリスはここでまた新しい闘いをはじめるってことかい？」

「……まあ、そうだな。そんなところだ」

敵は統合企業財体――ではない。

彼らは獣であり、同時にシステムだ。善でも悪でもなく、必要であれば利用すればいい。もし本当に闘って倒すべき相手がいるのだとしたら、それはシステムを成立せしめている世界と人々の有り様だろう。そして、それはきっと綾斗が見定めようとしているものと同じものだ。

「だったら、俺は断るわけにはいかないかな」

綾斗はそう言って、あの日のように微笑《ほほえ》む。

「だって、ユリスを守ると誓ったからね」

「——っ！」

ユリスは自分の顔が赤くなるのがわかったが、それをごまかすように右手を差し出した。

「女王様にならひざまずいて手の甲にキスでもしたほうがいいのかな？」

「ふふっ、それも悪くないが……私たちにはもっと相応しい形があるだろう」

そうだ。綾斗とは対等でいたい。そうでなければ意味がない。

「——了解」

綾斗も右手の拳を持ち上げて、ユリスのそれと軽く合わせた。

ユリスと綾斗の視線が交わり、どちらからともなく笑い出す。

そんな時だ。

「あー！　天霧《あまぎり》様！」

フローラの甲高い声が庭園に響き渡り、見慣れた顔ぶれが一緒にこちらに向かってきていた。

「おー、綾斗《あやと》。やっぱり来てた」

「あら、女王陛下と密会とは捨て置けませんね」

「あ、あの、綾斗先輩、ものすごく強くなってるように見えるのですが……」

「おーっと、抜け駆け禁止だよ、女王様」

「──やれやれ、一気に騒がしくなったな」

ユリスは腰に手を当て、自分でも不思議なほど力の抜けた苦笑を浮かべた。

「行こう、ユリス」

綾斗がそう言って前を行こうとするのを、ユリスはそうはさせじと横に並ぶ。

隣に立ち、隣を歩む。

それこそが、誰にも譲れない今のユリスの望みだった。

あとがき

こんにちは、三屋咲《みやざき》ゆうです。

ついに本作『学戦都市アスタリスク』も無事完結の運びとなりました。第一巻から足かけ十年、ここまでお付き合いしてくださった皆様には本当に感謝しかありません。最終巻ということであとがきも多少長めに取っておりますが、今回もネタバレを含みますので本編未読の方はご注意ください。

まずは今回シリーズ完結ということで、販促用の動画などを作っていただいたのですが、そちらで『アスタリスク没エピソードランキング』なるものを発表しています。既存読者の方々向けの内容となっておりますので、お時間などあればぜひご覧くださいませ。そして動画内では時間切れということで、一位の発表はこのあとがきにてということになっていました。謹んで発表させていただきますと、第一位は『クリスマスデート編』となります。これは七巻でのシルヴィアとの学園祭デートを受けて、ユリス・紗夜《さや》・クローディア・綺凛《きりん》それぞれとクリスマスにデートをするという内容で、十巻と十一巻の間の時系列に入れる予定のエピソードでした。没になった理由はいろいろあるのですが、一番は《王竜星武祭《リンドブルス》》をできるだけ早く始めたかったからです。しかし今になってみると、書いておいたほうが良かったなあと思わないでもありません。何しろ本編で季節行事ネタほとんどやってないですからね。クリスマスくらいは拾っておきたかった……！

さて、本巻は前半が綾斗《あやと》とユリスそれぞれの最終決戦、後半がいわゆる後日談という形になっています。個人的に私は後日談を読むのが大好きでして、当初の予定では一巻丸々エピローグに使うくらいの想定だったのですが、いざ《王竜星武祭》を書き始めてみると予想以上に内容が膨らんでしまい、最終決戦がずれ込んでしまった形です。とはいえ、表でユリスとオーフェリアの決勝戦をやりつつ、裏で綾斗とマディアスの対決を同時進行させるというのは早い段階から決めていたことなので、なんとかそれを形にできたことにほっとしています。ちなみにマディアスは作中で綾斗に向かって型や技がくだらないとか好き放題言ってますが、金枝篇《きんしへん》同盟の名前を付けたのがマディアスであることからもおわかりのように本来はそういうのが好きな男で、こっそり《赤霞の魔剣《ラクシャ＝ナーダ》》の技に名前を付けていたりしました。本編では差し挟むところがなかったのでここで明かしますと、欠片《かけら》による自動防御が《金枝《ウィスクム》》、包囲攻撃が《荒地《デーセルタ》》、蛇腹剣が《死月《アプリリス》》、武器構築が《弑逆《レジサイド》》です。

後日談はできる限り多くの登場キャラのその後を拾おうと思っていたのですが、これもいざ書いてみるといくら頁《ぺーじ》があっても足りないくらいで、泣く泣く絞りに絞りました。界《ジェ》龍《ロン》の双子がどうして統合企業財体本部に行ったのか、外伝組であるチーム・赫夜《かぐや》の面々の現在、冬香《ふゆか》が峨眉山《がびさん》で何をしていたか、英士郎《えいしろう》と部長のあれこれ、アルディたち自律式擬形体《パペット》と新たな自律式擬形体などなど書きたいことはいっぱいあったのですが、無念です。

恋愛模様については、一応ユリスルートに入ったところがラストシーンになっています。まだまだ他のヒロインたちも諦めていませんし、ここからの逆転も可能なのですが、ユリスが大幅リードといった形でしょうか。他のヒロインが手をこまねいていれば、そう遠くない未来に無事綾斗《あやと》とユリスは結ばれるでしょう。まあ、あのヒロインたちが大人しくしているはずもないでしょうが。

『学戦都市アスタリスク』はその名前の通り、アスタリスクを舞台とした物語です。学校というものはいずれ巣立つ場所であり、いつまでも居座ることはできません。綾斗たちも概《おおむ》ね学園でやるべきことをやり終えたので一先《ひとま》ず幕引きとなりましたが、彼らの物語は舞台を変えてまだまだこの先も続いていくでしょう。その一例が、リーゼルタニアだというだけです。パーシヴァルの後日談で少しだけ触れましたが、アスタリスクはアスタリスクで新たな世代の学生たちが、また新しい物語を綴《つづ》っていくことになるはずです。

私自身、アスタリスクの世界観はとても気に入っているので、また何かしらの形でこの世界に連なる作品を発表できたらいいなあと思っています。その時は、ぜひぜひ手に取っていただければと。

最後になりますが、謝辞を。

まずはなんと言ってもイラスト・デザインを手がけてくださったｏｋｉｕｒａさん。本巻の表紙やイラストはまさしく集大成といった素晴らしさですが、今どの巻を見返してもすべての絵が煌《きら》めいています。ｏｋｉｕｒａさんの力がなければ、このアスタリスクという作品は成立しませんでした。本当に、どれだけ感謝をしても足りません。

ありがたいことに本作はメディアミックスにも恵まれました。本編のコミカライズを担当してくださったにんげんさん、外伝『クインヴェールの翼』のコミカライズを担当してくださった茜錆《あかねしょう》さん、素敵な漫画をありがとうございました。

また、アニメ化では私自身大きな影響を受け、そこから本作へフィードバックされた要素もとても多いです。小野学《おのまなぶ》総監督、セトウケンジ監督、綾斗役の田丸篤志《たまるあつし》さん、ユリス役の加隈亜衣《かくまあい》さん、紗夜《さや》役の井澤詩織《いざわしおり》さん、クローディア役の東山奈央《とうやまなお》さん、綺凛《きりん》役の小澤亜李《おざわあり》さん、シルヴィア役であり第二シーズンではエンディング曲も担当された千菅春《ちすがはる》香《か》さん、オープニング曲を担当してくださった西沢幸奏《にしざわしえな》さん、Ａ－１ピクチャーズとアニプレックスの方々、更にはゲーム『学戦都市アスタリスクフェスタ　鳳華絢爛《ほうかけんらん》』及びソーシャルゲーム『煌めきのステラ』に携わってくださった方々、その他多くのスタッフ・演者の方々に、お礼を申し上げます。

そしてこの作品を世に出すために一番尽力してくださったＭＦ文庫Ｊ編集部の方々——

今はMF文庫J編集部を去った方もいらっしゃいますが、企画立ち上げ時の編集S氏、一巻初稿を上げるまで多くの相談に乗ってくださったO氏、実質的にアスタリスクを私とokiuraさんと共に作り上げてくださったI氏、アニメ化を含めアスタリスクを大きく発展させてくださったI氏、現担当編集であり最後まで辛抱強く付き合ってくださったO氏、冬香《ふゆか》の京都弁監修を務めてくださったS女史、構成・営業の方々、諸々《もろもろ》ご迷惑をおかけしました。本当にありがとうございます。

加えて、いつも私を応援してくれた家族、友人たち、創作の師匠である漫画家氷川《ひかわ》へきる先生、出版へのご縁を作ってくださった遠藤海成《えんどうみなり》先生にも感謝を。

何よりも、この『学戦都市アスタリスク』という作品を、綾斗《あやと》やユリスたちを、最後まで変わらずに応援してくださった読者の皆様——この十年、皆様の感想にどれほど背中を押していただいたかわかりません。改めて最大のお礼を申し上げたいと思います。

それではまたどこかでお会いできることを願って。

二〇二二年五月　三屋咲《みやざき》ゆう

あとがき

アスタリスクとのお付き合いも
なんだかんだで10年という長期間
となりました。

とにかく何より
三屋咲先生お疲れ様でした。
色々ご迷惑をおかけもしましたが
こうして最終巻を共に迎えられた事
感謝しております。

そして、ここまで
アスタリスクを愛して下さった
読者の全ての方に
ありがとう
　　ございました！
という気持ちを
お伝えして
〆させて
いただきます。

2022.5月

Okiura

学戦都市
アスタリスク

ファンレター、作品のご感想をお待ちしています

あて先

〒102-0071　東京都千代田区富士見2-13-12
株式会社KADOKAWA　MF文庫J編集部気付
「三屋咲ゆう先生」係　「okiura先生」係

MF文庫J

学戦都市アスタリスク
17.六花団円

2022年 6月 25日　初版発行
2023年 1月 15日　3版発行

著者　三屋咲ゆう
発行者　山下直久
発行　株式会社 KADOKAWA
〒102-8177 東京都千代田区富士見 2-13-3
0570-002-301（ナビダイヤル）
印刷　株式会社 KADOKAWA
製本　株式会社 KADOKAWA

Printed in Japan　ISBN 978-4-04-064870-5 C0193

◆◆◆

草木の中には、自らが生き残るため、周りの植物を枯らすものがある。

胡桃《くるみ》、蓬《よもぎ》、曼珠沙華《マンジュシャゲ》――人の利となるこれらの草木はまた、土に毒を撒《ま》き他の害となる存在でもあるのだ。

煌《きら》びやかなる旺華国《おうかこく》の後宮においても、否、広く人の世においてもそれは同じ。

草木のように生存のためという理由ですらなく、ただ己の栄華のために他を害そうという毒――利己心という名の毒は、深く昏《くら》く、人々の心に根を下ろしている。

どんな崇高な志も、この毒に侵されればすぐにその輝きを失うだろう。

栄達を望む者は、常にそれを胸に留め置かねばならない。

そして権威ある立場に置かれた者は、その毒に侵された者を見抜き、正さねばならない。

後の世において「薬妃」と名高き董英鈴《とうえいりん》もまた、その生涯で幾度となくこの毒を持つ者と対面したという。

すべての人々が苦みも苦しみも感じずに服用できる薬、すなわち『不苦の良薬』は、いかにしてこれらの毒と戦ったのか。

新たなる局面は常と変わらず、薬童代理の任をこなす時に訪れる。

第一章　英鈴、馬が合うこと

短い秋が過ぎ去り、旺華国《おうかこく》にも冬が訪れた。日ごとに増していく冷気は、いずれ霜が降りるほどに強くなるだろう。雪が降りはじめるのも、そう遠い話ではない。

とはいえ今は、この季節も始まったばかり。街を行く人々は寒気で頬を紅潮させて冬支度に励みながらも、穏やかな日々を謳歌《おうか》していた。

そしてそれはここ、華州《かしゅう》は臨寧《りんねい》にある禁城でも同じである。

後宮の貴妃にして薬童代理たる董英鈴《とうえいりん》は今日もまた、主《あるじ》である皇帝・丁朱心《ていしゅしん》の昼食の場に参じていた。朱心が処方された薬の新しい飲み方――『不苦の良薬』を提供するために。

しかし今回は、いつもと少し様子が異なっている。

「……どういうつもりだ？　董貴妃《きひ》」

黒檀《こくたん》でできた瀟洒《しょうしゃ》な椅子に腰かけた朱心は、英鈴に凍《い》てつくような視線を送った。

「私の命令を軽んじるほど、愚かではあるまい」

神話の女仙と見紛《みまが》うばかりの面貌《めんぼう》は険しく、柳眉《りゅうび》は訝《いぶか》しげに顰《ひそ》められている。しかしそんな状況にあっても、拱手《きょうしゅ》した英鈴の表情に揺らぎはない。

「もちろんです、陛下」

口元にうっすらと笑みを湛《たた》え、大きな瞳《ひとみ》を煌《きらめ》かせて、英鈴はきっぱりと言い放った。

「新しく処方された薬、『香龍散《こうりゅうさん》』の服用法の開発——それが、七日前に陛下から賜った
ご命令であったと心得ています」

「ではなぜ、私の昼餉《ひるげ》は終わっている？」

肘置《ひじお》きを使って頬杖《ほおづえ》をついた朱心は、なおも表情を変えずに問いかける。彼の正面にあ
る卓の上には、今はもう何もない。

「成果を供する、と言ったのはお前だ。それとも、香龍散は食後に服す薬だったか？　私
の記憶では、違うはずだが」

「陛下のご記憶が正しいかと」

わざと試すような言葉をかけてみれば、朱心の面持ちはさらに訝しげになった。

（そろそろ、種明かししたほうがいいかしら）

そう考え、面を上げて主に告げる。

「お気づきになられませんでしたか？　では、今回の服用法も成功したようですね」

「何？」

朱心がやや険のとれた目を見開いた。対して英鈴は、微笑んだまま説明する。

「今日の昼餉の最初の一品として、山菜の揚げ物をお召し上がりになったかと思います。実はあれこそが、香龍散の服用法だったのです」

「ほう」

片方の眉《まゆ》を上げ、朱心は低く唸《うな》る。その声音を聞いて内心ほっとしながら、英鈴はさらに続きを述べた。

「その名の通り、香龍散はとても香りの強い薬です。陳皮《ちんぴ》……つまり橘《たちばな》の皮や生姜《しょうが》、紫《し》蘇《そ》の葉などが使われていますから」

胃の状態の改善のために処方されるのと同時に、すっきりとした香りによって精神的な疲労を回復する効能もあるというのが、香龍散の特徴だ。

ゆえに芳香が強く、またほのかな苦みもあるため、従来の服用法に従って湯と一緒に飲むというのは、香りや味に敏感な人にとっては難しい。だからといってその香りを失わせてしまっては、せっかくの疲労回復の効能が無駄になってしまう。

香りはそのままに、けれど飲みやすくする――それが、英鈴に課せられた使命だった。

「そこで今回は、虎耳草《こじそう》の揚げ物に香龍散を薬味としてかけました。虎耳草は山菜ですが、胃腸の調子を整える穏やかな薬効があります。香龍散をその揚げ物にかければ、互いに薬効を高め合い、かつ強い香りが口の中をさっぱりさせてくれると思いまして……」

薬味にして味に影響が出ないようにしたぶん、香龍散の服用量自体は正規のものより減る。しかし今回の服用法では虎耳草と香龍散とが薬効を高め合うため、通常の服用法と違っていても、効果が減じられてしまう心配はない。もちろん、飲み合わせも問題ない。

「なるほど」

頬杖をついたまま、しかし朱心は口元に酷薄な笑みを浮かべた。この国を統べる皇帝として朱心が使い分ける二つの顔のうち、「裏」の顔——怜悧《れいり》で冷酷な面が現れた時にしか浮かべない笑み。それが出てきたということは——

（よかった……！　今回もうまくいったみたい）

そう思って、英鈴は安堵《あんど》の息を吐いた。すると、朱心は笑みを湛《たた》えたまま続きを述べる。

「お前が薬を菓子などの形に仕立て上げるのは見てきたが、よもや薬味にするとはな。油気の強い料理ならば、多少苦い味がしようと気にはならぬものだが……お前の見立て通りだったというところか」

朱心の双眸《そうぼう》は、ほのかに温かいものを帯びながら、まっすぐにこちらを見ている。それがたまらなく嬉《うれ》しくて、胸がどきどき鳴るのを感じながら、英鈴はただこう返事をした。

「恐れ入ります」

そしてそこで留《とど》まらずに、詳しい説明が口を衝《つ》いて出る。

「仰《おっしゃ》る通り、油分で素材を包むと、舌で感じる苦みや酸っぱさが軽減されるのです。同じような効果は冷たい食材でも得られますが、今回は断念しました。そもそも薬学では油は気・血《けつ》・水における『水』の働き、つまり腸や肌を潤す作用があると考えられていて」

そこまで語ったところで、こちらを見る朱心の面持ちが、酷薄というよりは呆《あき》れたような笑顔に変わったのに気づく。――またやってしまった！

「し、失礼しました！　私、また……」

「ククッ。毎度のことに謝罪を求めるほど、私は暇ではない」

小さく笑いを漏らして、朱心は頬杖をやめて椅子に座りなおしている。一方で英鈴はといえば、顔が真っ赤になるのを感じた。

（薬の話題になると、いつも話しすぎちゃって……）

こう思うのは、もう何度目になるだろう。陛下は笑うだけで済ませてくださるけれど、そうはいかない場面もあるかもしれない。気をつけなければ。

そんなふうに英鈴が自戒する間に、体勢を整えた朱心は静かに口を開いた。

「董貴妃。此度《こたび》も見事に、『不苦の良薬』を成してみせたな。期待に沿う働きだった、と評してやろう」

「あ……ありがとうございます、陛下！」

胸の内に、ふわっと大輪の花が咲いたようだ。英鈴は深く頭《こうべ》を垂れながら、その胸をくすぐるような感覚に頬を緩めた。

昔は「薬師《くすし》の真似事《まねごと》」としか言われなかった薬学の知識を、今はこうして後宮で、薬童代理として役立てられている。

それもこれもすべては、皇帝たる朱心に見出《みいだ》してもらったからで——それでなくても、様々な事件を乗り越えた今、彼とは強い繋《つな》がりのようなものを感じていた。

（先月の、あの夜……私が攫《さら》われてしまった時）

助けだしてくれた後で朱心が見せた、どこか儚《はかな》げな姿。そして馬車の中で重ねた手の温《ぬく》もりは、手の火傷《やけど》が完治した今でも、ずっと心の中に残っている。そして、二度と忘れはしないだろう。——朱心からの評価がこれほどまでに嬉しいのは、きっとそのせいだ。

「そこで」

喜びでふわふわした気持ちを掻《か》き消すような一言が、食事室に響く。

「えっ」

驚いて顔を上げた英鈴に、朱心は再びあの冷たい笑顔で、下瞰《かかん》するように告げた。

「その功績を讃《たた》え、今回は特別に褒美をくれてやろう。……燕志《えんし》」

「畏《かしこ》まりました」

主の言葉を受けて、壁の一部のようにその場に佇《たたず》んでいた銀髪の宦官《かんがん》・王《おう》燕志が動きだす。彼は一度部屋の外に出ると、ほどなく、小さな盆に載せた何かを運んできた。

燕志が歩くたびに皿の上でふるふると揺れるのは、半透明の塊。ほんのりと橙色《だいだいいろ》をしたそれには、木製の匙《さじ》が添えられている。

「これは……お菓子ですか？」

「そうだ」

淡々と朱心は答えた。燕志が差し出した皿を一礼して受け取り、英鈴はじっとその菓子を見やる。寒天で作られた塊の中心に、黄色いもの――恐らく柚子《ゆず》の皮が入っている。

（うーん。見れば見るほど、ただのお菓子だけど）

なぜ今、ご褒美にお菓子なのだろう？　たいていの場合、皇帝から下賜される菓子や果物は、後宮で各妃嬪《ひひん》の部屋ごとに分け与えられるものだ。そもそも普段の陛下は、こういう形では褒美を下さらないのに。

（な、何か裏があるのかも）

「どうした、董貴妃」

動かない英鈴に対し、低く余裕のある声音が届く。

「警戒せずとも、毒など入ってはおらん。遠慮せず食せ」

「い、いいえ！　そんなことを心配していたわけでは」

――ないけれど、ここで朱心の考えを読もうとしてもきっと無駄だろう。それに、いただいたものをずっと食べないままでいるというのは失礼にあたる。

「では……いただきます」

意を決して、というほど思い切ってはいないけれど、とにかく疑問を捨てて一口、匙で掬《すく》った菓子を食べてみる。すると――

「わあっ、美味《おい》しい！」

口を衝いて出たのは、心からの感想だった。

ほのかで上品な甘みと、柚子の強い酸味、そしてこれは生姜だろうか――香辛料の爽《さわ》やかな味わいが、舌の上でまろやかに溶け合っている。それだけでなく、ぷるぷると喉越《のどご》しのよい寒天が、少し乾燥した喉《のど》を潤してくれた。

すっきりした香りが鼻に抜けると、まるで頭の中を清涼な風が吹き抜けたように感じる。

ほとんど夢中になって、英鈴は褒美を平らげてしまった。

「ごちそうさまでした」

「よい食べっぷりだったな、董貴妃」

に隠されていた。そして同時に、香龍散の芳香はしっかりと保たれていたのだ。

本当に、あの服用法は素晴らしい。作った人と、じっくり話をしてみたいくらいに。

「それに」

朱心はさらに述べた。

「お前には、今後は立場を理解して行動してもらわねばなるまいからな」

「え……？」

――立場？　思わず呆《ほう》けた声が出るけれど、かたや朱心は呆れたような眼差しになる。

「言われねばわからぬか？　フッ、これまでの己の言動を省みればよいだろう」

「そ、それは」

ぐっ、と言葉に詰まり、英鈴は俯《うつむ》いた。宮女から嬪に、さらに貴妃の座に就くこととなり、薬童代理として働いてきた。その中であれこれと危ない目に遭ったり、危ないことをやったりしてきた自覚は、はっきりとある。

遠方の地である蓮州《れんしゅう》での流行《はや》り病・苦渇病《くかつびょう》の対策に始まり、後宮では同じ妃と争い、この前の事件では暗殺者の集団に命を狙われたあげく、誘拐されてしまったのだ。

今こうして無事でいられるのが、本当に奇跡的だと言えるほどだ。

（つまり陛下は、今後は貴妃としての立場を考えろと仰っているのね……）

いつまでも平民としての気分が抜けぬまま、「お薬係」として気楽に振る舞っていてはいけない、という意味なのだろう。

——正論だ。望むと望まざるとにかかわらず、今の自分は朱心の貴妃なのだから。むしろ、自由にできていたこれまでがおかしかったのかもしれない。

そう考えると指先が冷たくなるような、張り詰めた気持ちがこみ上げてくる。

英鈴がそうして固まっていると、しかし一方で、朱心は眉《まゆ》を顰《ひそ》めてみせた。

「反省は結構だが、場を弁《わきま》えよ」

「も、申し訳ありません!」

慌てて我に返った英鈴が平伏《ひれふ》しても、やはり相手は苦い顔のままで口を開く。

「……。私は、来年に何が控えているかを考えろ、と告げたつもりなのだがな」

「来年?」

(陛下の服喪が明ける以外に、何かあったっけ。ええと……?)

貴妃と薬童代理、二つの立場のことで頭がいっぱいで、それ以外が咄嗟《とっさ》に思いつかない。

けれどそんなこちらの胸中など、すっかりお見通しなのだろう——朱心は視線を逸《そ》らし、鼻を鳴らしてから言った。

「まあよい。ともかく、お前が喜んで食したのなら、この『不苦の良薬』も捨てたものではないらしい」

「はい、陛下」

薬に関する事柄なら、自然と冷静になっていく。英鈴はきっぱりとした口調で応《こた》えた。

「あれを作った方の腕前は、相当なものだと存じます。一体、どのような方なのですか」

「曹緑風《そうりょくふう》。士大夫の家の出の男子だ」

士大夫――科挙を突破した官僚であり、地主でもある家の出身ということだ。薬売りの家に生まれた英鈴とは、かなり違う出自の人物である。

「北西の梅州《ばいしゅう》から、はるばる華州まで、薬師の修業のために来たらしい。まだ年若いが、今回集めた薬師の中ではこの者が一番優秀だったな。命じて三日で、あれを出してきた」

「三日で！」

素直な驚きを、そのまま口にしてしまう。

新しい服用法の開発には、まず主体となる薬の研究が不可欠なのは当然として、次に何よりも発想が必要となる。薬の効能を損なわず、かつ味をよりよいものにして、できる限りすべての人が服すことのできるものでなければ、『不苦の良薬』とは呼べない。けれど、それを可能にする方法は、そう簡単には思いつかないものだ。

（私だって、今日の『虎耳草揚げ』を考えつくのに五日はかかったのに……！）

たった三日でこなしてしまうなんて、素晴らしい業績だ。

そう思うこちらを、なぜか、朱心は納得できないような表情で見てくる。

「あ、あの……いかがなさいましたか？」

「あの菓子は、相当お前の口に合ったようだと思ってな」

再び頬杖《ほおづえ》をついて、皇帝は続きを語った。

「羨《うらや》ましいものだ。酸いものを平気で食せる人間というのは」

「え」

一瞬考え、そして、はっと思い至る。

（そっか、あのお菓子……陛下のお口には酸っぱすぎたかも！）

朱心は、とんでもない甘党だ。最初に薬の服用法を考えるように命じられたきっかけだって、「苦すぎる薬をなんとかしてほしい」だった。それは表向きの理由というだけではなく、朱心自身の好みの問題でもあったのだ。

（でも陛下の味の好みなんて、普通は知らないものよね……）

もし「酸っぱすぎる」という理由であの『不苦の良薬』の評価が下がったのだとしたら、その曹緑風という人物も気の毒かもしれない――と、英鈴は思った。

「さて、話は以上だ」

少し考えに耽《ふけ》る英鈴を置いて、朱心は切り捨てるように言う。

「お前も知っているだろうが、私は忙しい。明日、ついに金枝国《きんしこく》の通問使がこの禁城を訪れる予定だからな」

「金枝国……！」

旺華国の北にある大国。出身者である燕志と同じく、銀色の髪を持つ人々が住む国で――かつての敵国であり、今は同盟国。

そこから通問使、すなわち使者がやってくるというのは、しばらく前から後宮でも噂《うわさ》になっていた。それに英鈴自身、違う文化を持つ国の人が来るということに、なんとなく好奇心をくすぐられてもいたのだ。

けれど皇帝たる朱心にとって、異国からの使者というのは、まったく浮ついた話ではない。同盟が結ばれるまでの長い間、領土を巡って旺華国と金枝国は互いの血を流してきた。それに両国間の友好に亀裂を生じる原因となり得るものは、この国土に澱《おり》のように残っている。それだけに油断なく、滞りなく重ねるべき準備は、それこそ山ほどあるはずだ。

（だから陛下は、香龍散を飲んでおられるのね。胃腸と、精神的な疲れを癒《いや》すために）

そう思うと、我がことのように胸が苦しくなる。けれど――自分の考えた服用法が、重荷を負う朱心を少しでも支えているのなら、それが一番喜ばしい。

彼を支えたいという気持ちは、日々強まるばかりなのだから。

英鈴はそう思いつつ、礼儀正しく拱手《きょうしゅ》して、改まって告げた。

「ご用命あらば、いつでもお呼びください。微力を尽くします」

「当然だ」

短く朱心は言う。表面的には、冷たい言葉だ。けれどそこに少しだけ温かな、喜びのようなものが漂っているのを感じてしまうのは、自惚《うぬぼ》れだろうか。

「下がれ。別命あるまで、後宮で待機せよ」

「はい、陛下」

言葉に従い、英鈴はしずしずと退出した。

「失礼いたします」

――頑張ってください。その言葉を、胸の中だけで呟《つぶや》いた。

＊＊＊

（これは一体……？）

後宮の部屋に戻ってみれば、そこには宮女たちが集まっていた。貴妃である英鈴の部屋は、後宮内でもそれなりの広さを誇っているが、その一角を占めるほどの大きな白布を囲むようにして、宮女たちは一生懸命に針仕事をしている。

「あっ、英鈴！」

仕えている宮女たちの中の筆頭格、そして宮女時代からの友人でもある雪花《せっか》が、英鈴の姿に気づいて立ち上がる。それに合わせて、一斉に立ち上がって礼をしようとする宮女たちに作業に戻ってもらってから、英鈴は雪花に問いかけた。

「みんな揃って、何を作っているの？　誰かの寝具とか？」

「ううん、違うよ。これは挂毯《けいたん》！　刺繍《ししゅう》を入れているの」

雪花はにっこりと笑いながら、床に置かれている木箱を拾い、中身を見せてくれた。上品な光沢を帯びた色とりどりの刺繍糸の束が、ぎっしりと詰まっている。

挂毯とは、壁に掛けて使う防寒具だ。隙間風が部屋に入るのを防ぐ目的のものだけれど、室内で過ごす機会の増える冬の季節を彩るために、派手な柄で拵《こしら》えられる場合が多い。

「英鈴は、夏のあたりに後宮に来たから知らないかもしれないけど……旺華国の後宮ではね、冬になる前に毎年、どの妃嬪《ひひん》の部屋でも刺繍入りの挂毯を作る風習があるの。その妃嬪に仕える宮女たち全員でね！」

箱を手にしたまま、雪花はきりっと眉を吊《つ》り上げて続けた。

「そしてどれだけ豪華で綺麗《きれい》な挂毯を作ったかで、その部屋の妃嬪の品格が問われるわけ！　つまり、宮女たちに立派なものを作らせるだけの力量があるお妃様は、偉くてすごいってみんなが判断するってことね」

「そうなんだ……」

確かに、英鈴は聞いた覚えがない風習だった。けれど言われてみれば、以前仕えていた白充媛《はくじゅうえん》の部屋の簞笥《たんす》の中に、豪奢《ごうしゃ》な刺繍の施された挂毯がたくさんしまわれていた覚えがある。あれは、今の時期に毎年作られていたものだったようだ。

——と思いだしていた英鈴の姿を、どう解釈したのか。箱を床に戻した雪花は、がしっとこちらの肩を摑《つか》み、興奮で頰を紅潮させて告げる。

「大丈夫！　安心してね、英鈴。うちの部屋で一番絵の上手な瑞蓮《ずいれん》ちゃんに、すごく綺麗な図案を作ってもらったし、みんなもやる気充分だから。あたしたちが作った挂毯で、意地悪な呂賢妃《りょけんひ》様や徐順儀《じょじゅんぎ》様たちをぎゃふん！　と言わせるからね！」

言葉に合わせて、雪花が握った拳《こぶし》をぐっと空に突き上げてみせると、針仕事をしていた宮女たちが一様に頷《うなず》く。

「みんな、他の妃嬪がたが英鈴のことを馬鹿にするのに、いい加減うんざりしてるの。あたしたちでやっつけてやるんだから！」

「そ……それはありがとう、みんな」

息巻く友人の勢いに圧《お》されつつ、それでも素直な気持ちで、英鈴は礼を告げた。

雪花の言う通り、平民の出身で、後宮に入ってすぐに貴妃となった英鈴には敵が多い。幸い嫌がらせを受ける回数は減ってはきているものの、一部の好意的な妃嬪以外からの待遇は変わらない。外に出ると、遠巻きにクスクス笑われるのなどしょっちゅうだ。

雪花たちとしては、これを機に誰もが認めるような挂毯を作り上げ、仕えている貴妃の立場を少しでもよくしようとしてくれているのだろう。

――英鈴が目指しているのは、陛下のお気に入りの妃ではなく薬師《くすし》だ。とはいえ、こうして自分のために友人たちが頑張ってくれているのは、とても嬉《うれ》しく感じる。

（私にも、何か手伝えるかな。でも、あくまでも「宮女たちが作った」っていうのが大事だから、妃が手出しするのは逆によくないのかも）

となると、邪魔にならないようにして過ごすのが一番だろうか。そう思い、英鈴はひとまず部屋の片隅にある、書物が収められた棚に向かおうとした。そして、ふと気づく。

（あれ……？）

作業に戻った雪花の左隣で、俯《うつむ》いて黙々と刺繍に励んでいる宮女――見覚えのない人物のような気がする。そんな視線を察知したのだろうか。ちらりとこちらを見たその宮女は、口元を堅く結んだまま、針を置いてぺこりと拱手をしてみせた。

「あっ、ごめんね英鈴！」

彼女のその動きを受けて、慌てた様子で雪花がもう一度立ち上がる。

「紹介するのが遅くなっちゃったね。前々から、ちょっと人手が足りないって言ってたでしょ？　女官様にお願いしたら、新しくこの子を雇い入れてくれたの！」

「……初めまして、董貴妃様」

雪花に促されて立ち上がり、挨拶《あいさつ》したその宮女は、高くか細い声の持ち主だった。

年の頃は、こちらよりも少し下だろうか。背丈は英鈴とほぼ同じくらいで、小柄というほどの体格でもないけれど――

（わ、可愛い……！）

ついそんなことを思ってしまうくらいに、彼女の容貌《ようぼう》は整っていた。ふわりとした黒檀《こくたん》色《いろ》の髪と伏し目がちなその面持ちは、兎のような小動物的な雰囲気を漂わせている。深い緑色の衫《さん》の色が、透き通るような白い肌と薔薇色《ばらいろ》の頬を引き立たせていた。

「わ……私は、翠玉《すいぎょく》と申します。未熟者ですが、どうぞよろしくお願いいたします」

ぽつりぽつりと告げた彼女は、またちらりとこちらを見やった。左目の横に三つ、泣きボクロが並んでいるのが、なんとなく印象に残る。

「初めまして、翠玉さん。董英鈴です。ええと、貴妃の立場ではありますが、仲良くできればと思っているので……こちらこそ、よろしくお願いします」

「翠玉ちゃん！」

と、雪花が口を挟む。

「董貴妃様は、薬の研究をしてらっしゃる立派な方なの。私たちの役目は、他の妃嬪がたの意地悪から、貴妃様をお守りすることだよ！　あっ、配膳《はいぜん》や掃除もあるけど」

「は、はい」

力強く言われた翠玉は、こくりと頷いてみせてから、小さく言った。

「……薬の研究、ですか」

「ええ、そうなの」

英鈴は、明るく応《こた》える。

「もう聞いているかもしれないけれど、私、陛下から薬童代理を拝命しているんです」

「……それは」

深く視線を床に落とし、翠玉は言う。

「存じ上げませんでした。素晴らしゅう、ございますね」

「ありがとう。まだ、勉強中の身だけれど」

少し照れくさい気持ちになりつつ、正直にそう告げた。そして窓の外にふと視線を向けたところで、はたと思いつく。

「そうだ。刺繍の邪魔をしたら悪いし、私、これから秘薬苑《ひやくえん》に行ってこようかな」

「あ、そうなの？」

「……！」

雪花が気軽にそう返事をする横で、ぴくりと翠玉の肩が動いた——ような気がした。

「まだ読み切れていない書物が、秘薬苑にたくさんあるから。それに本格的に冬が来たらずっと外にいるのは辛《つら》くなるし、今のうちに庭の景色を満喫しておこうかな、と思って」

「……!!」

雪花が「なるほどねー」と返すその横で、翠玉の両肩がまたぴくぴくと動いていたのが、はっきりと目に映った。

（もしかして、翠玉さんも秘薬苑に興味があるのかな？）

かつての戦乱の時代、傷ついた将兵を癒《いや》すために、当時の皇后が後宮内に作らせたといわれる伝説の薬草園、秘薬苑。中には季節に応じたあらゆる草木のみならず、古来伝わる貴重な書物が収められている。しかし皇帝を除けば、従一品以上の妃嬪と、そのお付きの宮女でなければ立ち入ることは許されていない。

英鈴自身、後宮に入る前から、一度でいいから見てみたいと願っていた場所だ。同じように秘薬苑を見たいと願う人物がいたとしても、まったくおかしくはない。

（薬学に興味のある女の子って、私以外にはいないのかもと思っていたけれど……）

もし翠玉もそうだったら、どれだけ嬉しいだろう。少しだけ期待に胸を膨らませつつ、けれど勘違いで彼女に負担をかけてはいけないとも思いながら、恐る恐る聞いてみる。

「あ、あの。翠玉さん」

「……はい……」

「ええと、よかったらなんだけど、あなたも一緒に秘薬苑に来る？」

「ふぇっ!?」

一瞬、驚いたようにこちらを見上げた翠玉の双眸《そうぼう》が、大きく見開く。その表情はなんとなく、これまでの儚《はかな》げな印象を覆すというか、溌剌《はつらつ》とした驚きに満ちているように見えた。

けれどすぐにまた顔を伏せ、彼女は小声で応える。

「……そ、その……私のような者がお供しても、よろしいので、しょうか……？」

「ええ、もちろん！」

きっぱりと言い切って、頷きを返す。

「もし興味があるなら、ぜひ。一緒に来てくれたら、私も嬉しいもの」

「えーっ、翠玉ちゃんって薬に興味あるの!?」

ぱあっと表情を明るくして、雪花が翠玉の顔を覗《のぞ》き込むように問いかける。

「そうなんだ！　なら教えてくれたらよかったのに」

「……い、いえ。あの」

翠玉は、なぜだか雪花の視線を避けるようにしながら、静かに告げた。

「わ、私は、その……秘薬苑というのは、とても美しいお庭だと伺っているので」

「あ、そっちかぁ」

姿勢を戻し、雪花はうんうんと頷く。

「でもわかるよ！　あそこ、季節に合わせてお花がたくさん咲くし、すごく綺麗だもんね。見てみたくなるのも当然だよ」

「そうね。紅葉は散ってしまったけど、この季節でもあの庭はとても素敵なところよ」

薬目的でないというのはほんの少しだけ残念ではあるけれど、本心からそう言った後、改めて英鈴は翠玉に言う。

「じゃあ、さっそく行きましょう。……ええと、それでいいよね、雪花？　刺繍の人手が減ってしまうけれど」

「貴妃様のご用命だもの、問題ないに決まってるじゃない！　翠玉ちゃんのぶんの仕事は、あたしたちが進めておくから！」

胸を張って友達がそう言ってくれるので、英鈴は厚意に甘えることにした。

「なら、後はよろしくね」

「いってらっしゃーい！」

再び床に座って作業に戻りつつ、雪花がぶんぶんと手を振ってくれる。

ぺこりと頭を下げた翠玉を背に、英鈴は部屋を出ようとして――

ふいに、背中に突き刺さるような悪寒を覚えた。

（えっ⁉）

勢いよく振り返ってみる。けれど、何も変わった様子はない――刺繍に励む宮女たちと、静かに佇《たたず》む翠玉がいるだけだ。

「どうしたの、英鈴？」

「え、いえ……なんでもない」

――なんだか、この部屋にいる誰かに、猛烈に睨《にら》まれたような感覚があったけれど。

（でも、そんなことをしそうな人はここにいないし……気のせいだよね、きっと！）

思いなおして再び踵《きびす》を返し、英鈴は部屋を出て秘薬苑へと向かった。

庭を進み、龍神《りゅうじん》の浮彫《うきぼり》が施された石壁の前に立ち、その龍が持つ宝玉の箇所をそっと押し込む——すると、秘薬苑へと続く扉が現れる。

最初に朱心に見せてもらった時は、英鈴も啞然《あぜん》とした覚えがある。後ろをついてくる翠玉が同じように口をぽかんと開けている様を見ると、なんとなく嬉しい気持ちになった。

「すごいのは、この先なのよ」

かつての朱心と同じように口にすると、英鈴はそっと扉を開けてみせた。すると——

「うわあ……！」

後ろからあがったのは、高らかで純粋な喜びの声。

振り向いてみれば、秘薬苑に踏み入った翠玉は、それまでのやや控えめな態度からまるで解き放たれたかのように、目を輝かせて景色に見入っている。

「すごい、こんな場所が……」

半ば夢心地になっているような声音で、彼女は言った。

「秘薬苑が本当に、後宮の中にあったなんて！」

「でしょう？　私も最初、そう思ったもの」

こちらが声をかけると、途端に翠玉はびくりと身を震わせ、姿勢を正して俯《うつむ》いてしまう。

（や、やっぱり緊張してるのかな）

新しく配属されたばかりの場所で、いきなり主《あるじ》である貴妃と二人きりでこんな場所に来るなんて、気が張り詰めてしまっても仕方ない。

そう思い、あえて明るい調子で言葉を続ける。

「あそこにある亭子《あずまや》の下に、書棚と研究用の炉があるの。それとここの池には、水生の草木が自生しているのよ。それから……」

指さして紹介しつつ、英鈴は秘薬苑の様子を眺める。冬が来たとはいえ、秋の気配をまだ色濃く残したこの庭は、今日も色彩豊かに主人たちを待っていた。

塊根《かいこん》が生薬となる黄烏瓜《キカラスウリ》は、名の通り黄色く熟した実を、枝にいくつも生《な》らせている。ちらほらと地面を紫色に彩っているのは、群生した桔梗《ききょう》の花だ。薬学において、その根は名の通り「桔梗根」と呼ばれ、咳《せき》を鎮めたり、痰《たん》を取り除いたりする効能がある。

そしてその隣では、蘆薈《ろえ》が赤い筒のような形の花を無数にぶら下げていた。肉厚な葉には便秘を和らげる効果があり、また生葉《しょうよう》の汁は火傷《やけど》の薬にもなる。

「──と、今の季節ならこんなところかしら。何か質問があったら、遠慮なく聞いてね」

「は、はい。ありがとうございます、貴妃様……」

こちらの説明を聞く翠玉は、どことなくそわそわした様子だった。その態度は、なんというか、動くのを我慢しているように見えた。本当は辺りを見て回りたいけれど、それを控えている、というか。

(私が近くにいると、好きに動けないかな?)

思い至り、英鈴は歩を亭子へと向けた。

「ええと、後は好きに見ていてね。いつでも部屋に戻ってもらって、大丈夫だから」

「……はい」

翠玉は、こちらに向かって頭を下げ——それから、はっと息を呑《の》んだ。そのままものすごい勢いで秘薬苑の奥へと突き進むと、椚《くぬぎ》の木の根元を見て悲鳴のような大声をあげる。

「まさか……! れ、霊芝《れいし》が生えている! こんな無造作に……し、信じられない!」

幹からはみ出るように茶褐色の笠《かさ》を覗かせている、つややかなキノコ——古来より滋養強壮のために珍重され、しかもとても高価な草木。それが霊芝だ。

(私も初めてここに来た時、びっくりした覚えがあるけれど)

今、彼女もそれと同じように、一目で草木の価値を見抜いて驚いている。そればかりでなく、翠玉はその隣に生えた日陰《ひかげの》蔓《かずら》の葉の上を見て、さらに仰天したように声をあげた。

「これはっ、冬虫夏草《とうちゅうかそう》!? 初めて見た……! 図鑑の通り、本当に蛾《が》の姿そのものだ!」

冬は虫、夏になると草になるという(実際は虫から生えたキノコの一種なのだが)草木だ。傍《はた》から見れば、白いとげとげしたものに覆われた蛾にしか見えないだろうそれを、翠玉はすぐに冬虫夏草だと見抜いてみせた。――ということは。

「ねえ、翠玉さん！」

いても立ってもいられず、声をかけながら足早に、英鈴は翠玉のもとに近寄った。

「やっぱり、あなたも薬に興味があるのね⁉」

「えっ」

「隠さないで！　お願い、私絶対に他の人に言ったりしないから！」

どきどきと高鳴りはじめた胸を自覚しつつ、けれどこの興奮を抑えきれずに、英鈴はしっかりと翠玉の両手を取って続ける。

「わかる、あなたも女なのに薬師《くすし》の真似事はやめろって言われていたんでしょう⁉　私もずっとそうだったの。自分みたいな女性はこの国のどこにもいないんじゃないかって思って。だけど違ったなんて！　薬が好きな人にこうして会えるなんて、私すごく嬉《うれ》しい！」

「……は、はあ……」

早口になり、しかもそれに気づいていない英鈴は――当然、翠玉が驚いているというよりは固まっているのにも気づいていない。

「ねえ、あなたは薬のどんなところに興味があるの？　私は、もっぱら服用法を研究しているの。誰でも苦しまずに服用できるような方法がたくさん見つかれば、助かる人の命も増えるじゃない？　とはいえ勉強中の身だし、そう大それたことは言えないんだけれど」

「そ、そう、ですね」

翠玉は、一瞬だけ目を瞬《しばた》かせ――それから、どこか冷静な眼差《まなざ》しになって告げる。

「……私も、服用法には大いに興味があります。けれど、大切なのは五味を損なわないことにもあると思いますね。五味、つまり辛・苦・甘・鹹《かん》・酸ですよ。もちろん、それは常識としてご存じでしょうが」

これまでと違い、すらすらと彼女の語る内容に、英鈴は口を閉ざして聞き入る。

「どんな薬も、服用できなければ意味はない。ですが苦みにはそれ自体に、唾液《だえき》を増やし胃腸を刺激するという重要な役割があります。それを無視してただ苦みを消すだけでは、良薬とは呼べないかと……私は、そう考えます」

「……！」

俯き、英鈴は、翠玉の手を取る自分の指の力を強くした。その肩がふるふると震え、息を強く吸い込んでから――

「そうっ！　まさにその通りなの!!」

自分でも「声が大きいな」と少し我に返るほどの声量で、顔を上げた英鈴は応《こた》える。

「私もいつも、それが気になるの。やっぱり五味と四気は、薬の本質として欠いてはいけないものね。服用のためとはいえ、瀉下《しゃげ》や鎮静作用を損なうほどに味を変えてしまったら意味がないし。新しい服用法を開発する時は、できる限り注意しているんだけれどね！」

ああ、なんて素晴らしい日なんだろう！　まさか身近に、こんなに薬について語れる人物が――しかも『不苦の良薬』について、意見までしてくれる子が来たなんて！

（夢みたい……！）

雪花や、友人である楊太儀《ようたいぎ》と語らう時間はもちろん楽しい。けれど、こうして自分の生きがいであり、仕事である薬学についてじっくりと語れる時間がずっと欲しかった！

うきうき気分の英鈴は、しかしそこで、翠玉の視線がじっと彼女自身の手に注がれているのにようやく気づく。

「あっ、ご、ごめんなさい」

英鈴は、慌てて手を離した。

「私、薬のこととなるとつい、我を忘れてしまって」

「……いえ。貴重なお話を伺えて、私も嬉しゅうございます」

翠玉は再び視線を地面に向け、か細い声に戻って言った。それから、ふと己の主に向き直り――その唇は、やや上向きに歪《ゆが》んでいた――こう問いかけてくる。

「ところで……貴妃様。あそこに生っている黄色い実は、ご存じですか？」

「え？」

彼女が白く細い指で示しているのは、庭園の扉のすぐ近くに植えられた低木だ。緑色のとげとげした無数の葉に覆われるようにして、黄色い小さな実が鈴なりに生っている。

英鈴がきょとんとしていると、翠玉は笑みをさらに濃くして、続きを述べた。

「ふふ……ひょっとして、ご存じないのでしょうか？　旺華国原産の植物ではないとはいえ、薬師を志す者ならば知っていて当然かと勘違いしておりましたが」

翠玉は冷たい眼差しを、黄色い実と英鈴との間で素早く交互させる。

「そう、あれは金枝国の――」

「沙棘《サジー》の実、よね？」

答えた瞬間、わずかに相手の表情が曇る。けれど英鈴は、気づかずそのまま語った。

「酸漿《ほおずき》に似ているけれど、苦みや毒性はなくて、代わりに爽《さわ》やかな甘みがある果実でしょう。確か、金枝国でも北の方に生息すると聞いているけれど」

大陸の南を版図とする旺華国は、当然、金枝国よりも気温が高い。それだけに、本来なら秋の早い頃に実が生るとされる沙棘も、ようやく今になって収穫の時期を迎えたのだ。

「興味はあるんだけれど、まだ食べていないのよね。滋養強壮に優れていて、確か干した実はさらに効果が高いんでしょう？　そうだ、よかったら翠玉さんも一緒に食べてみない？　あっ、それとも、干してからのほうがいいかな」

「……いえ」

翠玉は、今度こそ笑みを消して俯いた。その口元は再び堅く結ばれ、傍《はた》から見れば、か弱い少女のようにしか思えないだろう。

そして英鈴もまた――すっかり薬について語るのに夢中になっていたので――翠玉に対する「薬に興味のある、物静かな女の子」という印象は、変わりはしなかったのである。

その日の晩が、訪れるまでは。

＊＊＊

夜の闇が、静かに部屋を包んでいる。

部屋の隅に設《しつら》えられた寝台で、英鈴は憂いのない穏やかな眠りについていた。

もし貴妃になってよかったと思うことは何かと問われたら、きっと薬に関する事柄を挙げた後、この身を包む絹の寝間着の心地よさと、家鴨《あひる》の上質な羽毛を使った布団の温かさについて語るだろう。

既に宮女たちも下がった今、かすかな寝息だけが静謐《せいひつ》な空気を震わせていて――

「ぎゃぁあぁぁあああっ！」

しかし響いたのは、絹を裂くような、と形容するにはいささか濁った悲鳴。

鼓膜を刺激したその声に、英鈴は反射的に跳ね起きた。

（な、何……？　なんの騒ぎ⁉）

心臓が、どきどきと音を立てはじめる。咄嗟《とっさ》に頭を過《よ》ぎったのは、暗殺や襲撃といった単語だった。最近は平和だったとはいえ、たった一月前までは、後宮内に暗殺者の集団が入り込んでいたのである。油断はできない。

せめて護身用に——と、寝台の横に置かれた小さな麻袋を手のひらに手繰り寄せる。中には、とびきり苦い獐牙菜《しょうがさい》を使った丸薬が入っているのだ。

寝台から降り、部屋の照明を灯《とも》して、なんとなく壁を背にして身構える。けれどそれきり、悲鳴も物音も、何も聞こえない。もしかして聞き間違いか、それとも夢と現実を間違えてしまったのだろうか？　と、内心で首を傾げはじめた頃。

「困ります、やめてください！」

「何を偉そうに！」

言い争う声が扉の外、廊下の奥から聞こえてきた。最初に聞こえたのは雪花の声、そしてそれに対して苛立《いらだ》ちを隠しきれていないのは、呂賢妃に仕える宮女・月倫《げつりん》の声である。

「畏《おそ》れ多くも私たちの主《あるじ》・呂賢妃様に手出しをしようなんて者が、あなたがたの主以外にいると思って⁉　どうせまた、薬がどうとかで騒ぎを起こしているのでしょう！」

「その薬にお世話になったことだってあるくせに……ちょっ、やめてくださいってば！」

どすどすという足音は近くなり、それに合わせて他の足音もよく聞こえるようになってきた。どうやら英鈴の側の宮女たちと、呂賢妃の側の宮女たちとが押し合いへし合いの状態になっているようだけれども――

（ど、どういうこと？）

確かに夜中にこっそり外へ抜け出していた時もあったが、今日という今日は何もしていない。戸惑っている間に、扉が無遠慮に開かれる。そしてほの白い提灯《ちょうちん》の光が照らし出したのは、怒りで額に青筋を浮かべた、月倫その人だった。

「董貴妃様！　今度は一体、何を企《たくら》んでおいでなのでございますか！」

「げ、月倫殿」

努めて、冷静な声音で相手をする。

それに合わせて、扉の隙間から、雪花や他の宮女たち――それに翠玉が部屋に雪崩《なだ》れ込んでくる。彼女たちがこちらを守るように月倫ら、呂賢妃側の宮女たちの前に立ちふさがるのを待ってから、英鈴は続きを言った。

「企んでと言われても、なんのことだか。私はこうして、部屋で休んでおりましたし」

「しらばっくれても無駄でございますよ！」

歯茎を剝《む》き出しにするようにしながら、すさまじい剣幕で月倫は言い募る。

「我らが主、呂賢妃様がお庭で夜空を眺めてお過ごしになっていたところ……幽鬼に襲われたのでございます！　ああ、おいたわしい呂賢妃様！」

「ゆ、幽鬼⁉」

耳を疑い、それからつい、隣にいる雪花と目を見合わせてしまう。

（そういえば前に、幽鬼騒ぎもあった覚えがあるけれど）

あの時の声の正体であった袁太妃《えんたいひ》は既に後宮にいないし、彼女以外に幽鬼の心当たりなど、こちらにはあるはずもない。そう思い、英鈴は静かに月倫たちに語りかける。

「いいですか……呂賢妃様が恐ろしい目に遭われたのは、私も気の毒に思います。しかしそれで私をお疑いになる理由は、どこにあるのですか」

「なんと、白々しい……！」

月倫、そして呂賢妃に仕える宮女たちは、一様に身を捩《よじ》ってぶるぶると震えてみせる。

「これまでに後宮で起きた騒動に、あなた様が関わっておいでになかった時があったとお思いになって⁉」

「えっ。そ、それは」

（否定できない！）

だからって、本当に関係ないことでまで疑われるなんて心外だ。

（そもそもこの人たち、呂賢妃様が襲われたと言うけれど）

呂賢妃が外に出ていた理由は知っている——彼女はいつも夜になると庭に出て、池の畔《ほとり》で座り込んで過ごすのだ。月倫の話から察すれば、そこで呂賢妃が、その「幽鬼」とやらに遭ったというのだろうか。なら、襲われた彼女自身はどうなったのだろう。

「……もしや、呂賢妃様がお怪我《けが》でもされたのですか？　それで薬が必要でここまでいらした、というのなら理解できますが」

「まあああ！」

まるで信じられない言葉を聞いた、とでも言いたげに、月倫は目を大きく見開いた。

「お聞きになって、皆さん！　董貴妃様は、呂賢妃様がお怪我をされればよかったのにと仰せになりましたよ。そこまでして陛下の歓心を得ようとは、さっすが、商家の出の方は利に聡《さと》くていらっしゃいますねえ！」

「なっ……」

——誰もそんなこと言ってない！

頭にカッと、血が上っていくのを感じる。手にしたままの麻袋の中身を半ば反射的に取り出し、大きく開いた月倫の口の中に、すぽっと放り込んでやろうとしたところで——

「やめなさい、月倫」

月倫たちの後ろから、葉擦れのように小さく、しかし場を支配する鋭さを帯びた声が聞こえる。その声を耳にした瞬間、月倫たちは口を噤《つぐ》み、ただ拱手《きょうしゅ》して深々と頭《こうべ》を垂れた。

無言のまま、彼女らは速やかに道を開ける。その道を悠々と歩き、英鈴の目の前に現れたのは誰あろう、騒ぎの当事者である呂賢妃その人だった。

今夜も細い身体を薄青色の寝間着に包み、人形のように整いつつもあどけなさの残る彼女の顔には、なんの感情も浮かんではいない。けれど、特に怪我などもないようだった。

「呂賢妃様、ご無事だったんですね」

「……」

丸薬を麻袋に戻した英鈴が声をかけても、例によって彼女は返事をしてくれない。呂賢妃はさっとこちらの部屋の内装を一瞥《いちべつ》し、それから首だけ自分の配下に向けて口を開く。

「月倫、私は別に襲われていない。悲鳴をあげたのも、私じゃない」

「さ、さようでございますか……」

心底ほっとした様子で、月倫は胸を撫《な》でおろしている。けれど呂賢妃のほうは、ややむっとした表情でこう付け加えた。

「最初からそう言ったでしょう。早とちりでこんな部屋にまで来て、恥をかかせないで」

「申し訳ございません！　私としたことが、呂賢妃様をこのような下賤《げせん》で狭苦しい場所に……！　どうかご容赦を！」

——どこまでも無神経な人たちだ。それはともかく、確かに考えてみれば、あの「ぎゃああ」という叫び声はとても呂賢妃のものだとは思えない。いくら驚いたとしても、彼女があんな悲鳴をあげるとは到底考えられないからだ。

（じゃあ、一体誰が……？　というか、何が）

無言のままながら英鈴が訝《いぶか》しんでいると、呂賢妃はこちらに向き直り、淡々と告げる。

「私が庭にいたら、誰かが後ろを通り過ぎていった。例によってあなたかと思って私が振り向いたら、相手が悲鳴をあげた。それだけ」

「その相手とは、どのような人でしたか？」

「知らない。女ではあったようだけれど、見覚えのない者だった」

眉間《みけん》にうっすらと皺《しわ》を刻んで、呂賢妃は答えた。

となると、話としてはこうなる。悲鳴をあげたその人物は、こんな夜中に一人で庭を移動していた。そこで呂賢妃と鉢合わせになり——そう、その誰かはきっと、呂賢妃がいつも池の畔《ほとり》にいると知らなかったのだろう。だから彼女の姿を見て驚き、叫んだのだ。幽鬼と間違われたのは、むしろ呂賢妃のほうかもしれない。

（じゃあ、それは誰？　何が目的で、庭を歩いていたの？）

まさか、深夜のお散歩だなんてわけがない。

（また何か事件が……？）

考え込んでも仕方のないことだけれど、後宮に来て以来こんな状況ばかりなので、つい思考を巡らせてしまう。一方で呂賢妃はといえば、無表情のままに目つきだけさらに冷たくして、月倫をはじめ自分の宮女たちに言った。

「いつまでここにいるつもり？　私は部屋に戻る」

「はっ！　仰せのままに。お部屋まで、私どもがお守りいたします」

拱手した月倫たちは、それ以上こちらに何か言うでもなしに、ぞろぞろと扉を通って部屋の外へ出て行く。そして呂賢妃もまた、彼女らと一緒に帰ろうとして——

「貧乏くさい部屋」

まっすぐ英鈴を見てぴしゃりと言い残し、それからすたすたと去っていってしまった。

「な……」

「何よーっ、今の一言！」

ぽかんと口を開けた英鈴の隣で、雪花が地団駄を踏んで怒っている。

（相変わらずの毒舌……！）

あれが呂賢妃なのだと知っている身としては、今さら腹を立てる気にもならないけれど。

「と、ともかく……誤解が解けたみたいでよかった」

雪花たちに対し、そして自分自身に対して言い聞かせるように口にしてから、この場にいる宮女たちをぐるりと見渡す。

「みんな、遅くにお疲れ様でした。起こしてしまって、ごめんなさい」

「ううん！　英鈴のせいじゃないもの」

頬を軽く膨らませて、雪花はぷりぷりと言った。

「あの悲鳴で跳び起きた後にね、あたしたちの部屋の前の廊下を、月倫たちが歩いていったのに気づいたから……どうせ英鈴に難癖をつけにいくんだと思って、止めに入ったの」

ね、みんな！　と彼女が呼びかけると、他の宮女たちも一斉にこくこくと頷《うなず》いてみせた。

集団の端のほうに立つ翠玉もまた、小さく首肯している。

「にしてもなんだったんだろうね、あの声。警備の人たちには、もう月倫たちが連絡したみたいだけど……あたしたちもここに残って寝ずの番でもしようか、英鈴？」

「いえ、それは大丈夫よ。私が狙われたってわけでもないもの」

何が起こったのかわからないままなのは少し不安だが、連絡があったとなれば警備も強化されるだろうし、これ以上こちらで何かできるわけでもない。

そう考え、英鈴は宮女たちに告げた。

「私はもう休みます。みんなも部屋に戻って、身体を休めてください」

「はーい！」

雪花が明るく返事をするのに合わせ、他の皆は深くお辞儀を返してきた。

「それでは貴妃様、おやすみなさいませ」

改まった様子で告げた雪花が先頭になり、宮女たちは控えの部屋に戻っていく。英鈴はその場で、彼女らを見送った。とはいえ、緊張から解き放たれたせいか欠伸《あくび》がでてくる。

「ふぁ……」

（いけない、堂々と欠伸なんてしたら失礼よね）

みんな、眠いだろうにここまで心配して来てくれたのだ。そう思い、少し俯《うつむ》いて、英鈴は欠伸を噛《か》み殺す。すると――

（……あれ？）

視界に映ったのは、部屋に戻る宮女たちの服の裾《すそ》。寝間着、あるいは裙《くん》を纏《まと》った彼女たちの足元が見える中に、提灯《ちょうちん》の光に照らされ、一人だけ――様子の違う者がいる。

「待って！」

部屋から最後に退出しようとしたその「一人」の肩に軽く手を置き、制止する。

振り返ったその人物は、翠玉だった。

「……な、何か」

彼女の声は、今夜もか細い。

「私にご用でいらっしゃいますか？　貴妃様……」

そう語る彼女は俯いていて、表情をはっきりと窺《うかが》い知ることはできない。けれど英鈴は、じっとその首元に視線を向けた。翠玉の白い肌には、うっすらと汗が滲《にじ》んでいたのだ。

――こんな夜に。冷え込みがそろそろきつくなってきたこの初冬に、汗？

（それに足元の、それ……）

怪しい。咎《とが》める気はないけれど、はっきりさせておく必要はあるだろう。

英鈴は翠玉の問いに答えず、代わりに、空いている手でそっと扉を閉めた。そして彼女の肩から手を離すと、まっすぐ彼女のほうを見て、逆に質問する。

「ねえ、翠玉さん。あなた、また秘薬苑に行ったの？」

「えっ……！」

「あなたの裙の裾についている、黄色い染み」

指さすと、はっとした様子で翠玉は視線をそちらに向けた。

彼女の纏う薄緑色の裙の端に、真新しい黄色い染みができて濡《ぬ》れているのだ。ほんの小さな染みではあっても、鮮やかで特徴的なその色合いの正体はすぐにわかる。

「それ、沙棘の実の色よね」

瞬間、翠玉は顔を顰《しか》めた。否定も肯定もせずに、ただ睨《にら》むようにその染みを見つめている彼女に対し、英鈴はさらに言い募る。

「そんな鮮やかな黄色の染みができる植物は、後宮の中では秘薬苑の沙棘しかない。それにあなた、汗を掻《か》いているようだし……まるで、どこかから走ってきたみたいに」

語るこちらも、なんだか緊張してしまう。しかしそれを悟られないよう、自分で自分を落ち着かせつつ、こう問いかけた。

「あなた、秘薬苑に行っていたの？　それで、呂賢妃様と鉢合わせてしまったのね」

——あの悲鳴をあげたのは、翠玉なのかもしれない。

「わ、私は」

しかし一歩後退すると、翠玉は頭を振った。

「私は……何も。貴妃様が、何を仰せなのか……わかり、かねます」

「誤解しないで」

英鈴は真摯《しんし》に語る。

「別に、あなたを責めたくて聞いているんじゃないの。薬学が好きなら、秘薬苑に行きたくなる気持ちはわかる。だけどもしそうなら、一言私に言ってくれればよかったのに」

英鈴は貴妃、つまり正一品の立場だから、いつでも好きな時にあの庭に出入りできる。一方で翠玉はあくまでも宮女なので、秘薬苑に入りたければ、英鈴の「付き添い」という形を取らざるを得ない。もどかしいけれど、一応制度としてはそうなっている。

だから英鈴としては、一言連絡してもらえたなら、自分が秘薬苑を使うという形で翠玉にあそこを使ってもらえればいいと思っていたのだ。

それなら、制度的にも問題がなくなるし——同じ薬好きの同志である以上、あの場所に興味があるという気持ちは、痛いほどわかるから。

「ね、翠玉さん。遠慮しなくていいから」

縮こまっているように見える彼女に対して、英鈴は優しく声をかける。可愛らしく、大人しい雰囲気を漂わせる翠玉を、怯《おび》えさせまいと思ってそう言ったのだが——

「……！」

その時。英鈴の目に映ったのは、顔を上げた翠玉が、こちらを睨《にら》みつけるところだった。

この視線——今日の昼頃、秘薬苑へ行く背中に受けたのと同じものだ。あの時睨んできたのは、翠玉だったのだろうか。

（どうして……？）

何か彼女の気に障ることでもしてしまったのか？　いや——覚えがないという以前に、秘薬苑に行く前はまだ出会ったばかり。こんなふうに睨まれる筋合いがない。

だとしたら、考えられる可能性は一つ。

「もしかして」

我知らず険しい面持ちになりながら、英鈴は改めて翠玉に言った。

「秘薬苑に何かした？」

「な……」

「あの場所を荒らすように、誰かに頼まれでもしたの!?」

知らず知らずのうちに、語気が強くなってしまう。しかしその時思い浮かんだのは、かつての光景——呂賢妃に仕える宮女たちが秘薬苑に侵入し、便器の中身をばら撒《ま》いて草木を根腐れさせようとした時の様子だった。

あれ以来、少なくとも呂賢妃一派は、あそこまで直接的な嫌がらせはしてきていない。けれど彼女たちや、あるいは徐順儀の一派が絡め手を使ってきたとしたら、どうだろう。自分たちの手駒となる人間をわざとこちらに仕えさせたうえで、秘薬苑の破壊工作に打って出たのだと考えることだってできる。

（もしそうなら、許せない）

あそこがどれだけ貴重な場所なのか未《いま》だに理解せず、性懲りもなく台無しにしようというのなら、絶対に阻止しなくては。

その思いの強さが、眼差《まなざ》しをも強くする。英鈴はじっと、翠玉の次の言葉を待った。

しかし意外なことに、翠玉は問い詰められて焦るでも、悔しがるでもなかった。

彼女はぽかんと口を開けて、こちらを眺めるばかりだ。

次いで、その顔が赤くなった。照れている、のではもちろんないのだろう。開けたままだった口を幾度かぱくぱくさせるごとに、その色はだんだん濃くなっていく。

それから彼女は、眉《まゆ》を吊《つ》り上げ――まさに怒り心頭に発するといった態度で、声をあげた。

「するはずないだろ、そんなこと!!」

響いたのは、高くても鋭く、威勢のいい声音。目の前にいる、大人しい雰囲気を漂わせていた彼女が発したとはとても思えない大声で――

「え？」

思わず英鈴が呆《ほう》けた返事をすると、翠玉自身もはっとして一瞬口を閉ざす。しかし削《そ》がれた気勢を取り戻そうとするかのように、彼女は嚙《か》みつかんばかりの勢いで続きを告げた。

「秘薬苑を荒らすなんて、誰がそんな真似《まね》するか！　人を見てものを言え、まったく！」

「え、ちょ、ちょっと」

（なんか、口調まで変わっていない？）

雰囲気ばかりではない、喋《しゃべ》り方も全然違ってきている。あの翠玉と、どこからどう見ても同一人物のはずなのに。背丈も顔も声も、何一つ変わっていないはずなのに。

「だいたいだな……！」

そう言って、翠玉はどん、と勢いよく一歩前に出た。

少し圧《お》されて、英鈴は半歩後ろに下がりそうになり――そこで、目を丸くする。

「え？」

相手の服の胸元、布と布が合わさっている箇所。そこの膨らみ、つまり胸元のところで、何かがもぞりと動いたからだ。怒っている翠玉はそれに気づかず、さらに前に出てくる。

そして、踏み出した足から伝わる衝撃のせいか衣が緩み――

「あっ……!?」

ぼとり。

翠玉の胸元から床に落ちたそれは、布でできた詰め物だった。

第二章　英鈴、馬脚をあらわすを見ること

白い布で作られた詰め物、つまり着崩れを防ぐために服の下などに入れるものが、なぜか翠玉《すいぎょく》の胸元から零《こぼ》れ出てきた。

床にそれが落ちる小さな音が聞こえた瞬間、英鈴《えいりん》も翠玉も、凍りついたように動きを止める。みるみるうちに翠玉の顔が、今度はたぶん恥ずかしさのせいだろうか、さらに真っ赤になっていくのを目にしながら――

こちらの視線はふと、彼女の胸元に向かった。深い緑色の衫《さん》が合わさっている箇所は、どういうわけか真っ平になっている。少女らしい膨らみはどこかに行ってしまい、代わりにちらりとはだけた隙間から見えるのは、平坦《へいたん》な地肌だ。

「え、ええと……」

混乱して、なんて言葉をかけていいのかわからなくなる。そしてその隙に、素早く動いたのは翠玉のほうだった。

「くっ！」

短く歯嚙《はが》みすると同時に、彼女は詰め物をさっと拾い上げた。それから、踵《きびす》を返して部屋から走り去っていく。

「あっ、待って！」

呼び止めるも、既に翠玉の姿はなく――ただ、廊下の奥の暗闇の向こうへと、足音が遠ざかっていくのみだった。

「なんだったの……？」

扉の外へ顔を覗《のぞ》かせたまま、英鈴は呆然《ぼうぜん》と独り言《ご》ちた。

（ええと、翠玉さんが勝手に秘薬苑《ひやくえん》に行っていたのは確かみたいだけれど……理由はたぶん、誰かにあそこを壊すように命じられたから、ではなくて。むしろそう疑われたから怒って、そしたら胸から詰め物が……？）

一度に色んなことが起こりすぎた。腕組みして、必死に思考を整理する。

（冷静に考えれば、今からでも翠玉さんを呼び戻して問い質《ただ》すべきよね。なんだか彼女、怪しすぎるし）

けれど彼女の振る舞いは、例えば以前の事件で暗殺者集団がみせたような、職業的に洗練された鋭さからはほど遠かった。

なんというか感情的で、幼い印象というか――だから、自分や陛下の命を直接狙うような、恐ろしいことを企《たくら》んでいるようには思えないのだ。

　それにひょっとしたら、やむにやまれぬ事情でもあるのかもしれない。特に胸に詰め物を入れているなんて、もし何かしらの深い理由があるのなら、皆の前で告白させるような状況に持ち込むのはよくない。

（ここで彼女をもう一度呼び出したら、絶対に雪花《せっか》たちも一緒に来ることになるよね。そうしたら、吊《つる》し上げみたいになってしまうかも）

「うーん」

　低く唸《うな》りながら、ゆっくりと寝台のほうに行き、座る。ふわっとした温かな感触は、英鈴を再び夢の世界へと誘《いざな》っている。

　正確な時刻はわからないけれど、明日を考えれば、休んだほうがいいのは確かだ。

（……決めた。明日、聞ける時があったら聞いてみよう！）

　例えば翠玉と二人きりになるとか、こっそり事情を聞けるような状況になるまで、この件は置いておくとしよう。能天気かもしれないが、一人で考え込んでいても、どうにもならないのも事実だろう。

　寝台に横たわってそっと目を閉じ、それからほどなくして、英鈴は眠りに落ちた。

＊＊＊

翌日——東の空から太陽が昇っても、英鈴は翠玉と顔を合わせる機会がなかった。

「翠玉ちゃんには、街へお使いに行ってもらってるよ！　どうかしたの？」

「う、ううん……なんでもない」

屈託なく語る雪花に、本当のことを言うわけにもいかない。

英鈴はなんとなく気がかりな気持ちになりながらも、それ以上は追及できずにいた。


そして、あと数刻で昼餉《ひるげ》という時間になった頃。

（よかった……やっぱり、なんともなってないみたい）

朝の諸々《もろもろ》の用事を済ませた後で秘薬苑に顔を出した英鈴は、昨日と変わらぬその様子を確認してほっと息を吐いた。

昨夜は疑ってしまったけれど、どうやら翠玉はやはり、この庭を荒らすために来ていたわけではないらしい。大ごとにしたくなかったので、朱心《しゅしん》に報告していなかったのだが、その判断は正しかったようだ。

（……沙棘《サジー》の実が、一つ潰《つぶ》れている）

自然に落ちたと思《おぼ》しき実が、ちょうど靴で踏まれたような形で地面に貼りついていた。

翠玉の服についていたのは、間違いなくこれの汁だろう。

（彼女、何を思ってあんなこと……）

豹変《ひょうへん》の理由がわからず、また思考に沈みそうになっていた、その時である。

「董貴妃《とうきひ》様」

扉の向こうから、こちらに呼びかける声が聞こえてきた。宦官《かんがん》の燕志《えんし》の声だ。

「はい！」

ひとまず返事をして、英鈴は苑《えん》の外へと歩みだす。

（まだ、陛下にお薬を持っていく時間じゃないと思うけれど……？）

疑問に思いつつも外に出ると、そこに佇《たたず》んでいたのは、いつものように穏やかな微笑みを口元に浮かべた燕志である。彼は恭しく一礼すると、続けて語った。

「お忙しいところ恐れ入ります。主上より、ぜひ董貴妃様をお呼びするようにと仰せつかりました。こちらにおいでくださいませ」

「は、はい」

頷《うなず》くと、燕志はすたすたと禁城のほうへと歩いていく。その背に遅れないようにしながら、英鈴はそっと尋ねてみた。

「あの、燕志さん。陛下はまた、何か私にご用命でしょうか」

「私めが愚考する限りでは、その通りかと存じます。実は今朝、金枝国《きんしこく》の使者の方々がお着きになりまして」

「ああ……」

確かに、今朝は遠くから管楽の音が聞こえてきた。あれは、使者たちを歓迎するための音楽だったのだ。

(でも私を呼ぶなんて……もしかして、使者の方の誰かが急病とか？　いえ、それなら別に医師や薬師《くすし》の先生をお呼びすればいいわけだし。なんで私なんだろう)

不思議に思いつつも、庭を突っ切るような形で進んだ英鈴たちは、禁城の広間近くへとたどり着く。そこでいつものように、臣下たちが出入りするための大きな扉のほうへと行こうとすると、声のみで燕志に制止された。

「董貴妃様。恐れながら、本日はこちらよりお願いいたします」

「えっ。ですが、廊下のそちら側にあるのは」

確か皇帝陛下や重臣が入るための扉で、薬童代理の立場の英鈴は普段なら使えないものではなかっただろうか。

「ええ、通常はそちらの扉よりお願いしておりますが……本日は、金枝国の方々にお会いいただくためですから。薬童代理というだけでなく、旺華国《おうかこく》の貴妃としてのあなた様を、主上はお呼びなのだと存じます」

燕志が、穏やかに告げた。

それはつまり、ただの「薬童代理」ではなく「貴妃であり薬童代理」の董英鈴、すなわち旺華国の重要人物の一人としての振る舞いが求められているという意味である。

（そうか……だって、相手は金枝国の使者の方々だもの。私がおかしな真似《まね》をしたら、どんな酷《ひど》いことになるか）

朱心はこれを見越して「立場を理解して行動しろ」と言っていたのだろうか。

──いけない。ここ数ヶ月の出来事のせいで、呼び出されてもすっかり緊張感を失ってしまっていた。旺華国の貴妃が無礼な態度をとったという理由で、もし両国間の関係にヒビが入ってしまったら……！

途端に早鐘のように鳴りはじめた自分の心臓を必死に抑えようとしながら、燕志に言う。

「そ……粗相のないように、が、頑張ります」

「貴妃様ならば、どのように振る舞われても問題ございませんよ」

こちらの緊張を見抜いている様子で、燕志がさらににこやかに言った。

「どうぞ、堂々とお入りくださいませ。主上もきっと、それをお望みかと」

「は、はい」

こくこくと頷いてから、燕志に促され、英鈴は普段と違う扉——赤い漆《うるし》で塗られた、荘厳な龍《りゅう》の浮彫《うきぼり》のある立派な扉から広間の中に入る。

——金枝国の使者とは一体、どんな人たちなのだろう。なぜ、自分が呼び出されたのだろうか？　疑問と緊張のせいで、手と足の同じ側が前に出そうになってしまうのを制御しつつ、英鈴はまっすぐ進んだ。

すると見えてきたのは、皇帝・朱心が座る豪奢《ごうしゃ》な椅子と、彼本人の横顔。

そう、この扉の先は普段のように朱心の真正面ではなく、横側に繋《つな》がっているのだ。

そして近づくこちらの気配を、彼は聡《さと》くも察知したらしい。

「おお、董貴妃」

冕冠《べんかん》の飾りの奥から覗く、穏やかでのほほんとした優しい笑顔——久しぶりに見た、皇帝としての「表」の顔で、朱心は英鈴に呼びかけた。

「呼び立ててすまなかったな。そなたの力を、どうしても借りねばならなくなったのだ」

「お、畏《おそ》れ多いことです。陛下……」

その場で平伏《ひれふ》し、一言挨拶《あいさつ》をしたところで、英鈴はちらりと顔を上げた。

朱心は優しい面持ちを崩さぬままに、「近《ちこ》う寄れ」とばかりに手をひらひらさせている。つまり、彼の座る椅子の真隣のほうにまで来い、という意味のようだ。

（そんな。私、偉いお役人様でもなければ皇后様でもないのに……）

けれど貴妃という立場である以上、公的な使者の前では仕方ないのだろうか――と思いながらさらに近くへ行くと、徐々に広間の光景がよく見えるようになってきた。

（うわっ）

内心、ぎょっとしてしまう。広間には、政務の時と同じようにかなりの数の文官たちが並んでいたけれども――いるのは彼らだけではない。朱心の椅子からかなり距離があるものの、その正面に控えていたのは明らかに金枝国の使者だろう人物たちだった。

居並ぶ人々の中で、ひときわ目立っているのは二人。

一人は長身かつ理知的な印象の顔立ちで、しかし不敵な笑みを浮かべた男性。年の頃は三十に満たないくらいだろう彼は、右目に見慣れぬものをつけていた。透明な円《まる》い板を、金属の輪に嵌《は》めて使う――確か「眼鏡」とかいう、遠い西の国で開発された視力矯正の道具だっただろうか。

もう一人は中肉中背で、薄く髭《ひげ》を蓄えた、四十代と思しき痩《や》せぎすの男性。隣の眼鏡の人物と同じく、深々と拱手《きょうしゅ》してはいるが、ちらちらと突き刺さるような視線を感じる。

両名とも、輝くような銀色の髪を後ろで一本に束ね、金糸と赤い布で作られた煌《きら》びやかな衣装を纏《まと》い、さらに頭には見慣れぬ帽子を被《かぶ》っていた。

ちょうど亭子《あずまや》の屋根の部分のような形をしたその帽子は、服と似たような鮮やかな赤と黄、金の布で作られたものである。恐らく、あの格好は金枝国の風習の一つなのだろう。

（ほ、本当に使者の方々の前に来てしまった……！）

今さらそんなことを思ったところで、どうにもならないのはわかっているけれど――口から心臓が飛び出そうなほど緊張しつつ、英鈴はついに朱心の椅子の隣に立った。

「貞鳩《ていきゅう》殿、そして鵜真《うしん》殿」

朱心はのびやかに、使者二名の名を呼ぶ。

「お待たせして申し訳ない。これが先ほどそなたたちに話した、余の妃嬪《ひひん》の一人。薬童代理でもある貴妃、董英鈴である」

「と、董英鈴と申します。使者の皆さまには、ご機嫌麗しく……」

ひとまず深々と礼をしながら、英鈴はなんとか挨拶する声を喉《のど》から絞り出した。すると使者のうち、若い男性――先ほど貞鳩と呼ばれたほうの人物が、拱手の姿勢は崩さないまま、朗らかな声を発する。

「これはこれは！　名高き董貴妃様よりご挨拶を賜るとは、望外の喜び。痛み入ります」

まさに立て板に水といった調子ですらすらと言ってのけると、貞鴆と傍らの鶺真がこちらに向かって頭を下げた。

「私は此度《こたび》の通問使の代表を務めております、明《めい》貞鴆でございます。そしてこちらが、私どもの国で薬事関連の長を務めております……」

「陳《ちん》鶺真と申しまする」

やや甲高く響く声で、恭しく礼をしながら、鶺真は名乗った。けれどその視線は未《いま》だに、こちらの頭のてっぺんからつま先までをじろじろと這《は》っている。

（な、なんだか値踏みされているみたいな……）

とはいえ、訪れた同盟国の真面目な政務の場に、こうして貴妃が来ているというだけでも珍しいだろうから、仕方ないかもしれない――

と英鈴が思いなおしている間に、隣に座る朱心が口を開いた。

「董貴妃よ、そなたを呼んだのは他でもない。この者たちが、ぜひ『不苦の良薬』の力を借りたいと言っていてな」

「え……！」

思ってもみない展開に、つい声を漏らし、使者たちのほうをまじまじと見てしまう。

するとそれに応じたように、貞鴆が口を開いた。

「恐れながら結論から申し上げましょう、董貴妃様。実は私どもの国、金枝国では、苦渇《くかつ》病《びょう》が猛威を振るっているのでございます」

（苦渇病が⁉）

忘れたくても忘れられない、その恐ろしい病の名前。体温が一気に下がったような錯覚すら覚えつつ、英鈴は声も出さずに使者の次の言葉を待った。

「伺った話では、夏頃に旺華国内で苦渇病が流行した際には、董貴妃様のお作りになった『不苦の良薬』が民を癒《いや》し、いくつもの村を救ったとか。ついては、どうかそのお力でもって、金枝国の民をもお救いいただきたいのです。伏して、伏してお願い申し上げます」

そう語るが早いか、言葉通りに、貞鳩はその場で平伏した。傍らの鵜真も、後ろに並ぶ使者たちも、皆が同じように平身低頭している。まるで朱心の御前に立った時に、英鈴がとる礼と同じように。

「おお、なんと。使者殿たちの切なる願い、余の心にもしかと届いているぞ」

胸を痛めたように、朱心は眉尻《まゆじり》を下げて貞鳩たちの様子を見やってから、こちらを向く。

「董貴妃よ……そなたは知っているだろうが、これまで金枝国では、苦渇病はほとんど流行《はや》らぬ病だった。ところが今夏の天候がよくなかったのか、今はかの地の民草の多くが、酷《ひど》い渇きで苦しんでいるそうでな」

──脳裏を、かつての蓮州《れんしゅう》での光景が過《よ》ぎった。

身体中からありとあらゆる「水」が流出し、からからに渇いた肌と喉と、高熱に苦しむ人々の姿。活気を失い、怪しげな医師や呪《まじな》い師がはびこったせいで、人心が荒廃した村落。

あと少し処置が遅ければ命を落としていたかもしれなかった少年、阿康《あこう》の姿──

（あれと同じことが、金枝国でも起こっているなんて）

苦渇病の特効薬である「潤心涙《じゅんしんるい》」は非常に苦く、飲みづらい薬だ。だから幼い子どもを中心として、うまく服用できない人がどうしても多くなってしまう。

飲みつづけさえすれば治る病だとしても、薬自体を飲めなければ、どうにもならない。

「あの、私が以前作った『薬膳仙草凍《やくぜんせんそうとう》』は……または『柚子《ゆず》潤心涙』は、使えませんか」

「それは先ほど、余が提案したのだがな」

ほとほと困り果てたといったような面持ちになり、朱心は言った。

「残念ながら金枝国では、柚子や仙草はほとんど栽培されておらぬそうでな……同じ服用法は使えぬというのだ。ゆえに、そなたには金枝国に合った、新しい服用法を考案してもらうことになる」

「そう、なのですね……」

知らず知らず、英鈴は拳《こぶし》を握っていた。

(そうか、金枝国は北の地で、風土も旺華国とは違っている……。農業の規模や作物も違うだろうし、それなら当然、考えなきゃいけない服用法だって変わってくる)

そしてそれが簡単に作り出せるものではないからこそ、金枝国の民は苦しんでいるのだ。拳に籠《こ》める力が強くなっていく様子に、朱心がじっと視線を注いでいる。それに気づいたのは、彼がにやりと——冕冠の飾りの陰で例の酷薄な笑みをうっすらと湛《たた》えて、英鈴にしか聞こえない程度の声量で、こう囁《ささや》いたからだ。

「……さあ、どうする？　董英鈴」

ククク、と朱心は低く笑い声を漏らした。

「安心せよ、選択はお前次第だ。哀れな異国の民を見捨てようと、私は一向に構わぬぞ」

「……」

無言のまま、彼の目をじっと見やる。それから、自然と口元だけで笑みを返した。

(本当は、そんなことなんて思っていないくせに)

たとえどれほど遠く離れた地の民だろうと、どんな人だろうと。薬を飲めずに苦しんでいるのなら、それだけで力を尽くす理由になる。

(私がそう思っているのを、この人が見抜いていないはずがない)

そして朱心は今日もまた、こうしてこちらをうまく誘導して、この国と己自身の利を生もうとしている。表立って何もせずとも、人を動かして思いのままにするのが、皇帝としての朱心のあり方だ。

英鈴は、それに乗ることにした。朱心と自分の考える「利」が、同じものだからというだけでなく――人々の命を見捨てる決断を、朱心もまたするはずがないと思うから。

少しだけ息を吸い込んでから、視線を、固唾《かたず》を呑《の》んだ様子の貞鳩たちに移す。

「承知しました」

きっぱりと、英鈴は金枝国の使者たちに告げた。

「菫英鈴、謹んでお受けいたします。金枝国の人々が苦しまずに薬を服用できる方法を考え出せるよう、微力を尽くします」

「なんとなんと！　実にありがたいお言葉！」

明るく、というよりはいささか大仰な語勢で、貞鳩は再び平伏して礼を述べた。

「感謝いたします、貴妃様！　さすが龍神の名代たる陛下の貴妃様、いと慈悲深くいらっしゃる。我が国の民、そして我が王に代わって、謹んでお礼を申し上げます！」

「い、いえ」

（感謝してくださるのは嬉《うれ》しいけれど、まだ何もしていないし……）

それに貞鳩の口調はなんというか、永景街《えいけいがい》の賑《にぎ》やかな市場の呼び込みを思い起こさせた。

決して感情が籠《こも》っていないわけではないけれど、本心からそう思っているかというと、やや語弊があるといったような。

するとそれまで黙っていた鵜真が、おもむろに口を開いた。

「苦渇病の特効薬・潤心涙は、民たちにも行き渡るよう滞りなく準備してございます。服用法さえご提案いただければ、この陳鵜真、全力を以《も》って国土に広めてまいりまする」

彼が薬事関連の長——ということは、服用法を考えたなら、後は任せておけば金枝国の人々は救われるはずだ。

「承知しました。どうぞよろしくお願いいたします」

力強く、英鈴が応《こた》える。しかし、鵜真はこちらに視線を送りはしなかった。

けれどそれを英鈴が気に留めるよりも先に、朱心が言葉を発する。

「そうそう、言い忘れていたが……考案の期限は、使者殿らが滞在するこの五日の間だ」

「えっ」

「急な話ではあるが、頼むぞ」

こちらの驚きをものともせずに、屈託なく、彼はそう言ってのけ——

「おお、そうだ！　これも忘れるところであった」

と言いながら、その指で居並ぶ文官たちの列の一部を指す。

示された先を見やると、その指の先にいるのは一人の年若い人物だった。

黒檀色《こくたんいろ》をした髪の上には、冠を被っておらず（つまり正式な文官ではないのだ）、顔立ちから察するに、たぶん英鈴よりも年下だ。男性としてはやや小柄な体格、白い肌、少女のように整った顔立ち。けれど眼差《まなざ》しの鋭さと、結んだ唇の力強さがとても印象的だった。

彼はこちらの視線に気づくと、一瞬だけぴくりと身を動かした。だが直後、その表情を険しくさせて、まっすぐに見つめ返してくる。

その左目の横に三つ、泣きボクロが並んでいるのが、なんとなく目に留まった。

（あれ？　あのホクロ）

――どこかで見た気がする。

英鈴がその既視感の正体に気づくより先に、朱心が高らかに宣言するように言った。

「あれなるは、曹緑風《そうりょくふう》。年若いが、優れた薬師《くすし》の才を持つ者だ。先日余の命で『不苦の良薬』を作らせた際も、なかなかの働きをしてみせていた。そうだろう、董貴妃？」

「え、は、はい。仰《おっしゃ》る通りかと」

（そうか、あの人が曹緑風さん！）

かの柚子寒天を作った人物。あの優れた服用法を思い出しつつ、本心から英鈴は頷《うなず》いた。

それに満足したように、皇帝はさらに告げる。

「貞鳩殿、鵜真殿。金枝国の人々を救うための人材は、一人より二人のほうがよかろう。どうだ、ここは一つ、貴妃だけでなく彼にも同じ薬の服用法を考えさせ――優れたもののほうを持ち帰る、というのは」

「！」

広間に、どよめきが生じた。思いもよらぬ朱心の発言に、英鈴は反射的に、彼のほうを見る。そして緑風もまた、驚きを隠せない様子で目を見開いていた。

「それはそれは！　さようでございますか」

一方で、嬉しそうに朗らかな声を発したのは貞鳩である。

「我らが金枝国のために、旺華国の才ある方々が力を尽くしてくださるとは、なんとありがたき幸せでございましょう。ええ、ええ、もちろん！　ぜひに、曹緑風殿にもお力添えをお願いしたく存じます」

そこまで言って、彼は傍らの鵜真をちらりと見やる。

「どうです、鵜真殿。あなたのご意見は？」

「もちろん、お願い申し上げまする！」

鵜真は、きっぱりと――いささか頬を綻《ほころ》ばせて、緑風に対して言った。

さっきこちらと話していた時の堅苦しい態度とは、まったく別の人物のようだ。

「私といたしましても、男子である緑風殿にお力をお借りできるとは……いえ、貴妃様のお力は疑うべくもございませんが、恐悦至極にございますなぁ」

(ん？)

——今、わざわざ「男子」と言っていたのが、少し引っかかる。

(いえ、それより)

突然に頼まれた緑風のほうは、どうするのだろう。

気になって様子を見てみれば、緑風はといえば、険しい表情のままながらも戸惑ってはいなかった。周りに立つ文官たちの物珍しそうな視線などものともせず、彼はまっすぐに使者たちのほうを見て一礼し、次いで朱心に対して跪《ひざまず》き、拱手《きょうしゅ》して返事をする。

「曹緑風、謹んでお受けいたします。陛下よりの直々のご依頼、胸が高鳴る思いです」

その声音はどこまでも澄み、しかも、強い決心を感じさせるものだった。

「おお、よい返事だ。なんとも嬉しいことだな！　もしそなたの案が選ばれれば、余の専属薬師の座を保証するとしよう」

からからと明るく笑いつつ、朱心はそう言ってのけた。本当に軽く、ごくあっさりと。

(そうなんだ、専属薬師……)

確かに異国でも通じるような服用法を考えられるほどの人物こそ、その立場にふさわしいはず――などと、うっかり受け入れそうになったところで。

（えぇっ⁉）

思わずその場で驚きが口を衝《つ》いて出そうになったのを、慌てて呑《の》み込んだ。とはいえ、とても落ち着いてなんていられない。

（陛下の専属薬師って……そうなったら、私はお払い箱ってことなんじゃ⁉）

服用法は人の役に立てるかどうかがすべて、勝ち負けを争うものではない――というのは、もちろん大前提だ。けれどもし緑風の案が認められ、彼が専属薬師となったなら、当然「本物の」薬師である彼が、服用法も含めて陛下の薬を差配することになるだろう。薬童代理としての英鈴の仕事はなくなる。要するに、クビだ。

貴妃として後宮に残っても、妃としての立場しか求められない生活が待っている。

（そんな……！）

こちらの動揺なぞ素知らぬ顔で、朱心は使者たちに向かってにこやかに語りかける。

「苦渇病に関しては、この二人に任せてほしい。これで余とそなたらとは、別件について力を注げるというわけだな？」

「ええ、まったく」

貞鳩は、大口で太っ腹なお客を捕まえた織物屋の店主のような笑顔で言った。

「それもこれもすべて、陛下のご慧眼《けいがん》ゆえかと！」

「そうかそうか。はっはっはっは！」

「んふふふふふふ」

朱心と貞鳩、二人の笑い声が広間に響く。

（なんだか、悪巧みしてる人たちの雰囲気なんだけど……）

しかも鵜真と緑風からは、なんだか突き刺さるような視線をひしひしと感じる。

ともあれ、こうして英鈴は今一度、潤心涙の服用法を考案することとなった。

（うう、つ、疲れた……！）

「おかえりなさい、英鈴！」

英鈴が広間から部屋に戻ってくると、そこには笑顔の雪花が待っていた。

「燕志さんから聞いたよ、陛下からのお呼び出しだったんでしょ？　どうなの、ちょっとは仲良くなれたの、このこの！」

「ちょ、ちょっと、そういう話じゃないんだってば！」

勘違いしてか、それともからかっているのか、肘《ひじ》でつんつん突いてくる雪花を押しやりつつ、続けて言う。

「実は金枝国の方々から、薬の服用法を考えるようにお願いされて……五日以内に作らないといけなくなったの」

「えっ、そうなの？　また突然だね」

「ひどい病が流行《はや》っているみたいで……薬自体は用意できているそうなんだけれど」

と語りつつ、周囲を見渡す。部屋には雪花の他、幾人かの宮女たちが控えているものの、彼女──翠玉の姿がない。気になって、英鈴は雪花に尋ねた。

「ねえ、翠玉さんはどこに？　まだお使いから帰ってないのかな」

「ううん。翠玉ちゃんなら、さっき外の庭の掃除をしてくるって出て行ったよ」

雪花はにっこりと笑って言う。

「あの子、すごいんだよ。帰ってきたばっかりなのに、すぐに何か仕事はないですか、って！　働き者の子が来てくれて、あたしたちも大助かり！」

彼女の言葉に合わせて、他の宮女たちもうんうんと頷いている。

「そうなんだ……」

(雪花たちには色々と迷惑もかけているし……いい人が来てくれて、本当によかった)

ほっとするような気持ちになっていると、扉の向こう、廊下を小走りに誰かがやってくる足音が響く。そして──

「お……遅くなりました。申し訳ありません」

現れたのは、まさに翠玉だった。どういうわけか息を切らし、頬を染める薔薇色《ばらいろ》をさらに濃いものにしている。

「す、翠玉ちゃん大丈夫!?」

そのただならぬ様子に目を見開いた雪花が近づくと、翠玉はなんでもないといった調子で息を整えている。

「はい、大丈夫……です。庭の掃除を……急いで終わらせてきたので。ご心配なさらず」

「そうなの？　もう、仕事熱心なのはいいけど頑張りすぎちゃ駄目だよ」

優しく彼女の背中を摩《さす》ってから、雪花は「あ」と声を発した。

「そうだ、お茶とお菓子を用意してくるね！　二人とも忙しくて疲れたでしょ。ちょっと休憩しなよ」

「で、では私も……！」

「休憩って言ったじゃない、翠玉ちゃん！　貴妃様と一緒に待っていて。すぐ戻るから」

明るく窘《たしな》めるように言うと、雪花は厨房《ちゅうぼう》へと向かった。他の宮女たちも、彼女の手伝いのために一礼を残して去っていく。つまり部屋にいるのは、翠玉と英鈴だけとなった。

（どうしよう）

二人きりになったら、昨日の出来事について聞いてみようとは思っていた。でもまさかいきなり、その状況がやって来るなんて。

（心の準備ができていない！）

――けれど、そう、自分はただの薬童代理ではなく、貴妃でもあるのだ。朱心にも言われた通りに、立場を理解した振る舞いをしなくては！

「え、ええと」

出て行った雪花たちを見送った時の姿勢のまま、じっと立ち尽くしている翠玉の背中に向かって、英鈴はたどたどしく声をかける。

「翠玉さん、お疲れ様。よかったら、ここの椅子に座って……」

しかし、その言葉は――

「ふざけるな!!」

激しい拒絶によって、掻《か》き消された。

（え……!?）

あまりのことに言葉を失っていると、目の前で翠玉は、ゆっくりと振り返った。

怒りによるのかその両の拳《こぶし》を強く握った彼女は、まっすぐにこちらを睨《にら》み据えている。

左目の淵《ふち》を彩るようにある三つの泣きボクロは、そのままだ。

透き通るような白い肌も、可愛らしい顔立ちも、昨夜と何一つ変わっていない。けれど英鈴には彼女の姿が、妙に被《かぶ》ってみえる――先ほど広間で会ったばかりの人物、曹緑風と。

（この直感は、まさか）

――そういうことなのだろうか。どうしても気になって、というよりはある種の確信を得た気持ちで、英鈴は憤怒《ふんぬ》に震える彼女にそっと問いかける。

「ねえ、あなたひょっとして」

ごくり、と喉《のど》を鳴らして続けた。

「曹緑風さんのご親戚《しんせき》なの？」

「そんなわけないだろ！」

どん、と大きく床を踏み鳴らして、翠玉は食ってかかるように言った。

「ああそうか、余裕の表れというやつか？　確かに僕はもうおしまいだ。昨晩秘薬苑を見に行ったせいで、正体が露見してしまったんだからな。だが、お前のくだらないお芝居にこれ以上付き合うつもりなんてないぞ!!」

「え？」

激しい怒りを向けられていても、理由が今一つはっきりしない時は、なんとも反応がしにくいものだ。戸惑いつつも、英鈴は一番不可解な単語について聞いてみた。

「正体って、なんの……？」

「僕の正体だよ！」

叫ぶように言うと、翠玉は自分の衣服の胸元に手を突っ込んだ。そして止める間もなく、そこから何かを取り出して床に叩《たた》きつける。

それは、例の布製の詰め物だった。彼女の胸は、また平坦《へいたん》なものになっている。

「そうとも」

息を若干荒らげて、相手は言った。

「僕は曹緑風だ」

「えっ……」

唖然《あぜん》。一瞬その言葉が理解できずに硬直した英鈴は、ぽかんと開けてしまっていた口を閉じると、目を瞬《しばたた》かせて——

「えぇえっ⁉」

(嘘《うそ》、そんなわけ……いえ、よく考えたら！ああ、そ、そういうことだったのね！)

浮かんでいた数々の疑問への答えが、今度こそすっきり与えられた気持ちになって、英鈴はなんだか納得して頷《うなず》いた。

(胸の詰め物が病気や怪我《けが》のせいだとしたら、みんなの前で話題にしたらよくないと思っ

ていたんだけど……女の子のフリをするためだったなんて）

つまり、最初から翠玉は仮の姿で――本当の名は曹緑風。男性、だったのだ。

「あ、あぁなるほど！　やっとわかったみたい、私……」

「なんて白々しい奴だ。昨夜の段階で、僕が男なのはわかっていたくせに」

舌打ちした翠玉、否、緑風は詰め物を拾い上げ、再び胸元に突っ込みつつ語る。

「僕の正体を問い質《ただ》した後で、陛下に告発するつもりなんだろう？　お望み通り、名乗ってやったぞ。さあ、人を呼ぶなりなんなり、好きにすればいい！」

捨て鉢になったように言うなり彼は、どすんとその場に腰を下ろして腕を組んだ。まるで「逃げも隠れもしない」とこちらに示すかのように。

（い、色々と誤解されているみたい……）

彼の中では、英鈴は「翠玉が男だと気づいていたにもかかわらず、正体を摑《つか》むまでわざと黙っていた狡猾《こうかつ》な人物」ということになっているらしい。

確かに男性である緑風が女装して後宮に紛れ込んでいたなんて大事件だし、昨夜のうちに詰め物を落としてしまった彼にしてみれば、さっき使者たちの前で朱心に名を呼ばれた段階で、ついに英鈴に正体がバレたのだと考えてもおかしくない。

そして、後宮への侵入という罪を犯した男性への罰は死、あるのみ。

彼がやけっぱちになっている理由はそこにある、のだろうけれど——

(なんだってこの人、後宮に入り込むなんて大それたことを)

「あの……緑風さん?」

ひとまず彼を宥《なだ》めようと、英鈴はそっと声をかけた。

「あまり大きな声を出さないで。誰か来たら、あなたも困るでしょう」

それに、と続ける。

「言っておくけれど、私はあなたを陥れるつもりなんてなかったの。その、本当にわからなかったから……翠玉さんが男性だなんて」

「この期に及んで、見え透いた嘘《うそ》を」

じろりとこちらを睨《ね》め上げるようにしながら、緑風は語る。

「死に行く人間にまで、自分が清廉潔白だと見せかけたいんだろうが……やはり後宮の女などというのは、陛下をたぶらかすことはできても頭を使うのは不得意らしい。さすが、卑怯《ひきょう》な手段で薬童代理に成り上がった人間は違うな!」

「なっ……!」

正体にすぐに気づかなかった自分に、考えが足りなかったのは認める。

けれど、薬童代理の仕事についてそんなふうに言われるのは心外だ!

(「卑怯な手段」って……それって何。私が女だから、それを武器にして陛下に取り入ってるだけだろうって意味⁉)

あまりの展開に戸惑っているばかりだった頭に、途端に血が上っていく。

「私は陛下をたぶらかしてなんかいません。勝手なことを言わないで！」

「ふん！　この世のどこに、薬学に詳しい女がいるというんだ」

顎《あご》を上げ、こちらを見下すような目つきで（もっとも、座り込んでいるせいで見下すのには失敗しているのだが）緑風は失礼な物言いを平気でしてきた。

そして、まるでこの機会に言いたいことを全部吐き出してやるとばかりに、勢いよく続きを語りはじめる。

「しかも平民出で貴妃に取りたてられ、画期的な服用法を開発した、それも全部独力で、だと？　そんなあからさまな嘘を信じる連中ばかりでなければ、こんなことをせずとも、僕だってまっとうな手段で専属薬師《くすし》になれただろうに！」

(専属薬師に？)

確かにさっき、陛下がそんな話をしていたけれど――と、英鈴は眉《まゆ》を顰《ひそ》めた。するとそれをどう解釈したのか、緑風はさらに苛立《いらだ》ったような面持ちで言った。

「薬師を目指す者なら、その地位を狙うのは常識だろ。陛下に仕える薬師になるのは、限りない栄誉なのだから……もっとも、女の身ではそもそも薬師にはなれないがな！」

「言われなくたって知っているけど」

むっとしたまま、続けて問う。

「それよりどうして、あなたは後宮に来たの？　専属薬師となんの関係が……」

「ハ！　やはり考えが浅いな。秘薬苑の重要性を理解していないなんて」

侮蔑《ぶべつ》的な笑いを浮かべると、彼はこう語った。

「秘薬苑は、薬師なら誰もが一目見たいと願う場所……中には貴重な古文書も収められているしな。だが皮肉にも後宮の、しかも上位の妃嬪《ひひん》しか入れない場所にあるという！」

「……だから女装したっていうの？」

「それだけが理由なわけがないだろう。僕は、董英鈴、お前の鼻を明かすためにここまで来たんだ！」

鋭い双眸《そうぼう》をこちらに向けて、堂々と彼は言い放った。

「病に苦しむ蓮州の民を、後宮の女が救ったなどという話が真実のはずがない。よしんば事実だったとしても、誰かが功績を奪われたか、入れ知恵したに決まっている！」

「それは……！」

「それどころか！」

こちらの抗議の言葉を強く遮るように、声をあげた緑風は――次いで、歯噛《はが》みするように俯《うつむ》いた。

「陛下が、僕の腕を見込んでご依頼くださった服用法……あの柚子《ゆず》寒天は傑作だったはずなんだ。なのに陛下は僕の薬より、貴妃のもののほうが優れていると仰《おっしゃ》った」

（あ……）

なるほど。朱心からの評価が、服用法を開発した当の本人である緑風に伝わっていないはずはない。

「こんな結果、絶対におかしい……かくなる上は僕自身が女に身をやつしてでも後宮に忍び込み、お前の正体を暴くしかない。そう思ったわけさ」

「私の宮女になれば正体を探りやすいし、秘薬苑の中にも入れると考えたのね」

確認するように英鈴が言うと、緑風は鼻を鳴らして応《こた》えた。

――ちょっと癇《かん》に障る態度だけれど、本気で怒る気になれないのは、彼が全体的に纏《まと》う幼い雰囲気のせいだろうか。

「あのね、緑風くん」

改めて、年下に言い聞かせるように、努めて落ち着いた声音で語りかける。

「確かにあなたの言う通り、この国に薬学に詳しい女性が少ないというのは、私自身がよく知っている。だけど私は本当に」

「知識があるフリはしなくていいんだぞ」

じろじろとこちらを眺めつつ、緑風は言う。

「服用法の件といい、秘薬苑でのことといい……よほど優秀な人材を抱えているようだが、お前自身の実力など、せいぜい女としての手練手管くらいなものだろう」

「あのねえ」

はあ、とため息を零《こぼ》してから反論した。

「あなた、私が実力で服用法を作ったわけじゃないって言いたいのね。残念だけど、証拠を探したところで無駄だったのよ。いないもの、入れ知恵してくれる人なんて」

――むしろ「女としての手練手管」のほうをよく知らないくらいなのだけれど。

そんなことを考えつつ語りかけても、どうやら、頑《かたく》なな彼の心は変わらないらしい。

「何を言おうと、僕にとってお前が邪魔者だったのに変わりはない。お前がそうして居座る限り、薬師に対する正当な評価は行われず、専属薬師の座は遠のいていくのだからな」

「……」

本当は、既に朱心は『不苦の良薬』の技術を、他の薬師たちに広めることを考えている。

そして英鈴もまた、それを望んでいる。とはいえ、こちらからその事実を告げたところで、緑風の心には何も響かないだろう——と考えた英鈴は、質問を変えた。

「あなた、よほど専属薬師になりたいのね」

怯《ひる》まずに彼のほうを見て、言葉を重ねた。

「でも、あなたのお父様は士大夫なんでしょう。そういう家の出身の人は、たいてい官吏を目指すと思っていたんだけれど……どうしてあなたは、薬師になりたいの？」

「決まっている！　そんなの」

と——そこで。初めて緑風は、何か言い淀《よど》むように口を噤《つぐ》んだ。しかしこちらがそれについて何か言うよりも先に、再び口を開いた彼は、何かを誇るように胸を張ってみせた。

「栄達のため、に決まっている。そんなの常識だろ？　専属薬師ともなれば、官吏と違って周囲と熾烈《しれつ》な出世争いをする必要もないし、将来の人生も安泰だからな。薬師なんて、そのための踏み台に過ぎない！」

言うだけ言って、えへんと彼は咳払《せきばら》いしてみせた。

（薬師は踏み台、って）

いつもの自分なら、腹を立てていただろう。けれど、翠玉を名乗っていた時の緑風の言動を思い出してみると——どうしても、怒りより先に疑問が頭をもたげてしまう。

「本当にそんなふうに思っているの？」

我知らず声を潜めつつ、そう尋ねてみる。

「だってあなた、秘薬苑に行った時にあんなに喜んで……」

「僕のことなんてどうだっていいだろ。お喋《しゃべ》りは終わりだ！」

強引に会話を打ち切ってそう声をあげると、緑風はまた腕組みをした。

「さあ、人を呼べ！　そして僕を死罪にするがいい。だが僕が死のうと、お前の悪事はいずれきっと誰かに断罪される。その時を震えながら待つんだなっ！」

「そんなこと言って」

英鈴は、彼自身の二の腕に触れているその指を見ながら言う。

「震えているのはあなたじゃない」

「っ！　こ、これは武者震いだ！」

まるで無茶苦茶な発言だ。なのに彼は、どこまでも強がっていたいらしい。

下唇を噛み、そっぽを向いて——つまり「これ以上は何も言わない」と全身で主張しながら、緑風はもう一度鼻を鳴らした。

（うーん）

英鈴は、まじまじと彼を見つめながら思う。

（いくら自分の夢のためとはいえ、後宮に潜入するなんて……この子も無茶するよね）

その無茶の対価が死。それがこの国の掟《おきて》、なのかもしれないけれど。

「……ふう」

英鈴が小さくため息をつくと、緑風の肩がびくりと揺れる。

それを見つめながら、しかし穏やかに、英鈴は告げた。

「告発はしない」

「えっ……？」

その時緑風の口から漏れたのは、少年らしい驚きに満ちた声。心底意外そうに、大きく見開かれた目がこちらを向いたのに合わせて、さらに続けて言う。

「あなたの正体は、内緒にしているから安心して。当然だけど、陛下にも言わないから」

「馬鹿な！　そんな真似《まね》をして、お前になんの利があるっていうんだ」

「それは」

（秘薬苑にどうしても入りたいと思うほど、薬に対して熱意のあるあなたを……）

同好の士である彼を、庇《かば》いたいと思った。だけどそれを正直に伝えれば、きっと彼はさらに怒るだけだろう。そう考え、英鈴はあえて違う理由を語る。

「今は、潤心涙の新しい服用法の開発に集中したいの。あなただってそうじゃない？　金枝国の方々からの願いというだけじゃなく、陛下からのご命令でもあるし……専属薬師の座がかかっているんだから」

「……」

問われた緑風は口を噤み、視線を床に向ける。その面持ちは真剣で、静かに思考を巡らせているようだった。やがて面を上げた彼は、口を開く。

「僕の告発よりも、服用法の開発のほうが大事だと？」

「ええ、そうね。だからお互い、いい服用法を考えましょう」

仮に緑風の案が選ばれれば、薬童代理の座を追われるかもしれない。でも今は、それを気にしてはいられない。多くの人を救うためにも、互いに全力を尽くすのが一番だと――

こちらとしては、そういうつもりで言ったのだが。

「ハ！　……なるほど」

途端に相手は不敵に鼻で笑うと、自信満々な様子で語った。

「どうやら貴妃様は、余裕綽々《しやくしやく》らしいな。だがその慢心が命取りだ！　僕が正々堂々と勝って専属薬師となり、告発しなかったことを後悔させてやる‼」

「ええと……」

（なんて言い返したらいいんだろう）

何も思いつかなかったので、ひとまず英鈴は無言で相手を見つめた。ともかく、緑風はやけっぱちな態度をとるのをやめてくれたようだし、この場はひとまず収まったと考えていいだろうか。

（よかった。さっきはどうなるかと思ったもの……）

ほっ、と英鈴が息を吐いた、その時。

「お待たせーっ！　英鈴、翠玉ちゃん、お菓子たっくさん持ってきたよー！」

――雪花たちが戻ってきたので、緑風も「翠玉」に戻るしかなく。

結果、この場ではこれ以上の話は何もなかったのだった。

そして、それから半刻《はんとき》後。

「うーん」

開いた書物をぱたんと閉じた後、英鈴は机の上に突っ伏した。

（駄目だ、やっぱり全然わからない……）

そう思いながら、短く嘆息する。ややだらしない格好でも、今は部屋に誰もいないので、気にする必要はない。英鈴はしばらく、そのままの姿勢で考えを巡らせた。

一緒にお茶を楽しんだ後、雪花と「翠玉」たちはそれぞれの仕事に戻っていった。挂毯《けいたん》作りを捗《はかど》らせるためにも、日中の仕事を早めに終わらせないといけないとのことだ。

それにしても――

(緑風くん、ろくにお菓子も喉《のど》を通らないみたいだったけれど、大丈夫かな)

男だと発覚すれば死罪確定の状況――宮女たちにも露見してはいけないとなると、すさまじい緊張の連続でも無理はない。

思い返してみれば「翠玉」として振る舞っていた彼が妙に大人しかったのも、演技というだけでなく、極限の状態だったからなのではないだろうか。

(とはいえ、これ以上私に手助けできることもないし)

だからこそ己に課せられた使命、つまり潤心涙の新しい服用法の考案を進めようと、さっそく机に向かったわけなのだけれども。

(まず、金枝国についての情報が少なすぎるのよね)

読んでいた書物――金枝国の歴史について書かれた本の表紙を見ながら、小さく唸《うな》る。

金枝国は、大陸の北を版図とする国だ。南の旺華国と、さらに北にある別の民族の国に挟まれるような形で存在するこの国は、国土の大半を広大な平原が占めている。

旺華国で龍神《りゅうじん》が信仰されるのと対照的に、金枝国では鳳凰《ほうおう》が信仰の対象となっているらしい。そして信じる神の異なる両国は長い間、領土を巡り争いを繰り広げてきた。旺華国は金枝国の平原を望み、金枝国は旺華国の河川舟運と温暖な気候とを求めたわけだ――

（というようなことは書かれているんだけれど、肝心の食べ物や習俗についての記録が見つからないのよね）

机の横に置かれた書棚に目をやりつつ、考える。そう、知りたいのは金枝国の歴史ではない。その地に住む人がどんな暮らしで、何を食べているのか。どんな植物が――つまり薬に使える草木が育てられているのか、という情報だ。

いくら新しい服用法を考えついたところで、例えば柚子《ゆず》のように、使う材料が金枝国では手に入らないものだったとしたらまるで意味がない。金枝国の人々の暮らしに、合った方法でなければならないのだ。

（それがわからないから、調べているんだけれど）

探してみても、欲しい情報は予想外に見つからない。朱心が使うような禁城の大きな書庫か、でなければ金枝国の国境近くにある杏州《きょうしゅう》や梅州《ばいしゅう》などであれば、たくさん情報が手に入るのかもしれない。けれど、そこには簡単に行けない身だから困っているのだ。

「どうしようかな……」

独り言《ひとりご》ち、英鈴は椅子に座ったまま大きく伸びをする。

使者の人たちに話を聞いてみるのもいいかもしれないが、彼らには彼らで別の仕事があるはずだ。その邪魔をするわけにはいかない。となると、途端に手詰まりになる。

葛根湯《かっこんとう》でも飲んで、気分を変えようかな——と、思った時。

(そうだ!)

はっと、名案が脳裏を過《よ》ぎった。

(王淑妃《おうしゅくひ》様なら、色々と教えてくれるかも!)

弟である燕志と同じく、金枝国の出身である王淑妃なら、そういった事柄にも詳しいに違いない。

(そうと決まれば、さっそく文をお送りして……)

明日にでも会ってくれるなら、こちらとしてもありがたい。そう考えつつ、英鈴はすぐに筆を取ろうとした。——しかし。

「董貴妃様」

扉の向こうから届いた声に、動きを止める。呼びかけてきたのは、どうやら燕志のようだ。いつの間にか、部屋の前まで来ていたようだけれど——また何かあったのだろうか。

「突然申し訳ありません。実は、貴妃様にぜひお話ししたい儀がございます」

(話……?)

いつも肝心な時に現れて、手助けをしてくれるのが燕志だ。そんな彼がこう言っているということはきっと、よほど大切な要件なのだろう。

「わかりました。どうぞ」

英鈴は、燕志を部屋に迎え入れた。扉の近くに立っていた彼は、先ほどこちらを呼びに来た時と同じく、象牙《ぞうげ》細工のごとき面貌《めんぼう》に穏やかな笑みを湛《たた》えている。けれど、どことなく翳《かげ》りも窺《うかが》えるような表情だった。

(何かあったのかしら……？)

訝《いぶか》しく思いながらも、客用の椅子を彼に促す。礼の姿勢を取って腰かけた後、単刀直入に、燕志は語りはじめた。

「董貴妃様。金枝国の習俗について、お調べになっていることと愚考いたしますが……どうか我が姉には、母国に関してお尋ねにならないでいただけませんか」

つまり、王淑妃に金枝国について聞かないでほしい、という意味である。

「えっ？」

「驚かれるのも無理はありません。また私めとしましても、たいへん差し出がましいお願いであると、心苦しく思います」

ですが――と言いつつ、彼は少しだけ俯《うつむ》いた。それに合わせて、銀糸のような髪がさらりと動いて輝く。

「ご存じかと思いますが、私めと姉は、この旺華国に人質として参りました。そして人質として私どもが選ばれた理由は、我が一族が金枝国での政争に敗れたことにあります」

昔を思い出すように、燕志は一瞬、遠い目をした。

「当時、我が一族と明氏――つまり、先ほど貴妃様にお会いした明貞鳩の一族ですね。両家は激しい権力闘争を行っており、敗れて権勢を失ったのが我が父でした」

だからその子である姉弟は、講和条約の保証のための人質として、南の異国に送られた。そして王淑妃は後宮の妃として、燕志は宦官《かんがん》として生きることになった――

「私めはこの国で主上に出会い、お仕えできて本当に幸福だと思っております。今さら過去の遺恨を持ち出し、貞鳩殿と事を構えようという気もございません。しかし、姉は」

少しだけ言葉を詰まらせてから、彼は続ける。

「姉は、今でこそ自由気ままに振る舞っていますが、あれで後宮に来たばかりの頃は相当な苦労をしていました。幼い身でありながら先帝陛下の寵姫《ちょうき》の一人として振る舞い、異国の地の風土に身を慣らし……」

「……そうでしたか」

王淑妃は普段、今さら後宮のいざこざには興味がない、飽きた、と言って自室に引きこもり、小説を書いて過ごしている。確かにその姿からは、かつての苦労など感じない。

けれど、この国の出身である英鈴でさえ、後宮に入ってから何度も身の危険を感じたのだ。異国から、しかも人質として来た彼女がこれまでに経験した苦難は、一体どれほどのものだっただろう。そして、その頃を思い出してほしくないという燕志の気持ちも――少しは、わかるつもりである。

「わかりました」

英鈴は、まっすぐに燕志を見てきっぱりと告げた。

「でしたら、王淑妃様にお尋ねするのは遠慮いたします。……それにしても」

そっと、彼に問いかける。

「あの、どうして私が淑妃様に尋ねに行くとご存じだったんですか？　今まさに、お伺いのお手紙を書こうとしていたところで……」

「ああ、いえ」

燕志は、いつもと同じような微笑みに戻って答える。

「きっと貴妃様なら、まずは金枝国の風習や食物についてお調べになるだろうと思いまして。そして貴妃様にとって、最も信頼できる情報源は姉であろうと思い……そこで僭越《せんえつ》ながら、お邪魔させていただきました」

「そ、そうだったんですね」

（私って、考えを読まれやすいのかな）

ちょっと反省するような気持ちになってから、さらに燕志に問いかけた。

「ええと、ではもしよろしければ、金枝国の人々の暮らしについて燕志さんがご存じのことを伺ってもいいですか？　お嫌でなければ、なんですが」

「ええ、もちろんでございます」

燕志はにっこりとして言った。

「そのつもりで、こうしてまかり越しました。残念ながら私めの知識は、金枝国のすべてを網羅しているというほどではございませんが」

「いえ、全部でなくても！　直接聞かせていただけるだけで、充分です。では……」

英鈴は、最初に思いついた質問を投げかけた。

「金枝国では、どんな作物が多く作られているんですか？　服用法の参考にしたくて」

「そうですね」

燕志はほんのわずかに困ったような面持ちになり、それから苦笑と共に答える。

「比較的温暖な南方の一部では、小麦が栽培されているようです。ですが、それ以外は」

「……それ以外は？」

「基本的に、農耕は行われていません」

――えっ。

「の、農耕がないって……では、人々はどうやって」

「金枝国の民は、基本的に遊牧生活を営んでいます」

穏やかな口調で、燕志は説明を続けた。

「つまり一ヶ所に定住せず、馬や羊などの家畜を育てながら、一年間を通じていくつかの拠点を巡回して暮らす、ということですね。家畜が牧草地の草を食べつくさないようにしつつ、同時にたくさんの群れを育てるには、それが一番理にかなっているのです」

「ああ……」

納得と共に、英鈴は小さく声を発した。

「それで農耕がほとんど行われないのですね……畑の近くに家を作って、ずっとそこに暮らすという生活ではないわけですから」

「仰せの通りでございます」

首肯してから、彼はさらに語った。

「ですから金枝国の人々は、もっぱら羊や馬の肉、それに乳製品を食べて生きています。旺華国の暮らしからすれば、考えがたいこととは思いますが……野菜や果物は、ほとんど食卓に並びません」

「えっ、そ、それでは！」

思わず前のめりになりながら、英鈴は尋ねた。

「新しい服用法を考える時も、お肉や乳製品を使わないといけない、と……？」

「恐れながら、大多数の民に問題なく服してもらうには、そうするしかないでしょうね」

すまなそうに、しかしさらりとそう言われてしまい、頭を殴られたような衝撃が襲う。

要するに――いつものように、野菜や果物を使った服用法をいくら考えたところで、今回は役に立たないということだ！

（そ、そんな……！）

一瞬愕然《がくぜん》としそうになり、しかしなんとか思考を立て直して、さらに聞いてみる。

「あの、秘薬苑には沙棘という果物が植わっていて……あれは、金枝国のものだと聞きました。果物が多くなくても、もしかしてあれなら」

「そうですね、確かに沙棘は金枝国の果実ですが」

記憶を探るように目を床に伏せながら、燕志は答えた。

「あれは、北方の高山に自生する植物だったかと。つまり、全国で簡単に手に入れられるものではないはずです。金枝国の民にとって、家畜の餌となる牧草やわずかな香草以外の植物は、おおむね縁遠い存在ですから」

「う、ううーん」

思わず唸《うな》り、腕組みをしながら、英鈴は半ば思考に耽《ふけ》りつつ言う。

「ですが……金枝国にも、薬師《くすし》はいらっしゃるのですよね。陳鵜真様は薬事に関する長をしていらっしゃるそうですし。すると金枝国における薬とは、どのような……？」

「高山で採取された草木を薬として使用するほかは、日々の食生活で栄養を得て、『病になりづらい』身体を作るというのが、基本的な考え方です」

だからこそ今回、潤心涙を飲むために貴妃様のお力が必要になったわけですが——と言ってから、彼は続ける。

「それから薬や果物などは自国で作らずとも、旺華国や西域の諸国と貿易すれば、いくらでも手に入りますからね。上質な羊毛の織物さえあるなら、それを売ればなんでも買えるというのが、金枝国の方針なのです」

「そ、それは」

すごく合理的な考え方だ。でもこちらとしては、困りものでもある。

「……わかりました」

あれこれ考えるのは置いておいて、まずは燕志に礼を伝えた。

「ありがとうございます、燕志さん。とても参考になりました……なんとか、やってみようと思います」

「馴染《なじ》みの薄い異国の民の生活に合わせた服用法の考案など、私めには推察すらかなわないほどの難題であるかと存じます」

眉を曇らせ、しかし真摯《しんし》な口調で、燕志は述べた。

「しかしだからこそ私めは、金枝国の民のためにお心を砕いてくださる貴妃様を、深く尊敬申し上げる次第です。何かお力になれることがあれば、いつでもお申しつけください」

「いえ、そんな。私は」

英鈴は、正直な気持ちを言葉にした。

「ただ、あの時の蓮州の村の様子を思い出してしまって。それに、どんな人でも苦しまずに服用できる薬こそが、『不苦の良薬』ですから」

たとえいつものようなやり方は難しくても、金枝国の人々にとっても「不苦」でなければ、自分の目指す良薬とは言えない。

そう思ってのこちらの発言を聞いた燕志は、再びにこりと微笑みを浮かべたのだった。

——とは言ったものの。

「やっぱり秘薬苑の古文書にも、都合のいいことなんて書かれていないよね……」

亭子《あずまや》の椅子に座って書物と睨《にら》み合いをはじめて数刻、ため息と共に独り言ちる。

昼餉《ひるげ》の時間を迎えた朱心に、薬を提供して戻ってきた後《ご》。

金枝国でも簡単に手に入るもので、薬を飲みやすくする方法がないかどうか、一縷《いちる》の望みを託すようなつもりで秘薬苑に来たものの——やはり、手がかりはないようだ。

(燕志さんの話だと、かろうじて小麦は馴染みのあるものなんだろうけれど……潤心涙はとても苦いから、焼餅《シャオビン》みたいにしても服用しづらいのに変わりはないし)

老若男女問わず、服用しやすい形にするならという理由で、これまでの『不苦の良薬』は菓子などの形で仕上げる機会が多かった。

しかし今回、金枝国の人々にとって馴染み深いのは肉や乳製品だという。

(そこがなんとなく、よくわからないのよね)

英鈴は、書付をするために持っている筆の尻《しり》の部分で、自分の頭を軽く掻《か》いた。

肉料理や乳製品なら、もちろん英鈴も食べる。けれど、それを毎日三食なんて、一体どんな食生活なんだろう？

(燕志さんは、日々の食生活で病になりづらい身体を作っているって言っていたけれど)

一般的によく知られているように、野菜や果物を食べないでいると、健康を害することが多い。お通じが悪くなるとか、肌が荒れるとか、風邪をひきやすくなるとか——

（金枝国の人たちは、そういうものを食べないでも健康でいられるってこと？）

それを疑問に思うからこそ、医学書を当たろうと考え、こうして秘薬苑に来たのだ。

参考になりそうな文献は、残念ながら見当たらないけれど。

「うーん」

今日、何度目になるかわからない呻《うめ》きをあげた。この調子では、まずもってどんな服用法を試せばいいかすらも不明なまま、五日目を迎えてしまいそうだ。

「どうすればいいんだろう……」

筆を机に置き、亭子の屋根を下から見上げつつ、ぼんやりと英鈴は呟《つぶや》く。

――すると。

「ハ！　どうやら手こずっているようだな、董英鈴！」

秘薬苑の入り口のほうから聞こえたのは――

「あっ、緑風くん！　仕事は大丈夫なの？」

「宮女の仕事など、この僕ならば半分の時間で終わらせられるさ」

入り口に立っている「翠玉」、もとい緑風は、嘯《うそぶ》くように言って胸を反らした。次いで、彼は足元に置かれた何かを両腕で抱え込むようにして持ち上げる。

それからよたよたと、どうにも覚束《おぼつか》ない足取りでこちらに向かって歩いてきた。

「ええと、何を運んでいるの……？　手伝うけど」

「うるさいっ、手助けなど無用だ！」

口だけは達者にそう言って、彼はさらに亭子へと近づいてくる。そうすると、彼が何を抱えているのかよく見えるようになってきた――素焼きの壺《つぼ》だ。

素朴な味わいの茶色い壺には、木製の栓《せん》が施されていた。見た目以上に重いらしく、緑風はゆっくりとこちらにやって来る。

（な、なんのつもりなんだろう……？）

邪魔者の自分を消すために、何か危険なものを運んでいるのか――後宮で暮らしてきたこれまでの経験から、ついそんなことを考えてしまう。けれど緑風は、秘薬苑の重要性を知っている。いくら英鈴を倒したくても、ここの害になるような行為はしないはずだ。

では、何を――？　とこちらが訝《いぶか》しんでいる間に、彼はようやく亭子の傍《そば》へと到着した。

そして壺をどん、と机の真ん中に置き、荒い息を整えてから、こう告げた。

「フン……！　お前の実力では到底手に入れられないものを、わざわざ持ってきてやったぞ。よく見てみろ！」

言うなり、緑風は壺の栓に手をかけた。それから、ぽんという小さな音と共にそれを抜いてみせる。すると途端に鼻腔《びこう》を突き抜けたのは、甘酸っぱい不思議な香り。

幾度か目を瞬《しばたた》かせ、記憶を探ってから、英鈴は続ける。

「……これは」

「酪《らく》とか生酥《しょうそ》の香りかしら？」

つまり、牛の乳を発酵させて作った食品だ。ならば、中には白くてどろっとしたものが入っているはず——と思い、英鈴は壺を覗《のぞ》き込んでみる。

けれどそこにあったのは、確かに白いものの、紛れもなく液体だった。さりとて、ただの乳というわけではないらしい。乳よりはとろみがあるけれど、固形物ではなかった。

なんとも形容しがたいものが、壺にたっぷりと入っている。ちらりと視線を移せば、こちらの反応を見て嬉《うれ》しいのか、緑風は得意満面、といった表情だ。

「ねえ緑風くん、これは何？　ひょっとして、金枝国の……？」

「どうやら、その程度は思い至るらしいな。僕も嬉しいよ」

皮肉っぽく言って、それからもう一度胸を張ると、彼は続けて語る。

「だが、お前は本当にこれが何か知らないのか？　……本当に？　ハッ、それでよく薬童代理を名乗れたものだ。どうしてもと懇願するなら、教えてやっても構わないが？」

「ええ、お願い」

正直に促すと、なぜか緑風は少し意外そうな顔をした。しかしすぐに小さく咳払《せきばら》いすると、続きを口にする。

「これは馬乳酒《ばにゅうしゅ》。金枝国の民たちが老若男女、日常的に愛飲する飲み物だ」

「えっ！」

驚きのままに、英鈴はもう一度壷の中身を覗き込んだ。馬の乳の酒ということは、これは一種の乳製品だ。けれど旺華国ではこんな品、目にしたことは一度もない。

「これをいつも、金枝国の人たちは飲んでいるって……？」

「僕の知識を疑うつもりか？　やれやれ。こんなの、薬師としての常識なんだがな！」

生意気たっぷりにそう言って、それから、講釈するように滔々《とうとう》と述べ立てる。

「牛や馬の乳に栄養がたくさん含まれているのは、さすがのお前でも知っているだろ？　発酵させると、それらの栄養はさらに増えるんだ。そしてこれは、馬の乳を牛の皮で作った容器に入れて攪拌《かくはん》し、発酵させて作った酒だ」

壷の中を満たす白い酒の水面を見つめつつ、彼は言う。

「金枝国では、この酒を誰もが毎日飲む。旺華国における茶のように、ちょっとした休憩の時間に嗜《たしな》むとか……でなければ、朝食代わりに飲んでから出かける時もあるらしい。これさえ飲んでいれば大病にはならない、と金枝国では古くから伝わっているそうだ」

「お酒なのに、みんなが飲んでいるの？」

「酒としてはまったく強くないからな。子どもが飲んでも、支障はない程度だ」

口調は大人びて、しかし面持ちは自慢げな少年そのものといった態度で、緑風は言ってのけ——それから、踵《きびす》を返す。

「えっ、待って！」

たまらず、英鈴はその背に声をかけた。

「これ、持って帰らないの？」

（というより、どうして持ってきたの？）

もしかして、見せびらかして自慢するためなのだろうか。しかしそれなら、持って帰らないと彼だって困るはずなのだが。

（お蔭《かげ》で金枝国の暮らしについて知れたけれど……）

疑問のままに問いかければ、なぜか、緑風は背を向けたまま舌打ちをした。

それからくるりと振り返り——彼は眉間《みけん》に皺《しわ》を寄せていた——口を開く。

「借りは返した」

「え、なんて？」

「これで借りは返したからなっ！」

人差し指でびしっとこちらを指して、彼は続きを叫ぶように語った。

「僕はそもそも、お前に命を救われたなどと思ってはいない……後宮の女狐《めぎつね》に、恩義など感じるべくもないしな。だが、お前が密告をしなかったという点において、僕はお前に『借り』がある！　それを返すのは、曹家の男子として当然の振る舞いだ」

それからやや語気を落として、彼は手を下ろした。

「故郷の梅州は、金枝国のすぐ近くにある。だから馬乳酒も手に入りやすいんだ。僕にとっては二束三文の金で買ったものだし、どのみちそれはもう、僕には必要ない。だからお前にくれてやったって、惜しくはないのさ！」

「でも、わざわざ持ってきてくれたんでしょう？」

それを思うと、やっぱり素直にありがたい。

「ありがとう、緑風くん。とても助かった」

「……フン」

すぐさま、彼は嘲笑《あざわら》うような顔になった。

「おめでたい奴だな、董英鈴。聞いたぞ、お前は敵に毒を盛られて危うく死にかけたそうじゃないか。その酒に毒が入っているかもしれない、と微塵《みじん》も考えないとはな」

「！」

それを言われると、さすがに警戒してしまう。確かに彼の言う通り、河豚《ふぐ》の毒で命を落としかけたのは、記憶に新しい出来事だ。

英鈴は一度、まじまじと馬乳酒を見つめてから、そっと問いかけた。

「ええと、毒を入れたの？　あなたがそんなことをするようには、思えないけれど」

「お前が僕の何を知っているっていうんだ！　……それに、さっきのは物の譬《たと》えに決まっているだろう」

（やっぱり）

なんだか怒った調子で言う緑風を前に、英鈴はそう思った。もちろん彼の言う通り、英鈴は緑風についてよく知らない。けれど毒殺なんて陰湿な真似《まね》をするようには、到底思えないのだ――なんとなく。

「僕は卑怯《ひきょう》者じゃない。欲しいものは、実力で手に入れるんだ」

思っていた通り、彼はそんなことを言った。その眼差《まなざ》しは真摯《しんし》で、かつ鋭いものだった。

「じゃあな、そいつはくれてやるよ。僕は廊下の掃除に戻る」

「ええ、貰《もら》っておく。その……掃除、頑張ってね」

「フン！　言われるまでもない」

不愉快極まる、といった調子で彼は一言吐き捨てて、秘薬苑から去っていったのだった。

「……ありがとう」

小さく見える背に向かって、もう一度英鈴は呟いた。緑風は、こちらを嫌っていて――

しかも、服用法の採用と専属薬師《くすし》の座をかけて争う間柄でもある。

けれどお蔭で、金枝国の暮らしについて知れたのだ。そのことには感謝しかない。

「……さて」

椅子のすぐ近くにある棚から、英鈴は小さな杯と柄杓《ひしゃく》を取り出した。

（せっかく持ってきてくれたんだもの。まずは味見してみないと！）

ある土地について知るには、そこで作られた酒を飲むのが一番、という話もどこかで聞いたような気がする。

父や母がたまにお酒を飲んで楽しそうにしているのは見かけたし、「酒は百薬の長」なんていう言葉もある。馬乳酒を飲んでみれば、いい手がかりを得られるかもしれない。

「……」

柄杓で掬《すく》って杯に注いだ白い液体は、乳製品独特のふんわりとした香りを放っている。

（香りからすると、不味《まず》くはなさそう）

いや、ここは――考えるより、口に運ぶのが先だ。

（いただきます！）

生まれて初めてのお酒にわくわくしながら、そっと杯を傾けた。すると――

「！　お、美味《おい》しい！」

目を丸くして、英鈴は思わずそう呟《つぶや》いた。

馬乳酒は、予想していたよりも酸っぱい味わいだった。けれどほのかな甘みと独特の清涼感があって喉越《のどご》しが爽《さわ》やかだし、何よりも飲むだけで、お腹の奥がぽかぽかと温まる。

(そういえば、「南船北馬」って言葉もあったっけ)

もう一口飲み、今度はお腹だけでなく頰の辺りまで温かくなるのを感じつつ、ぼんやりとそう思った。

ここでいう南とは旺華国を指し、北とは金枝国を指す。大河に舟を乗せて物流を生む旺華国と違い、北では皆が馬に乗り――家畜の群れと共に、平原を移動するのだろう。

(毎日馬に乗るなら当然、身軽に動かなきゃいけないから食事も重たいものにはしないんだろうし……なら、こういう飲み物でお腹を膨らませるのは、理にかなっているのかも)

「ヒック」

――あれ？　どうしてしゃっくりが出たんだろう。

(うーん)

もう一口、馬乳酒を飲んだ後、英鈴は真っ赤な顔でむにゃむにゃと口を動かした。

(それになんだか、眠くなってきたような)

毒？　いやいや、そんなはずはない。こんなに温かくて、なんだか愉快な気分になってきたというのに、それが毒だなんて。

（ふふっ。なんだか足元までふわふわしてきた）

杯を机に置いた英鈴は、次いで、そのまま机に突っ伏した。

（馬乳酒がこんなにいいものなら、そりゃ、金枝国の人たちも毎日飲むかもね）

「……ヒック！」

もう一度、大きなしゃっくりを漏らしてから――

「……」

英鈴はしばらく動かなくなり、それから、安らかに寝息をたてはじめた。

＊＊＊

――誰かに、髪を撫《な》でられている感触がある。

「ん……？」

それに、肩に何か温かいものがかけられている感覚。枕にした両腕が痺《しび》れ、頬に当たる風が冷たい。これは――これは、ひょっとして。

「はあっ!?」

がばっ、と勢いよく顔を上げた英鈴の視界に、まず飛び込んできたのは、すっかり夕闇に染まった秘薬苑の光景と――

「起きたか」

酷薄な笑みを湛《たた》え、ククと低く声を漏らしている皇帝、朱心その人だった。

「えっ、あっ、へ、陛下!?」

「落ち着け。慌てると椅子から転がり落ちるぞ」

冷たい口調ながらそう言ってのけた朱心は、ちょうど机の向こう側、こちらの正面の位置の椅子に腰かけている。例によって頬杖《ほおづえ》をついた彼は、なおもニヤニヤと笑っていた。

「昼日中から酔いつぶれ、夢の世界に旅立つとは……なんとも職務熱心だな、董貴妃？」

「えっ、酔いつぶれ……？」

一瞬戸惑ったけれど、馬乳酒入りの壷《つぼ》を見て、何が起こったのか思い出した。

「そ、そうでした。私、そのお酒を飲んで眠くなって」

「燕志から聞いたが、これが金枝国の民の常飲する酒らしいな」

そう言いながら少しだけ顔を壷に近づけた朱心は、すぐに、眉間に僅《わず》かに皺《しわ》を刻んだ。

「このように酸い香りのものを、よくも好んで飲めるものだ。まあ、それはともかく」

再び姿勢を元に戻すと、彼は英鈴の顔をまっすぐに見て続ける。

「金枝国では幼児でも飲むとされるもので、ここまで酔うとはな？」

「そ、それは！」

（そっか、私って……お酒に弱い体質なんだ）

飲んだ経験が一度もなかったので知る由もなかったけれど、どうやらそういうことらしい。それで酔って眠ってしまって、こんな時間まで――

「お前が涎《よだれ》を垂らして眠りこける姿、なかなかの見物だったぞ」

「えっ、涎!?」

急いで唇の端を拭《ぬぐ》うけれど、何も取れなくて少し焦る。

それに、そうだ――この肩にかかっている白い衣は、ひょっとしなくても。

「へ、陛下のお召し物を！　申し訳ありません、あの、あ、ありがとうございま……」

「普段ならば、酔いつぶれて病を得る者がいようと、それは本人の自業自得と断じるところなのだがな」

こちらの言葉を掻《か》き消すようにしながら、朱心が言葉を重ねる。

「此度《こたび》の金枝国からの依頼は、我が国の民の一生にもかかわる重要なものだ。『薬師の不養生』で片をつけるわけにはゆかぬ。だから、私の羽織りものを貸してやったまでだ」

「……そうでしたか」

ほのかに麝香《じゃこう》の香りが漂う羽織りものの裾《すそ》にそっと触れつつ、英鈴は少しだけ、胸の奥がぽっと温かくなるのを感じた。それは先ほど馬乳酒を飲んだ時よりも、もっと穏やかで、けれど甘い感覚——自然と胸が高鳴っていく。

（もしかして、さっき私の髪を撫でていたのは）

——てっきり風かと思っていたけれど、ひょっとして、そうじゃないのでは。

胸に浮かんだその考えに、英鈴の心臓の鼓動はさらに激しくなり——しかし朱心の言葉を正確に理解した時、そうした甘い気持ちはどこかに飛んで消えていく。

「えっ。今、『民の一生』と仰《おっしゃ》いましたか？」

「いちいち表情を変えて、目まぐるしいことだ」

呆《あき》れたような表情でそう告げてから、朱心は、再び低く笑う。

「しかし、聞き逃さなかった点は評価してやろう。その通りだ、董貴妃。此度の服用法の開発は、何も金枝国の民の命だけにかかわる問題ではない」

頬杖をつくのをやめて、姿勢をまっすぐにすると、彼は続けて語った。

「お前も知っての通り、我が国と金枝国の間では、長らく人質の交換が行われていた。燕志や王淑妃がかの国からこちらに送られてきたのと同様に、我が国からもかの国へ、人質を送っていたわけだ」

今は行われていない、かつての習慣。その重い歴史を実感しながら、英鈴は言葉を挟まずに朱心の言葉に聞き入る。

「しかし今回、明貞鳩からこう確約を得た――もし今回、潤心涙の画期的な服用法を得られたなら、対価として金枝国はこれまでに旺華国より送られた人質のうち、存命の者を全員解放する、とな。要するに、異国より故郷に戻れる民がいる、ということだ」

「……！」

瞬間、自分が短く息を呑《の》んだのが聞こえた。もし、自分が（あるいは緑風が）優れた服用法を考案できれば、それで故郷に帰ってこられる人たちがいる。

金枝国でどのような暮らしをしているかはわからないけれど、少なくとも、彼らはまた生まれた場所に戻って生活できるのだ。英鈴が、力を尽くしさえすれば。

「それは……」

知らず知らずのうちに声を震わせつつ、朱心に告げる。

「身の引き締まる思いのする、お話ですね」

「その通り。ゆえに、酔いつぶれて風邪をひかれては困る――理解できたか？」

皮肉を一言投げつけて、それから、朱心は口の端だけを上向きにした。

それを受けて、英鈴はしっかりと拱手《きょうしゅ》を返す。

「承知しました。私の働き如何《いかん》で、母国に戻れる人たちがいるのなら……今まで以上に、精一杯励んでご覧に入れます！」

「気合だけで事が成れば苦労はせぬ。せいぜい精進してみせよ」

冷酷に、しかし端的な事実を口にしてから、朱心は席を立った。

「あっ、あの陛下！　このお召し物は」

「ああ、そうだった。それは返してもらうぞ」

朱心の大きな手がこちらに近づき、衣を摑《つか》んで取っていく。温《ぬく》もりが消え、風が冷たさを運んでくる——かと思ったその時に、英鈴の眼前の机に置かれたのは、果実が一個。

「代わりに、これをお前に下賜してやろう。酔い覚ましの橙《だいだい》だ」

柚子《ゆず》よりも大きく、文旦《ぶんたん》よりも小さい、名の通り橙色の果実。天日干しすれば胃腸によい生薬が作れるので、この秘薬苑にも生《な》っている。

「ではな。私は執務に戻る」

言い残すなり返事も待たず、朱心は足音を立てずに遠ざかっていった。

さっきまで肩にかかっていた白い衣は、今は彼の肩に羽織られている。

その背中も、次第に黄昏《たそがれ》の闇のうちに消えていった。

（陛下は、私にこの実を渡すためにここへ……？）

否、きっと金枝国との取引の詳細を伝えるためだけに、彼はここに来たのだ。

朱心は皇帝として、どこまでも合理的な人物なのだから。けれど――

「……わ、酸っぱい」

橙をがり、と噛《か》んでみれば、口内に広がるのは酸っぱくてほろ苦い味わい。

ぼんやりした眠りから覚めたばかりの口と鼻の中を、清涼な香りが突き抜けていき、すっきりとした感覚をもたらしてくれる。

（確かに酔い覚ましにはちょうどいいけれど、きっと陛下なら召し上がらないだろうな）

――でも。

（酸っぱくて苦いなんて、まるで陛下みたい）

自然と、そんな言葉が頭に浮かぶ。そしてそれと同時に、頬が緩んで肩の力が抜けた。

（ありがとうございます、陛下）

胸の内で、もう一度感謝を伝える。

（私、精一杯頑張りますから）

そう思うだけで、胸の奥から力が湧いてくるような気持ちになった。

第三章　英鈴、瓢箪《ひょうたん》から駒が出ること

——その日の夜、英鈴《えいりん》の部屋にて。

「うえっ！」

杯を少しだけ傾けた後、英鈴は呻《うめ》きと共に思いきり表情を歪《ゆが》めた。その声を聞いて、近くで挂毯《けいたん》に刺繡《ししゅう》を施していた雪花《せっか》が驚いた様子で近寄ってくる。

「英鈴、大丈夫？　何を飲んだの、研究の材料……？」

「し、心配かけてごめんね」

机に杯を戻してから、けほけほと咳《せき》をする。

「ちょっと、服用法の試作品を飲んだだけ。危険なものじゃないから、気にしないで」

「わかった。でも、根を詰めすぎないでね」

気遣いの言葉を残して、友人は仕事に戻っていった。床に座った彼女がまた黙々と針を動かすその隣には、必死な面持ちの「翠玉《すいぎょく》」がいる。

（緑風《りょくふう》くんも、大変よね。宮女の仕事と服用法の開発、両方しないといけないなんて）

彼の事情を知っているのだから、例えば「翠玉」に暇を与えるなどして、緑風が研究をしやすいようにするべきだろうか。

（でもきっと、緑風くんは嫌がるだろうな。情けをかけられた、とか言って）

ならば英鈴としては、研究に励んで成果を出すだけだ。小細工なしで競った結果なら、きっと緑風も納得してくれるだろう。

（とはいえ……）

未《いま》だ、服用法の開発はその第一歩にすら立っていない。せっかく彼から馬乳酒《ばにゅうしゅ》を貰《もら》ったのだから、なんとかそれを活《い》かせないかと、ひとまず研究用の潤心涙《じゅんしんるい》──つまり、強烈な薬効をもたらす成分を取り除いた潤心涙を、そのまま馬乳酒に混ぜてみたのだが。

（潤心涙の苦さを馬乳酒の甘酸っぱさで中和できるかと思ったのに、全然駄目ね。苦さが逆に目立ちすぎるし、馬乳酒が少しとろっとしているせいで、上顎《うわあご》に苦い成分が貼りついてなかなか取れないし！）

用意してあった水を喉《のど》に流し込み、息を吐く。これは、別の方法を考えるしかない。

（そもそも、混ぜて飲むだけで美味《おい》しく服用できるなら、誰も苦労はしないものね）

だからこそ緑風も、自分にはもう必要ないものだと言っていたのだろう。

考え込む英鈴の耳に、宮女たちに向けた雪花の声が届く。

「みんな、お疲れ様！　今夜はもう遅いし、刺繡はここまでにしましょう」

その号令に合わせて、宮女たちはめいめいに針と糸を置き、片付けを始める。ちらりと見えた挂毯はといえば、全体の半分くらいはできているのだろうか。

図柄がどうなるかはまだはっきりしないけれど、濃淡様々な色合いの緑と鮮やかな薄紅の糸が、真っ白だったはずの布を美しく彩っている。

出来上がったら、どれだけ素敵なものになるだろう。自然と楽しみになり、英鈴は微笑んだ。一方で雪花はといえば、座り込んだままの「翠玉」に気さくに声をかけている。

「翠玉ちゃんも、お疲れ様！　こんな時間まで針仕事だったから、肩凝ってるでしょ」

「……いえ。私は、問題ありませ……」

「遠慮しないで！」

相手の後ろにぺたんと座り込み、雪花は力強く「翠玉」の両肩に手をかける。そのせいか、彼はびくりと身を震わせた。

「あっ、あの！　……ほ、本当に問題ありませんので。それに、目上である雪花様に肩を揉《も》んでいただくなんて」

「いーから、いーから！」

「ほっ、本当に結構ですからぁっ！」

ほとんど緑風としての素の声音で、でも全身は凍りついたように動かさないまま、彼は雪花に肩を揉まれていた。

揉まれるのが苦手なのか、恥ずかしいのか——でなければ、女装がバレるから触ってほしくないのかもしれない。にしても、どうしてあんなに真っ赤な顔になっているんだろう。

「あのー、雪花」

そっと、英鈴は助け舟を出した。

「ひょっとして翠玉さんは、こう、くすぐったいんじゃない？　遠慮じゃなくて嫌なのかもしれないし、手加減してあげたら……？」

「え、そうだったの？　ごめんね、翠玉ちゃん」

そう言って、雪花は手を離した——けれども。

「！」

瞬間、「翠玉」の目が鋭くなる。直後、彼は気取ったような面持ちになって口を開いた。

「いいえ。私は平気です、雪花様。あまりにも肩揉みが上手でいらっしゃるので、驚いていただけです！」

「なーんだ、そうなの？　じゃあもっと揉んであげるね！」

「……！」

しまった、というような顔をしている「翠玉」だが、今度こそ雪花の気が済むまでその場を離れられなくなったのだった。

（つ……強がってしまったのかしら）

虚勢をはるのもいいけれど、ここまで来ると生きづらいのではないかと少し心配になってしまう。英鈴はこれ以上なんとも声をかけることができずに、また真っ赤な顔に戻った「翠玉」と、それにまったく気づいていない雪花を眺めるしかなかった。

「あっ、そうだ！」

しばらくして、雪花が思い出したように言った。

「そういえば明日の昼にね、金枝国《きんしこく》の使者の方々が宴《うたげ》を開くらしいよ。向こうの国の食事を振る舞ってくれたり、珍しい品を紹介してくれたりするんだって！」

「え、本当に？」

それは何より、耳寄りな情報だ。驚いて問いかけたこちらに、雪花はこくりと頷《うなず》いた。

「お知らせが来た時、英鈴は秘薬苑《ひやくえん》にいたから、伝えるのが遅くなってごめんね。使者の方々の中には宦官《かんがん》の人もいて後宮に入れるし、せっかくの機会だからって話らしいよ」

雪花の話では、遊宴は後宮の奥の庭で行われるという。たぶん、他の妃嬪《ひひん》たちとも顔を合わせることになりそうだが――服用法の手がかりを得るよい機会だ。行くしかない。

「そういうことなら、私もぜひ。ええと、そうだ！　翠玉さんも行くでしょう？　興味あるって、言っていたものね」

「……はい」

それまで雪花の話に素直に驚いた表情を浮かべていた「翠玉」は、こちらが声をかけると、やや不承不承といった様子ではあったが頷いた。

「……私も、叶《かな》うならぜひ……伺いたく存じます」

「じゃあ、一緒に貴妃《きひ》様のお付きで行こうか！」

屈託なくそう言って、雪花はうきうきとした気持ちを隠さずに続ける。

「楽しみだなあ、金枝国の食べ物なんて！　どんな珍しいご飯なんだろう。ね、英鈴！」

「ええ、そうね」

友人の笑顔につられるようにして、英鈴もまた、微笑みを返すのだった。

＊＊＊

そして、翌日。かつて紅葉饗《こうようきょう》が開かれたのと同じ庭には、今は椅子と小机のみならず、それなりの大きさの舞台まで用意されている。恐らく、そこで金枝国の品々が公開されるのだろう――そう思って、英鈴はまっさきに一番舞台に近い席に陣取ることにした。

（事前に席は決まっていないみたいだし、私だって一応貴妃なんだから……たまには、いい位置を取ったっていいよね！）

残念ながら宮女の立場である雪花と「翠玉」は少し後方の席になってしまうようだけれど、それでも、二人とも既にいい位置につけたようだ。

物見遊山のためではなく、薬の研究のためなのだから、多少は勘弁してほしい――と思っている背後から、「厚かましい」だの「これだから平民出は」などという言葉が聞こえてきたと思った矢先、声をかけて隣に座ってくれたのは、楊太儀《ようたいぎ》であった。

「董《とう》貴妃様！　本日もご機嫌麗しゅうございますわ」

普段から輝くような美貌《びぼう》を誇る彼女は、初冬とあって少し寒々しい雰囲気を放つこの庭にあっても、燦然《さんぜん》とした優雅な雰囲気を纏《まと》っている。

「こんにちは、太儀様。お久しぶりですね……お元気でしたか？」

「ええ、わたくしも小茶《しょうちゃ》も、お陰様で。ああ、ですが貴妃様」

ふいに太儀は声を潜めて、そっと質問してきた。

「なんでも先日、近くのお庭で幽鬼騒ぎがあったとか。騒ぎ立てたのは呂賢妃《りょけんひ》様のところの宮女たちだそうですから、どうせ作り話でしょうけれど……ご無事で何よりですわ」

「えっ、あ、ええ！　へ、平気でしたよ」

そういえば結局うやむやになってしまっていたけれど、そんなこともあった。まさか緑風のことを話すわけにもいかないし――と思いつつ、それでも無意識に視線は後方の彼に向かってしまう。楊太儀は、それに目ざとく気づいたようだ。

「あら！」

こちらの視線の先にいる「翠玉」を見た彼女は、短く声を発する。

（えっ、どうしよう⁉　太儀様、もしかして緑風くんのこと）

英鈴より後宮に長くおり、高貴な出自でたくさんの人々と接しているだけに、もしかすると「翠玉」の真実を見抜いてしまったのでは――？

どきりとした英鈴に対し、振り向いて楊太儀はにこやかに言う。

「新しい宮女をお雇いになったんですのね。とても利発そうで可愛らしい子ですわ。さすが貴妃様、よい人選をされますのね」

「あ、あはは……ありがとうございます。雪花に任せているだけですので……」

――よし、大丈夫。ほっとしたその次の瞬間、舞台に人が上がり、朗々と声をあげた。

「なんとなんと。後宮の皆さま、お集まりいただきましてありがとうございます！」

居並ぶ女性たちの前で挨拶《あいさつ》をしているのは、使者の代表たる明貞鳩《めいていきゅう》だった。しかも、その隣には陳鵜真《ちんうしん》も控えている。

ここにいるということは、二人とも宦官なのだろう。だとしても使者のうちで相当に地位の高いはずの彼らが、他の執務を置いてこうして後宮まで来るとは——

(服用法を作る私への配慮、と考えるのは都合がよすぎるかしら)

なんにせよ、こうして自分自身で金枝国の品々を体験できる機会はありがたい。

そうこうするうちに、まずは食事が振る舞われる。そして昨日燕志《えんし》から聞いた通り、饗《きょう》された金枝国の料理のほとんどには、羊の肉が使われていた。

もちろん、ただ肉を焼いたり煮たりしただけではない。例えば腱湯《けんとう》という料理は、その名の通り羊の脚の腱を煮凝《にこご》りにしたものが、肉汁と一緒に供されたものだった。見た目は薄茶色の寒天の中に、肉の筋が固まっているような不思議な料理である。けれど食べてみると、独特の歯ごたえの後に滋味豊かな味わいが口内に広がる。

(同じ羊肉料理といっても、こんなに色んな調理方法があるのね……！)

振り返ると、雪花が目を輝かせて肉を頬張っているのが見えた。その隣で「翠玉」もまた、頬を紅潮させて食事を進めている。よかった——彼も楽しめているようだ。

その他にも、薄切りにした柔らかな羊の焼き肉に貴重な赤い岩塩を塗《まぶ》した料理や、干した沙棘《サジー》の実が使われた焼き菓子など、普段は口にしないような品々が食卓に並ぶ。

さらに何より英鈴の、そして皆の目を釘《くぎ》づけにしたのは、柳蒸羊《りゅうじょうよう》と呼ばれる料理だった。羊一頭分の肉に、柳の葉と土とを被《かぶ》せて蒸し焼きにした料理なのだが、なんと目の前で調理されたのだ。

円状に並べた石を真っ赤になるまで熱した後、上に鉄製の網を載せ、羊の肉をそこで焼くというとても珍しい調理法で、金枝国でもとっておきの時にしか振る舞われない宮廷料理らしい。そんな柳蒸羊は、柳由来の香りがついた柔らかな肉の食感と、かりかりに焼けた皮の香ばしい食感とを同時に楽しめる素晴らしい一皿だった。

（お、美味《おい》しかった……！）

心からそう思いつつ、英鈴は最後に供された雪葩《せっは》――高山の湧き水を使った蜂蜜《はちみつ》水を凍らせ、砕いて作ったという甘味をじっくりと味わった。肉料理のこってりとした脂が、ほのかな甘みと氷を嚙《か》む感触で、どんどん紛れていく。

（香辛料をたくさん使わなくても、こうやって口をすっきりさせられるものなのね）

一匙《さじ》、一匙を惜しいと思いつつ、つつがなく食事は終わった。残念ながら、何かすぐに服用法の手がかりになるものが見つかったわけではないけれども。

空の皿と食卓が片づけられ、次に始まったのは、金枝国の様々な品々や生き物の紹介だった。珍しい楽器や西域由来のふかふかした敷物、兎に似た高山に住む小動物、それに至宝の一つだという、女性の拳《こぶし》ほどの大きさの金剛石など――

物資の集積地である永景街《えいけいがい》の出身といえども、英鈴もこれほどの品は見たことがない。見聞を広めるという以上に、心奪われている自分がいた。

それぞれの品が現れるたびに、女性たちから悲鳴にも似た歓声があがる。それを聞いて貞鳩は、声には出さないまでも満面の笑みを浮かべていた。一方で鵜真はといえば、どこかそわそわした様子で辺りを眺めている。

(まるで何かを待っているみたい……？)

英鈴が疑問に思いはじめた頃、ややあって、舞台に上がったのは鵜真その人だった。

彼は恭しく女性たちにお辞儀をすると、手の中に持っていた何か――手のひらに載るほどの大きさの、小箱をぐるりと皆に見せる。

「妃嬪の皆さまがたぁ」

相変わらずの甲高い声で鵜真は言った。

「お見せしているのはこちら――金枝国で今、もっとも優れたる薬でございます」

(薬っ⁉)

まさかここにきて、薬の紹介があるとは思わなかった。我知らず前のめりな姿勢になり、英鈴は食い入るように小箱を見つめた。

(膏薬《こうやく》かな。それとも、私が考えもつかないような形状の薬……?)

早く、どんな効能があるのか知りたい。そんな逸《はや》る気持ちをさらに焦《じ》らすように、鵜真はゆっくりと説明を始めた。

「この薬の名は、『武器軟膏《ぶきなんこう》』。変わった名ではありますが、その効能は四海に轟《とどろ》くほど、といった具合でございまする」

(武器……?)

聞き間違いかとも思ったが、そうではないらしい。鵜真が目配せすると、傍らから別の宦官が現れて、一振りの剣——もちろん、鞘《さや》に納められているものを横向きに掲げ持つ。

「この軟膏は、有り体に申せば傷薬でございます。しかしこれまでの傷薬と違い、こちらは傷を負った肌に塗るものではないのです」

(へえ……傷に塗らないのなら、布に塗って湿布にするとか? じゃなかったら舌に塗って、血に乗せて身体を巡らせることで傷を癒《いや》すとか……?)

やはり聞いたこともない処方に、胸がどきどきと高鳴る。すると鵜真はこちらのそんな視線を察知したかのように、にんまりと唇で弧を描くと、こう言ってのけた。

「例えばこの剣で、傷をつけられた方がいるとしたら、軟膏を剣にお塗りください。この薬は、傷をつけた武器に塗るものなのです」

「えっ⁉」

思いもよらぬ言葉に、つい小さく驚きを発してしまう。それとほぼ同時に、後ろでがたりと椅子が鳴る音が聞こえたような気がした。かたや、鵜真はさらに説明を続ける。

「剣に塗れば、たちどころに軟膏は傷を癒します。おぉお、なぜそのような現象が起こるのかと疑問に思われるご婦人も多いでしょうから、解説いたします」

鼻高々と、どこか自慢げに彼は語った。

「私がこの剣で、自分の腕を傷つけたとしましょう……おお、もちろん本当にはいたしませんとも。その時当然、剣には私の血が付着しますな。この軟膏には、剣に付着した血と、私自身の血との間の結びつきを強める作用があるのです」

──結びつき？　訝《いぶか》しい思いを隠さずに、英鈴は彼の話に聞き入った。

「皆さま、磁石をご覧になったことは？　……ご婦人ならばないかもしれませんなぁ。では、月と大地とをご想像あれ。大地は不動ながら、月は毎夜同じ場所を巡って参ります。このように、世には離れていても互いに影響を与えあうものが多くございます」

そうした離れたもの同士の結びつきを強めることで、「元に戻ろう」とする力を高め、傷の治りを早くするのだと鵜真は説明した。

「武器軟膏は、はるか西域より伝わりし最新の理学に基づいた至高の薬。もはや傷口に薬を塗るなど、古き因習と言えましょうなぁ。未来の薬師《くすし》の行李《こうり》には、必ずやこの武器軟膏が収められるでしょう」

そう言って、彼は深々と頭を下げた。途端に、周囲の妃嬪《ひひん》からざわめきが起きる。

信じがたい、あるいは説明の意味がわからない、といったような声。

そして、英鈴は――唇を結び、押し黙っていた。表情は、自然と険しくなる。

「あの、董貴妃様」

楊太儀が、小声でそっと問いかけてきた。

「わたくし、あの方のご説明がよくわかりませんの……本当に、そのような薬があり得るものなのですかしら？」

「それは……」

はたと表情を緩くし、英鈴は正直な気持ちを語ろうとした。

しかしその時、舞台上の鵜真がわざと言葉を被せるように言う。

「これは最新の技術ゆえ、ご存じないのも無理からぬこと。ですが考えてもご覧ください。原初、何もない平野で動物のごとき暮らしをしていた頃の人間が、今こうして発展する旺《おう》華国《かこく》の街並みを見ても、それがなんなのか理解できぬのではありませんか？」

そう語る彼の瞳《ひとみ》は、夜霧に霞《かす》む月のように濁って光っている。

「常識を隔絶した技術というものは、時に理解の及ばぬものなのでございます。珍しいと貴んでいただければ、ご婦人がたにはそれで充分かと」

（何を……！）

英鈴の胸に、突き上げるほど激しく、熱いものがかっとこみ上げてくる。いつの間にか握っていた拳《こぶし》に籠《こ》めた力が強くなり、噛《か》みしめた奥歯が小さく音を立てた。

確かに、鵜真の発言には一理ある。最先端の技術は、それに関する理論についてきちんと学んだ者でなければ、時にその効能や利便性を理解できないものだ。それに、常識を覆すような発見が薬学を発展させた事例など、これまでの歴史を振り返れば幾度もある。

それは認めよう。――しかし。

（血痕《けっこん》に薬を塗ったら、傷が治るなんてあり得ない！　いいえ、それよりも……）

仮に英鈴の見識の及ばないような技術が使われているのだとしても、鵜真の言動には問題がある。彼はさっきから、さかんに「ご婦人がた」の無知を訴えている。女だから知らないだろう、女だから新しい技術はわからないだろう――と。

金枝国の使者という「珍しいものを運んでくる」立場であるのをいいことに、後宮の女性たちをあからさまに見下した言葉。間違いない、彼はわざと言っている。

わざと煙《けむ》に巻くような言い方をして、女性たちを嘲《あざけ》っているのだ。

「おぉお、ご興味のある方がいらしたら、恐れながらお声掛けください。喜んでお譲りいたします。もっとも、相応の金子は頂戴《ちょうだい》いたしまするが」

――しかも、商売まで始めようなんて！

（許せない！）

ほとんど叫びだしそうな勢いで、英鈴は椅子を立とうとした。立ちあがり、彼に問答を仕掛けるつもりだった。しかし、それより少しだけ早く――

「ふざけるなっ！」

背後から、鋭い叫びが聞こえた。

（この声、緑風くん⁉）

驚きと共に、弾《はじ》かれるように振り返った先に立っていたのは、宮女の「翠玉」――つまり緑風だった。口をぽかんと開けている雪花の隣で、彼は怒りで頬を上気させつつ、人差し指を鵜真に突きつけて糾弾する。

「身体から離れた血に塗った薬が、傷口に影響を与えるだと⁉　そんな作用機序があり得るものか！　お前がインチキ薬で後宮の女たちを騙《だま》し、私腹を肥やしに来たのではないと言うならば、まずその効能の証拠を見せてみろ！」

中庭に澄んだ声が響き渡って、それからしん——と、全き静寂が訪れる。「翠玉」はそれでも、怯《ひる》まずに鋭い視線を鵜真に投げかけるだけだ。

ややあってから、周囲の妃嬪や宮女たちが再びざわめきはじめた。

「あの宮女、見たことがないわ。誰なの……？」

「どうも、董貴妃様のところの新入りらしいけれど」

「まあ、董貴妃様の。どうりで」

こそこそとした声の中には、何か嘲笑《ちょうしょう》するようなものがちらほら聞こえる。

一方で鵜真はといえば、「翠玉」が声をあげた時から笑みを消し、無表情になっていた。怒り、ではないようだ。その面持ちは、すぐさま、ころりと恭しいものに転じる。

「おぉお、なるほど」

いかにも慇懃《いんぎん》に、彼は穏やかに語った。

「先ほど申しました通り、これなるは特異な技術——疑問に思われる方がいらしてもおかしくはございませんなぁ。承知しました、それではお望みの証拠をご覧に入れましょう」

堂々と言い放つ鵜真からは、微塵《みじん》も動揺など窺《うかが》えない。

まるで無知なる者に教えを説こうとするような、慈悲深い笑みすら湛《たた》えている。

（なんですって……？）

そこまで言うからには、確たる証拠があるのだろう。ひとまず椅子に座り直し、しかし納得できない気持ちを抱えたまま、英鈴は前方の様子を見守った。

すると、庭の向こうから舞台上へ連れて来られたのは、二頭の馬だった。一頭は栗毛《くりげ》で、もう一頭は葦毛《あしげ》である馬たちは、立派な体格だが、それぞれ腹の辺りに包帯を巻いている。

ざわめいていた女性たちも、意外な動物の登場に話をやめ、じっと鵜真の言葉を待つ。ちらりとまた後ろを振り返れば、「翠玉」も椅子に戻って様子を見つめていた。腕組みをし、剣呑《けんのん》な表情で、いかにも不服そうな面持ちではあるけれど。

「皆さま、この馬たちをご覧ください」

ややあってから、鵜真は堂々と言う。

「これなる馬たちは十五日前、ほぼ同時に同じような創傷――切り傷を負いました。そして片方の馬には従来の軟膏、そしてもう片方の馬には……つまり馬に傷をつけた剣には、武器軟膏を投与しておりまする」

そうまで言って、彼はにんまりと笑う。

「さて、もしこの武器軟膏が……そこの宮女の方が仰《おっしゃ》ったようにインチキ薬ならば当然、従来の軟膏のほうが傷の治りが早く、逆に武器軟膏のほうは治りが遅いはず。ここまではご理解いただけますな？」

英鈴は、無意識のうちに頷《うなず》いていた。ここまでは、別におかしな点はない。どちらの薬のほうがより治りが早いか、どのような効能が得られるかを調べるために、違う薬を同時に試して比べる実験は、薬学の世界でもよく行われるものである。

「さあ、ご照覧あれ」

鶏真は馬たちのほうを向き、枯れ枝のような指で包帯を取っていった。馬たちはこちらを見つめながら、大人しくその場に立っている。そして、露《あら》わになった傷口は——

栗毛のほうは、かさぶたはできているものの、その傷の周りが赤くただれている。かたや葦毛の馬は、かさぶたもなくなり、ほぼ完治といっていい状態だった。うっすらと毛の生えていない箇所があるので、そこを怪我《けが》していたのだろうか——となんとなく思わせる程度である。そこで、鶏真は告げた。

「栗毛に投与したのが従来の軟膏。そして、葦毛の傷のために投与したのが武器軟膏でございます。さて、これでどちらがより優れたる薬かご理解いただけますね？」

誇らしげなその発言に、周囲の妃嬪たちは再びざわつきはじめる。

英鈴もまた、予想していなかった展開に一瞬驚いた。

「そんなわけないだろ」

けれど腕組みしたまま、「翠玉」は鋭く反論する。

「結果だけ見せられても、証拠にはならない。そんなの、常識だと思うがな！」

（そう、その通り）

内心で、彼の言葉に頷く。いくら鶺真が結果を主張したところで、それが本当だという証拠はどこにもないのだ——今のところは。

「そう仰せになるのも当然ですので」

反論を予期していたように鶺真は言い、折り畳まれた紙を懐から取り出した。広げたそれを見たところ、どうやら書状のようで、末尾に複雑な文様が赤い墨で記されている。

「これなるは、我らが金枝国の国王陛下より正式にご承認をいただいた書状です。一読いただければおわかりのように、この馬が怪我をした十五日前から、我らがこの旺華国へと出立《しゅったつ》する五日前までの期間に、馬たちの傷がどのように治っていったかの詳細な記録がしたためられております」

「……！」

居ても立ってもいられない、といった様子で「翠玉」が鶺真の近くへと駆け出す。あまりにもその勢いが激しいので、もしものことがあってはとこちらも椅子を立ちかけるが、舞台に上がった彼はただ、書状を受け取ってその場で読むばかりだった。

視線が文面を追うごとに、「翠玉」の顔の赤らみは失《う》せ、代わりに青白くなっていく。

「ば、馬鹿な……これはっ……」

彼が何も言わなくても、その表情の変遷を見れば、何が書いてあるのかははっきりする。

きっとあの記録は、文句がつけられないほど正確なのだ。しかも、使者の一人である鵜真が公的な場で堂々と宣言している以上、付されている国王の承認も本物に違いない。

つまり――従来の軟膏《なんこう》よりも、武器軟膏のほうが効果的だと認めざるを得ない結果が、あそこに記されている。

（そんな……!?）

ではやはり、武器軟膏とはこちらの常識を超えるような新しい知識に基づいた、素晴らしい薬なのだろうか？　いくら鵜真の発言が女性を見下したものであろうと、薬の効能自体は正しいものだったのだろうか――？

「ご納得いただけましたか？　宮女殿」

軽くひったくるように書状を取り戻し、懐に入れると、鵜真はにっこりと笑って続けた。

「私は薬学的に正しい方法で実験を行い、正式な許可を得て結果をお見せしているのです。私の言葉を疑うのは、我らが金枝国の国王陛下を疑うことと同義でございますよぉ」

「くっ……！」

「もっとも」

ずいっ、と顔を「翠玉」に近づけた鵜真は、囁《ささや》きかけるように、しかし近くにいる英鈴たちの耳には入る程度の声の大きさで、告げる。

「あなたのような幼い宮女には、少しばかりこの道理は難しかったかもしれませんねぇ？　女でありながら薬師《くすし》の真似事がしたいなら、もう少し利口になるべきかと思いまするが」

瞬間――「翠玉」の目が、今までにないほどに大きく見開かれた。

その目の色は、怒りというよりは暗く、絶望に近かった。信じられない言葉を聞いたかのように、彼の表情は凍りつき、その唇はただ強く噛《か》みしめられている。

そして指先が、小さく震えていた――

「待ちなさい！」

だから、黙っていられない。英鈴は椅子から立ちあがり、声を発した。

「と、董貴妃様……！」

隣の楊太儀も、彼女の仲間である嬪《ひん》たちも、皆驚いた様子でこちらを見ている。

一方で遠くにいる呂賢妃の一派や、徐順儀《じょじゅんぎ》たちは、途端にクスクスと笑いを零《こぼ》した。聞えよがしな声まで、風に乗って聞こえてくる。

「まあ、躍起になって。董貴妃様は本当に、宮女想いの素晴らしい方でございますねえ」

「おおかた、使者様の軟膏が売れれば実家のものが売れなくなると踏んで、宮女にあのような放言をさせたのでしょうよ。浅ましいこと……！」

いかにもおぞましいものを見た、といったような口調で、彼女らはこそこそと言い合っている。けれど、今さらそんな言葉にたじろぐ自分ではない。

（それに、そんな場合じゃない。絶対に確かめなきゃ）

さっきの実験結果について考えるうちに、疑問が湧いてきたのだ。鵜真の主張を退け、欺瞞《ぎまん》を暴けるかもしれない、一つの疑問。突きつけずにはいられない。

英鈴はただ鵜真のほうだけを見据えて、おもむろに口を開いた。

「陳鵜真様、お話はたいへん興味深く伺いました。また、私の宮女が失礼を申し上げたことをお詫《わ》びいたします」

こちらの言葉に、「翠玉」が青い顔のままはっとした様子を見せた。それに合わせ、鵜真は揉《も》み手《で》をしながらにこにこして語る。

「いえいえ、とぉんでもございません。誰にでも若気の至りというものは……」

「ですが」

とりなすような鵜真の笑みを掻《か》き消すように、わざと相手の言葉を遮って続ける。

「私も一つ、お尋ねしたい儀がございます。……栗毛の馬に塗ったという薬を、後学のためにお見せ願えませんか？」

意外そうに、鵜真は気の抜けた顔で問い返してきた。

「栗毛の……？　つまり、通常の軟膏を？　この武器軟膏ではなく」

「はい。従来処方されてきた軟膏と仰るのはどの薬なのか、拝見したいものですから」

英鈴が言うと、相手は得々とした面持ちで懐を探り、金属製の丸い容器を取り出す。

「さようでございますか。ではこちらをどうぞ、貴妃様」

「ありがとうございます」

受け取った容器の蓋《ふた》を、軽く捻《ひね》って開ける。すると中には、赤紫色の軟膏が入っていた。

(色からして、紫泉膏《しせんこう》かな。確かにこれは、『従来処方されてきた軟膏』で間違いない)

紫泉膏とは、生薬である紫根《しこん》と当帰《とうき》を、黄蠟《おうろう》やごま油などに加えて混ぜ、煮詰めて作った薬である。紫根が炎症を抑えて治癒を促進し、当帰は痛みを和らげ、血を補う。傷薬として長く使われてきた、信頼できる軟膏のはずだ。けれど——

「……！」

ほのかに鼻腔《びこう》にまで立ち上ってくる匂いを嗅《か》ぎとったその時、脳裏をある予感が過《よ》ぎる。

次いで、英鈴は容器に顔を近づけ、今一度その匂いを確かめた。

(これは……！)

予想が当たっていたようだ。

（つまり、やっぱり武器軟膏は）

――もし武器軟膏が本当に優れた薬だったなら、大勢の人が助かっただろうに。そのことに一抹の悲しさを覚えつつも、紫泉膏を手にしたまま、英鈴は再び鵜真に向かって言う。

「鵜真様。この軟膏、混ぜ物がされていますね」

「なっ！」

厳しく問いただすこちらの視線に一瞬気圧《けお》されるように、鵜真はたじろいだ。

けれどすぐさま体勢を戻すと、彼は、頭を横に振りつつ笑って答える。

「貴妃様、恐れながら、一体何を仰せになって……？」

「紫泉膏には、材料由来の独特の匂いがあります。具体的には、ごま油の香りです」

まっすぐに鵜真を見据えたまま、英鈴は語る。

「しかしこちらの紫泉膏からは、ごま油だけでなく、ほのかに甘く渋みのある香り……それに刺激臭もあります。察するに、漆《うるし》と唐辛子《とうがらし》が混ぜられていますね？」

「！」

「そんなものが混ざった薬を塗られれば、栗毛《くりげ》の馬がそうであるように傷口が爛《ただ》れ、治癒が遅れてもおかしくありません。葦毛《あしげ》の馬のように、傷口そのものには何も塗られず自然に任せたほうが、早く治るのは当然でしょう！」

緑風が、短く息を呑《の》んだ音が聞こえる。かたや鵜真はというと、しばらく無表情に黙っていた後、口の端を引き攣《つ》らせつつ述べる。

「お、お……恐れながら、貴妃様の鼻がそう嗅ぎとられただけというのは、証拠にはならぬかとぉ。それにこちらには、国王陛下のお許しを得た書状が」

「書状を疑いはしません。ただ、実験内容に問題があると申し上げたまで。それから」

英鈴は語りつつ、手のひらに載せた紫泉膏の容器に視線を向けた。

そして躊躇《ちゅうちょ》なく、右の人差し指で軟膏を掬《すく》い取る！

「あ……！」

緑風と、固唾《かたず》を呑んでこちらを見守っている楊太儀が声を発したのが聞こえる。

——指の先が熱い。けれどそれに今は構わずに、英鈴はその指先を鵜真に、そして遠くにいる女性たちの目にも見えるように高く掲げた。

「これがただの紫泉膏なら、私の指がこうまで腫《は》れますか⁉」

英鈴の人差し指は、軟膏が塗られた箇所を中心として、みるみるうちに赤くなっていく。

その場の人々が啞然《あぜん》としているのを感じつつ、さらに鋭い声音で、相手に問いかける。

「どうですか、鵜真様。この指の症状について、納得できるご説明を。それから、武器軟膏の効能を証する実験を正確に行うのならば——傷口を清潔にし、薬をつけずに自然に任せて治癒させた馬を用意すべきかと思います」

無言で歯を食いしばっている鶏真に対し、一歩前へ踏み出し、容器を突き返した。

「何もつけていない馬より、武器軟膏を使った馬のほうが早く治ったなら、その時初めて、武器軟膏の正しさが証明されるかと。あなたのご主張がどうあれ、現段階では、私の宮女の指摘が正しいとしか思えませんね！」

「な、な、何をぉっ……！」

鶏真の土気色の肌が、みるみるうちに赤く染まっていく。眼を血走らせ、彼は叫んだ。

「この私に、金枝国の薬事長たるこの陳鶏真に対して、意見だとぉ……!? 女のくせに」

「まーまーまーまー、鶏真殿！」

と——鶏真の口から、何かとんでもない言葉が飛び出しかけた直後。それまで隅で黙って状況を見守っていた貞鳩がすかさず飛び出してきて、英鈴と鶏真の間に割って入った。

「董貴妃様は実に薬に詳しくていらっしゃる！　議論はたいへん興味深く拝聴しておりましたが……公演を行う楽師たちが、今か今かと出番を待っておりますので、この場はここまでということで！　鶏真殿はお疲れでしょうから、こちらへ。ささ、参りましょう」

「ぐっ……！」

鶏真は一瞬、ひどく憎らしげにこちらを睨《にら》んだ。まるで蛇のような凄《すさ》まじい目つきに、少しぞくっとしてしまう。――けれど、自分は間違っていない。指の先に今なお感じる痛みが、それをはっきりと証明していた。

貞鳩に背を押されるような形で、鶫真は宴《うたげ》の会場から退出していく。最後に、ちらりと貞鳩がこちらを見て、にこりと微笑んだような気がしたが――

（気のせいかしら？）

ともかく今は、緑風のことが気がかりだ。

「さあ、翠玉さん」

英鈴は、立ち竦《すく》んでいる彼に声をかけた。

「私たちも席に戻りましょう。……やっぱりあなたは、間違ってなかったね」

こちらの言葉を、彼はどう解釈したのか。

小さく歯噛《はが》みしてから俯《うつむ》くと、「翠玉」は速やかに元いた椅子へと戻っていった。小走りのその姿は、傍《はた》から見ればきっと、年若い宮女が恥じらっているように思えるだろう。

（大丈夫かな、緑風くん）

少し心配になるけれど、ここでこれ以上問いただすことはできない。

席に戻ると、ちょうどそれに合わせるかのように現れたのは、金銀の煌《きら》びやかな衣装を纏《まと》った楽団であった。見たこともない弦楽器で楽師たちが繊細な音楽を奏で、妓女《ぎじょ》たちがそれに合わせて軽やかに舞う。のびやかなその動きは、まるで風の中で踊る魚のようだ。

そして観客たる女性たちの関心は、どうやら、速やかにそちらに移ったようだった。

席に座り直した英鈴にそっと話しかけてくるのは、隣にいた楊太儀のみである。

「貴妃様……お、お指は大丈夫ですの？　冷やすための水がご入用ならば……」

「いいえ、平気です太儀様。どうぞ、お気になさらないでください」

太儀に安心してもらい、それから心配して近づいてきた雪花に、油の小瓶を持ってくるようにこっそりお願いする——肌を傷つけている原因の一つである唐辛子の辛みは、油に溶ける性質があるのだ。

漆のほうは完治までしばらくかかるだろうけれど、放っておけば問題なく治る。

それより、鵜真のあの態度のほうが気になる——それに、緑風のことも。

落ち着かない気持ちを抱えたまま、英鈴は楽団の舞いを眺めていた。


「ねえ、なんだったの!?　あの宦官《かんがん》のオジさん！」

宴が終わって部屋に戻るなり、我慢の限界といった様子で雪花が言った。

「英鈴に向かって、『女のくせに』とか言ってなかった!?　みんなはちゃんと聞き取れてなかったみたいだけど、あたしの耳にはちゃんと届いてたからね！　何よ、偉そーに！」

「ええ……まあ、ひどい人だったよね」

腹が立つというよりは、じんわりした悲しさを感じながら、怒れる雪花に頷《うなず》きかける。

女だから、薬師《くすし》になれない――そんな言葉は、これまでに何度も投げかけられてきた。

夢を語れば、本気に捉えられないか、笑われるばかりだった。

これまでに自分の夢を聞いて、笑わなかったのはただ一人、朱心《しゅしん》だけだ。

けれど朱心のような考え方の人がこの国に、そしてきっと世界にすらほとんどいないというのは、確かな事実。今改めて、その現実を突きつけられたような気持ちになったのだ。

「あ、けどさ！」

と、怒るのをやめた雪花は打って変わって、明るい口調になる。その笑顔が向けられているのは、今も部屋の隅で俯いて、ひっそりと佇《たたず》んでいる「翠玉」だ。

「翠玉ちゃん、すっごくカッコよかったよ！　薬のことであんなに熱くなるなんて、まるで貴妃様みたい」

「……」

彼は、何も言わない。明らかに落ち込んだその姿に、周りにいる他の宮女たちも、なんと声をかけていいかわからないようだ。

「ねえ、あのオジさんが何か言ってたみたいだけどさ、そんなの気にしなくていいって！

翠玉ちゃんは男の人にだってちゃんと言い返せてて、すごく立派だったよ」

　雪花が、とりなすようにそう告げた時。

「く……！」

　堪《こら》え切れなくなったといった様子で、「翠玉」は部屋の外に駆け出していく。そのまま廊下の奥へと、走り去ってしまったようだ。

「あっ、翠玉ちゃん！」

「待って、雪花。私が話してくる」

　追いかけようとした雪花の肩に手を置いて落ち着かせてから、英鈴は彼の後を追った。

（足音から考えて、走っていった先は……）

　渡り廊下の先、庭の池が見える場所。人気がなく、物思いにはちょうどよいところだ。

　静かに歩を進めれば果たして、黄昏時《たそがれどき》の風を受けながら立っている「翠玉」――緑風の背中が見える。どうやら、こちらには気づいていない。英鈴は驚かせないようにしながら、けれど逃げられもしないくらいにはきっぱりとした声音で、彼に語りかけた。

「お疲れ様、緑風くん」

「はっ……！」

　振り返った緑風は瞠目《どうもく》し、次いで、眉《まゆ》を曇らせて視線を逸《そ》らした。手すりに両手を置いている彼の横に並ぶようにして、英鈴は立つ。

するとそれを皮切りに、緑風はおもむろに口を開いた。

「……なぜだ。なぜ、僕を助けた」

庭のほうを睨みながら、彼は語る。

「誰が助けてほしいと言った。お前が口出ししなければ、僕だってあの男をすぐに言い負かせていたさ。同情なんて要らないんだからな……」

ぼそぼそと、しかも頑《かたく》なにこちらを見ないようにしながら、緑風はそう言ってのけた。

けれど英鈴の胸に浮かぶのは、苛立《いらだ》ちなどでは決してない。

（本当に、強がりなんだから）

こちらを向かず、憎まれ口を叩《たた》いているのは、弱みを見せたくないからなのだろう。

それがわかっているからこそ、あえて毅然《きぜん》とした態度で、英鈴は言った。

「別に。同情なんてしていないし、私はあなたを助けたわけじゃない」

「え……」

「ただ単に、黙っていられなくなっただけよ」

どこかあどけない眼差《まなざ》しをこちらに向けた緑風を一瞥《いちべつ》してから、続けて語る。

「鵜真様は明らかに、武器軟膏《なんこう》がそんなにすごい薬じゃないって知っている。そのうえで、後宮の女性なら騙《だま》せると思って、ああして売りに来たのよ。偽物を客に売りつけるなんて、薬売りの娘としても、薬童代理としても絶対に認められない。だから反論しただけ」

「……」

「それにね」

　わざと彼と目を合わせる。

「黙っていられなかったのは、あなたも同じでしょう？　緑風くん。どうしても我慢できなかったから、あなたもさっき声をあげたんじゃないの」

「僕は」

　緑風は、何か言いたげに口を開き、それから力なく閉じた。次いで手すりにかけている指の力を強くすると、奥歯を噛《か》みしめるようにしながら、苦々しく言葉を吐き出す。

「ああ、そうさ。僕だって黙っていられなかった。あんな奴がのさばれば、まともな新薬が信用されなくなる。偽物の医療に民が飛びつけば、優秀な医師や薬師はいい迷惑だ」

　でも、と彼は苛立った様子で続きを述べた。

「許せないんだ……あの軟膏以上に、認められない！　僕が、この曹《そう》緑風が、二度もお前なんかに庇《かば》われるなんて！　お前のような、後宮の女に」

　そこまで言って、突然――緑風は、肩の力を抜いた。うなだれ、それと同時に、纏っていた怒気が消えていく。長く息を吐き、それから、彼はぽつりと言った。

「いや。女だからというだけで、あんなふうに言われるのか」

「……緑風くん？」

いつもと様子が違う。不思議に思い、頭《こうべ》を垂れたままの彼に呼びかけると、応じるようにまた相手は語りはじめた。

「僕がもし、曹緑風としてあの場にいたなら、鵜真の対応は違っていただろう。あいつがあの時、ああまではっきりと僕を侮辱してきたのは、僕を女だと思っていたからだ」

顔をあげた彼の双眸《そうぼう》は、悲しげな色に染まっている。

「女が薬に詳しいはずがない。女が理学的な実験の話など理解するはずがない……あの男は、根からそう思い込んでいる。だから、あんな態度を取ってきたんだ。そしてそれは」

その瞳《ひとみ》が、こちらを向いた。

「僕も同じだった。そう思ったら、なんだか突然、愕然《がくぜん》とさせられたんだ」

英鈴は、何も言えない。ただ、無言で彼を見つめていた。

(そうか。あの時、緑風くんがあんな顔になったのは)

鵜真に囁《ささや》きかけられた緑風が絶望した面持ちになっていたのは、相手に反論できなかったからではない。これまで自分が後宮の女たちに——とりわけ英鈴に対して投げかけてきた言葉の数々を、逆に己に突きつけられたからなのだろう。

つまり自分の今までの言動が、鵜真と同じだと気づいたからだったのだ。

「はっ、滑稽《こっけい》だな。僕もまだまだだったってことか」

吐き捨てるように、緑風は言う。

「信念や知識と、性別は何も関係ない……そんな単純な事実に、気づけずにいたなんて。実際、あの場で鵜真を言い負かしたのは、女であるお前だったじゃないか」

「緑風くん……」

「あの場は、お前の知識の勝ちだったよ」

ぽつりと呟《つぶや》く彼は、悔しそうで――けれど、真摯《しんし》な眼差しだった。

「……ええ。認めてくれてありがとう」

柔らかな声で、英鈴は応《こた》えた。

「でもあなたは、今気づけたんでしょう。だから、そんなに落ち込まないで」

「落ち込んでなんかいない！　僕の弱みにつけこもうとするのはやめてくれるか⁉」

途端にかっと顔を赤くし、彼はそんなことを言ってのけた。

「つけこむって、あのねえ」

と、英鈴が口を挟もうとすると、また緑風はぎゅっと口を噤《つぐ》む。今度は何を――と思っていれば、彼はややあってから、恐る恐るといったように言葉を発した。

「……悪かった」

「えっ」

「お前を、女だからという理由で馬鹿にして……悪かった」

訥々《とつとつ》と、どこかふて腐れたように、けれどはっきりと。そう語った緑風は、またふいっと視線を逸《そ》らす。その華奢《きゃしゃ》な両の拳《こぶし》は強く握られ、頬は薔薇色《ばらいろ》に染まっていた。

（あ……）

——その時。脳裏に蘇《よみがえ》ったのは、幼い頃の思い出だった。

亡き弟、阿圭《あけい》との温かい思い出の一つ。まだ自分が六歳、弟が三歳だった時の光景。

（その頃、私はやっと文字の読み書きができるようになってきて……お父様の持っている薬学の本を書き写して、意味もわからないのに『勉強ごっこ』をしていた）

けれど阿圭は、一緒に遊んでくれない姉の姿をもどかしく思ったのだろう。英鈴が少し席を外している間に、机に置いておいた紙をびりびりに破いてしまったのだ。

（気づいた私は、泣きながら怒ったわけだけれど。阿圭は、ちゃんと謝ってくれた）

視線を逸らし、拳を握り、ちょっとむすっとした顔で。そう、ちょうど今の緑風くんとまるで同じような面持ちで、「ごめんなさい」とたどたどしくも言ったのだ。

そう思うと、なんだか少しだけ、緑風のことが理解できたような気がする。

（認めたい気持ちと、認めたくない気持ちが心の中でぶつかり合っているから……必要以上に強がったり、偉ぶったりしてしまうのね）

彼に対して、本気で腹が立たない理由もわかった。ちょっとだけ、弟に似ているからだ。

（ほんのちょっとだけど）

そう思うと、自然と微笑みが溢《あふ》れてくる。けれど謝罪に対して笑みを零《こぼ》した英鈴が、自分を馬鹿にしていると思ったのか、緑風はまた顔を真っ赤に染めて怒った。

「なんだ、その笑いはっ！　僕を侮辱しているのか？　ちゃ、ちゃんと謝ったのに」

「ふふっ、ごめんなさい」

軽く咳払《せきばら》いしてから、彼に告げる。

「あなたの気持ちはわかったから。ええと……もう、相手が女の人だからって馬鹿にしないようにね」

「言われるまでもない」

すっかりいつもの調子に戻り、腕組みした緑風は鼻を鳴らした。――よかった。心から、英鈴はそう思う。しかしこうして落ち着いてみると、次なる心配ごとが頭をもたげてくる。

「ところで、緑風くん」

知らず知らず表情を引き締めて、改めて問いかけた。

「潤心涙の服用法について、今日の宴《うたげ》で何か思いついた？」

「……探りを入れたって無駄だぞ。それとも、降参か」

「そういうわけじゃないけれど、ちょっと意見を聞いてみたくて」

素直に、英鈴はそう言った。今日の宴で、先方の食文化については、多少なりと理解できたつもりだ。けれど金枝国に適した服用法の良案が、浮かんできたわけではない。

「肉や乳製品を使って、苦みを紛らわせる方法なんてあるのかな……」

緑風に向かって、というよりは自分自身に対して呟く。すると、緑風はひときわ大きなため息を、ゆっくりと吐き出した。それから、苦虫を噛み潰《つぶ》したような面持ちで口を開く。

「心当たりならあるな」

「えっ……そうなの？」

「あるが」

一瞬口を閉ざした緑風は、おもむろに告げた。

「教えてやるには、条件がある」

第四章　英鈴、生き馬の目を抜かれること

条件。言われた当初、英鈴《えいりん》は何を要求されるのかと思わず身構えた。それほど緑風《りょくふう》の表情が真剣で、どこか意を決したようにすら思えるものだったからだ。けれども――

次いで緑風が語ったその内容を聞いて、ほっと胸を撫《な》でおろす。

「……えっ、そんなことでいいの？　もちろん大丈夫よ」

こちらの快諾に、緑風は途端にむっとした表情を見せた。

「そんなこととはなんだ！　やはりお前の職業意識など、その程度だというのか」

「あ、いえ、そういう意味じゃなく……何を言われるのかと思っていたものだから」

とりなすように言ってから、英鈴は緑風と連れ立って、ひとまず自室に戻った。心配そうにしていた雪花《せっか》たちに、「翠玉《すいぎょく》」はもう大丈夫だと告げた後――

再び部屋を出て、今度は厨房《ちゅうぼう》へと英鈴たちは向かう。目的はただ一つ。薬童代理として、朱心《しゅしん》に提供する夕餉《ゆうげ》の前の薬を用意するためだ。なぜなら「薬童代理としての英鈴の仕事ぶりを見せること」こそが、緑風の挙げた条件だからである。

「……ふうん」

借りている厨房の一角で、虎耳草《こじそう》を揚げる英鈴の傍らに立った緑風は、「翠玉」としての格好はそのままに、腕を組んで低く唸《うな》った。

「そうか、油分で苦みを和らげて……さらに香龍散《こうりゅうさん》を薬味にするのか。なるほど」

「どうかな。私なりに、『不苦の良薬』として考えてみたんだけれど」

「ハッ！」

周りに他の人がいないこともあってか、大仰に緑風は肩を竦《すく》めてみせる。

「まだまだだな。毎回揚げ物だなんて、油分の過剰摂取に繋《つな》がりかねないじゃないか。それに虎耳草のように、都合のいい処方のできる生薬が入手できる季節は限られているし」

とはいえ、と言いつつ、彼はじろりとこちらを見る。

「まあ、陛下がお認めになった理由はわかった。やはり、お前は……薬について何も知らないというわけではないらしいな」

「そう言ってもらえるだけ、ありがたいと思っておくね」

緑風はずっとこちらのことを、「皇帝陛下をたぶらかして不当に薬童代理の立場を得た不届き者」だと思い込んでいた。けれど庭園での出来事と、今こうして仕事を目の当たりにしたことで——その誤解が、解けたのだと考えていいのだろうか。

そう思いつつ作業を進める間に、虎耳草揚げが完成する。後は、これを朱心の待つ食事室まで運んでいき、提供すれば仕事は終わりである。

「とはいえ、さすがに私の一存では、あなたを陛下のいるお部屋の中まで連れて行くわけにはいかないから……」

「言われなくてもわかっている。扉の近くで待っているよ」

どこかむくれた様子ながらも、緑風はすんなりそう言った。そこで英鈴は薬を盆に載せて運び、言葉通り、緑風を待たせて食事室へと入っていく。

「まったく、とても信じがたいな！」

薬童代理としての今日の仕事は、無事に終わった。ということで、「ひとまず二人だけで落ち着いて話せる場所に」というつもりで秘薬苑《ひやくえん》に向かう道すがら、緑風は唐突にぷりぷりした様子を見せる。

「まさか陛下が本当に、お前だけに薬童代理としての仕事を任せているなんて。薬師《くすし》でもない人間にやらせるなんて、前代未聞だぞ」

「それは薬童代理になる前に、もう他の人たちに言われた覚えがあるけれど」

しかし、どうやら本当に、緑風はこちらの仕事ぶりを認めてくれたようだ。なんだかほっとする英鈴を置いて、何やら考え込むように唸りながら緑風は問う。

「お前が部屋に入ってから、出てくるまでにはしばらく時間があった……つまり、陛下はお前をしばらく引き留めて、お話しされていたんだろう？」

「え、ええ。まあ」

「そうか。お前はずいぶん、信頼されているんだな……」

信頼。確かに、その通りだとは思っているけれども――扉の外にいた緑風には、当然、朱心と自分との会話の内容など聞こえなかったのだろう。

（陛下から、今日の宴の出来事とか、服用法の開発状況なんかについて、ちくちく質問されたとは……たぶん、緑風くんは思っていないんだろうな）

聞いたところだとずいぶんと張り切っているようだな、董貴妃《とうきひ》――とか、そろそろ結果が出る頃だと思っていた私の判断は誤っていたか？　――とか。例によって酷薄な笑みを湛《たた》えてそう問いかけてきた朱心は、冷たい眼差《まなざ》しでこう念を押してきたのだ。

「私が浅はかだった、という結果にならぬよう願っているぞ」

使者たちが帰る日まで、あと三日。服用法を考えついても、実証実験にかける時間を考えれば、もうギリギリの状態だ。

（でも、大丈夫。なんだか今日は、うまくいくような気がする……！）

自分の勘がこういう時に働くことはあまりないけれど、今日は別だ。いや、別にしてみせる！　などと気合を入れつつ歩を進めた英鈴は、ほどなくして緑風と共に秘薬苑に辿《たど》り着く。すると——

「借りるぞ」

「えっ、ちょっと⁉」

有無を言わさず、それに何を借りるのかも告げずに、緑風は亭子《あずまや》のほうへとすたすた歩きだす。慌てて後をついていけば、亭子の屋根の下で彼が早くも手に取っていたのは、棚に収められていた紙と筆だった。

そしてこちらが声をかけるよりも先に、墨壺《すみつぼ》に筆をつけた緑風は、素早く紙面に何かを書きつけはじめる。何も見ないままであるのに淀《よど》みなく、迷いもなく、すらすらと。

（すごい……！）

そう思うものの、集中した様子の彼を邪魔してもよくないので、何も言わずにただ、英鈴は彼が筆を走らせている内容に目を向けた。それは、とある料理に関する記述のようだ。

「鳳窩湯《ほうかとう》」——と書かれている。

（こんな名前の料理、聞いたことがない）

英鈴が記憶を手繰る間に、緑風の筆はどんどん進んでいく。事典の紙面そのままといったその書きつけは、鳳窩湯の材料、調理方法にはじまり、料理そのものの素描にまで至る詳細なものだった。

「……できた」

筆を置いた緑風はぽつりとそう言った。それから、無造作に紙をこちらに渡してくる。

「そら。これは前に僕が梅州《ばいしゅう》の実家で読んだ、金枝国《きんしこく》の食文化に関する本の書き写しだ」

「えっ⁉　書き写し、って」

——何も見ないで書いたのに？

「なぜ驚いているんだ？　ま、僕がこうしてみせると誰しもそんな顔になるがな」

ちょっと鼻高々に、彼はふふんと小さく笑う。

「一度読んだ本の内容なんて、すぐに覚えられて当然だろ？　何度も読み返したり捜したりするほうが非効率的だ。他人に見せるにしても、こうして書き写してしまえば、本そのものを持っていなくたっていいしな」

「え、えーっと」

書きつけを手にしつつ、我ながら表情を引き攣《つ》らせて応《こた》える。

「それはちょっと、緑風くんにしかできないと思うけれど……。それにしても、だからこそあれだけ早く柚子《ゆず》寒天を作り出せたのね」

（薬草の事典や薬学に関する本の内容を全部覚えているのなら、資料探しに時間を取られなくて済むし……それにしても、すごい記憶力ね）

やはり緑風は、この年齢で朱心に選ばれるほどの才能と知恵を持った人物なのだ。

そう思うと、英鈴は改めて尊敬の気持ちを抱いた。しかし一方で相手のほうはというと、柚子寒天の話を蒸し返されたからか、途端に唇を尖《とが》らせている。

「そうだ、その件についてはまだ納得していないぞ！　なぜ陛下は、僕の案を……！」

「それはね、緑風くん」

彼を見据え、真面目に答える。

「陛下は、とんでもない甘党なのよ」

「は？」

緑風は口をぽかんとさせ、目を瞬《しばたた》かせた。

「あ、甘党……。甘いものが好きって意味か？」

「ええ、その通り」

こちらが頷《うなず》いて応えると、さらに緑風は言う。

「じゃあつまり陛下は、あれが酸っぱい味だから認めなかった、と……？」

「そうよ、信じられないかもしれないけれど。だから、もしまた陛下のお薬の服用法を考える時があったら気をつけてね。それより、ええと……この鳳窩湯という料理」

彼は納得できていないようだが、今重要なのは潤心涙《じゅんしんるい》の服用法だ。

英鈴は書きつけを読みながら、問いかける。

「金枝国の病人食とあるけれど、本当なの？　あの国の人たちがお肉をたくさん食べるのは、今日の会合でよくわかったけれど」

――鳳窩湯は、病を得た者に滋養強壮を目的として与える金枝国の薬膳料理なり。

書きつけには、はっきりとそう書いてある。

「僕の記憶を疑うなよ。書いてあるんだから、そうに決まってるだろ。それにこの料理は、ここに描いた形状を見ればわかる通り」

と、彼の白く細い指が示すのは、鳳窩湯の外見の素描部分だ。

「碗《わん》の中に新鮮な羊肉を刻んで入れ、さらに干した香草を加える。そして水で練って平たく伸ばした小麦粉の生地を被《かぶ》せる。それを碗ごと蒸せば、鳳窩湯の完成なわけだが――恐らくこうすることで、羊肉に含まれる栄養を余すところなく摂取するのが狙いだろう」

すらすらと、流れるように緑風は説明した。

「今日の宴《うたげ》での料理もそうだったが、金枝国では肉だけでなく肉汁も食べる。調理の過程で栄養が水分に溶けて肉から流れだしても、全部食してしまえば問題ないからな」

「なるほどね」

英鈴は低く呟いた。

「汁物の形になっていれば、体調が悪い時でも食べやすくて、身体も暖まる。小麦は金枝国内でも作られているから手に入りやすいし、消化にもいい。それにただお肉だけ入っているのよりは、食感の違いも楽しめるだろうし」

しかも病人食として根付いているのなら、話は早い。なんとか潤心涙を鳳窩湯の形にして振る舞えれば、苦渇病《くかつびょう》で苦しむ金枝国の人々にもすぐに受け入れてもらえるはずだ。

だからこそ、緑風はこれを「心当たり」だと言っていたのだろう――

得心がいった気持ちで英鈴が思考に耽《ふけ》っていると、かたや緑風はフンと鼻を鳴らした。

「この程度は理解できるようだな。なら、僕がここで行き詰《づま》っている理由もわかるか」

「ええ」

確信をもって、頷く。

「潤心涙の苦みをどうすればいいか、という点でしょう」

「……ああ」

苦々しげな面持ちで、しかし緑風は同意した。

「最初は潤心涙を小麦粉に混ぜ、肉汁と共に食せば、苦みを掻《か》き消せるんじゃないかと思ったんだ。だが、強烈な苦みはその程度じゃとても消えはしなかった」

「それに、潤心涙で一番強烈な薬効を持つ旺敏《おうびん》には、急な加熱は厳禁だものね」

旺敏――薬河《ようが》と茎河《けいが》の河辺にしか生息しないその草木の根は、人体からの「水」の流出を抑える薬効を持つ。ただし急激な加熱をすれば、その効果は失われてしまう。

潤心涙に急な加熱が禁物とされる理由は、この旺敏にある。だからこそ、以前蓮州《れんしゅう》での服用法を考えた時にあれだけ苦労したのだ。

「旺敏自体が、かなり苦い草木だから……ここの対処を考えるのが先かしら」

「だろうな。それに、潤心涙自体の強力すぎる薬効もなんとかしたほうがいい」

緑風は、こちらをじっと見つめた。

「知っているぞ、董英鈴。蓮州でお前が用意した服用法は、草木を仙草凍《せんそうとう》と糖蜜《はちみつ》とに分散させることで、『下品の薬』である潤心涙の危険性を減らしたそうだな」

「ええ……その通り。今回も、そうできればいいと思っているけれど」

「お前にできるなら、僕にできないはずはないんだ。とはいえ」

言葉は自信満々に、けれど表情はなおも苦いままで、彼は言う。

「僕の知識にも限界はある。……ここまで手の内を明かしてやったんだから、次はお前の番だぞ。旺華国《おうかこく》の栄えある薬童代理だというのなら、打開策を講じてみろよ」

「そうね」

　ここですぐに即答できればよかったけれど、そう簡単な話ではない。

　英鈴はそっと頬に手を当てて、しばし黙考する。

（虎耳草でやったように、揚げ物に掛けてみるとか？　……いえ、陛下にさしあげる時と違って、金枝国では各家庭で料理するんだもの。揚げ物は油の準備が必要だし、遊牧生活にはそぐわない調理法かもしれない）

　鳳窩湯自体は、とてもよい着眼点のはずだ。どうにかして、これを活用できないか――例えば旺敏など、加熱に極端に弱い草木以外であれば、最初の緑風の発案通りに小麦粉の生地に混ぜ込んでしまってもいいかもしれない。蒸し方を調節すれば薬効成分はそこまで損なわれないし、味わいからしても、肉汁の薬味に感じられる程度の苦みだからだ。

（残る問題は、旺敏のような加熱厳禁で、しかも苦い草木だけ）

　これらを加熱せず、かつ苦みを感じないように服してもらう。さらに、健康な人が少し食べても害のない程度に薬効を抑える。そんな都合のいい方法が、果たしてあるだろうか。

「うーん……」

　唸《うな》りながらはたと視線を上げれば、緑風も真剣そのものといった面持ちで頭を抱えている。――彼のようにすさまじい記憶力を持っている人がこうまで悩むのなら、この問題を解決する方法は、どれだけ書物を探っても見つからないに違いない。

（発想を変える必要があるのかも）

考えながら俯《うつむ》いた視界に映ったのは、目の前にある机。

そういえば、とこの場に関係のないことを思う。

（前にここにいた時は、私、この机に突っ伏して眠りこけていたのよね）

緑風が持ってきてくれた馬乳酒《ばにゅうしゅ》で酔って寝てしまい――起きたら、朱心がいた。

（陛下がくださった橙《だいだい》……酸っぱくて苦かったけど、口の中がさっぱりしたんだっけ）

あの爽やかな風味は、はっきりと覚えている――酔い覚ましの口直しにぴったりだった。

そして口直しといえば、今日の宴での、あの雪葩《せっは》だ。天然水と蜂蜜で作られた自然な甘みと、肉の脂を流して消し去るような味わいを、英鈴は思い出す。

（鳳窩湯も、肉料理よね）

その考えに至った、瞬間。

「あ！」

面をあげ、声をあげたこちらの様子に緑風はびくりと身を震わせる。けれどそれに構わず、というかとても我慢していられず、英鈴はそのまま問いかけた。

「緑風くん、一つ思いついたんだけれど……ちょっと意見を聞かせてくれない？」

「期待しないで聞いてやるよ」

そんな憎まれ口を叩《たた》いていた緑風も、こちらが明かした考えを聞くにつれ、表情を変えていった。訝《いぶか》しげだった面持ちが変わり、その瞳《ひとみ》がだんだんきらきらしていく。

「ね、いけそうだと思わない？　そうとなったら、さっそく研究しなきゃ！」

幸い材料は宴で使った残りがあると聞いているので、厨房《ちゅうぼう》に頼めば用意できる。だが英鈴がすぐさま行動に移そうとしたところで、ふいに緑風が、表情を堅くして言った。

「ちょっと待て！」

「なあに、急がなきゃいけないのに」

「……研究って、僕と一緒にやるつもりなのか？　何を馬鹿な。それじゃあ、才を競う意味がなくなるじゃないか」

「あ……」

――確かに。彼とはいわば争う間柄なのに変わりはないし、さらに、もし緑風の案が採用されれば、自分は薬童代理をクビになってしまうかもしれないのだ。それに緑風にしてみれば、これは専属薬師《くすし》になる好機である。

仲良く手を取り合う、というわけにはお互いいかないのかもしれない。けれど――

「あなたの言いたいことはわかる。だけど、こう考えてみてほしいの」

保身ではなく、真摯《しんし》な気持ちで、英鈴は人差し指を天に向けて語った。

「私たちが一人ずつで研究するより、二人でやったほうがずっと効率がいいはずよ。あなたには素晴らしい知識がある。私には、それほどのものはないけれど……この後宮については、あなたよりは詳しい。どこに行けば何があるとか、厨房の人たちとの面識もね」

実験をするにしても、食材をはじめ、手に入れなければならないものはたくさんある。そして英鈴のほうが、それらがこの後宮のどこにあるかをよく知っている。

それに正体を隠して行動している緑風にとって、英鈴の存在があったほうが、後宮での活動はずっとしやすいはずだ。さらに言えば、二人にとってよい環境で研究することは、そのまま金枝国の人々の命を救うことにも繋《つな》がるのだ――

「だから、お願い。この場だけでも、協力してほしいの」

こちらがそう告げると、緑風は、なんとも言えない苦い面持ちでしばし押し黙っていた。しかしややあってから、ぼそりと呟くように応《こた》える。

「……いいだろう、わかった。あくまでも利用し合う関係ということでなら、な」

「ええ、それで構わない」

にっこりと笑ってみせたのに、相手がむっと顔を顰《しか》めたのはなぜだろう。

ともかく英鈴は緑風と共に、時が経つのも忘れて試作品の開発に勤《いそ》しんだ。

＊＊＊

翌日の昼。

「今朝、お前が来た時にも思ったが」

食事のための部屋でいつものように椅子に腰かけた朱心は、呆《あき》れた目で言った。

「鏡は見たか？　董貴妃。何やらすさまじい顔色になっているな」

「お、恐れ入ります」

（うう、言われなくたってわかっています……）

内心で、英鈴は反論する。朝、つまり朝餉《あさげ》の前に薬童代理の仕事のために参じた時、朱心が少しぎょっとしたような表情になっていたのは気づいていた。

何せ、昨日から徹夜してついさっきまで、緑風と共に服用法の開発に励んでいたのだ。

いくら期日が近いとはいっても、少し熱中しすぎたかなという気持ちは、多少ある。

でも、逃げるわけにはいかない。先刻完成した服用法は、使者たちに伝える前にまず朱心にお披露目する必要がある。そして皇帝に薬をお出しするのは、現状では薬童代理である英鈴の仕事。だから緑風と相談したうえで、自分が代表してここまで持ってきたのだ。

　ということちらの気持ちは、朱心にも伝わっていたらしい。彼は頬杖《ほおづえ》をつきながら、ニヤリと笑って告げた。

「察するに、奮励の甲斐《かい》はあったようだ。どうやら、私に話があるようだな」

「はっ、はい！」

　やはり、朱心にはお見通しのようだ。英鈴は拱手《きょうしゅ》し、燕志《えんし》に頼んで成果物を持ってきてもらう。運ばれた盆の上にあるものを差し出された朱心は、短く「ほう」と声を発した。

「二皿……これらを合わせて、潤心涙の新しい服用法ということか？」

「はい、陛下」

　拱手して頭《こうべ》を垂れたまま、相手に説明する。

「それらは二皿食してはじめて、苦渇病に打ち克《か》つ薬膳——鳳窩湯と、薬雪葩です」

　一つめ、鳳窩湯は、蒸した小麦の生地が碗《わん》を蓋《ふた》のように覆っている料理。その生地にはよく見れば、黒い粉のようなものが混ざっている。そして二つめ、薬雪葩は、小さな丸い皿に細かく砕かれた氷が入っているもの。そちらにも、黒い粉が混じっている。

　もちろん両方とも、潤心涙の強烈な薬効成分を除外した、試食用の薬が入っているのだ。

「まずは碗に盛られた皿、次に氷のほうをお召し上がりくださいませ、陛下」

「ふむ……」

こちらの言葉に従い、朱心は鳳窩湯の小麦の生地に、匙《さじ》を入れた。匙が生地を裂き、穴が開くと同時に碗の中の羊肉から温かな湯気が立ち上り、芳醇《ほうじゅん》な香りが伝わってくる。

無言でそのまま一匙、彼は肉を口に運んだ。噛《か》む前からほろりと舌の上でとろけるように蒸された肉の味、そして肉汁がしっとりと染み込んでいく生地に練り込まれた実験用潤心涙の味は、朱心にどう評じられるだろうか。

緊張で心臓が激しく鼓動するのを感じつつ、英鈴はじっと皇帝の次の言葉を待った。

「……なるほど」

ややあってから、彼が発したのは納得の言葉だった。

「生地に入った薬のほのかな苦みが、薬味のような働きをしているな。そもそも、羊肉は独特の臭気をもつものだが……それが潤心涙の苦みで中和され、食しやすいものになっている。それに温かく汁気があるこの薬膳ならば、喉《のど》の荒れた患者にも適しているだろう」

「はい、陛下！」

――やった！　思わず頬を綻《ほころ》ばせつつ、英鈴は明るく語った。

「仰《おっしゃ》る通りです。その鳳窩湯は金枝国における病人食だそうですので、かの国の人々でも服用しやすいかと」

「しかし、疑問がある」

語りを中断させるように言うと、彼は碗に軽く触れながら続けた。

「どうやらこの鳳窩湯とやらは蒸して作るようだが、確か潤心涙には熱は禁物なのではなかったか？　服しやすくとも薬効が削《そ》がれていれば、意味はないと思うが」

「その点もご心配には及びません」

きっぱりと英鈴は言い、食卓に並ぶもう一皿、薬雪葩のほうを見やる。

「そちらの氷菓子があれば、問題は解決されます。加熱すれば効力を失う、潤心涙の薬効の要《かなめ》と言える草木は、そちらに移してありますから」

「……」

朱心は薬雪葩を、怪訝《けげん》そうに眺めた。

「氷菓子……はよいとして。こちらも相当に苦いのではないか？」

「恐らくは。けれど覚えておいででしょうか、陛下」

微笑みを浮かべたまま、朱心に説明する。

「虎耳草揚げを供した際に申しましたように、油分や冷気があると、舌で感じる苦みや酸っぱさは軽減されるのです。きっとその菓子も、陛下のお口に合うかと」

「大言を吐いたな。ならば、口車に乗ってやろう」

少し捻《ひね》くれた物言いを酷薄な笑みに乗せた朱心は、薬雪葩もまた、匙で掬《すく》って口に運んだ。冷たさのせいか苦みのせいか、やや眉《まゆ》を顰《ひそ》めたものの、次に彼が発した言葉は――

「……ふむ。悪くはないな」

その唇は、美しく弧を描いている。

「あ、ありがとうございます！」

「お前の言の通り、氷のせいで舌が鈍るらしい。苦みはそれほど強烈ではなかったな」

それに――と、彼は匙を食卓に戻して語る。

「口の中に残っていた鳳窩湯の肉の脂が、氷で失《う》せていくのを感じた。鳳窩湯の後で氷を食せば、病人であろうと肉が苦手な者であろうと、胸焼けはせずに済むだろう。しかし」

彼の長い指の先が、こつんと薬雪葩の皿に触れた。

「さしずめ、薬を混ぜた水を凍らせてこの氷を作るのだろうが――凍らせる手段はどのように手配するつもりだ？　金枝国の民にとって、簡便な手段なのだろうな」

「はい、季節を利用します」

今は初冬。しかも金枝国は北にあるため、旺華国よりも朝晩は冷え込む。だから――

「夜、深めの皿に薬と共に入れた水を外に出しておいてもらえれば、朝には氷が手に入ります。中までは凍りきっていないはずですから、衝撃を与えれば簡単に砕けるでしょう」

後は、それを鳳窩湯の次に食べてもらえればいい。それほどの労力は必要ないはずだ。

「主旨は理解した」

姿勢を戻し、朱心は口元に笑みを湛《たた》えたまま、告げる。

「金枝国の民がどう思うかは、使者たちに問わねばわかるまい。だが、少なくとも私は」

彼の双眸《そうぼう》が、まっすぐにこちらを射る。

「この服用法は優れたるものだと、評してやろう」

——認めてもらえた！　その事実が嬉《うれ》しくて、英鈴は小躍りしたい気持ちになる。

（いつもそうだけれど。今だって、何度だって……）

朱心からのこの言葉が、生きる糧のように身体と心に活力を与えてくれるのだ。きっとどんな薬であっても、この温かい気持ちにはきっと敵《かな》わない。

「感謝いたします、陛下！」

「お前が私に礼を言うのは勝手だが」

また頬杖をつきながら、朱心は優雅に言ってのけた。

「既に言っただろう。金枝国の側に実際にどう思われるかは、私の知るところではない。あくまでも旺華国の長として、これを通問使たちに供するのを許すと言ったまでだ」

「……はい。心得ております」

今、緑風には一度本来の格好に戻ってもらい、面会の約束を取りつけるために金枝国の使者、つまり貞鳩《ていきゅう》と鵜真《うしん》と交渉してもらっているのだ。

今日の夕方、朱心の面前で使者たちに服用法について説明すると共に、薬を試食してもらう予定である。その時はもちろん、緑風も一緒だ。

（ひとまず、私の仕事はうまくいってよかった……！）

ほっと安堵《あんど》の息を吐くのに合わせて、なんだかどっと疲れが出たような気がする。すると突然、自分の顔色が気になった。

（陛下、さっき私の顔色のこと仰っていたけれど……だ、大丈夫だったかな。私の顔）

つい先刻までは「それどころじゃない！」という気持ちだったので、ろくに顔も洗わないで御前に来てしまったような気がする。

（は、恥ずかしい……）

今さら顔を手で覆ったところでなんの意味もないけれど、そっと頬から下を両手で隠した。一方でこちらを下瞰《かかん》する朱心は、なぜかやや面持ちを厳しくすると、口を開く。

「ところで、董貴妃」

「はっ、はい！」

「お前が金枝国の風俗にも通じていたとは、驚きだな。馬乳酒で酔って以来、研究を重ねたということか？」

「いえ、それは……」

ほとんど何も考えず、むしろ言うのが遅くなったという心持ちで、正直に真実を告げた。

「この服用法は私の独力ではなく、曹《そう》緑風殿と共同で考えたのです、陛下。金枝国の文化に通じた緑風殿がいらっしゃらなければ、服用法の開発は成りませんでした」

「……曹緑風と、だと？」

「はい。競う間柄で協力したことについて、お叱《しか》りがあるなら受け止めます。ですが病に打ち克つには、力を合わせる必要があると思ったのです」

英鈴としては、真摯《しんし》な気持ちで言ったつもりだった。しかし朱心はといえば、片方の眉を上げて、さらに問いかけてくる。

「ほう、それは異なことだ。才を競う立場の者が同道していた、というのは置いても……曹緑風は、年若いとはいえ男子。後宮には入れぬはずだが？」

（あ……！　そ、そっか！）

ぎくりとして、背筋が凍る。ついうっかりして、何も考えずに真面目に答えてしまったけれども――これでは、緑風が後宮にいると告げ口したも同然だ。それにいくら事情があるといっても、男子が後宮にいる事実を黙っていた自分も同罪である。

（今さらだけど、私、とても危険なことをしてしまっていたのかも……）

とはいえ、ここで怯《ひる》んでしまってはいけない。

朱心に嘘《うそ》を吐くのは、辛《つら》い。それに真実を隠したままなんて、正しいことじゃないのもわかっている。けれど緑風を庇《かば》ったのが間違いだったなんて思っていないし、思いたくもない。だからこそ英鈴は、なんとか答えを捻《ひね》りだした。

「私の宮女の翠玉が、緑風殿の妹なのです。彼女を介して、手紙でやり取りして……」

「フッ」

朱心は小さく声を発して破顔すると、からかうような視線をこちらに送ってくる。

「私に隠し事とは、いい身分だな。董貴妃」

「かっ⁉」

どきっ、と心臓が大きく跳び上がった。

「え、か、隠し事など！　め、滅相もございません、あははは」

（うわあ、私の馬鹿。声が裏返っているし……！）

しかし緑風が後宮にいる理由は、秘薬苑のことを除けば、英鈴の鼻を明かすためだったはずだ。つまりこの件が終われば、用が済んだ「翠玉」は後宮を去るはずで――それまでバレないように乗り切れれば、なんとかなるはずだ。たぶん。

どきどきしたままそう考えていると、朱心は眼差《まなざ》しを変えずに、こう言った。

「普段なら、かような不敬は許さぬところだが。まあ、今回の働きに免じ許してやろう」

「あ、ありがとうございます」

深く英鈴が平伏すると、朱心は軽く首を傾《かし》げた。冕冠《べんかん》の下の長い黒髪が、さらりと白い上衣《うわぎ》に流れていく。

「手筈《てはず》通り本日の夕方、使者に服用法を供するがいい。共同で開発したのなら、緑風も共にな。その折は私も皇帝として同席するが、くれぐれも恥をかかせてくれるな」

それと——と、彼は続けた。

「聡明《そうめい》なる貴妃殿ならば、言うまでもないとは思うが……作成した服用法のありかについては、重々気を配れよ」

笑っていたその瞳《ひとみ》に、ちらりと警戒の色を走らせて、朱心は告げた。

「慮外者はいつ何時でも、そこらをうろついているものゆえ、な」

「……！」

呂賢妃《りょけんひ》の一派や徐順儀《じょじゅんぎ》だけでなく、嫉妬《しっと》や恨みに気をつけろ、という意味だろうか。

「承知しました、陛下」

浮ついていた自分を戒めつつ、英鈴は今一度深く頭《こうべ》を垂れた。

「充分に注意するようにいたします」

とはいえ、部屋と秘薬苑の警備は万全だ。今も挂毯《けいたん》作りに勤《いそ》しんでいる雪花たちには時間を割いてもらい、おかしな人物が入り込み、悪さをしないように見張ってもらっている。だから自分さえしっかりしていれば、後は大丈夫。緑風くんと一緒に、使者たちに会って説明するだけ——この時は、そう思っていたのだ。

「え……？」

部屋に戻り、そのすぐ後。机の上に視線を送った英鈴は、次いで自分の目を疑った。

頭の中が真っ白になりそうな感覚を覚えつつ、横で刺繍《ししゅう》をしている雪花に問いかける。

「ねえ、ここにあった書きつけはどこ!?」

「ああ、それなら！」

至って明るく、彼女は答えた。

「さっき翠玉ちゃんが、英鈴のところに持っていくって言って、出てったよ！　ひょっとして、入れ違いになっちゃった？」

「え？」

(緑風くんが？　どうして……？)

書きつけを持ち出す理由が、思い当たらない。何か事情でもあったのだろうか？

（大丈夫だとは思うけれど……もし失《な》くしたりしたら、使者の方々にお渡しできなくなってしまうのに！）

緑風なら書きつけの内容を記憶していて、もう一度書き出すことができるのかもしれないが――ともかく、彼の意図と服用法の所在が気になる。

それになんとなく、胸騒ぎもしてきた。英鈴は、雪花たち宮女に改めて呼びかける。

「ねえみんな、忙しいのに本当に悪いんだけれど……翠玉さんを捜してほしいの」

「わかった、任せといて英鈴。みんな、手分けして捜そう！」

機敏に察してくれた雪花だけでなく、他の宮女たちもめいめい首肯し、針と糸を置いて席を立つ。彼女たちが刺繍していた挂毯は、もうほとんど完成に近づいているようだ――けれど、それを鑑賞している余裕はなくなっていく。嫌な胸騒ぎが、どんどん大きくなっているからだ。

（緑風くんに、何か起こっている？　まさか……）

疑念を打ち消しつつ、英鈴もあちこちを捜した。廊下、庭、果ては厨房《ちゅうぼう》――

（そうだ、秘薬苑！）

もしかしたら、そこにいるかもしれない。思いのままに駆け出し、秘薬苑の入り口へとたどり着く。けれど――

「……いない」

ふと空を見上げれば、太陽はかなり西へと傾いていた。冷たい黄昏《たそがれ》時の風が吹きつけ、空はどんよりと濁った紅に染まっていく。

「なんでこんなに、嫌な予感がするの……？」

そう独り言《ご》ちた、その時。

「董貴妃様！」

向こうから呼びかけてきたのは、燕志だった。

「恐れながら、お急ぎください！　緑風殿が……」

──聞こえてきたのは、信じがたい言葉。

「えっ……」

唇の合間から漏れた呟《つぶや》きには、我ながら、動揺ばかりが渦巻いていた。

辿《たど》り着いたのは、禁城の広間。以前、燕志によって金枝国の使者たちと引き合わされたのと同じ場所だ。

「此度《こたび》は、主上よりのお呼び出しではございません。差し出がましい真似《まね》をしまして、恐れ入ります。しかし私めも、目を疑いましたので……」

珍しく浮かない表情で語る燕志に導かれた先、開いた扉の向こうでは。

「おぉお、素晴らしい！　緑風殿、なんと優れた服用法をお考えになったものですな」

甲高い声の男性、鵜真が、にこにこと笑顔で礼を述べている。傍らにいる貞鳩も同様に微笑みを浮かべているその後ろで、椅子に座って様子を見ている朱心の面持ちは、ここからは距離があって窺《うかが》い知ることができない。

そして、鵜真が感謝の意を告げている相手——黒い礼服、しかし冠は被《かぶ》らずに、拱手《きょうしゅ》の姿勢をとっている細い背中は。

（緑風くん！）

ガン——と、頭を殴られたような衝撃が走る。そこにあった柱に手を置いていなければ、床にくずおれていたかもしれない。無言のまま、打ちひしがれるような気持ちに押しつぶされそうになっているこちらの姿に、最初に気づいた素振りを見せたのは貞鳩だった。

彼は眼鏡の下の目を弧の形にすると、こちらの耳にも届くように高らかに言う。

「おおっ、これはこれは董貴妃様！　その節はたいへんお世話になっております。今しがた、緑風殿より潤心涙の新しい服用法を頂戴《ちょうだい》したところですよ」

「貴妃様も、相当に薬学に秀でておいでの方のようでございまするが」

対して鵜真は、貼りついたような笑顔の下に、仄暗《ほのぐら》い憎しみを——そう、先日の宴《うたげ》の出来事をまざまざと思い出しているかのような怒りをちらつかせつつ、語る。

「男子たる緑風殿のほうが、薬師《くすし》の才がおありになったのでしょうなぁ」

女性を蔑視《べっし》する彼の言葉も、今は気にならない。それぐらい、衝撃だったのだ――緑風の裏切りが。そう、彼本人は、背を向けた姿勢のまま動いていない。まるでこちらを無視するように、視線を向けることすらしない。

（嘘でしょう……）

緑風は、二人で作り上げた服用法を勝手に持ち去ってしまったのだ。

そして今、献上してしまった。英鈴を完全に出し抜くような形で。

（緑風くん、どうして！）

彼は確かに言っていたはずだ、「欲しいものは、実力で手に入れる」と。自分は卑怯《ひきょう》者ではないと。だが同時に、こうも言っていた。「あくまでも利用し合う関係」だと。

（あれは、こういう意味だったの？）

下ろした両の手のすぐ近く、裙《くん》の太ももの辺りの布を強く握りしめる。

するとそんなこちらの様子をどう思ったのか、鵜真はさらにこう述べた。

「おぉお、そう心配されずとも……董貴妃様のご助力があったことは、緑風殿より既に伺っておりますよぉ。しかし大部分は、緑風殿が単独で開発されたとか」

どことなく勝ち誇ったような口調で言ってのけた鵜真の視線が、緑風に向く。

「そうでしたなぁ？　緑風殿。これほどのものをほぼお一人でとは……我らが国の民のためにここまでのご尽力、誠に痛み入りまする」

「……いいえ」

普段は勝気で、それでも澄んだ響きを伴っていた緑風の声は今、ひどく濁っていた。

「旺華国の薬師を志す者として、当然の行いをしたまでです」

「おぉぉお！　私心なきお言葉、これこそ男子のあるべき姿ですなぁ」

ニヤニヤしながら、鵜真はちらちらとこちらの様子を窺ってきた。

(何よ、あの態度……！)

鵜真の侮りがあまりにあからさまなので、なんだか、逆に腹が立ってきたのを感じる。

けれど英鈴が何か行動に移すより先に、厳粛な声が広間に響いた。皇帝たる朱心の声だ。

「曹緑風よ、今一度確かめたいのだが」

「……はい」

緑風、そして貞鳩と鵜真も平伏するのを確かめてから、朱心は「表」の顔、つまり柔和で穏やかな面持ちを崩さずに、厳かに尋ねた。

「董貴妃よりの助力はあったものの、これはそなたがほぼ単独で開発した……ということで、相違ないな？」

「はい、陛下」

平伏《ひれふ》したまま、こちらに表情は見せずに、緑風は述べる。

「陛下に服用法を供してご判断いただく役は、薬童代理たる貴妃様にしかお頼みできないことでしたので……貴妃様には、妹を介して……お願い申し上げました」

「ふうむ、なるほど」

顎《あご》に手を置き、やや大仰にふんふんと頷《うなず》きつつ、朱心は言った。

「余が貴妃より伝え聞いた事柄と、そう大きくは違わぬな。貴妃も、そなたとは手紙を介して開発したと申していた」

（あ……！）

今一度、英鈴は愕然《がくぜん》とした。確かに自分は、緑風と共同で開発した、と朱心に言った。

けれど誰が何をしたのかまで、詳細には伝えていない。

だから今ここで緑風が、英鈴はほとんど何もしていないように語ったとしても、朱心には緑風の発言内容の真偽を問いただすことはできない。

というより、彼はそんなことはしない。確証の得られない事柄では、皇帝は決して動かない。中庸を旨とする、それが皇帝としての朱心だから。

「ならば、決まりだな」

果たして朱心は、微笑みと共に言ってのけた。

「服用法としては、緑風の考えたものを持っていってもらおう。そしてこれより先は、この曹緑風を余の専属の薬師とする。貴妃には、薬童代理の座を譲ってもらうとしよう」

(そんなっ……！)

——抗議の言葉が、喉《のど》まで出かかった。けれども、それが口を衝《つ》いて出はしない。ここで何を言ったところで、なんの証拠も提示できないのだから。

英鈴はただ、黙って俯《うつむ》くのみだった。

「ああ……ところで！」

と、朱心は軽く手をポンと叩《たた》いて続ける。

「余はよく知らぬのだが、なんでも金枝国でこの服用法を広めるにあたり、鵜真殿にはもう一つ画策しておることがあるのだとか？　後学のためにも聞かせてくれぬか」

「ええ、もちろんお教えいたしまする。画策、と仰《おっしゃ》るほど大層ではございませんが」

鵜真はぺこぺこと頭《こうべ》を垂れつつ、揉《も》み手《で》するように拱手して告げる。

「此度の件で判明した通り、我が国の民にとって、薬の安定した供給は喫緊の課題でございまする。またいつ何時、このような事態が発生するとも限りません……ですのでぇ」

一拍置いて、もったいぶるように彼は言う。

「この私、陳《ちん》鴉真が全力を以《も》って、この薬を全国に行き渡らせる所存です。西域で最先端の薬と併せて、行商人を手配して浸透させる予定にございまする」

「ほう、最先端の薬とは？」

「ええ」

えへん、と咳払《せきばら》いして鴉真は答えた。

「武器軟膏《ぶきなんこう》、と申します」

「なっ……！」

思わず、英鈴は短く声を発した。それに対して朱心は「ん？」と首を傾げてみせ、かたや鴉真のほうは、こちらを見てさも何かに気づいたように「おぉお」と大きく頷く。

「武器軟膏の件でも、貴妃様にはたいへんお世話になりましたなぁ。ですが」

「無礼ながら、一言言わせていただきます！」

――もう、黙っていられない。その思いを胸に、英鈴はつかつかと前に歩み出た。本来ならこんな行為はたいへんな非礼だが、衛兵も、まして朱心も鴉真たちも、止めはしない。

一応は英鈴が服用法の開発の「協力者」であるのが幸いしているのだろう。

「鴉真様、私が先日の宴で申し上げた儀をお忘れですか？」

英鈴の人差し指は、腫《は》れが若干引いたものの、まだ痛みが残っている。

「あの実験内容は、正しいものではありませんでした。あれでは武器軟膏の効果を、過大に吹聴するだけになってしまいます」

病や怪我《けが》に苦しむ金枝国の人々が、あの武器軟膏の効果を聞いて、もしそれに縋《すが》ってしまったら——癒《いや》しを求める人の心が、無残に踏みにじられることになる。それだけは、黙っていられなかったのだ。

だというのに鵜真は、まるで大きく欠けた月のように昏《くら》く、陰鬱《いんうつ》な笑みを浮かべる。

「おぉお、そうでした。貴妃様は宮女殿と一緒になって、私が不正な実験を行うために、紫泉膏《しせんこう》に漆《うるし》や何やらを混ぜたと仰せでしたなぁ」

ですが、と、彼は睨《ね》め上げるように言う。

「あの時は思い至りませんでしたが……あれは貴妃様の肌が特別敏感でいらしたがために、ひどい薬疹《やくしん》が出てしまっただけなのではぁ？」

（なんですって……！）

確かに軟膏の種類によっては、繊細な肌の持ち主には危険になる時もある。また体質によっては、薬に使われている草木が害をなす場合もある。それは厳とした事実だ。

（でも私の肌は別に繊細じゃないし……だいいち、漆や唐辛子《とうがらし》入りだなんて、誰の肌でも荒れるに決まっているじゃない！）

すかさず反論しようと英鈴が口を開きかけると、機先を制するように鵜真はさらに言う。

「さすが、後宮の女性ともなると肌もか弱くて当然、なのでしょうなぁ。そして武器軟膏の効果のほどについては先刻、緑風殿にもご確認いただいた通りでございまする」

鵜真は、その視線をゆっくりと緑風に向けた。

今なお、凍りついたようにこちらに背を向けたままの相手に。

「そうでしたな？　緑風殿。私が先ほどお見せした、金枝国国王のご承認を得たあの実験結果は、何もおかしな点などございませんでしたよねぇ？」

念を押すように、鵜真は問いかける。

（そうか。鵜真様は緑風くんが、翠玉だとは思っていないから……）

箔《はく》をつけるため、また英鈴を黙らせるために、緑風にあの実験結果を見せたのだ。

かつて緑風が「翠玉」として、それに対して激高したことなど知らずに。

（でも、緑風くんなら！）

薬に対して熱意を持ち、不正を何よりも嫌っていた緑風ならばきっと、鵜真の企《たくら》みを告発してくれるに違いない。我知らず拳《こぶし》を握り、英鈴は固唾《かたず》を呑《の》んで彼の次の言葉を待った。

――けれど。

「はい」

緑風はどこか震えた声で、しかしはっきりと告げる。

「拝見した文書には、おかしな点は何も……ございませんでした。後宮での出来事も聞き及んでおりますが、恐らくは」

語りつつ振り返った緑風の双眸《そうぼう》が冷たく、こちらを射る。

まるで「お前がここにいるのは間違いだ」と告げているように、英鈴には思えた。

「鵜真様の仰せが、正しいかと」

「……！」

言葉以上に、纏《まと》う雰囲気によって告げられたのは、明確な拒絶。

吐き出しきれなかった言葉が、喉の奥につかえて、嫌な痛みを残していく。

「おぉお、なるほど！」

一方でまるで跳びはねるようにしながら、鵜真は両手を胸の前で合わせて喜んでいた。

「となると……軟膏をどう売るかは、もはや薬学ではなく政《まつりごと》の話となりますなぁ。ですから貴妃様、どうぞ政についてはは我らにお任せいただいて」

じろり、と彼はこちらを見た。勝ち誇るような面持ちである。

「どうぞ、後宮にてごゆるりとぉ」

要するに、鵜真はこう言いたいのだ。もう薬学的な問題が解決された以上、女であるお前の出番はない。大人しく後宮に帰れ、と。

そして貞鳩も、そして少し困ったような表情でこちらと鵜真を交互に見ている朱心も、その言葉を否定してはくれない。緑風もそうだった。彼はこちらに向けていた冷酷な眼差《まなざ》しをふいっと背け、興味をなくしたように朱心のほうへ向き直る。

（そんな……！）

――自分が愚かだったのだろうか。勝手に弟と重ね合わせて庇《かば》い、協力を持ち掛けた自分が。権謀術数《じゅっすう》が渦巻いているのは、後宮の中だけでないと知っていたはずなのに。時に栄達のためならば、倫理などかなぐり捨てる人がいると、わかっていたはずなのに。

「……！」

何も、言うことはない。英鈴は朱心たちに向かって一礼すると、そのまま広間を退出した。すれ違いざまに燕志が、とても同情した様子を見せていたのは気づいたけれど、何も言えはしなかった。

ただ深い衝撃の余韻だけが、胸の中で重たく渦を巻いていた。

＊＊＊

部屋に戻った英鈴を待っていたのは、雪花だった。つぶらな瞳《ひとみ》に悲しみの色を浮かべた彼女は、こちらの顔を覗《のぞ》き込むようにしながら、声をかけてきた。

「あのね……女官様に聞いたら、翠玉ちゃんは事情があって、近々おうちに帰ることになったって。もしかして、翠玉ちゃんと英鈴、何かあったの……？」

「ううん、雪花」

努めて笑顔を作り、親友の肩に手を置いて、首を横に振る。

「もういいの。薬童代理の仕事は、今後は……別の人に任せることになったから」

「えっ⁉」

「忙しい時に手伝ってくれたのにごめんなさい。みんなにも、よろしく伝えておいて」

語りながら、急にぐるりと視界が回転したような錯覚を覚える。全身を包む、強い倦怠《けんたい》感――今さらになって、疲労が出たのだ。

「大丈夫、英鈴⁉」

「平気……気にしないで。徹夜して、さすがにくたびれただけ」

我ながら力ない声音で、雪花に告げる。

「少し、仮眠をとるね。誰か来たら、呼んでちょうだい」

それだけ言い残して、よろよろと寝台に向かう。倒れ込むように横たわると、そのまま、英鈴は目を閉じた。立ちくらみのような感覚は失《う》せたものの、代わりに押し寄せてきたのは強烈な眠気である。

だがそれと同時に頭の中を駆け巡っているのは、「納得できない」という思いだ。緑風の裏切りや、薬童代理の座についてではなく――武器軟膏について。

そう、裏切りもクビも、考えるだけで胸が痛く苦しい。けれど同時に、きっと緑風なら今後も多くの『不苦の良薬』を開発して、たくさんの人々を救ってくれるという確信もあるのだ。あの潤心涙の服用法だって、金枝国の苦渇病を癒してくれるはずである。

人が救われるのならば、自分はそれでいい。辛《つら》くても、最悪、そうであるならば。

(でも武器軟膏についてだけは、納得できない)

あんな紛《まが》い物が耳障りのいい言葉だけ引き連れて広まっていくなんて、本来なら、是が非でも止めなければならないことのはずだ。けれど自分には、それができなかった。

なぜなら鶺真の言った通り――貴妃は、政に関わるべき存在ではないからだ。まして薬童代理でなくなった自分に、何ができるだろう?

立場を理解して行動しろ、という数日前の朱心の言葉が、重くのしかかってくる。これ以上は、自分には何もできない。残念だし、悔しいけれど、それが貴妃という地位だ。

（私、どうすればよかったの……）

なんの成果も得られず、というよりも成果を奪われ、後悔と徒労感ばかりが募る。

停滞した思考は眠気に負け、そのまま英鈴は、夢さえ見ない深い眠りに落ちていった。

——どれくらい時が経ったのだろう。

「英鈴、英鈴……！」

ゆさゆさ、と誰かの温かな手が自分の身体を揺さぶっている。目を開ければ、部屋の灯の光を受けて見えたのは、雪花の心配そうな顔。

（私、夜まで寝てしまっていたのね……）

陛下に夕餉《ゆうげ》の前の薬を持って参じないと、とまで考えてしまい、ふっと自嘲《じちょう》的な笑いが漏れる。もう朱心には、緑風という専属薬師《くすし》がいるのに。かたや雪花のほうは、目を開けたこちらの様子にほっと安堵《あんど》の息を吐いてから、続きを語った。

「あのね、燕志さんがお見えだよ。皇帝陛下が、英鈴をお呼びなんだって」

「えっ」

その言葉に、朦朧《もうろう》としていた意識が一気に覚醒《かくせい》するのを感じた。

「陛下が、どうして私を……？」

「わからないけれど、至急のお呼び出しだって。身支度は手伝うから、準備しよう」

暗かった表情を少し明るくすると、雪花は他の宮女たちと共に、ぱたぱたと鏡や衣を取りに行く。さっきはいきなり寝てしまったから、衣服も髪もよれよれになっていると、ようやく気づいて英鈴は赤面した。

（寝たら、少し頭がすっきりした。でも……）

今、陛下に呼び出される理由はなんだろう。陛下は確かに、自分の夢を応援してくれた唯一の人だ。けれど同時に、すべての物事が己の利になるように立ち回る人物である。彼にとって、英鈴を今呼び出すことに利なんてないと思うのに。

（なんにせよ、行くしかないのよね）

拒否権はない。支度を終えた英鈴は、雪花たちに見送られながら扉の外に出る。するとそこで恭しく待機していたのは、燕志だった。

「お待たせしました。あの、陛下はどちらに……」

「主上は秘薬苑にてお待ちです」

いつものように穏やかな笑みを浮かべて、燕志は答えた。

「私めも、途中までご一緒いたします。では、参りましょう」

柔和に、けれど有無を言わせぬ様子で、彼はくるりと背を向けて廊下を歩きだした。

やや釈然としない気持ちを抱えつつも、英鈴はそれに従う。


「ようやく来たか。遅いご登場だな、董貴妃」

「陛下……！」

燕志と別れて入った秘薬苑の中、亭子《あずまや》の下。

夜闇を弾《はじ》くような白い上衣《うわぎ》に身を包んだ朱心は、例の酷薄な笑みを湛《たた》えたまま、右手を軽く振ってこちらを招き寄せた。その左手には、小さな青銅の杯を持っている。

「あ……」

近づいて臣下の礼をとったその時に、杯の中身に気づいた英鈴は短く声を発した。朱心は口の端を優雅に吊《つ》り上げてから、首を傾げて問いかける。

「馬乳酒だ。どういうわけか、貴妃殿が壺《つぼ》ごとここにお忘れだったのでな。蜂蜜《はちみつ》を入れれば、まあ、存外に悪くはない味だ」

「そう、でしたか」

返事をする自分の声は、知らず知らずのうちに暗く籠《こも》る。馬乳酒を見るとどうしても、緑風を思い出すからだ。しかし朱心は、端的に命じる。

「座れ。一人では酒宴も味気ない。飲めずとも、話し相手くらいにはなるだろう？」

「……はい」

短く頷《うなず》き、英鈴は卓を挟んで向かい側に着座する。とはいえそれ以上何を言うこともできずに、ただ俯《うつむ》いて、馬乳酒の入った壺を眺めていた。

すると、幾度か杯を傾けた後で、朱心がにわかに口を開く。

「ご苦労だったな、董貴妃。望む形でなかったにせよ、任を無事に終えたというわけだ」

「……！　へ、陛下！」

たまらずに、英鈴もまた口を開いた。

「今さら何を申し上げても遅いのはわかっています。ですが、その……あの服用法は」

「知っている。お前たちの労力はちょうど半分ずつ、といった塩梅《あんばい》だったのだろう」

杯を顔の前に掲げ、複雑な文様が施されたその表面に視線を向けるようにしながら、朱心はさらに続けた。

「もし緑風の申した通り、開発のほとんどをあの者が手掛けたというのなら……昼間に私と対面した時、先にお前がそう言っていたはずだ」

「それは」

「私に偽証をすればどのような目に遭うか、わからぬほどお前は愚かではなかろう」

ククッ、と低く彼は笑う。けれどその言葉を聞いた時、胸の奥に溢《あふ》れてきたのは、温かく静かな喜びの感情だった。

（こんなことになっても、陛下は……信用してくださっているんだ）

なんだか、涙が出てきそうだ。でもそれはぐっと堪《こら》えて、英鈴は朱心に告げた。

「陛下、緑風殿はとても高潔な人柄で……その、とてもあんなことをする人物だとは思えなかったのです。きっと彼にとってそれほどまでに、専属薬師の立場は大切なものだったのでしょうけれど」

それを汲《く》めずに、安易に協力しようなどと持ち掛けた自分が浅はかだったのかもしれないと、今の英鈴は思っている。かたや杯を傾けた朱心は、笑みを湛えたまま口を開いた。

「ほう、手紙のやり取りだけで伝わるほどの高潔さならば、それはよほどのものだな。とはいえ、それも済んだ話……お前もさぞ、肩の荷が下りたろう？」

「えっ？」

「違うのか」

また一口、馬乳酒を飲み――顔色はまったく変わっていない――朱心は続けて言った。

「仕事は終わり、後任者も決定した。服用法が成立したのだから、金枝国にいた人質たちも無事に帰ってこよう。これからのお前は後宮で好きなように、薬の研究でもしていればいい。気楽な立場になったと喜ぶべきだな」

「いえ、でも……それは」

本当に、気楽な立場なのだろうか。金枝国の今後に目を瞑《つぶ》って、諦《あきら》めて、何もしない生活を送るというのは。自分だけ、後宮という安全な場所で好きなことをして生きるのは。

金枝国の今後、つまり、武器軟膏の流通について知らないふりをするなんて――とても耐えられない気がする。

(緑風くんだって、あの宴《うたげ》の時、武器軟膏にとても怒っていたよね)

そこまで考えた時、脳裏をふと過《よ》ぎったのは、先ほど広間で見た彼の姿だった。

(そういえば……どうして緑風くんはさっき、鶉真様の言葉に従っていたの？)

これまではつい、そこまで頭が回っていなかったけれど――宴では誰よりも早くかの軟《なん》膏《こう》に異を唱えていた彼が、そして紛い物を許せないという気持ちは一緒だったはずの彼が、なぜ先ほどは急に唯々諾々と、鶉真の言葉に従っていたのだろう。

専属薬師になることと、武器軟膏の流通は、また別の話のはずなのに。

(もしかして、何か事情があるの……？)

その考えに至った英鈴が息を呑《の》むのと同時に――眼前の朱心が、おもむろに口を開く。

「金枝国といえば」

——え?

「董貴妃よ、一つ酒宴の余興として謎かけをするか。かの軟膏についてだが……なぜ、あれは『武器』軟膏と呼ばれているのだと思う?」

「それは……」

反射的に頭に浮かんだ答えはこうだ。——武器でついた傷を、武器に塗って癒《いや》す薬だから。けれどそう告げようとしたところで、別の疑問が脳裏を過ぎった。

なぜ、わざわざ『武器』なのか。日常生活で考えれば、包丁や鉈《なた》で怪我《けが》をする機会のほうが、剣や矛などの武器で傷つくよりもずっと多いはずだ。なのになぜ、例えば『刃物軟膏』と名乗らないで、武器に塗るのだと主張するのだろう?

「あっ」

瞬間、閃《ひらめ》いた答えに英鈴は戦慄《せんりつ》した。憶測だ、と思いたい。けれど考えれば考えるほどに、その答えの信憑《しんぴょう》性が増していく。

先ほど朱心は、金枝国にいた人質たちが帰ってくる、と言った。そう、英鈴か緑風が服用法を無事に開発できれば、引き換えに、かつて金枝国に送られた人々が旺華国に帰ってくるという取り決めだったのだから。

しかしそれは、改めて考えれば、あまりにも旺華国に有利な取引だ。相互不可侵を守るための人質だったのだから、例えば極端な話、今後は旺華国から金枝国に戦争を仕掛けても、何も問題ないということになってしまう。

そんな危険を負ってまで、金枝国が苦渇病を癒したいと願う理由はなんだろうか。武器軟膏が売られようとしている理由としても思い当たるのは——一つしかない。

「金枝国の北には、別の民族の国があると聞きます。もしや金枝国は、今その国と」

「察しがよいな」

フン、と朱心は笑う。

「その通りだ、董貴妃。使者の連中が言うには、北方の国境付近で小競り合いが発生しているらしい。もうすぐ本格的な冬が訪れる時期だ、大規模な戦乱にはなるまいが……戦は戦。死傷者も相応に出ているだろうな」

「……！」

背筋が凍りつくような感覚に襲われた。

旺華国は既に、長い平和な時にある。けれど北では、かつて旺華国がそうだったように、戦乱のせいで人命が失われているのだ。

（そんな時に流行《はや》り病なんて起きれば、当然、何を条件にしたって治す方法を手に入れた

いだろうし……武器で傷つく人が出れば、その傷を早く治したいと願って当然よね)

だからこその服用法であり、だからこそ武器軟膏が売られようとしている。

(なんてこと……!)

もしあの怪しげな軟膏が流通すれば、これからの金枝国はどうなるだろう。別の効果的な治療法が試されないままに、戦場で命を落とす人がさらに増えるかもしれない。つまり英鈴だけでなく、金枝国の人々にとっても、黙って見過ごせる状況ではなかったのだ。

（でも鵜真殿は、これを商機にしようとしている。そのために武器軟膏を、どうしても認めさせようとしていたのね)

思わずごくりと喉《のど》を鳴らしながら、英鈴は考える。

(そういえばあの書状……金枝国の国王陛下に許可を得ていた、ということは……鵜真殿は国王陛下を騙《だま》してでも、自分の国を裏切ってでも、お金儲《もう》けがしたいってこと?)

――この事実を、緑風は知っているんだろうか? 英鈴はふと、そう思った。

「信じられない」

独り言《ご》ちるようにしながら、朱心に告げる。

「単なる私利私欲のために、効果のない薬を売ろうとするなんて! そんなことをすれば、戦場で一体どれだけの人たちが」

「さてな」

途端に突き放すように、しかし口元には酷薄な笑みを湛えて、相手は肩を竦《すく》めてみせた。

「そうだとして、お前には関係のない問題だ。金枝国の民の命など……そうだろう？」

ずいっ、と朱心は身をこちらに乗り出した。彼の通った鼻筋と、すべてを見通しているかのように鋭い双眸《そうぼう》が、すぐ目の前にやってくる。英鈴がなんとも言えずに、ついまじまじと顔を見つめてしまうと、彼は低く鼻を鳴らしてさらに述べ立てた。

「私とて同じだ。我が国の問題ならともかく、所詮《しょせん》は異国の話。その地の民がいかに苦しもうと、私はなんの痛痒《つうよう》も感じぬ」

「……」

こちらをまっすぐに見据える朱心の深い鳶色《とびいろ》の瞳《ひとみ》を、じっと見つめ返す。

それから、英鈴は静かに言った。

「いいえ。陛下は、そんなふうにはお考えにならないはず」

「ほう？　それはそれは。董貴妃の目には、私は随分と慈悲深く映っているとみえる」

「……そういう意味ではなく」

一拍置いてから、続けて語る。

「陛下はそんな短絡的な考えはなさらないだろう、ということです。仮に金枝国が北方の国に敗れたとしたら、恐らく次に攻め入られるのは旺華国。陛下が、その危険を無視なさるはずがありません」

きっぱりとそう言い返すと、ややあって、朱心の表情がふと緩んだ。以前見せた、あの不思議な表情——皇帝としての「表」と「裏」の顔が二つ重なったような、穏やかな瞳だ。

けれど英鈴が反応するより先に、それは水面に映った月影のように搔《か》き消えてしまう。

代わりに現れたのは、いつもの冷たい微笑みだった。

「……癪《しゃく》ではあるが、お前の推論が誤ってはいないと認めてやろう」

身を引き離し、再び椅子に座り直しながら、朱心は言う。

「そしてお前のことだ。こうと知れた以上、紛《まが》い物を放っておくつもりもなかろう？」

「もちろんです！」

自分に気合を入れるように、英鈴は両の拳《こぶし》を膝《ひざ》の上で握って力強く応《こた》える。

（そう、弱気になっている場合じゃなかった。後宮のみんなだけじゃなく、傷ついた人々まで騙そうとしているなんて……薬売りの娘として、いいえ人として許せない！）

手に籠《こ》める力を強くすれば、朱心がまた一杯、馬乳酒を呷《あお》ってから告げる。

「だが、あの鵜真という男は、金枝国における薬の行商網を一手に担っている」

こつん、と空になった杯を置く音がした。

「わかっているだろうが、金枝国は遊牧民の国……物流はすべて、行商人が駆る馬が担っている。つまり武器軟膏の流通を止めたければ、誰の目にも明らかなようにかの軟膏の非を暴くか、あるいは鵜真を頼らずに薬を流通させる術《すべ》を開発せねばならないわけだ」

ゆっくりと、朱心は立ちあがる。月明りを背景に、その龍顔《りゅうがん》がぼんやりと浮かび上がって見えた。

「それは薬ではなく、政《まつりごと》の域だな。だがどうにかするには、知恵を絞らねばなるまい」

「……そうですね」

眉《まゆ》を顰《ひそ》め、英鈴は俯《うつむ》いた。朱心の言う通りだ。これはもう、服用法がどうという領域の話ではなくなってくる。けれど――

(それでも、なんとかしたい)

否、なんとかしなければ。ここで諦《あきら》めて、なんのための董英鈴だろう。

決意と共に、顔を上げて朱心に宣言した。

「微力を尽くします。陛下……ありがとうございました。お話しくださって」

「なんのことだかな。酒にも飽いた、私は寝る」

わざとらしく欠伸《あくび》をして、くるりとこちらに背を向け――次いで、彼はまた首だけ振り向いて言った。

「なんとかできぬお前ではあるまい。それが、お前の『宮女』のためにもなるぞ」

「えっ、宮女?」

けれど問い返す間もなく、朱心は例によって足音もなく、秘薬苑から立ち去ってしまったのだった。

「……」

風が、緩く吹き抜けていく。冷たくても、身を奮い立たせるような清涼な風だ。

(陛下は、もうとっくに……翠玉が緑風くんだって、ご存じなのかもしれない)

けれど朱心は緑風も、もちろん英鈴も咎《とが》めていない。それどころか、応援するような言葉までかけてくれたのだ。英鈴にならば、緑風を救うこともできるはずだと。

(……信用して、くださっているんだ)

そっと胸に手を置いて、英鈴は、自然と微笑んでいた。

——隠し事をしていた自分を、それでもなお、朱心は信じてくれている。

そう思うだけで、心の奥から温かな力が湧いてきて、指の先まで満たしていくように感じた。だから——

(応えなくちゃ。きっと何か、方法はあるはず)

緑風だって、彼を信じるなら、鵜真の卑劣なやり方をよしとしているはずがない。まずは今一度、彼の本心を確かめなければ。

その思いを胸に、英鈴もまた椅子から立ちあがろうとして、ふと足元に視線を向けた。

「これは……？」

裙《くん》の裾《すそ》についていたのは、鮮やかな緑色の糸くず。恐らく、挂毯《けいたん》の刺繍《ししゅう》糸だ。

(慌てて出てきたから、気づかなかったのね)

摘まみ上げたそれを見つめていたら、蘇《よみがえ》る光景があった。

雪花たちと一緒になって、針仕事をしていた「翠玉」の姿。

律儀に与えられた仕事をこなしていた、宮女としての姿——

(待っていてね、緑風くん)

薬童代理としてだけでなく、貴妃としての自分にだって、大切な責務はある。それは、自分に仕えている人々を守ることだ。

もう、迷ったりしない。英鈴は背筋を伸ばし、月光の下を歩いていった。

第五章　英鈴、万事塞翁《さいおう》が馬たること

貞鳩《ていきゅう》と鵜真《うしん》らに服用法を伝え、皇帝陛下の専属薬師《くすし》に選出された、その翌日。

緑風《りょくふう》は禁城の、とある大広間にいた。金枝国《きんしこく》の使者たちを労《ねぎら》う目的で、皇帝の名の下に開かれている宴《うたげ》の席に、功労者として呼ばれたからだ。

使者たちは、明日には本国へと出立《しゅったつ》する。その後は——自分には、無関係のことだ。

俯き、面持ちを堅くしたまま、言い聞かせるように何度も緑風はそう考えた。

もうじき料理が並びはじめるはずの目の前の食卓は、金の装飾が施された煌《きら》びやかな逸品だ。場を温めるために呼ばれた芸妓《げいぎ》たちは二胡《にこ》の音に合わせてしなやかに踊り、居並ぶ金枝国の人々や、旺華国《おうかこく》の文官たちを楽しませていた。

けれど、いくらそうした美しいものが周りにあろうとも、緑風の心は晴れない。

そうするしか他に手がない、と思ってした選択だった。だが今、頭の中に幾度も浮かび上がってくるのは、愕然《がくぜん》とした董貴妃《とうきひ》のあの表情だ。

——無関係だ。何も恥ずかしい振る舞いなんてしていない。もう一度、心の中で呟《つぶや》く。

すると後ろに、人の気配を感じる。振り返るとそこにいたのは、陳《ちん》鴉真であった。

「おぉお、曹《そう》緑風殿。失礼いたします」

「……いえ、こちらこそ」

席を立った緑風と、鴉真が互いに礼を終えた後、先に口を開いたのは鴉真のほうだ。

「いやはや緑風殿は、お若いにもかかわらず実に聡明《そうめい》でいらっしゃいますなぁ。旺華国、そして我が国のために何が最善か、すべてお見通しでいらっしゃる」

にやにやと、揉《も》み手《で》しながら告げられた言葉。いつもの自分なら、それも当然だと胸を張っていただろうか。

「いえ、まだ若輩者ですから」

「なんの、ご謙遜《けんそん》を！」

鴉真は、いっそう笑みを濃くして明るく言った。それから、一歩緑風に近づいて囁《ささや》くように告げる。

「今後は、皇帝陛下の専属薬師は緑風殿がお務めになるのでしたな。もし私がお力になれることがあれば、ぜひいつでも、なんなりとお申し付けをぉ」

「……！」

不気味な笑顔が示す真意は一つ。これからも互いに「協力」しようと、そういう意味だ。

鵜真に対して、緑風は語る言葉をもたない。もごもごと動いた口は何も言葉を紡げず、ただ彼は曖昧《あいまい》に俯くしかできなかった。

去り際にこちらを一瞥《いちべつ》した鵜真の目が、侮りに満ちていたのも理解できる。所詮《しょせん》若輩の小僧、気の利いた台詞《せりふ》一つ吐けないらしい——そう思っているのだろう。

くそ、と内心で呟きながら、緑風はまた着座した。

ほどなくして、宴の参加者の前に料理が並びはじめる。最初に運ばれてきたのは、鳳窩《ほうか》湯《とう》と薬雪葩《やくせつは》だった。この宴は緑風の功績を讃《たた》え、彼の開発した服用法を皆に知らしめる目的も兼ねているからだ。そして緑風の目の前にも、ついにそれらが運ばれてくる。

董貴妃から奪った功績で作られた、虚飾に満ちた栄光の象徴。むろん潤心涙《じゅんしんるい》の強烈な薬効などない、製法だけ象《かたど》った宴会料理ではあれど、見た目はまったく同じ品である。

とてもまっすぐに見てなどいられずに、緑風はふと目を逸《そ》らした。

そしてその時、傍らにひっそりと立っている宮女に気づく。

「……？」

給仕でここに来たのなら、なぜすぐに立ち去らないのだろう？　気になって相手の顔を見たところで、それが誰なのかに気づいた。董貴妃に仕えている、宮女の雪花《せっか》だ。

「あ……」

何も言えずに、緑風は彼女を見つめるしかなかった。雪花はというと、どことなく緊張した面持ちでこちらを見返している。そして食卓の上の皿を手で示し、小声で告げてきた。

「曹緑風様。董貴妃様より、妹御の翠玉《すいぎょく》さんにお手紙がございます」

見れば、確かに——薬雪葩の盛られた皿の真下に、折り畳まれた紙が挟まっている。

それればかりでなく、緑風に運ばれてきた薬雪葩だけ、他のものと異なっていた。

自分のぶんにのみ、黄色い沙棘《サジー》の実が一粒、載っている。後宮で、翠玉の正体が発覚するきっかけとなった、あの沙棘だ。

こちらがはっと目を見開いたのを、雪花は確認したのだろう。きりっと表情を引き締めると、ぺこりと頭を下げた。それから、そそくさと去っていく。

どうやら、雪花は自分の正体に気づいていないようだが——

一体、董貴妃は何を書きつけて送ってきたのだろうか。恨み言かもしれない——などと思う自分の臆病《おくびょう》さを自嘲《じちょう》しながら、緑風は卓の下でそっと手紙を開いた。

するとそこには、簡潔にこうしたためられていた。

『翠玉殿へ

子《ね》の刻に秘薬苑《ひやくえん》に来るよう、貴妃として命じます　董英鈴《えいりん》』

「これは……」

思わず、緑風は驚きを口にした。まさか董貴妃から——妃の立場にありながら、あまりに平民気分が抜けていない人物から、こんな命令が下されるなんて思ってもみなかった。

そう、これは命令だ。貴妃から宮女への、正式な命令文書。明日後宮を去る身ではあっても、今現在の「翠玉」には、拒む術《すべ》がない。緑風は、秘薬苑に行かざるを得ない。

——なんのつもりだ？　報復するつもりか、と考えそうになって内心で頭《かぶり》を振る。

あのお人好《ひとよ》しの貴妃が、そんな所業をするはずはない。ではまさかこの期に及んで、自分の真意を問いただすつもりなのだろうか。そんなことをしたところで、既に何もかも無駄だというのに。——けれど、無視はできないのだ。

「わかったよ」

小さく独り言《ご》ちる緑風に、隣に座っている老いた文官が気づいて首を傾げている。彼に何か言われる前に、緑風は何気ないふうに匙《さじ》を手に取り、ようやく料理に手をつけた。

鳳窩湯は温かく、薬雪葩はきりりとした冷たさだ。でもそれ以外の味は、今の自分にはよくわからなかった。周囲からぽつりぽつりと聞こえはじめる自分を称賛する声も、意に介す余裕がない。緑風はただ無心に、子の刻について考えていた。

そして——月が東の空から昇り、後宮の庭をぼんやりと照らすようになった後。
翠玉の格好で秘薬苑に参上した緑風が見たのは、苑の中央からこちらをまっすぐに見つめている、董貴妃その人の姿だった。

＊＊＊

（……来てくれた）

秘薬苑の入り口に姿を見せた緑風は、「翠玉」としての格好をしている。しかしその面持ちは既に、本来の彼としてのものになっていた。利発で、どこか挑戦的な印象で、けれど今は覇気がない。こちらを向いて歩を止め、なんとも言えずに立ち竦《すく》んだ様子の彼に対し、先んじて、英鈴は声をかけた。

「来てくれてありがとう、緑風くん。どうしても、あなたと話したかったの」

「……ハッ！」

いかにもくだらないといったふうに彼は吐き捨て、視線を逸《そ》らした。

「好意で来たわけじゃない、命じられたからだ。それに僕としては、もうお前と話すことなど何もないのだがな」

「そう。でも、私にはあるの」

英鈴は、冷静に告げた。今さら、彼の態度に怒りなど湧いてこない。むしろ、どこか安心したような気持ちだった。その強がった態度が、相変わらずだと思えたから。

だから怯《ひる》まず、目を逸らさずに、一歩前に踏み出すとともに語りだす。

「緑風くん。どうして昨日、あんなことをしたの？　あなたはいつだって薬に関して真摯《しんし》だったし……武器軟膏《ぶきなんこう》について、あんなにも腹を立てていたじゃない」

「……！」

一瞬、緑風はひどく辛《つら》そうな面持ちになった。

けれどすぐに自分でそれを掻《か》き消すように首を横に振ると、嘲《あざけ》るようにこう応《こた》える。

「まだわからないのか？　これだからお前は……後宮の女たちに馬鹿にされるんだ。そんなの、栄達のために決まっているじゃないか！　前にもそう言ったよな」

つま先で軽く地面を蹴《け》ると、彼は腰に手を当て、続けて語った。

「薬師を目指すのは、この国で僕の有能さを示すためだ。そのためにお前を利用させてもらったんだよ。まあ、思っていた以上に役に立ってくれたな。それは評価してやるよ」

緑風はこちらを向いた。

「だが、もう用は済んだ。僕はこれから、専属薬師《くすし》として存分に働かせてもらう。明日には『翠玉』も正式に後宮を辞める……もうお前と会うこともないだろう」

その口の両端が吊《つ》り上がっていき、いかにも悪辣《あくらつ》で、冷たい笑みの形に変化する。

きっと言いたいことを言い終えたら、彼は踵《きびす》を返してこの秘薬苑から出て行ってしまうに違いない。

(そうはさせない!)

英鈴はすかさず、彼の口へと苦い丸薬、獐牙菜《しょうがさい》を放り込んだ!

「じゃあな、董貴ひっ、ぐえっ、なんだこれ苦っ!」

途端に緑風の余裕たっぷりな表情は崩れた。彼は目を白黒させながら、げほげほとひどくその場で咳《せ》き込んでいる。

そして間髪を容《い》れず、英鈴は周囲に響くほどの大声で、彼に告げた。

「嘘《うそ》をつくんじゃありませんっ!!」

「ひ!?」

小さく息を呑《の》んだ緑風の姿が、ますます弟と重なって見えたような気がする。けれどだからこそ遠慮なく、叱りつけるように彼に言った。

「言いたいことだけ言って、さっさと帰ろうとしないの! 私の話はまだ終わっていないんだから」

「う……」

「前に、薬師になりたい理由を聞いた時にも思ったけれど」

語気を落として、言い聞かせるように、続けて問いかけた。

「秘薬苑を見て、あんなに喜んでいただけじゃなく……私が薬童代理でいるのが許せないからといって、わざわざ危険を冒してまで後宮に潜入するあなたの目的が、栄達だけだなんてとても思えない」

彼のすぐ前にまで近づき、もう一度、静かに言う。

「教えて。どうして薬師になりたいの？　あの武器軟膏を認めたことだって、何か……事情があるんでしょう？」

「……」

反論したそうに、緑風は口を軽く開いた。けれど、言葉は紡がれずに視線が泳いでいる。

次いで、彼は悄然《しょうぜん》と俯《うつむ》いた。ため息をつき、観念したように、語りだす。

「……翠玉は、僕の妹の名だ」

「えっ？」

「宮女になる時には、身元の調査がある。戸籍に登録されていない者は、さすがに受け入れてもらえないからな。妹の名前を使って入ったんだ。もっとも、翠玉はまだ八歳だが」

雇われる時、生まれ年までは確認されなかったから――とつけ加えた後、彼はさらにこう述べた。

「こう言うのもなんだが、僕の家は裕福だ。だから数年前に梅州《ばいしゅう》で熱病が流行して、妹がそれに罹《かか》った時も……すぐに特効薬を手に入れて、飲ませることができた。高価な薬だったけれど、別に僕の家にとってはたいした出費じゃあなかったんだ」

だけど、と彼は続ける。

「妹が快復して、一緒に外に遊びに行った時……いつもの遊び場の近くにあった商店が潰《つぶ》れていた。そこを経営していた家族も、一人残らずいなくなっていた。何があったのか近所の住人に尋ねたら、熱病で全員死んだって」

「そんな……」

辛い光景を、まざまざと想像してしまう。こちらが思わず漏らした声に反応するように小さく頷《うなず》いてから、緑風はさらに言った。

「そこの商店には、ちょうど妹と同じくらいの歳の女の子がいて……僕たちとよく遊んでいたんだ。だからその子も死んだって聞いた時、翠玉は泣いて、泣いて……。その日は、宥《なだ》めながらうちに帰ったよ」

冷静な口ぶりながら、緑風の瞳《ひとみ》もまた、遠い日を思い出しながら翳《かげ》っている。

「あなたも……辛かったでしょうね」

「ハッ、辛かっただって？　僕が？」

また嘲るような声音を発して、けれど緑風は、それ以上は何も言わなかった。

代わりに、思いの丈を語った。

「その時、考えたんだ。もし僕の家が裕福でなく、薬が買えなかったら、翠玉も死んでいた。病気で苦しんで死んでいい人間なんてこの世にいるはずないのに、お金があるかないかで生死が決してしまうなんて、そんなの間違っている……ってな」

緑風は視線を上げ、こちらに向き直る。

「だから、薬を必要な人間のところに、必要なだけ届けられる人間に……そういう薬師になろうと思った。お前の『不苦の良薬』に興味を持ったのだって、それが理由さ」

「……！」

強い衝撃に胸を打たれたような感覚に、英鈴は襲われた。

(何か事情があるんだろうとは思っていたけれど、そんな理由だったなんて……)

緑風の志は、とても立派で、温かなもののように思える。

それに、彼の願いが『不苦の良薬』に繋《つな》がっているなんて――

押し黙り、考えに耽《ふけ》る英鈴の様子を、緑風はじっと見つめていた。

それから、またおもむろに口を開く。

「昨日の昼、面会の約束を取りつけるために使者たちに会いに行った時……僕が鵜真の話に乗り、武器軟膏について目を瞑《つぶ》るようにしたのも、それが理由だ」

「えっ」

「貞鳩殿に会う前に鵜真が近づいて、話を持ちかけてきたんだ。専属薬師を志すなら、後押ししてやろうかと。それから、こうも言われた。潤心涙は武器軟膏と一緒に流通させるつもりだから……片方が認められないようでは、もう片方も売ることができない、とな」

要は、遠回しな脅迫である。

「それであなたは、あんなことを……」

「常識だろ？　考えてもみろよ。金枝国における薬の流通は、すべてあいつが一手に担っている。今あいつにヘソを曲げられて、もし万が一僕たちの考えた服用法が国を巡らない、なんて状況になれば……苦渇病《くかつびょう》で、大勢死ぬんだぞ」

そんなの、認められるわけないだろ——と、彼は言った。

「フン。まあお前からしたら、僕は愚か者の変節漢に見えるだろうな。否定はしないさ。だけど理想だけじゃ、誰の命だって救えないんだ。どんな薬の、どんな服用法があったたって、相手の口に入らなければなんの意味もないんだからな！」

叫ぶように語気を強めて、緑風はそう言い放った。冷たい夜風が、二人の間を吹き抜けていき――けれどそれが吹《ふ》き止んだ後、英鈴は落ち着いて口を開く。

「ええ、そうね。あなたの言う通りだと思う」

語りながら、ふと思った。

（私も、ちゃんと明かすべきよね。緑風くんだけ話すなんて、対等じゃないもの）

だから、打ち明けることにした。

どうして、自分が薬師を志したのか――なぜ、『不苦の良薬』を追い求めるのか。

「緑風くん……私にもね、弟がいたの。阿圭《あけい》という名で、三歳下。華州《かしゅう》で熱病が流行《はや》った時に、死んでしまったけれど」

緑風は目を大きく見開いた。しかし今はそれに構わずに、さらに続けて語る。

「うちは薬売りだから、薬自体はすぐに手に入った。だけど、知っているでしょう……特効薬が、とても辛《から》くて飲みづらいこと。私はそれを上手《うま》く飲ませてあげられなくて、その間に病が全身を巡ってしまって……弟は」

「………」

「それで、『不苦の良薬』を開発しようと思ったの。だからこそ、あなたがさっき言ったこと……口に入らなければ意味がないっていうのが、どれだけ正しいか理解できる」

動揺していた彼の瞳は、こちらの言葉を捉《とら》えてふいに色を変えた。

「だったら！」

「でもね」

英鈴は遮るように言うと、きっぱりと告げた。

「もし武器軟膏が金枝国に蔓延《はびこ》れば、結局は多くの人が苦しむと思うの。それに鵜真様を今止めなければ、武器軟膏だけじゃない、今度はまた別の紛《まが》い物の薬が作られて、それが売られて……きっと、いつまでも繰り返しになる」

「なら、どうしろというんだ」

戸惑うように緑風は言った。

「僕たちでどうにかするといっても、手段なんて」

「手段ならある。彼が牛耳っている今の形よりも優れた、しかも金枝国に合った薬の流通方法を考えて、それを提案するのよ」

静かに、そしてさらりと言ってのけた英鈴に、緑風はすかさず食ってかかった。

「無茶言うなっ！　常識的に考えて、そんな手をすぐに思いつくのか！」

「思いつくかもしれない。だって、使者様たちが帰るのは明日の昼——今はまだ、子《ね》の刻半だもの。時間ならある。諦《あきら》めるには早いと思う」

そう言いつつ、さらに一歩前へと踏み出た。そして驚く緑風の細い肩に手を伸ばし、しっかりと摑《つか》む。

「力を貸してちょうだい、緑風くん。私一人では無理でも、あなたと一緒ならきっと考えつくことがあると思うの。鳳窩湯の時だって、そうだったでしょう」

「……それは、命令か？」

「いいえ、お願い」

そう告げて、それから、なんだか自然と笑ってしまった。

(呼び出しておいて、肩を摑んで、命令じゃないって言うなんて……変なの)

だから英鈴はすぐに、撤回しようと思った。緑風の好きにすればいいことで、ただ、彼の本心が聞けたのだからそれでいいのだ、と。

果たして緑風は自身の肩に置かれているこちらの手を、緩く振り払った。

次に一歩下がり——しかしその後に彼がとった姿勢は、恭しい拱手《きょうしゅ》だった。

「え……」

「わかった、董貴妃」

真摯《しんし》な響きを帯びて、緑風はそう告げた。

「あなたの言葉に従う」

「ええっ、ほ、本当に？　ありがとう！」

「勘違いするなよ」

月明りの下、彼の頬はわずかに赤く染まっている。

「別に、お前を心底認めたわけじゃない。ただ、これ以上鴉真のいいようにされるなんて、よく考えたら僕自身が我慢ならないってだけの話さ！」

「……ええ」

もう一度、にっこりと英鈴は微笑む。

「よろしくね、緑風くん」

こちらの言葉に、彼は鼻を鳴らすだけだったけれど。

「とはいえ、どうするつもりだ？」

秘薬苑からひとまず英鈴の部屋に戻る道すがら、廊下を歩きながら、緑風が小声で問いかけてきた。

「何か手があるなら別だが、今から方策を探り当てるにはあまりに時間が足りないぞ。わかっていると思うが、金枝国は広大だし、国民はほとんどが遊牧民だ。『薬店をたくさん建てる』なんて方法じゃ、とうてい解決できないんだからな」

「それはわかっているつもり」

短く頷いて応《こた》えた。

「だけど、実際にこの国で採られてきた方法にも手がかりはあるんじゃないかと思っているの。国土でいえば、旺華国だって金枝国と同じくらい広いでしょう。舟での輸送や市場での販売以外に、何か別の方法が採られたこととか、ないのかしら」

「記録を探るっていうのか？」

「ええ。そんな本、緑風くんは読んだことない？」

彼の抜群の記憶力を見込んでそう言ったのだが、相手は肩を竦《すく》めた。

「あいにく、そんな都合のいい本は記憶にないな。一緒に書庫をあたるというなら、協力してやってもいいが……」

そこまで述べて、彼は「あっ」と呟《つぶや》いて大人しくなる。考えながら話していたので気づかなかったが、もう部屋まで目と鼻の先のところまで戻ってきたからだ。

部屋の扉の奥からは、光が漏れている。

（そういえば雪花たち、今日中に挂毯《けいたん》を完成させるんだって張り切っていたっけ）

宮女たちの詰所ではなく英鈴の部屋にいるのは、こちらのほうが作業空間が広いからだろうか？　そう思いつつ、廊下から声をかけた。

「雪花、みんな、ただいま。翠玉さんと一緒に、戻ってきたよ」

「英鈴！　えっ、それに翠玉ちゃんも⁉」

途端に聞こえたのは、ぱたぱたという雪花の軽い、せわしない足音。そして開いた扉の向こうにいたのは、満面の笑みを浮かべる友人と、どことなくそわそわした様子でいる宮女たちだった。

「おかえりなさい、英鈴！　翠玉ちゃんも……あっ」

ふいに口を閉ざし、彼女はじっと「翠玉」を見つめた。表情は、至って真剣だ。

「ど、どうしたの？」

見つめられている「翠玉」も、俯《うつむ》いた状態からちらちらと彼女に視線を送り、もじもじしている。すると、出し抜けに雪花は両の腕を広げ、「翠玉」を抱き締めた。

「あーっ、本当に翠玉ちゃんだ！　おかえり、おかえり！　お兄さんに会ったよ、顔そっくりだね、ちゃんとお手紙渡してくださったんだね！」

「え、あ、は、はい……」

こくこくと緑風も頷《うなず》いている。首から下は、凍りついたように動かないけれど。

（よかった……正体がバレたわけじゃなかったのね）

英鈴がほっと安堵《あんど》の息を吐いていると、「翠玉」からぱっと身を離した雪花は、次いで、こちらを部屋の中へと誘った。

「ちょうどよかったよ！　あたしたち今さっき、ついに完成させたところなの」

「完成、って……」

「じゃじゃーん！」

雪花が両手で指し示した、部屋の中央。居並ぶ宮女たちが取り囲んでいるのは――

「すごい……」

思わず、呆然《ぼうぜん》と呟いてしまう。雪花の言葉通り、挂毯は完成していた。そして、実に色鮮やかな刺繡《ししゅう》が施されている。挂毯の中央で、大きく花開いているのは薄紅色の芍薬《しゃくやく》の花。さらにその周囲を彩っているのは、蓬《よもぎ》の葉を象《かたど》っていると思《おぼ》しき緑色の図柄。

「えへん！　これはね」

胸を張って、雪花が語る。

「薬で名高き董貴妃様の威光を示すために、こういう絵柄にしてあるんだよ。芍薬も蓬も、薬に使われる植物だもんね。そしてそれらをいろんな濃淡の色の糸で、立体的に表現してみましたっ」

「近づいて見ると……すごく繊細な刺繡なのね、これ」

しゃがみ込み、そっと表面に触れながら、英鈴は言った。

「みんな、時間をかけてこんなに立派なものを作ってくれるなんて……」

「当然！　だってあたしたち、董貴妃様の宮女だもの」

ねっみんな、と声をかけられた宮女たちは、喜びに頬を染めて頷いている。

「それに、ほら！　花びらのここのところは、翠玉ちゃんが手伝ってくれた場所だよ。完成したところを見せたかったから、戻ってきてくれて本当によかったよ！」

「……はい」

翠玉は、否、緑風はふっと表情を緩めた。演技ではなく、とても自然で、柔らかな表情。

「ありがとうございます、雪花様……」

「どーいたしまして！」

そう言った雪花にばしんと背中を叩《たた》かれた時は、ちょっと目を剝《む》いていたようだけれど。

その光景に、英鈴もまた微笑みを浮かべつつ――

「あら」

ふと、足元にたくさんの糸玉が落ちているのに気づく。それに合わせて、雪花は自分の足元に落ちている糸をひょいひょいと拾うと、以前見せてくれた箱の中に戻していった。

箱は、同じものがいくつもあるようだった。

「うーん。やっぱり糸、たくさん使ったね！」

他の宮女たちと一緒に片付けをしながら、箱の中身を眺めて彼女は言った。

「そのぶん後で、ちゃんとお金を払っておかなくちゃ」

「え？」

言葉の意味がよくわからずに、問い返す。

「お金を払う、って……その糸、お店で買ってきたものなんじゃないの？」

「ううん、違うの」

箱を両手で抱え持ちつつ、雪花は説明してくれた。

「どの妃嬪《ひひん》の部屋でも挂毯を作っているから、後宮全体でたくさん糸が必要になるでしょ。だから刺繍糸は、事前にたくさん仕入れてくれてあって、それぞれの部屋には箱詰めにして分けて配られるの」

箱を傾けてその中身をこちらに見せながら、さらに彼女は言った。

「それで、糸が足りなくなって補充してもらう時か、こうして作り終わった時に、使ったぶんだけお金を払うんだよ。これならお店で売り切れてて困ることも、買いすぎて困ることもないでしょ？」

屈託なく語る、雪花のその言葉を聞いた瞬間。

「緑ふ、翠玉さん！」

「……ええ」

呼びかけに、「翠玉」が応じる。どうやら彼も、同じことに気づいたようだ。

そう──策は、あった。金枝国の窮状を真の意味で救うための、方策が。

「ありがとう、雪花！」

「えっ、ちょっと、なあに英鈴!? だ、抱きついてもらうほどだなんて、あたし、そこまでのことはしてないよ……？」

戸惑う友人に、改めて感謝を告げた後──

宮女たちが詰所に戻ってからも、英鈴の部屋の灯は消えはしなかった。

残った緑風と英鈴が、草案を作り上げていたからだ。

それは明日、祖国へと帰る使者たちに提示する、たった一つの解決策である。

＊＊＊

禁城の広間には、大勢の文官たちが集まっていた。荘厳な管楽の音に合わせて、ゆっくりと皇帝の前に並んで現れたのは、金枝国の使者たちだ。

その列の先頭に並ぶのは、貞鳩と鵜真の二名。彼らはこれから朱心《しゅしん》に挨拶《あいさつ》し、母国へと帰還するわけだが、それより先に行われるのは式典である。

苦渇病の特効薬、潤心涙の服用法を考案者より渡される式典――そのために、文官たちが並ぶ列でも一番朱心に近い位置に立っているのは、文官ではない緑風だった。

彼が諸手《もろて》でしっかりと持っている巻物にしたためられているのは、服用法の詳細である。もちろん先日の段階で既に使者たちには見せているが、今回の式典でそれが正式に譲渡され、金枝国のものとなるという取り決めになっているのだ。

貞鳩と鵜真が所定の位置につき、音楽が鳴りやんだところで、朗々と貞鳩が声をあげた。

「明《めい》貞鳩、ならびに使者一同、畏《おそ》れ多くも旺華国皇帝陛下には多大なるご高配を賜り、恐悦至極に存じます。これよりも旺華国と金枝国の盟がいく久しく、日月の巡りのごとく変わらぬものでありますよう、ここに乞《こ》い願う次第にございます」

それは、通問使が相手国の国主に必ず告げる、いわば定型文だ。ゆえにこれを語る貞鳩の口調は、普段の商人めいたものではなく、至って厳粛なものだった。

「赦《ゆる》す」

朱心もまた、定型に沿って回答する。

「金枝国と我が国の盟が久しくあるよう――またそなたらの国の民の苦しみが癒《い》えるよう、

ここに文書を託す。曹緑風、ここに」

「はい」

頬を薔薇色《ばらいろ》に染め、緊張した面持ちながらもはっきりと応えた緑風は、皇帝に一礼してから、しずしずと使者たちの前に歩み出た。そして、おもむろに口を開く。

「ここに曹緑風は、金枝国の民を癒やす術をお渡しいたします」

「ありがたく、拝受いたします」

緑風が差し出した巻物を、貞鳩は両手で捧《ささ》げ持つように恭しく受け取った。その傍らで頭《こうべ》を垂れつつ、鶫真はにやりと勝利を確信した笑みを浮かべる。――だが、その時である。

「さて、式典の最中ではあるが」

突然、穏やかながらよく通る声で言ったのは他ならぬ皇帝・朱心だ。

「なんでも緑風より、貞鳩と鶫真よ、そなたらに伝えたき儀があるそうだ。少し聞いてやってはくれぬか?」

ざわっ――と、居並ぶ人々が戸惑いを口にした。その中で動かないのは、緑風のみだ。彼は拱手《きょうしゅ》の姿勢のまま、使者たちの言葉を待っている。

「ははあ、それはそれは!」

すっかり普段の調子に戻り、眼鏡の位置を調節しながら、貞鳩は興味深そうに言う。

「私どもはもちろん、問題ございません！　喜んで拝聴いたします。ねえ、鵜真殿？」

「は、はぁ」

かたや鵜真は、戸惑いを隠せないながらも、引き攣《つ》った笑みを浮かべて同意した。

「緑風殿のお言葉とあらば。なんのお話か、皆目見当もつきませぬが」

「それでは、遠慮なく」

緑風は短く言って、それから、深く頭を垂れつつ続けた。

「その服用法について……当初お話しした時は、ほぼ私一人で考案したものとしておりましたが。正確には、董貴妃様と私、共同で開発したものにございます」

「なっ……!?」

途端に目を剝いたのは、鵜真である。貞鳩は、「ほほう」と小さく唸《うな》るばかりだ。

一方で、緑風はさらに淀《よど》みなく、かつ怯《ひる》む様子もなく語ってみせる。

「私は功名心により、嘘《うそ》を申しました。弁解のしようもございません。陛下と董貴妃様には、お許しを得ておりますが……使者様がたにも謝罪したく、この場をお借りしました」

「余もその話を聞いた時には、たいへん驚いたのだがな」

のほほんとした表情で、朱心は補足するように言う。

「専属薬師《くすし》の座を放棄してでも、己の過ちを償いたいと緑風が懇願するので、その願いを汲《く》んだのだ。どうか二人とも余に免じて、この若者を許してやってはくれぬか？」

皇帝にそう言われて「否」と言える者など、いるはずはない。それに考案したのが緑風一人でなかったとしても、彼がその咎《とが》を受けて専属薬師の座を辞退したというのなら、それ以上は金枝国にとって、特になんら影響はない話のはずなのだ——本来なら。

「もちろん、もちろんですとも！」

したがって、貞鳩はそう答えた。

「私どもにとって、重要なのは服用法でございます。その内容が確かなものであるのなら、お考えになったのが緑風殿と董貴妃様のご両名であろうと、なんら問題なく！」

「……はっ。私も、そう考えまする」

鵜真もまた、困惑を呑《の》み込んだような声音で応《こた》えた。瞬間——頭を垂れたまま、緑風は会心の笑みを浮かべる。

「おお、そうかそうか！」

からからと朱心は笑い、それから、こう付け加えた。

「ではこの式典には、董貴妃も参加せねばなるまいな。それに董貴妃によれば、先日そなたらに見せた服用法に加え、巻物にはいくつか書きつけが増えているそうだ。それも説明せねば、そなたらも母国に戻ってから困ることになろう？」

それを聞いて、血相を変えたのは鵜真である。だが彼が何か言うより先に、朱心がさらに言葉を重ねた。

「では、董貴妃よ！　こちらへ参れ」

「はいっ！」

広間に響く、女性の声。そして緑風の隣に現れたのは、大きな瞳《ひとみ》を輝かせた貴妃――董英鈴であった。

（……ありがとうございます、陛下）

胸の中で感謝を告げながら、英鈴はゆっくりと歩み出た。昨夜のうちに緑風と共に考え出した案は、今、貞鳩の手の中の巻物に既に記されている。

緑風が開発は貴妃と共同だったと告げ、かつそれを貞鳩と鵜真が認めたのならば、この場に英鈴は出て来ざるを得ない。朱心に提案し、彼が許可してくれたから、作戦を実行できたのだ。

眼鏡の下の目で笑っている貞鳩、そしてぽかんとしている鵜真に対し、英鈴は口を開く。

「改めまして、そちらの『不苦の良薬』を緑風殿と共に考案した董英鈴です。此度《こたび》は潤心涙と、その服用法を金枝国内で広める方法について、提案いたします」

周囲の視線が、痛いほど突き刺さる。しかし、ここで自分が口ごもってしまうわけにはいかない。——緑風くんが、そして誰よりも、陛下が見てくれている。その気持ちを胸に、さらに英鈴は、堂々と説明した。

「金枝国では、馬による輸送が行われていると存じます。そこで私は、遊牧する人々の拠点に薬箱を設置する、『薬箱制度』を提案いたします」

「ほほう、つまりつまり？」

口をぱくぱくさせている鵜真の隣で、貞鳩は興味深そうに相槌《あいづち》を打ってくる。

「つまり各拠点に薬箱を置き、そこにあらかじめ潤心涙をはじめとした薬と、その服用法を記して入れておきます。民は、薬を好きな時に使えることとします。そして最終的に、人々は箱から使った分だけ薬代を払い、商人は代金を受け取ると共に、薬を補充します」

こうすれば、民は好きな時に必要なぶんだけ薬を受け取れる。それに商人も、あちこちの拠点を頻繁に巡らなくとも、また商店を構えずとも、きちんとした商売ができる。

これが後宮の挂毯《けいたん》作りの刺繡《ししゅう》糸に手がかりを得た、『薬箱制度』というわけだ。

「緑風殿と練り上げた詳細は、そちらの巻物に。どうぞご覧ください」

「おぉ、お待ちくだされ！」

しかし、すかさず声を発したのは鵜真である。

「貴妃様のご提案は、ありがたく存じまする。しかし、しかしですなぁ……」

「なんでしょうか」

怯《ひる》まずに、正面から相手を見据えて英鈴は言った。

「ご不明点がございましたら、なんなりとどうぞ」

「いえ、不明点と申しますか……貴妃様は薬童代理であらせられるはず。恐れながら政《まつりごと》は、そのぅ……男子にお任せいただけませぬか？」

へらっ、とした諂《へつら》いの笑みの裏に、苛立《いらだ》ちが見える。「後宮の女が、政治に口を出すな」

──そう言いたいのだろう。そして、確かに英鈴には政に意見する権限はない。

しかし確信と共に、相手に言い放つ。

「いいえ……この制度もまた、薬をもって人々の苦しみを失《な》くすための方法。私の『不苦の良薬』です！」

「っ……！」

鵜真の顔が、赤黒く染まる。怒りと恥辱に満ちた表情だ。けれどさらに彼が何か言うよりも先に、至極明るい声をあげたのは貞鳩である。

「ほほー、これはこれは！　なんとも実に、素晴らしい制度ではありませんか！」

「おお、奇遇だな。余もそう思うぞ！」

朱心が応じると、貞鳩は懐から算盤《そろばん》を取り出し、何やらぱちぱちと計算してみせた。

「ふむふむ、おおー！　陛下、鵜真殿、ご覧あれ！　この方法ならば危険な辺境まで幾度も隊商を行き来させる必要もなくなりますし、大幅に出費が削減できるのでは？」

「うぐっ」

吐き出しかけていた言葉を呑み込むように、鵜真の目は算盤に釘付《くぎづ》けになる。するとそれに合わせるように、貞鳩はにこにこしながら彼の背をばしばし叩《たた》いた。

「いやいや〜、本当によかったですな鵜真殿！　以前よりあなたも、隊商にかける支出が多すぎると嘆いておいでだったでしょう？　これなら、鵜真殿も得をするでしょうな！」

そんなふうに言われれば、逆に鵜真としては否定材料がなくなる。彼が何も言えなくなってしまったその機に、口を開いたのは、今まで黙っていた緑風だった。

「……それから、かの武器軟膏について一言申し上げます。改めて実験内容について検討したところ、内容に瑕疵《かし》が認められました。紫泉膏《しせんこう》に混ぜ物がされていたという貴妃様のご指摘は、本当でしょうか？　鵜真殿」

「そ、それは以前申し上げた通り、貴妃様の肌が……」

「もし、貴妃様のお肌が非常に繊細なものであられたとしても」

緑風は至って冷静に、けれど有無を言わせぬ鋭い眼差《まなざ》しで言い放つ。

「薬をつけずに傷口を清潔に保った馬も用意しなくては、薬の効能を正確に比較したことにはならないかと。流通させる前に、もう一度実験を行うべきかと提案いたします」

「ほぉおっ、それは……それは」

にわかに、鵜真はほくそ笑むようにして、告げた。

「意外なことですなぁ。曹緑風殿ほど優秀な方が、まさか女性である貴妃様と同じようにお考えとは……」

「意外なのはこちらです、鵜真様」

と——緑風は表情を変えた。よく英鈴にだけ見せていた、相手を嘲笑《あざわら》うような面持ちに。

「あなたともあろうお方が、男と女、ただ性別が違うだけで言動の正しさが変化するとお考えとは。信念の正否は、性ではなく人格に依《よ》ることなど、常識と存じておりますが」

「なん……だとぉ!?」

ついに目を血走らせて、若造を面罵《めんば》してやろうと鵜真が口を開く。しかし横から彼を止めたのは、以前の宴《うたげ》の時と同じく、やはり貞鳩だった——その目は今なお笑っている。

「まーまー、まーまーまー鵜真殿！　ここは堪《こら》えて、堪えて！　それに、いいじゃないですか。どのみち、あなたの正しさはすぐにはっきりするのですから」

「……？」

額に汗を浮かせて、それでも同僚の言葉が理解できずに眉《まゆ》を顰《ひそ》める彼に、追い打ちをかけるように貞鳩は続けて言う。

「国に戻りましたら、貴妃様や緑風殿のご提案通りの実験を行いましょう。もちろん前のように我らが国王陛下のご承認を得て、堂々と！　さすれば鵜真殿の正しさが証明されるはず、でしょう？　お怒りになる必要などありません、あなたが正しいのですから！」

「ぐうう……！」

ついに、鵜真は押し黙った。そう、彼にしてみればもう何も言えないのだ――もし自分に何らやましいことがないなら、貞鳩の言う通り、堂々と構えていればいい。己の正しさは、すぐに証明されるのだから。むしろここで意地汚く暴れれば暴れるだけ、己の不実を示すことになってしまう。

（なんだか貞鳩様、鵜真様をわざと追い詰めているような……？）

一抹の疑念が過《よ》ぎるものの、ともかく、これで鵜真はこれ以上姦計《かんけい》を巡らすこともできない。つまり、金枝国の人々がこれ以上の苦しみを背負う未来はなくなったはずだ！

「はっはっは。なんとも思いもよらぬ議論の場となったが、これで一件落着だな」

朱心が「表」の顔で、晴れ晴れと言ってのける。

「では、これにて贈与の式典を終える。通問使たちよ、気をつけて帰るのだぞ？　国王殿にもよろしくな」

皇帝の結びの言葉を以《も》って、式典は終わり――文官たち、そして同じ使者たちの冷たい視線を受けながら、鵜真は茹蛸《ゆでだこ》のような顔色で広間を去っていったのだった。

（勝った……！）

不謹慎かもしれない。けれど、英鈴は、心からそう思った。


「董貴妃！」

広間から部屋に戻る途中、禁城の人気のない廊下のところで、後ろから呼びかけてきたのは緑風だ。振り返ると、頬を紅潮させた彼は、きりっとした表情で言った。

「今回は、お前に助けられた。それは認める……だがな！」

人差し指をこちらに突き出し、不敵な面持ちで、緑風は告げる。

「次回はこうはいかないぞ。いずれ僕は実力で、専属薬師の座を手に入れてみせる。それまで……それまでは、お前は僕の対等な好敵手だ。いいなっ！」

言い終わるが早いか、彼は手を下ろし、こちらをじっと見つめた――ちょっと肩で息をするように、固唾《かたず》を呑《の》むようにしながら。その表情を見て、つい笑ってしまう。

「ちょっ……おい！　人が真面目に言ったのに、笑うなよ。失礼だな！」

「ごめんなさい、緑風くん」

礼儀には、礼儀で返さなくては――そう思い、咳払《せきばら》いしてから、英鈴は言った。

「いいえ、緑風殿。あなたの『不苦の良薬』、ぜひまた見せてください」

「フン……！」

鼻を鳴らし、踵《きびす》を返して、曹緑風は去っていく。振り返りざまに、彼が頬をほころばせていたのは――きっと、こちらの見間違いなどではないだろう。

(私、ずっと薬についてお話しできる友達がいたらって思っていたけれど……)

願いは、本当に叶《かな》ったのだ。英鈴は微笑みながら、彼の背が見えなくなるまで見送った。

＊＊＊

数刻後、陛下の夕餉《ゆうげ》の時間がやってきた。

「失礼いたします。薬童代理として、薬を持ってまいりました」

「入れ」

用意した虎耳草《こじそう》揚げを盆に載せ、英鈴は静かに朱心の前に歩み出る。差し出した皿を受け取り、無言のままに薬を服すと、ややあってから彼はにやりと笑んで言った。

「さて……たいへんな活躍だったな、董貴妃？　しかしそれを労《ねぎら》う前に、私に何か言うことがあるのではないか」

「は、はい！」

すぐさま拱手《きょうしゅ》し、英鈴は丁寧に述べ立てた。

「此度《こたび》は陛下に、並々ならぬご温情を賜り……その、私が意見を述べる機会を与えていただいただけでなく、緑風殿についても寛大なご処置を……ありがとうございます！」

「私は寛大ではないが蒙昧《もうまい》でもない。我が国の利となる人物を、みすみす刑になど処すものか。だいいち……」

と、朱心の視線がこちらを射る。

「宮女として後宮に潜入していた罪に比べれば、服用法に関する虚偽申告など、羽虫のごとき軽い罪だからな」

「あっ！」

我知らず声をあげ、全身がびしりと固まってしまったような感覚を覚える。

（や、やっぱり陛下は……！）

「……ご存じだったのですね」

「当然だ。昨今は以前と違い、任用の際に生年などを充分に確認するよう徹底しているゆえな。八歳の娘から申し出が送られてきた段階で怪しいとは思っていたが、ちょうどその直前、緑風が服用法を披露してきていた。これは何かあると踏んで、わざと黙認していたのだ」

肩にかかる黒髪を払いつつ、朱心は冷淡に言ってのける。

(よかったね、緑風くん……相手が陛下で)

でなければ、即座に死罪になっていたかもしれない。そんな展開にならなくてよかったと、英鈴はほっと安堵《あんど》の息を吐く。すると、さらに朱心はこう語った。

「ちょうどよい機会だった。実は以前より通問使の貞鳩から、相談を受けていたのでな」

「そ、相談?」

「鶫真に関して――彼奴《あやつ》めが不当に私腹を肥やし、かつ利敵行為をしている恐れがあると、秘密裡《り》に文書でな。しかし金枝国の薬事において、鶫真の影響力は絶大だ。苦渇病が流行《はや》っている今、国内で奴を突きだすのは得策ではない。そこで」

彼の指が、まっすぐにこちらを指す。

「貞鳩と共同して、彼らにとって異国の地である我が国で鶫真の失敗を誘うこととした。本国に帰ってから正当な調査を入れる口実さえ作れればよかったそうだが、予想以上に功を奏したな。貞鳩が、董貴妃様によろしくと申していたぞ」

「あ、ははは……」

乾いた笑いをあげてしまう――またしても自分は、そして緑風も、皇帝陛下の手のひらの上で動いていたというわけだ。考えてみれば貞鳩は、いつも鵜真を庇《かば》うようでいて、その実追い詰める動きをしていたが、なんのことはない。それが彼の目的だったわけだ。

(宴の時に笑いかけてきたのも、それが理由だったのね)

そう思うと、ずっと利用されてきたとも言えるが――でもそのお蔭《かげ》で金枝国の人々を救う手助けができたし、緑風という新たな好敵手も得られたのだ。

(むしろ、利用されてよかったのかも)

英鈴は、そう思うようにした。しかし朱心がじっと真面目な顔でこちらを見ているのに気づき、はたと表情を堅くする。やがて、皇帝は口を開いた。

「今回の件でお前も、『人を統べる』とはいかなることか理解できたろう。相手に寄り添うだけでなく、時に己の立場を利用してこそ、人の上に立つ者たり得るのだ」

「……ええ。そうですね」

相手の言葉に、真摯《しんし》に頷《うなず》く。朱心の言う通り――今回は、「貴妃」としての立場で行動する機会が多かった気がする。そして、そうでなければ事を収められなかったはずなのだ。

「いつまでも平民の気分でいてもらっては、私が困るからな」

「仰《おっしゃ》る通りです、陛下」

胸に手を当てて、英鈴は語る。

「これからも薬童代理としてだけでなく、陛下の貴妃として、私は……」

「そうではない」

「えっ？」

短く、しかしぴしゃりと否定され、慌てて口を噤《つぐ》む。すると朱心は——苛立《いらだ》っている、というよりはどこか煮え切らないような微妙な面持ちで、こちらを一瞥《いちべつ》した。

(こんな陛下、あんまり見ないかも……)

「本当にわからないのか？　私の意図するところが」

頬杖《ほおづえ》をついて首を傾げつつ、彼は言った。

「来年に何が控えているか考えよ、と先日告げたはずなのだがな」

「ですから来年は、陛下の服喪が明けて……」

「立后を執り行う」

そこまで言われて、やっと——やっと、朱心の意図が理解できた。

「えっ？　あ、ええ、ええと……！」

途端に顔に血が上って、熱くなっていく。ぱたぱたと手で自分を扇《あお》ぎたくて、でもそれもできずにこちらがおたおたしていると、朱心はなおも、じろりとした視線で告げた。

「宮女の『翠玉』には、正式に後宮を辞してもらった。此度は見逃すが、二度はない。お前も重々、心しておくのだな」

「は、はい」

（えっ、でもどうしてそれを今仰ったのかしら……？）

何しろこちらはいっぱいいっぱいなので、そこまで考えが巡らない。

朱心の表情が、紛れもなく嫉妬《しっと》の表情である事実なんて、英鈴には伝わっていない。

ともあれ朱心は、常と同じく酷薄な笑みを湛《たた》えた面持ちに戻ると、改めて貴妃に告げた。

「今後は薬師《くすし》たちにも『不苦の良薬』の技を広めさせるとはいえ……今しばらく、私の薬の服用法はお前が考えることになるだろう。今後の一層の努力を期待するぞ、董貴妃」

「はい、陛下！」

拱手し、礼をしながら、英鈴は思う。

――陛下が年明けに自分をどうするつもりなのか、考えるだけで胸が高鳴って、信じられないような気持ちになってしまう。

それでも今回の出来事で、自分の立場をこれまでより少しは、理解できたつもりだ。

自分の立場という「力」を正しく使えれば、これまで以上に『不苦の良薬』を作り出せるかもしれない。

そればかりでなく、男か女かで判断されてしまうこの国の風潮をも、少しは変えられるかもしれない。

（いえ、私程度の実力でそれを思うのは、おこがましいのかもしれないけれど）

少なくとも喪が明けた時、どうなっているのか——

不安に思うのではなく、ほんの少しだけ楽しみに思っている自分がいるのを、英鈴はどことなく嬉《うれ》しく思うのだった。

（了）

あとがき

こんにちは、甲斐田紫乃《かいだしの》です！　英鈴《えいりん》と朱心《しゅしん》の物語も、なんとこうして四巻目になりました。これも皆さまの応援あってこそです。本当にありがとうございます！

今回は新キャラクターと共に、旺華国《おうかこく》の外の世界に関する話を書けて、個人的にとても楽しかったです。金枝国《きんしこく》には他にも設定があるので、いつか公開できたら嬉《うれ》しいですね。

表紙イラストでお世話になりました友風子《ゆうふうし》先生、そして今回も的確なアドバイスをくださった担当編集さまに、心からお礼を申し上げます。

さらにウェブコミック誌『COMIC　BRIDGE』にて大好評連載中のコミカライズ版を描いてくださっている初依実和《はついみわ》先生にも、この場を借りて感謝いたします。

そして読者の皆さまにも、またお会いできる日がありますように！

甲斐田紫乃

参考文献

緒方千秋、坂田幸治『初めの一歩は絵で学ぶ　漢方医学　漢方の考え方や使い方のキホンがわかる』じほう　二〇一八年
小長谷有紀『世界の食文化―③　モンゴル』社団法人農山漁村文化協会　二〇〇五年
杉山卓也『現場で使える　薬剤師・登録販売者のための漢方相談便利帖　わかる！　選べる！　漢方薬163』翔泳社　二〇一八年
三崎律日『奇書の世界史　歴史を動かす〝ヤバい書物〟の物語』ＫＡＤＯＫＡＷＡ　二〇一九年

富士見L文庫

旺華国後宮《おうかこくこうきゅう》の薬師《くすし》 4

甲斐田紫乃《かいだしの》

2021年5月15日　初版発行

発行者　青柳昌行
発　行　株式会社KADOKAWA
〒102-8177　東京都千代田区富士見2-13-3
電話　0570-002-301（ナビダイヤル）

印刷所　株式会社暁印刷
製本所　株式会社ビルディング・ブックセンター
装丁者　西村弘美

定価はカバーに表示してあります。

●お問い合わせ
https://www.kadokawa.co.jp/（「お問い合わせ」へお進みください）
※内容によっては、お答えできない場合があります。
※サポートは日本国内のみとさせていただきます。
※Japanese text only

ISBN 978-4-04-074095-9 C0193

旺華国《おうかこく》後宮《こうきゅう》の薬師《くすし》
後宮の官女が目指すは、
『おいしい』処方——!?
漫画 初依実和
原作 甲斐田紫乃
キャラクター原案：友風子
ComicWalker
にて
コミカライズ連載中!
恋より熱い、なにか。女性が読む青年誌
B COMIC BRIDGE
毎週月・水・金更新
連載サイトはこちら
コミックブリッジ 検索